國手

국수

일러두기

- 이 책(1~5권)에서 본문 표기는 '한글 맞춤법'(2017. 3. 28)에 따르되, 경우에 따라 글지(작가) 원칙을 따랐다. 대화문은 가능한 한 그 시대 말투나 발음에 가깝도록 적어줌을 원칙으로 하여 살아 있는 우리말을 전달하고자 하였다.

- 본문에서 한 단어가 다른 형태로 표기되는 것은(예: 곳=꽃, 갈=칼, 가마귀=까마귀 등) 임병양란을 거치며 조선말이 경음화되기 시작한 이래로 된소리, 거센소리, 예사소리가 혼재되어 쓰이던 당시의 상황을 반영한 것이다.

- 본문에서 이(李), 유(柳), 임(林) 씨는 리, 류, 림 씨로 표기하였으며 『國手事典』에서는 이, 유, 임 씨로 표기하였다.

- 우리말로 잘못 알고 있는 일본말은 본디 우리말로 적어주고자 애쓰는 저자 뜻을 존중한다.

  〈예〉 민초(×) ⇨ 민서, 서민(○)

  　　　농부(×) ⇨ 농군(○)

- 낯선 어휘나 방언은 본문 아래 뜻풀이를 달아 이해를 돕고자 하였다.

- 이 책의 본문에서 O 표시는 『國手事典』에 뜻풀이를 실었다.

- 이 책 뒤에 부록을 붙여 소설 배경이 되는 1890년대 전후 시대상황을 이해하는 데 도움을 주고자 하였다.

國手

4권

金聖東 장편소설

솔

國手
4권

차 례

김석규 金石圭
　김사과댁 맞손자로 바둑에 동뜬 솜씨를 보이는 똑똑한 도령.

갈꽃이
　손문장孫文章 양딸. 뛰어나게 아름다운 빛깔과 소리에 솜씨를 보이는데, 손문장이 동학을 한다는 것을 무섭게 을러대어 관아에서 기안妓案에 들게 함.

쌀돌이
　갈꽃이를 좋아하는 어버이 없는 출신 곁머슴.

리생원 李生員
　대흥고을 책방冊房으로 음률에 뛰어나고 서화에 밝은 재주꾼.

리참봉 李參奉
　역관 출신 가짜 양반으로 최이방에게 뒤꼭지를 잡혀 갖은 시달림을 당함.

최유년 崔有年
　충청감사 앞방석으로 충청도 쉰세고을을 쥐고 흔드는 칼자루 쥔 사람.

최이방 崔吏房
　감영 이방과 길카리가 된다는 것으로 온갖 자세藉勢를 부리는 대흥 관아 칼자루 쥔 사람.

춘동 春同
　만동이 배다른 아우로 자치동갑인 상전 석규 손발 노릇을 함.

근개
　임술민란에 부모를 잃고 떠돌다가 임오군변과 갑신거의 때 기운차게 움직인 동뜬 힘을 지닌 사내.

제13장
궁궁을을

"자왈子曰 이인里仁이 위미爲美허니 택부처인擇不處仁이면 언득지焉得之리오. 공자님께서 가라사대 동네가 인헌 것이 훌륭헌 일이니 우리가 가려서 인헌 곳에 살지 않는다면 어찌 써 지혜롭다구 허것능가."

경상 앞에 단정히 올방자를 틀고 앉아 『논어』 「이인편里仁篇」을 소리 내어 외우고 또 그 뜻을 새기어보던 석규石圭는

"아!"

하고 외마디소리를 내어지르며 힘껏 머리를 흔들었다.

"아아!"

『백수문』을 비롯하여 『동몽선습』이며 『명심보감』에 『통감』 같은 것들이야 외워 마친 지 하마˚ 오래전이었지만, 이제부터 외워 머릿속 깊숙이 새겨두어야 할 숱한 책들을 생각하자 그만 골

치가 지근지근 아파오는 것이었다. 『논어』만 해도 1만2천7백자인데 『시전詩傳』 3만9천1백24자, 『서전書傳』 2만5천7백자, 『주역周易』 2만4천7백자, 『예기禮記』 4만5천8백6자, 『춘추春秋』와 『좌전左傳』 9만6천8백45자, 『맹자孟子』 3만4천6백85자, 『대학大學』 1천7백33자, 『중용中庸』 3천5백5자, 『효경孝經』 1천9백3자, 모두 합해서 48만5천2백28자라. 일송일천日誦一千하여 한 해만에 모두 외워 마치셨다는 아버지야 생이지지허신 천재셨으니 그렇다 허구, 곤이지지헌 나 같은 둔재가 모두 다 외워 마치자면 도대체 멧 해나 걸릴꼬. 일송삼백日誦三百으루 하루두 쉬지 않구 매일이면 매일같이 삼백 자씩 외운다구 하더래두 꼬박 네 해 반.

"아아!"

다시 한 번 힘껏 머리를 흔들고 난 석규는 올방자*를 풀어버리었다. 글씨나 써볼까 하고 벼룻집 뚜껑을 만져보던 그 아이가 벽장 속에서 꺼내어놓는 것은 바둑판이었다.

……사람덜이 따스헌 옷을 입구 맛있넌 음식을 먹으며, 밤에는 자구 낮에는 일허면서, 그 몸을 편안히 허구 그 정신을 다스려 질벵과 우환이 읎넌 것은 무슨 까닭인고. 모름지기 예악사어서 수禮樂射御書數 육례六禮와 사눙꿍고士農工賈 사민四民이 있넌 까닭

하마 벌써. 이미. 올방자 양반다리, 책상다리.

이라. 연인즉 육례밖에 다른 긔예가 또 읇으며 사믠밖에 다른 믠이 또 읇넌 것이로구나.

승인에 가르침을 배워서 슬긔를 지르넌 것이 왜 나쁜지요?

만일 욧임금이 바둑을 만들었다 허더래두 어찌하여 욧임금에 도넌 배우지 않구 욧임금 긔예만을 배우겠다넌 것인고. 할애비가 들으니 공부자는 일찍이 욧임금을 배운 사람이요, 그가 말허넌 예악은 욧임금이 일찍이 허던 일이로구나. 그런듸 다만 공자님이 예를 노자老子에게 묻구 거문고를 사양師襄에게 배웠다넌 말을 들었을 뿐, 아직두 공자님이 누구헌티 바둑을 배웠다넌 말은 듣지 못하였은즉……

조증암趙靜庵은 비록 밤이 짧은 철에두 새벽 제시각이면 한결같이 일어났구나. 리퇴계李退溪는 날마다 그 어머니께 새븍 문안을 올리면서 낯빛을 살폈넌듸 하루두 거르지 아니하였으며. 이때 굉구넌 오로지 뜻을 세우구 몸을 꿩꿩히 허넌듸 있으며, 입지立志는 마땅히 승인이 되넌 것을 긔약허구 굉신敬身은 마땅히 소학小學으루써 긔약헤야 허나니. 매상*.

아침까지 독서헌다. 소년이로少年易老 학난성學難成이요, 일촌광음一村光陰이 불가깅不可輕이라. 궁구허넌 일은 마땅히 촌음이래두 애껴야 허넌 것이니 리대산李大山 같은 이는 때로 밥 먹넌 것

매상(昧爽) 인시寅時. 상오 3~5시.

조차 잊어버리기두 헸구나. 이때 마음가짐은 맑구 밝게 헤서 독서와 짚은 생각에 힘쓰되 독서는 모름지기 숙독증사熟讀靜思허구 짚은 생각은 밍빈융통明辯融通헤야 허나니. 일출*.

김사계金沙溪는 어버이가 수저를 많이 들구 즈게 드넌 디 따러 긔뻐허기두 허구 근심허기두 헸구나. 음식은 반다시 균일허게 허구 반다시 절용헤야 허나니, 반찬 가짓수를 증헤야 헌다. 이때부터 자못 바빠지넌디 마땅히 마음을 가다듬구 고요히 살펴야 헌다. 정자程子가 말허기를 사람 심성이 굉궝스러운즉 늘 핑증될 수 있다 하였구, 주자朱子는 존양存養헌 다음 일에 임헌다면 승찰省察허넌 것은 심들지 않다구 하였나니. 식시*.

손을 맞구 보내는 데는 예의와 절도가 있어야 허나니, 리퇴계는 비록 제자라구 허더래두 믄 질을 떠나려구 허면 반다시 주연을 베풀구 당하루 네려가 보냈으며 귀헌 손일 것 같으면 대문 밖이서 배웅헸구나. 손님 응접이 끝나면 곧 책을 대헌다. 조중빙趙重峰은 집이 구차헤서 몸소 밭 갈구 소를 멕였으며 증충신鄭忠信은 즌장터에서두 손이서 책을 놓지 안 헸구나. 손을 맞는 데는 성심성의를 다허구 인정에 곡진헌 것이어야 하나니. 우중*.

부리넌 사람이 맡은 일이 어떠헌지 살펴야 헌다. 그들 허물은 용서허구 심을 들게 허되 일 츠리넌 실긔허지 않게 헌다. 황희黃

일출(日出) 묘시卯時. 상오 5~7시. 식시(食時) 진시辰時. 상오 7~9시. 우중(禺中) 사시巳時. 상오 9~11시.

흠 황정승은 노비 또한 하늘 백성이므루 어찌 함부루 대허랴 헸
구나. 친지나 붓들헌티 편지를 쓰되 도리에 맞구 인정은 소박허
게 허며 밍리名理에 알맞어야 헌다. 깅사經史를 읽넌 일은 박약博
約에 유념혜야 허되 문장은 모름지기 뜻이 통허면 족허구 이승理
勝혜서는 안 되나니. 일중*.

　오래두룩 앉어서 독서허되 심신이 피로허면 증좌靜坐혜서 증
신을 다잡어야 헌다. 조증암은 독서허넌 여가에 맘을 가다듬구
고요히 생각허기를 매우 빈틈읎이 하였넌듸 이는 남덜이 미치지
못허넌 깅지였구나. 유완도창遊玩陶暢이니 때로는 여가를 즐기기
두 혜야 헌다. 리퇴계는 말허기를 문장이 너무 궁구에만 몰두허
다 보면 심환이 생길 걱정이 있으므루 때로는 스화나 화초를 보
거나 자연의 갖가지 풍경을 완상험으루써 궁구에 싫증을 느끼지
않게 허구 늘 심긔를 안정허게 혜야 헌다구 헸구나. 시예* 또한
부지런히 힘써야 허되, 이단의 학문에 빠져서는 안 되며. 일질*.

　츤츤히 글맛을 읽되 여유 있는 마음을 지니두룩 혜야 헌다. 주
자는 이것을 약을 대리넌 일에 저루었다. 늘상 애양愛養헐 것은
다짐하여 빙이 나지 않두룩 헌다. 조섭서에 이르기를, 하루 금긔
는 저녁에 많이 먹넌 것이라구 헸다. 고제봉高齊峰은 저녁밥을 담
소허게 헸구 술은 도연陶然헐 만큼만 헸구나. 때로 묵상허면서 옛

일중(日中) 오시午時. 상오 11~하오 2시. 시예(時藝) 실용 기술. 일질(日昳) 미
시未時. 하오 1~3시.

승현 긔상을 본받구자 하여야 헌다. 옛 승현 도통을 이어받구 후학을 계발시키니 유학에 도는 우리 땅에 있다구 헀으니, 리퇴계 말씀이로구나. 일포˚.

집안사람덜헌티 그날 맡은 일들에 대헤서 과문課問헌다. 자제덜헌티 학습헌 바 의문이 있넌 것에 대헤서 강론헌다. 리대산께서 훈육헐 때는 반다시 의문이 나넌 곳을 묻게 헌 뒤에 그 뜻을 풀이헀구나. 이때는 또 집안 법도를 바루헌다. 집안 법도를 바루헌다 함은 반다시 예의를 바루헌 담이 은의를 두터이 허자넌 것이로구나. 리퇴계는 말허기를 내외는 인륜이 시초이구 만복이 근원이나 비록 지극히 친밀허다구 헐지라두 지극히 삼가야 허넌 것이라 하였구, 리율곡李栗谷은 말허기를 예도禮道를 어긔지 아니헤야 비로소 가도家道 또한 바루 선다구 헀구나. 일입˚.

등불을 밝히구 일긔를 쓰거나 장부를 증리헌다. 퇴계 일긔에는 날씨 강습 강론덜이 자세허게 적혀 있구나. 낮이 헌 궁구에 대헤서 다시 한 번 살펴봐야 헌다. 퇴계는 낮이 밴 것을 밤이 거듭 익힌즉 바야흐로 은음이 있다구 헀구나. 독서가 끝나면 고요히 우주와 인생 근원에 대헤서 생각허구 게으르거나 거칠은 행동이 읎었넌지 조심스럽게 살펴봐야 헌다. 증일두鄭一蠹 선생께서는 일찍이 승균관이서 궁구헐 제 날마다 밤이면 짚은 생각을 헀구

일포(日晡) 신시申時. 하오 3~5시. 일입(日入) 유시酉時. 하오 5~7시.

나. 이때 하루 일과는 비록 츠리헸던 것일지라두 반다시 다시 한 번 되살펴보넌디, 츠세허넌 방도넌 모름지기 먼저 의로운 일을 허구 난 뒤에라야 일에 보람을 읃넌 것이다. 리대산께서는 왕좌王佐 재질을 타구났지먼 베슬과 핑리를 플리허구 오직 나라를 근심허넌 증성을 마지않었나니. 황혼*.

눈을 감구 퓐안허게 잔다. 조섭서이 이르기를 이긩 전이 잠자리에 들어야 원긔를 배양헐 수 있다구 헸구나. 혹 밖이서 급히 부르넌 소리가 나더래두 츤츤히 일어나서 답헤야 허니, 이는 정신을 먼저 수습헌 담이 웅대허려넌 것이구나. 리대산이 이르기를 사람이 웅급길이 일을 당허게 되면 븽을 읃기 쉬우니 심신이 안정되지 못헌 까닭이라 하였다. 이때 븩록 급헌 일이 부딪히면 그 사람 속심을 헤아려볼 수 있넌 것이다. 속심이란 픵상시 심정心定이구 긔충氣充이니, 증포은鄭圃隱이 왜국이 사신이루 갈 제 풍랑이 그세어 모두 다 정신을 가누지 못허였넌디 오직 증포은만은 정신을 청명허게 허구 태연히 팔짱을 끼구 있어서 마치 방안에 있는 듯하였구나. 김학봉金鶴峯께서 어릴 제 그 형을 따러 홍원洪原 임소任所에 갔었넌디 하루는 승중이 불이 나서 사람들이 어지러이 불을 끄려구 뎀볐으나 학봉 홀로 즌패*를 갖구 못가이 있었구나. 인정*.

황혼(黃昏) 술시戌時. 밤 7~9시. **전패(殿牌)** 각 고을 객사에 '殿'자를 새겨 세웠던 나무패. 임금시늉으로 출장 간 관원과 그 고을 원들이 절하였음. **인정(人定)** 해시亥時. 밤 9~11시.

짚은 잠이 든다. 이때 밤 긔운으루써 조섭헌다. 윤근천尹芹泉이 이르되 사람 잠이란 심혈이 간이루 돌어가넌 것인디 마음이 편허면 잠 또한 편허다구 헸구나. 간혹 잠을 깨더라두 쓸데읎넌 말은 허지 않넌 게 좋다. 이때 긍구가 짚구얕음은 그 사람 꿈자리루써 살필 수 있너니라. 정자는 마음이 안정되지 뭇허면 꿈자리가 사납다구 헸구, 고제봉 선생은 꿈에 확고헌 주장을 헐 수 있넌 자라야만 비로소 참된 학문과 큰일을 헐 수 있다구 하였나니. 야반*.

첫닭이 울면 깨어나서 정신을 거두어 흐트러지지 않게 헌다. 혹 긩전 뜻에 대헤서 새롭게 읃은 바가 있다면 질서*헤둘 일이다. 조남밍*께서는 문장 짚은 긍구는 이때가 가장 좋다구 헸구, 퇴계께서두 새벽이 짚구 절실헌 깨우침이 많었다구 헸구나. 청밍聰明이 불여둔필不如鈍筆이라, 질서허넌 관습은 류반계柳磻溪 리승호李星湖 조용주趙龍洲 리대산이 다 그러헸으며. 계명*.

정월 초하룻날 아침 차례茶禮를 저쑵고* 났을 때 들려주시던 할아버지 말씀이었다. 하루를 열둘로 갈라 매시각마다 하여야 할 일이라고 하였다. 아침에 눈을 뜨고 나서부터 저녁에 잠자리에 들 때까지 나날삶*에서 하루같이 지켜내야 할 선비 몸가짐이

야반(夜半) 자시子時. 밤 11~1시. **질서**(疾書) 빠르게 쓰는 글. 양말로 '메모'. **조남밍**(曹南溟) 명종 때 학자 조식(曹植. 1501~1572). **계명**(鷄鳴) 축시丑時. 새벽 1~3시. **저쑵다** 신불神佛이나 조상에게 메를 올리거나 절하다. **나날삶** 일상日常.

16

라고 하였다. 오늘날 고금이 변천하고 풍속이 일정하지 않으며 습관과 기질이 더욱 얄망궂게˚ 변하여간다고 하더라도 예로부터 아름다이 지켜져 내려온 선비 길은 변할 수 없다고 하였다.

승인이 가르치신 건디……

혹은 말허기를 욧임금이 바둑을 만들어 그 아들 단주丹朱를 가르쳤다구 허넌디, 이것은 저 당나라 때 선비 픽일휴皮日休라넌 이가 이미 그럴 수 윲다구 말헌 바 있거늘.

슬긔럴 지르넌 일인디……

어허!

할아버지 불호령이 두려워 가만가만 소리나지 않게 돌을 놓아가는데,

"되렌님."

춘동春同이 목소리가 퇴˚를 넘어왔고, 그 아이는 얼른 궁둥이를 들어올리었다.

"윗사랑이서 찾으시남?"

"아뉴."

"그런디?"

"그냥유."

"얼라."

_____

얄망궂다 얄궂다. 퇴 툇마루.

"그냥 궁금헤서유."

"들와봐."

"죽살이판인감유?"

하면서 춘동이가 히죽 웃는데,

"어허."

석규는 혀를 찼다. 새해로 접어들면서부터 부쩍 숙성하여져 장부 티가 제법 나는 그 도령은 헛기침을 하였다.

"상스럽기는."

"백이 두면 흑이 죽구 흑이 두면 또 백이 죽년 판이니 죽살이판이 아니구 뭐래유?"

"상스럽게 죽살이판이 뭐여. 본디 윷이 그런 말 쓰넌 게 아니라구 장 일러두 가그매괴기를 삶어 먹었나 워째 그렇게 창심을 못 헌다네."

"그럼 뭐라구 헤얀대유?"

"묘긔라구 안 혀."

"묘긔가 뭐래유?"

"역왈, 궁즉빈이요 빈즉툉이며 툉즉구라."

"어렵네유."

"역에 이르기를 궁허면 빈허구 빈허면 툉허구 툉허면 장구허 다구 헸구나."

"또한 어려워유."

18

"어려우니께 묘긴지 쉬운 묘긴두 있다남."

"어려운 걸 쉽게 풀어주넌 게 문장 아닌감유."

"손에다 줘주랴?"

"받을 손이나 있너냐구 야단치실라규?"

"하우불이下愚不移라는 문자가 있너니라."

할아버지 뽄으로 말을 하며 다시 혀를 차던 석규는 백돌 한 개를 집어들었다. 바둑판 위에 돌을 올려놓으려던 그 아이는 잘래잘래 고개를 흔들더니 백돌을 다시 통 속에 집어넣었다. 시룽새룽한˚ 맨드리˚로 바둑판 위에 돌들이 놓여져 있으니, 이른바 묘기˚였다. 〈1도〉가 그것으로 백한테 둘러싸인 흑 꼴이 두 집을 못 내고 있다. 왼쪽 흑 두 점과 연락을 보면서 한 집을 내야 하는데, 생각보다 쉽지가 않다.

〈1도〉

시룽새룽하다 실없이 조금 싱숭생숭하다. 야릇하다. 싱숭생숭: 마음이 들떠서 갈팡질팡하는 꼴. **맨드리** 1.몬이 만들어진 꼴. 2.옷을 입고 매만진 맵시. 몬: 물건. **묘기**(妙棋) 묘수풀이 사활 문제.

"지가 한번 헤보까유?"

춘동이가 말하였고 석규는 빙긋 웃으며 백통을 밀어주었다.

"백 한 점을 잡으면 되것구먼그류."

하고 말하면서 춘동이가 〈2도〉 흑❶로 나왔고

"누구 맘대루."

하면서 석규는 백②로 막았다.

〈2도〉

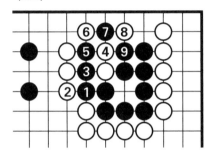

"자유."

흑❸으로 백 한 점을 몰아치며 나왔고, 백④. 흑❾로 백 두 점을 때려내면서

"살었잖유."

하는데, 석규는 얼른 〈3도〉 백①로 집어넣었다.

"옥집*이잖여."

"어?"

흑❷로 백 한 점을 들어내던 춘동이 눈이 동그래졌고,

"패가 나서는 안 되지. 그냥 살아야지 패를 맨들어서는 안 된단 말여. 숙맥마냥 패를 내서는 안 된다니께."

〈3도〉

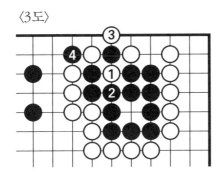

석규는 혀를 찼는데, 스스로에게 하는 말이었다. 지난 겨울 호서국수湖西國手라는 박초시朴初試와 두었던 바둑에서 나왔던 꼴이었다. 세 불리를 느낀 박초시가 돌을 던졌으므로 계가까지 갈 것도 없는 바둑이었으나 영 개운하지가 않은 기분이었다.

대저 바둑이라는 것은 유무有無 상생相生과 원근遠近 상성相成과 강약强弱 상형相形과 이해利害 상경相傾이 있어 변화무궁한 것이니 잘 살피지 않으면 안 된다고 하였거늘, 이러하므로 편안하여도 태평하지 않으며 안전하여도 교만하지 않는 것이니 편안하

옥집 안으로 오그라든 가짜 집.

다고 하여 태평하면 위태로워지고 안전하다고 하여 교만하면 망한다 하였거늘, 편안하여도 위태로움을 잊지 않으며 안전하여도 망함을 잊지 않는다고 역易에서도 일렀거늘, 이 무슨 부끄러운 짓이라는 말인가. 겨루기를 떠나서 고치고 바로잡아야 할 헛점과 단점이 너무도 많이 드러난 바둑이었다. 춘동이가 아는 체를 하다가 타박을 맞은 것처럼 패를 내어 살기는 하였으나 패 댓가로 치르게 된 손실이 적지 않았고, 무엇보다도 그냥 살 수 있는 모습이었던 것이다.

몇 차례 복국* 끝에 찾아낸 수였으나 가만히 생각하여보면 그렇게 어려운 수도 아니었다. 〈4도〉가 그것으로 아스라한 구만리 장공을 날아가는 기러기를 쏘아 떨어뜨려 함몰 직전 양곤마兩困馬를 살려내는 장공사안세長空射雁勢며, 교묘한 순차로 전판을 휩쓸어 판축*이 되게 하는 목왕행팔방세穆王行八方勢에, 좌우동형 한가운데에다 코붙임을 하는 기상천외 묘수妙手인 오봉충천세五鳳冲天勢까지 풀어본 적이 있는 그 아이로서는, 도무지 부끄러운 노릇이 아닐 수 없었다.

복국(復局) 복기復棋. **판축** 바둑에서 끝까지 외통수에 몰려 잡히게 된 꼴.

〈4도〉

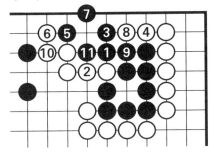

　대저 만물 수수는 1에서 비롯된다. 바둑판 길은 3백61개인데, 1이라는 것은 낳는 수 주인이요, 그 복판인 극極에 기대어 곳곳을 꾸려나가는 것이다. 3백61 수는 주천周天, 곧 해가 한 번 돌아오는 일수日數와도 같은 것으로서, 이것을 네 귀로 나눈 것은 춘하추동 네 철을 따른 것이요, 네 모퉁이가 모두 90점씩 되는 것은 철마다 날수를 따른 것이며, 둘레 72길은 한해 72절후를 따른 것이다. 그리고 바둑알 3백60개가 흑과 백이 반씩 되는 것은 음陰과 양陽을 본뜬 것이다. 바둑판 줄을 평枰이라 하고 줄과 줄 사이를 괘罫라고 한다. 바둑판이 모가 남은 고요한 땅이요, 바둑알이 둥근 것은 움직이는 하늘이다. 예로부터 지금까지 이르는 동안에 바둑을 두어 같은 꼴 판이 없었다. 경전에 이르기를 "날마다 날마다 새로워진다"고 하였다. 그러므로 마음쓰기를 깊이 하고 생각하기를 촘촘히 하여 판가름이 이루어지는 까닭을 찾는다면 지금껏 이르지 못한 곳에도 이를 수 있을 것이다.

반고班固『기국론棋局論』을 읽었고,

대저 바둑은 변이 귀만 못하고, 귀가 어복魚腹만 못한 것이다. 바로 막는 것[約]이 눌러 막는 것[捺]보다 가볍고 눌러 막는 것이 눌러버리는 것[嶭]보다 가볍다. 끼우는 것[夾]도 허와 실이 있고 때리는 것[打]도 참과 거짓이 있다. 젖힘[綽]을 당하면 바로 막고 [約], 다가왔을 때 거의는 잇는다. 대안大眼은 소안小眼을 이기며, 비껴 가는 것은 바로 가는 것만 못하다. 양편으로 뛴 것[關]이 마주섰으면 먼저 들여다보고[覰], 앞길에 막힌 것이 있으면 축[征]으로 몰지 말며, 실행 작정이 이루어지기 전에는 먼저 움직이는 것이 불가하다. 귀곡사[一曲四]는 끝내 망하는 것이요, 곧은 사궁四宮과 넓은 육궁六宮은 모두 사는 바둑이다. 곶°처럼 모인 곳에 점을 찍으면 많이는 사는 길이 없고, 십자十字로 된 경우는 먼저 연결함이 불가하며, 세자°가 복판에 있으면 귀로 달려가서 싸우지 말 것이다. 바둑은 자주 두지 않을 것이니, 자주 두면 게으르게 되고 게으르면 촘촘하지 못하다. 바둑은 성기게 놓지 않을 것이, 성기게 두면 잊어버리게 되고 잊어버리면 잃는 것이 많다. 이겨도 자랑하지 않으며 져도 군소리를 하지 않는다. 청렴하고 겸양하는 바탕을 보이는 자는 군자요, 분해하고 거친 안색을 나타내는 자는 소인이다. 상수는 교만함이 없고 하수는 겁이 없다. 심

곶 '꽃' 예전 말. 세자(勢子) 흐름세를 이루는 돌. 옛날 중국에서는 순장바둑처럼 네 귀에 각기 두 점씩 놓았는데 어복 한 점과 합하여 오악五嶽이라고 하여 가장 큰 세자로 보았음.

기가 화평하고 노래가 흘러나오는 것은 앞으로 이길 것을 기뻐함이요, 마음이 동요하고 안색이 변하는 것은 앞으로 질 것을 미리 근심함이다. 얼굴 뜨거운 것은 바꾸는 것보다 더한 것이 없고 부끄러운 것은 도둑질하는 것보다 더한 것이 없다. 기묘한 것은 늦춰 쳐들어가는 수[鬆]를 쓰는 것보다 더한 것이 없고, 어리석은 것은 패[刦]를 메우는 것보다 더한 것이 없다. 무릇 바둑은 곧게 석 점이 나갔으면 고치고 네모로 넉 점이 모였으면 굴복하게 된다. 이기고 집이 많으면 영국°이라 하고 져서 집이 모자라면 수주°라 하며, 한 번씩 진 것을 일°이라 하고 집이 같은 것은 면°이라고 한다. 결판내는 셈은 세 번을 지날 수 없고, 잡는 알은 그 숫자에 얽매임이 없다. 패는 우물 두레박 같아서 쉬지 않는 형세가 있고, 갈마드는° 뜻이 있는 것이니 바둑두는 자로서 알지 않으면 안 된다. 대저 바둑은 적수°가 있으며 반선半先이 있고, 양선兩先이 있으며, 또 도화桃花 모양으로 다섯 점 놓는 것, 북두칠성 모양으로 일곱 점 놓는 경우도 있다.

죽림군현竹林群賢 『소론잡설所論雜說』도 읽었으며,

무릇 바둑이란 잇속이 된다고 한 것이 밑지게 되는 경우가 있고, 밑지게 된다고 한 것이 잇속되는 경우도 있으며, 쳐들어가서 이로운 경우가 있는가 하면 쳐들어가서 해되는 경우도 있다. 또

영국(贏局) 승국. 수주(輸籌) 패국. 일(溢) 무승부. 면(面) 빅. **갈마들다** 서로서로 바꿔 번갈아 두다. **적수(敵手)** 맞수. 왜바둑에서 '호선互先'.

왼쪽에 놓아야 할 경우가 있고 오른쪽에 놓아야 할 경우가 있으며, 먼저 두어야 할 것이 있고 나중에 두어야 할 것이 있다. 바짝 눌러 붙여야 할 것이 있고 느리게 나갈 것도 있다. 돌을 잇는 데는 앞으로 나가지 말며 돌을 버리는 데는 뒷일을 생각하여야 한다. 처음에 가까이하였다가 나중에 멀리할 것이 있고 처음은 작게 하였다가 나중에 크게 할 것이 있다. 외세外勢를 강하게 하려면 먼저 내세內勢를 정돈하고, 동쪽을 충실히 하려면 먼저 서쪽을 친다. 길이 허탄虛坦하고 집이 없으면 먼저 들여다보고, 다른 바둑에 해가 되지 않으면 패를 만든다. 뻗어 나가는 길에서는 성기게 놓고, 받는 처지에서는 싸우지 말라. 적당한 곳을 보아 쳐들어가고 거침새가 없으면 나간다. 이것이 모두 기가棋家의 유원幽遠하고 미오微奧한 이치이니 몰라서는 안 된다. 역에 이르기를 "천하에 지극히 정밀한 것이 아니면 누가 여기에 들어올 것이냐"고.

노자 『통미설洞微設』까지 읽은 바 있지 않던가.

"춘뒹아."

석규가 불렀고

"예."

묘기를 들여다보고 있던 춘동이가 고개를 드는데. 그 아이는 말이 없다. 말없이 갑창에 어리는 햇살만 바라다본다. 무슨 하기 어려운 부탁말을 하려거나 마음속에 무슨 들키고 싶지 않은 혼자생각을 품고 있을 때면 나오고는 하는 버릇이다.

"춘뎅아."

석규가 다시 불렀고

"빌꼴일세. 대이구 불러만 놓구 위째 말씀이 읎으시댜."

춘동이가 장난기 있는 목소리로 말하는데, 석규는 헛기침을
하였다.

"종무소식인감?"

"얼라."

"언니 말여."

"뭔 말씀이 허구 싶으시댜."

"장슨전댁두."

"뭔 말씀이 또 허구 싶으셔."

"리주부댁은."

"그류."

"시방 댁이 지실라나?"

"지시것쥬. 아직 해동이 안 됐으니께."

"뭐허구 있을라나?"

"누가유?"

하는데, 그 아이는 얼른 고개를 흔들었다.

"아녀."

"뭐가유?"

"그냥 한번 헤본 소리란 말여."

"그 댁 애긔씨 말씸인감유?"

"아녀, 아니라니께."

무 캐다 들킨 사람같이° 깜짝 놀란 목소리로 말하며 세차게 고개를 흔드는 그 아이 두 볼이 빨개지면서, 아아. 한 손으로 남갑사 치맛자락을 모아 잡고 모걸음으로 조심조심 소리나지 않게 들어와서 바둑판 곁에 목예반을 내려놓고 수북한 재떨이를 비워낸 다음 또한 소리나지 않는 뒷걸음으로 방을 나가던 그 규수짜리 가느스름한 눈과 반듯하게 톡 찬 이마며 오똑 솟은 코에 연지를 바른 듯 곱던 입술이 떠오르면서, 눈앞이 가물가물하여지는 열네 살짜리 도령인 것이었다. 은수銀秀라고 하던가. 먼빛으로 몇 차례 본 적이 있을 뿐 단 한마디 말도 나누어본 적이 없는 그 꽃두레° 얼굴이 떠오르면서 새새끼인 듯 가슴이 콩당거리었고 등걸불을 쪼일 때처럼 홧홧하게 달아오르는 얼굴인 것이었다.

생각 같아서는 당장이라도 달음박질쳐 가보고 싶은 마음 굴뚝같지만, 그럴 수는 없는 일이었다. 무엇보다도 명분이 없는 것이었다. 전 같으면 리처사와 대국을 한다는 훌륭한 명분이 있었지만 두겹복°을 넘어 셋겹복°을 접어주고도 한팔접이°에 지나지 않는 하수를 찾아갈 수는 없지 않은가.

그 아이가 두 손바닥으로 얼굴을 쓸어 내리는데, 조심조심 자

꽃두레 '처녀' 본딧말. **두겹복** 두 점. **셋겹복** 석 점. **한팔접이** 한 팔을 쓰지 않아도 능히 상대할 수 있다는 말.

식을 부르는 아낙 목소리가 퇴를 넘어왔다.

"춘됭아, 춘됭아아."

이느믜 지지배를 그냥…… 누울 자리를 보고 발을 뻗치랬다
구 종년 주제에 언감생심 소릿귀신이 씌어 놓아먹인 소 같은 벌
때추니*가 되어가는 누이를 찾으러 진둥한둥* 비티 밑 박씨주막
으로 달려가던 춘동이는, 흡. 숨을 삼키었다. 대여섯 간통쯤 떨어
진 저만큼 앞쪽 길섶에서 삿갓 쓴 사내 하나가 소피를 보고 있었
는데, 개잘량등거리* 위로 매어달려 있는 괴나리봇짐*이 고목나
무에 붙어 있는 매암이만이나 하게 보일 만큼 깍짓동* 같은 체수
였다.

언니인가?

만됭이언니가 돌어왔다던 말인가?

그럴 리는 없다고 생각하면서도 두근반 세근반 저도 모르게
콩당거려지는 가슴이면서, 비익. 그 종아이 맞붙이* 속에서 힘도
내음도 없는 물방귀가 비어져 나오는데, 부르르 한 번 진저리를

벌때추니 조선왕조 효종 때 병자호란 치욕을 씻고자 북벌北伐할 때 타고
갈 전마戰馬로 만주에서 호마胡馬를 들여다 강화섬에 풀어먹였는데, 바람
찬 바닷가를 내달리던 말갈기 같다고 해서 붙여진 이름으로, 제멋대로 쏘
다니기를 좋아하는 여자. **진둥한둥** 바빠서 허둥지둥 서두르는 꼴. **개잘량
등거리** 개가죽털로 만든 소매 없는 등거리. 개잘량: 털이 붙은 채로인 개가
죽. **괴나리봇짐** 걸어서 길을 갈 적에 보자기에 싸서 어깨에 메는 조그마한
짐. **깍짓동** 1.콩이나 팥깍지를 많이 묶어 세운 큰 단. 2.몹시 뚱뚱한 사람을
빗댄 말. **맞붙이** 솜옷을 입어야 할 때 입는 겹옷.

치고 난 사내가 몸을 돌리었다.

깊숙하게 삿갓을 눌러쓰고 있어 텁석부리 수염만 보일 뿐 얼굴이 잘 안 보이는 삿갓쟁이가 성큼성큼 걸어왔다. 화적인가? 요즈음 들어 부쩍 출몰이 잦아지는 화적이라는데 그러한 무리 사내인가? 그러나 깍짓동만이나 하게 엄장 큰 체수라는 것말고는 무슨 병장기도 없는 맨손이어서 우선 안심은 되면서도 여차직하면 줄행랑을 놓을 작정으로 두 주먹을 옹송그려 쥐는 춘동이였는데, 삿갓쟁이가 껄껄 웃음을 터뜨리었다.

"어허, 니가 바로 춘됭이 아니드라고. 충청도땅에서 애기장수로 유명짜헌 만됭이 동상 춘됭이 아니디여."

"얼라아?"

언제 봤더라? 옹송망송한˚ 가운데서도 어딘지 풋낯˚이나마 있는 듯하여 춘동이 두 눈이 동그랗게 떠지는데, 사내가 오른손을 들어 삿갓을 훨씬 위로 치켜 올리었다.

"날 몰르것네?"

"어?"

"나 왕선달이시. 갑신년 동짓달 늬 작은사랑나리 초상 치를 때 왔던 왕선달이다마시."

걸걸하게 수리목˚진 소리인 왕방울로 솥 가시듯˚ 말하던 삿갓

옹송망송하다 정신이 흐려 생각이 잘 떠오르지 않고 흐리멍덩하다. 풋낯 조금 아는 만큼 낯. 수리목 쉰 목.

쟁이는 말똥말똥 올려다보기만 할 뿐 쓰다달다 말이 없는° 춘동이를 보고 삿갓을 잡고 있던 손을 내리었다. 그 사내가 턱끝을 주억이며

"하기사 치 쓰구 소금이나 받으러 댕기던 어린아그가 그때 일을 알기나 허것능가만……"

혼잣소리를 하는데, 춘동이가 야무지게 말하였다.

"알어유. 아무리 서낙배기°라지면 여섯 살이나 먹었었넌디 왜 물른대유."

"허허."

"저 아랫녘 사시넌 큰개아저씨 아니신감유. 군빈 때 청국빙대랑 맞불질허셨다넌……"

"옳치."

열두어 살이나 되었는가. 제법 총각 꼴이 나게 숙성하여보이기는 하였으나 아직 보리와 콩도 분간 못하는 코흘리개로 알았다가 또랑또랑한 목청으로 야무지게 말하는 것을 본 큰개는 자인장 바소쿠리° 같은 입을 벌리며 벌쭉 웃었다.

"그란디 워딜 가는 길이당가? 춘삼월이 머잖았다지만 날씨가 아직 쪼깨 차분디."

"아저씨는 웬일이시래유?"

서낙배기 장난꾸러기 아이. 자인(慈仁)장 바소쿠리 입이 크거나 큰 몬을 가리키는 말임.

"사과떡 가는 길 아니드라고. 언니 있쟈?"

큰개 입이 다시 벌쭉하여지는데, 춘동이는 고개를 외로 꼬았다. 지그시 아랫입술을 깨어무는 그 아이 눈에 그렁그렁 물기가 어리는 것을 본 큰개는 성큼 한 걸음 다가섰다. 그 사내가 다급하게 물었다.

"언니한테 뭔 일이 있당가?"

말없이 힘껏 눈을 감았다가는 뜨고 다시 또 힘껏 눈을 감았다가는 뜨기를 몇 번이고 되풀이하던 춘동이가 조그맣게 말하였다.

"큰일을 내구 나서 야반도주를 했구먼유."

"엉?"

"아저씨가 댕겨가신 그담 해 늦봄이 그만 장달음을 놨단* 말유."

"허, 이런 변이 있나."

타는 듯 붉은 새털구름 한 무더기가 느릿느릿 모걸음질*을 치고 있는 하늘을 한 번 올려다보고 난 큰개는

"워쩌코롬 된 사연인지 좀 찬찬히 말해보드라고이."

말하고 나서 숨을 한 번 크게 들이켰다가 천천히 내어쉬었다. 그 사내는 고의춤에 손을 넣더니 돌통대*를 꺼내어 들었고 춘동이가 마른침을 삼키었다.

장달음 놓다 뺑소니 치다. **모걸음질** 모로 걷는 걸음걸이. **돌통대** 흙이나 나무로 만든 담뱃대.

"장순전나리라구 지셨넌디…… 그 으른이 관차를 쌔렸다넌 조이목이루다 원옥이루 끌려가셨구먼유. 우리 언니가 이마빡 흰 개산 대호를 맨손이루 쌔려잡었넌디……"

너무도 엄청난 일인지라 어디서부터 어떻게 선은 이렇고 후는 이렇다고 이야기 자초지종을 풀어 나가야 좋을지 몰라 수염에 불 끄듯° 말하던 춘동이는 털푸덕 소리가 나게 서 있던 자리에 주 저앉으며 이이— 하고 끝내 울음을 터뜨리었다. 그 아이 울음소 리가 흐느낌으로 바뀌면서 조붓한 어깨가 잔물결처럼 가느다랗 게 흔들리는 것을 이윽한° 눈빛으로 내려다보던 큰개는 헛기침 을 하였다. 다시 한 번 하늘을 올려다보고난 사내가 쭈그리고 앉 으며 솥뚜껑 같은 손으로 그 아이 등짝을 쓸어주었다.

"그치거라. 대장부사내라면 모름지기 울음을 애껴아 쓰는 법 이니……"

그러나 한번 터진 울음주머니가 그치라고 한다 해서 쉬 그쳐 지겠는가. 땅이 꺼질 것 같은 아버지 한숨소리에서나 엿볼 수 있 을 뿐 언니가 저지른 그 큰일에 대해서는 누구도 입을 열어 말을 하는 사람이 없었고 춘동이 또한 가슴속 저 깊은 밑바닥에나 가 라앉혀둔 돌멩이였을 뿐 단 한 번도 울음을 보인 적이 없었는데, 큰개 체수가 만동이와 어상반한 탓인가. 큰개라는 사내를 만나

─────────────

이윽하다 느낌이 그윽하다. 또는 뜻이나 생각이 깊다.

게 되자 그만 저도 모르게 터져 나오는 울음인 것이었다. 배다른 언니인 만동이와는 팔팔결˚로 수파련水波蓮에 밀동자˚같이 생긴 춘동이였으나 곧고 단단한 심지에 백령백리한 아이종인 그 아이 여린 두 뺨 위로 쉴사이없이 눈물이 흘러내리고 있었다.

"잦힌 밥이 멀랴, 말 탄 서방이 멀랴˚. 기다리거라."

혼잣말인 듯 중얼거리며 큰개가 춘동이 손을 잡자 그 아이는 큰개 손을 움켜쥐며 부르르 떨었다.

"기다리거라. 진실로 장부된 자라면 짜장˚ 한 번 크게 울어야 쓸 날이 있을 것인즉."

느릿느릿 말하며 큰개는 돌통대를 입에 물었고, 피꺽. 피피꺽. 딸꾹질 섞인 울음엣소리 몇 번으로 눈물을 거둔 그 아이는 팽 소리가 나게 맑은코를 풀었다. 그 아이 목소리는 차분하게 가라앉아 있었다.

"……말두 마셔유. 그런 날리가 읎었으니께. 그게 그러니께……"

일 자초지종을 다 듣고 난 큰개는 춘동이 어깨에 손을 얹었다.

"욕봤구나."

"저야 뭐 뜻이나 알었간듀."

"으른덜이 곡경을 치르셨것어."

"아부지가 빈부장이란 삼부리˚헌티 초달당허신 것이야 큰사

_____

팔팔결 엄청나게 어긋난 일. 또는 그런 꼴. 팔결. **짜장** 과연. 정말로. **삼부리**
포교捕校 우두머리.

34

랑나리께서 몸소 원을 만나 빼내오셨지면……"

"그란디?"

"윤가네 들때밀˚챗것덜이 워찌나 부라퀴˚마냥 달겨드넌지……"

"윤경재란 자가 워쩌코롬 되얐다구 했재?"

"황포수란 사람 방포 한 방이 보름뵈기 됐다니께유."

"끙."

"윤됭지 지차늠 보름뵈기˚된 거야 잘코사니˚지먼 젤 안된 게 덕금이구먼유. 게다가 친상까지 당헤서 막대 잃은 장님˚꼴이 됐으니……"

"허."

"개다리참봉 윤됭지늙젱이 달첩˚이루 죽을 긱깅만 치루다가 그나마 소박을 맞구 반실성을 헌 사람이 됐으니……"

"시방까지 종무소식이란 말이여?"

"언니유?"

"오냐."

"그렇다니께유. 죽었넌지 살었넌지…… 소식두 읎구 긔별두 읎슈."

"허, 아깝구나. 시호시호 어시호, 마침내 때가 이르렀음이어

들때밀 서슬푸른 양반 고달부리는 사나운 하인. **부라퀴** 1.야물고도 암팡스러운 사람. 2.이끗 있는 일이면 기를 쓰고 덤벼드는 사람. **보름보기** 애꾸. **잘코사니** 남 불행이 마음에 고소하여 하는 말. **달첩** 한 달로 도장찍고 남자에게 몸을 파는 여자.

늘······"

큰개는 돌통대를 입에 물었다. 지난해 동짓달 삼례參禮 역말에서 수천 동학도인東學道人들을 모아 완영*까지 가본 적이 있는 큰개였다. 삼월 초순경 보은報恩 땅에서 다시 모이기로 한 일로 만동이를 만나러 온 길이었다. 집채만 한 멧돼지 뿔을 빼고 맨손으로 범을 때려잡은 장사여서가 아니라 어쩐지 친동기간같이 진더운* 마음이 드는 만동이였다. 무엇보다도 일해대사*가 마음속 깊이 점을 찍어두고 있던 사람 아니었던가. 수운水雲선생 원통한 일을 풀어달라고 완백*까지 만나본 그였으나 영 마음에 차지 않았다. 일해대사 은밀한 당부도 당부지만 만동이만 만나고 보면 부슨 시원한 모양도리*를 찾아볼 수 있으리라는 바램이 있었다. 헛바람 새는 소리만 나는 동부리*를 몇 번 빨아보던 그 사내는 벌떡 몸을 일으키었다.

"딸오너라."

한마디 던지고는 휘적휘적 길섶 안쪽으로 걸어가며 큰개는 좌우를 살펴보았다. 큰기침 몇 번으로 목을 고르고 난 그 사내가 시조가락 같기도 하고 판소리 같기도 하며 또 어떻게 들으면 무슨 타령 같기도 한 소리를 웅근* 목청으로 뽑아제끼는 것이었으니—

완영(完營) 전주 감영. **진더운** 참으로 가까운. **일해대사**(一海大師) 서장옥. **완백**(完伯) 전라감사. **모양도리**(模樣道理) 일을 해나갈 수 있는 어떤 꾀. **동부리** 담뱃대 물부리. **웅글다** 소리가 웅숭깊고 우렁우렁 울리는 힘이 크다.

벽상에 갈이 울고

흉중에 피가 뛴다

살오른 두 팔뚝이

밤낮에 들먹인다

시절아 너 돌아오거든

왔소 말을 하여라

  화장걸음*으로 길섶을 지나 훨씬 안쪽으로 들어가던 큰개는 걸음을 멈추었다. 상수리나무 도토리나무 물푸레나무 우거진 수펑이* 속 공터였다. 멍석 서너 닢 깔 만한 민틋한* 풀밭. 잎 떨어지는 나뭇가지 끝으로 녹다 만 고드름이 보이고 풀밭에는 희끗희끗 잔설이 보이는데, 몇 점이나 되었는가. 어리중천*에서 쏟아져 내리는 햇살이 밝다.

  인적이 끊어진 깊은 숲속인 탓인가. 공중 후꾸룸한* 생각이 든 춘동이가 가까이 다가가지를 못하고 이만큼 떨어진 상수리나무에 한 팔 짚고 서 있는데, 햐. 전후좌우를 눈대중으로 뺌어보던* 큰개가 문득 모두걸이*로 한 길이나 좋이 되게 몸을 솟구쳐 오르는가 싶더니, 우지끈 소리가 나면서 나뭇가지 하나를 꺾어 쥐는

화장걸음 화장을 벌리고 뚜벅뚜벅 걷는 걸음. 화장: 옷 겨드랑이부터 소매 끝까지 거리. **수펑이** 숲. **민틋하다** 울퉁불퉁한 곳이 없이 비스듬하다. **어리중천** 허공중. **후꾸룸하다** 어쩐지 무서운 생각이 든다. **뺌어보다** 재어보다. **모두걸이** 두 발을 한데 모아 붙이고 뛰거나 넘어지는 것.

것이었다. 장정 손으로도 집게뼘*은 실히 되어보이는 물푸레나무 가지였다. 그것을 무릎에 대고 삭정이 꺾듯 가볍게 꺾어 서너 자 길이 몽둥이로 만든 큰개가 두 발을 모으며 똑바로 섰다.

　왼손으로 몽둥이를 잡고 손목을 뒤집어 밖으로 세우더니, 왼발을 앞으로 한 발 내어딛는 것과 함께 오른발을 무릎 높이로 들어올리었다. 도감병정으로 들어가면서 익혀둔 바 있는 검법이었다. 오른발을 드는 것과 함께 오른손으로 목검을 바꾸어 잡으며 연이어 안쪽으로 스쳐 올리는 것이었으니, 본국검보本國劍譜에 나오는 지검대적세持劍對賊勢와 내략세內掠勢를 잇달아 펼쳐 보인 것이었다. 진전격적세進前擊賊勢와 금계독립세金雞獨立勢와 후일격세後一擊勢와 전일자세前一刺勢를 거쳐 맹호은림세猛虎隱林勢까지를 검보 가르침에 맞게 한 줄로 쫙 한 번 펼쳐 보이고 난 큰개는, 움직임을 멈추었다. 잠깐 숨길을 고르고 난 그 사내는 문득 입을 열어 웅글한 목청으로 노래를 부르며 노래에 맞추어 갈을 쓰기 시작하는 것이었다.

　시호시호 이내시호 부재래지 시호로다
　만세일지 장부로서 오만년지 시호로다
　용천검 드는갈을 아니쓰고 무엇하리

집게뼘 엄지손가락과 집게손가락을 편 거리.

무수장삼 떨쳐입고 이갈저갈 넌즛들어

호호망망 넓은천지 일신으로 비껴서서

갈노래 한곡조를 시호시호 불러내니

용천검 날랜갈은 일월을 희롱하고

게으른 무수장삼 우주에 덮여있네

만고명장 어데있나 장부당전 무장사라

좋을시고 좋을시고 이내신명 좋을시고.

춘동이와 헤어져 가풀막*진 산길을 한참 동안 걸어 올라가던 큰개는, 오매 징헌 것. 퓨우— 하고 휘파람소리와도 같이 긴 숨을 뽑아내었다. 정강말*을 타더라도 새벽밥 먹고 떠나기로 하면 해 전에 이백릿길쯤 거뜬히 대어갈 수 있는 명색이 장사로서 힘이 부쳐서가 아니라, 외기러기 짝사랑°으로 헛물만켰당게. 탕갯줄* 이 풀어지듯 사지 가닥이 죄 풀어지면서 빈속에 다모토리* 몇 잔 을 거푸 들이부었을 때처럼 녹작지근하여*지는 다릿심인 것이 었다. 저 아래로 아랫말과 향곳말이 내려다보이는 잿마루였다.

지축이 흔들리는 것 같은 발짝 소리에 놀란 산새들만 이따금 포르르포르르 날아오를 뿐 낮뒤*가 훨씬 지난 산길은 고즈넉하

───────────────

가풀막 가파르게 비탈진 땅바닥. **정강말** 정강이 힘으로 걷는 말이라는 뜻으로 무엇을 타지 않고 제 발로 걷는 것. **탕갯줄** 몬을 동인 줄을 죄어치는 연장. **다모토리** 1.큰잔으로 파는 소주. 또는 그것을 파는 집. 2.소주를 큰잔으로 마시는 일. **녹작지근하다** 온몸 맥이 풀려 괴롭고 몹시 나른하다. **낮뒤** 하오下午. '오후午後'는 왜말임.

기만 한데, 뒤가 급한가. 아니면 소피. 오른쪽 손을 뻗쳐 삿갓을 조금 들어올리며 네둘레를 한 번 휘둘러보던 그 사내는 성큼성큼 길섶 안쪽 수평이속으로 들어갔는데, 어? 긴 소피 한 차례 볼 시각쯤 지난 다음 다시 길 위로 나선 그 사내 모습은 영 딴판으로 바뀌어버린 것이었다.

깍짓동만이나 하게 엄장 큰 체수에 텁석부리수염만 보이게끔 깊숙이 삿갓을 눌러쓰고 있는 것이야 조금 전과 똑같았지만, 입성*이 달랐다. 굴뚝 막은 덕석* 같은 맞붙이 위로 걸치고 있던 개잘량둥거리 대신 은은하게 반물*빛 나는 중치막*을 걸치고 있는 것이었으니, 소도적놈같이 우락부락한 몰골만 아니라면 그대로 허영허제*라. 몰골 또한 삿갓에 가려 잘 보이지 않으나 차림새로만 보아서는 언뜻 힘꼴 하나 믿고 주유천하하는 대처 오입쟁이 명색 분명쿠나. 삿갓 벗겨 태 넓은 통량갓이나 올려놓고 산죽뿌리로 된 대갓끈이라도 늘여뜨린다면 깎은 선비 따로 있으랴.

뉘엿뉘엿 해가 지고 있었다.

양반들 모여 사는 향굣말 쪽으로는 저녁밥 짓는 연기 자욱한데 상것들 모여 사는 아랫말 쪽 하늘 위로는 올라가는 것이 적다. 아무리 박박 쓸고 또 쓸어봐야 귀떨어진 사슬돈*푼 한 닢 주워볼 가망 없는 마당 쓸어 모아진 짚검불쪼가리로 군불이나 지피는지

입성 ‘옷’ 저잣바닥 말. 덕석 추울 때 쇠등을 덮어주는 멍석. 반물 검은빛을 띤 짙은 쪽빛. 중치막 선비들이 입던 웃옷. 허영허제 헌칠하고 끼끗하고 열기 있고 시원스러워 엄청난 일을 할 듯한 사람. 사슬돈 푼돈.

찰기 없이 올라가는 연기만 이월 초순 스산한 저녁바람에 이리
저리 흩날리고 있다. 연기를 보고 짖어대는 워리개 목청에도 힘
이 없는데 서낙한* 아이들 조잘거리는 소리만 아득하다.

　해 저물어 쓸쓸한 마을 길에 사람은 드문데
　어디서 통곡하는 소리 귀가 아프도록 들려온다
　뒤주 항아리 텅 비고 빈 베틀만 덩그런데
　부뚜막에 노구솥 가마솥 진작 빠져 나갔구나
　남편은 칼 쓰고 자식은 차꼬 차고 옥 안에 갇혀 있으니
　채찍질에 남은 살갗 썩은 냄새만 난다오
　사람이 사는 것이 이 지경에 어이 견디리오
　차라리 영영 죽어나버려 땅보탬 되느니만 못하리라
　하늘을 바라보고 부르짖으며 울밑에서 진종일 울어도
　하늘조차 대답이 없으시니 다시 어느 누구를 믿으리요.

"외손뼉 혼자서° 워쩌코롬 운당가."
　중얼거리며 걸어가던 큰개는 문득 털푸덕 소리가 나게 주저
앉았다. 똥누는 사람 모양으로 잠깐 주주물러앉아* 있던 그는 고
의춤에 손을 넣어 돌통대를 꺼내었다. 꾹꾹 눌러 막불겅이*를 다

서낙한 버릇없는. **주주물러앉다** 섰던 자리에 그냥 내려앉다. **막불겅이** 풋담
뱃잎을 말린 아래치 담배.

져넣고 나서 부시를 긁어대는데, 무슨 골똘한 생각에 잠겨 있느라 손이 자꾸만 헛나가서 불이 잘 안붙는다. 한참 만에야 간신히 불을 댕긴 그 사내는 긴 연기를 내어뿜었다.

우우 우우.

덜미*를 할퀴고 지나가는 재넘이* 소리가 차츰 커지면서 볼따구니께가 선뜩하였다. 부르르 진저리를 치며 만져보니 차가운 물기였다. 싸래기 도막같이 팔팔 흩날리는 가랑눈이었고, 이런 넨장맞을. 우황* 든 소같이 빡빡 소리가 나게 동부리를 빨아들이는 그 사내 이맛전에 굵은 이랑이 파이고 있었다.

"자고로 열 길 물 속은 알어두 한 길 사람 속은 모른다*더니, 내가 꿩을 매루 봤단 말인가. 고라니새끼를 호랭이루 봤어."

중얼거리며 큰개는 도머리를 치었다*. 스쳐 지나가는 인연으로 오다가다 잠깐 만나 우스갯소리 섞인 울화나 문득 터뜨려 본 사이일 뿐, 무슨 연비를 맺은 바도 없고 끽긴한* 약조를 한 바도 없다. 군변 때 왜국 병정들을 총창질로 받아넘기던 일이며 통안대궐* 동쪽 선인문을 지키고 있다가 청국 병대와 맞불질하던 거의삼일擧義三日에 대해서만 잠깐 이야기하여 주었을 뿐, 동학은 더구나 알지도 못하였다. 수운선생 함자야 들어보기는 하였지만 개남장開南丈을 어찌 알고 전녹두全綠豆를 어찌 알며 일해대사를

덜미 어깻죽지. 재넘이 산에서 내리부는 바람. 우황(牛黃) 쇠쓸개에 병으로 생기는 뭉친 몬. 도머리를 치다 '아니라'고 가로젓다. 끽긴(喫緊)한 매우 종요로운. 통안대궐 창덕궁昌德宮.

어찌 알았으랴. 사발통문* 어찌 알고 사인여천事人如天 어이 알았으리. 가난뱅이 부자 되고 상놈도 양반 되는 무궁한 그 조화를 어이 알았으리.

났네 났어 난리가 났어. 에이 참 잘되얐지, 그냥 이대로 지내서야 백성이 한 사람이나 남아 있겠나.

사발통문 돌릴 일만 생각하면 얼마나 신명이 나는지. 그런데 무슨 까닭으로 그러한 생각이 들었던 것일까. 태생이 다르고 처지가 다르며 등 붙이고 살아가는 곳 또한 서로 다르므로 내왕은 없었으되 마음속으로 굳게 믿어왔던 만동이였다. 동생도 몇째 동생이 될 손아랫사람이지만 친동기간 이상으로 진더운 정이 가던 사람이었다. 지난해 시월 호우* 쪽 백성들 만여명이 금영*까지 몰려가 수운선생 원통한 일을 풀어달라며 금백*한테 종주먹을 대었다*는 말을 듣고 숨가쁘게 물어보았던 큰개였다. 만동이가 앞장을 섰을 거라는 생각이었다. 동학에 입도하였을 것이라는 믿음이 꼭 있어서는 아니었다.

가난뱅이가 부자 되고, 상놈은 그만두고 상놈도 못 되는 종놈 종년에 백장에 재인광대며 외대머리 몽구리 갓바치 감투쟁이 갓쟁이 고리백장 골편수 도리편수 굽대정 놋갓쟁이 도림쟁이 돌쪼시 동산바치 딱쇠 또드락쟁이 마전쟁이 무두쟁이 뭇지위 불대정

사발통문(沙鉢通文) 목대잡이를 숨기려고 손잡은 이들 성명을 사발꼴로 둥글게 빙 돌려 적은 두루알림글. **호우**(湖右) 충청우도. **금영**(錦營) 공주감영. **금백**(錦伯) 충청감사. **종주먹 대다** 주먹으로 쥐어지르며 을러대다.

불편수 사발대정 삿갓쟁이 솔쟁이 싸개쟁이 오림쟁이 옥바치 잿물쟁이 짚신할아범 상머슴 곁머슴*꼴머슴 나루치 난장꾼 날품꾼 닦이쟁이 더부살이 말몰이꾼 매죄료장수 메구리 배꾼 산지기 상두꾼 염쟁이 여리꾼 중노미 주릅 채꾼 청지기 칼짜 장돌뱅이 마병장수 방물장수며 아전 사령 역졸까지, 무릇 인두겁*을 쓰고 태어난 사람 종자라면 죄 양반 되는 세상을 만들 수 있다는 말이 좋아 완영까지 몰려갔을 뿐이었지, 굳이 동학 깊은 뜻을 알아서는 아니었다. 또 알고 싶지도 않았다.

여간한 집 대소상 제사보다 훨씬 굉장하고 여간한 집 잔치상보다도 굉장하게 장에 가서 사온 삼색실과며 감주며 민어포며 백미 한 말이며 돈 한 토리*며 흰밥에 흰떡에 안 오르는 것 없이 온갖 예물 다 갖추어놓고 입도식을 치르기는 수천 남도 쪽 백성들이 삼례 역말로 모여들기 직전이니, 아직 석 달이 채 못 되었다. 일해대사 주선이었다.

그러나 여태도 삼팔주三八呪 스물 넉자 주문밖에는 외우고 있지 못한 큰개였는데, 허나 또한 무엇하리. 입도식은 무엇이고 삼팔주는 또 무엇이라는 말인가. 길 가던 자는 우물이나 개천을 보고 입도하고 산에서 나무하던 자는 숫돗물을 놓고라도 입도하면 될 터. 하루라도 먼저 하면 하루 더 양반이요 하루라도 뒤져 하면

곁머슴 원머슴 곁에서 잡일을 거들던 아이머슴. **인두겁** 사람 탈. 사람 겉꼴. **토리** 꾸미.

하루 더 상놈이라. 양반 상놈 구별 없어 상하 없고 귀천 없고 남녀 없고 존비 없이 사람마다 똑같으니, 인내천人乃天. 사람이 곧 한울이요 한울이 또한 곧 사람이니 어디서든 만나면 서로 맞절하고 서로 말 올려주며 밥이 되면 밥으로 죽이 되면 죽으로 감자만 쪄도 집집이 돌리고 콩 한쪽도 서로 나눠먹으면서—

두리둥둥 꽹매꽹 어널널널 상사뒤여— 어— 여— 루 상사뒤여. 대장부 한세상에 할 일이 많건만은 우리네 농군들은 일만 하고 밥만 먹고 술만 먹고 잠만 잔다. 어— 여— 루 상사뒤여. 이 논배미를 어서 매고 장구배미*로 건너가자. 어여루 상사뒤여. 서 마지기 한 배미가 반달만큼 남았네. 네가 무슨 반달이냐 초생달이 반달이지. 어여루 상사뒤여. 담배 먹세 담배 먹세 담배 먹고 다시 매세. 두리둥둥 꽤갱맥 어널널널 상사루뒤여—

농사를 지으면 될 게 아닌가.

애기장수도 왔습디여?

그 어떤 기다림으로 가슴 두근거려하며 숨가쁘게 다시 한 번 물어보았으나 일해대사 혼잣소리 같은 대꾸는 엉뚱한 것이었다.

장비더러 풀벌레 그리라고 할까°?

더욱 더 끼긴한 대목에 가서 쓰일 사람이라는 뜻을 못 알아듣는 것은 아니었으나, 여간 맥이 빠지는 것이 아니었다. 항것* 뫼

장구배미 장구처럼 가운데가 잘록한 논배미. **항것** 종이나 머슴이 모시는 주인. 상전上典.

시고 살아가야 하는 처지가 처지인지라 자기와는 경우가 다르다고 마음을 가라앉히기는 하였으나 어딘지 모르게 서운하여지는 마음이었다. 그리고 그때는 그렇다고 하더라도 시방은 또 무어라는 말인가. 양반쳇것들 문자로 시중時中이라 하지않는가. 수운선생 검결劍訣에도 나오듯 시호 시호 어시호 때가 이르렀음이어늘…… 예라이순 졸장부 같으니라고. 장아무개라는 그 양반댁 큰애기 인물이 아무리 양귀비 외딴치는 일색°인지는 모르지만, 그럴 수 있다마시. 아니할말로 아무리 씹이 좋고 보지 본 좆이라지만 그럴 수가 있당가. 예라이순. 갓방에 인두 달 듯°혼자서 증을 내다 말고

"만뒹이이!"

소리쳐 불러보는 큰개 두 눈이 습벅습벅하여°지는 것이었으니—

고담에 이르기를 장사 나면 용마 나고°문장 나면 명필 난다 하였으니 그대 상부하자 내 오늘 여기 와서 삼물조합 맞았으니 곳 본 나비 불을 헤아리며°물 본 기러기 어옹을 두려워할까°. 그 성세와 그 가문 내 알고 내 형세와 내 가문 그대 알 터이니 우리 둘이 자수성가할 셈 잡고백년동락 어떠한가.

삼례역말 때도 느낀 것이지만 창槍 봉棒 도刀 검劍 권법拳法 격

일색(一色) 빼어나게 아름다운 여자. '미인'은 왜말임. 습벅습벅하다 눈을 감았다떴다 하다.

구擊球 마상재馬上才 궁술弓術 총술銃術 같은 이십사반무예는 그만 두고 몽둥이질 하나 제대로 할 줄 모르는 핫바지들 수천 명 아니라 수만 명이 모여본들 무엇하나. 아랫녘 쪽은 내가 맡는다 하고 호서 쪽을 맡아줄 사람으로는 아무래도 만동이밖에 없다는 생각이었다. 뚜렷하게 명토박아* 무슨 당부를 하지는 않고 다만 한번 만나보고 오기나 하라던 일해대사 뜻 또한 마찬가지라는 생각이었는데, 퓨우. 오로지 그 생각 하나로 허위단심* 삼백릿길을 달려왔건만, 그 사람은 없다.

양반댁 큰애기를 꿰어차고 장달음을 놓았다니 어느 골짜기에 틀어박힌 산돌이* 되어 보리감자나 뒤져 먹는지, 타고난 용력과 무예 장하니 도적이 되었더라도 구메도적*은 아니고 화적이 되었겠지만, 제 아무리 활빈하는 명화적*이 되었다고 한달지라도 도적은 도적. 도적놈 주제로서야 하늘을 이고 도리질을 할° 수는 없는 노릇 아닌가.

공중 떠오르는 이런 저런 사사망념*에 제 설움만 복받쳐 오르면서 천지간에 문득 혼자라는 생각이 드는 큰개였다. 부르르부르르 온몸이 떨려왔다. 너르나 너른 천지간에 무릎맞춤* 한번 옹골지게 하여볼 사람 없다는 생각에 김만경金萬頃 들판같이 넓은

명토박다 낱낱이 누구 또는 무엇이라고 모집다. **허위단심** 갈 곳에 이르려고 허우적거리며 매우 애를 씀. **산돌이** 산에 익숙한 사람. **구메도적** 좀도둑. **명화적**(明火賊) 대낮에도 홰를 들고 떼를 지어 다니던 도적. **사사망념**(邪思妄念) 좋지 못한 여러 가지 생각. **무릎맞춤** 높낮이와 잘잘못을 따져 마음을 모으는 것.

그 사내 가슴에는 썰렁한 그 무엇이 스치고 지나가는 것이었다.

"끄응."

큰개는 몸을 일으키었다. 착잡한 심사로만 하자면 적적절 철산회상鐵山和尙이고 동학 접주接主 박朴아무개고 간에 다 그만두고 하염없이 밤새껏 걷고만 싶었다. 그러나 그 사내 발길이 접어드는 곳은 아사衙舍 뒤편 객관客館 쪽이었으니, 우선 목이 컬컬하여 견디기 어려웠던 것이다. 춘동이한테 들은 말도 있겠다 아무래도 몇 놈쯤 반죽음은 시켜놓고봐야 직성이 풀릴 듯하였다. 노을이 잦아들면서 땅거미가 드리운 지 오래인 길 위로는 서너 간통 앞이 잘 안 보이게 어둠이 깔리고 있는데, 눈발은 어느덧 그쳐 있었다. 희끗희끗 잔설이 깔려 있는 밭고랑에는 허접쓰레기들만 바람에 흩날릴 뿐 워리개 한 마리 보이지 않는다. 그 사내는 걸음을 재촉하여 옥담거리로 들어섰다.

"이리 오너라아!"

붉은 등이 내어걸려 있는 평대문 앞에서 길게 부르는 큰개 목소리는 한껏 조뺀* 것이었다. 면수面囚 길 나선 민인들이 숙식을 하는 주막거리에서도 훨씬 안쪽으로 들어간 곳에 있는 생짜집* 골목이었다. 그 골목에서도 가장 위쪽으로 붙은 막다른집. 읍치

조뺀다 조촐한 티를 내다. **생짜집** 기생집.

안에서 홍등을 내어걸고 있는 기생들 가운데서도 가장 나은 인물이요 가무음률 또한 가장 윗길인 소춘小春이가— 멀리서 보면 죽은 말 눈깔같고, 가까이서 보면 고름이 흐르는 종기 같으며, 두 볼에 이빨 하나 없는 살 사이 그것 하나만으로 숱한 오입쟁이들 동곳*을 뽑아들이는 곳이었다.

"이리 오너라아!"

큰기침과 함께 다시 한 번 불러보는 큰개 목소리에 힘이 들어갔다. 그제서야 잘잘 신발 끄는 소리가 나면서 대문이 삐끗이 열리었는데,

"아이그머니나!"

머리 끝만 비쭉 내어밀던 계집아이가 흠칫 놀라며 쉿된 소리를 내었다. 대련사질 사천왕 또는 금강역사만이나 한 어처구니*사내가 대문간이 꽉차게 서 있는 것을 보고 저도 모르게 그만 내어지른 소리였다. 이제 겨우 귀밑 솜털이 벗기어져 가랑이 사이에 개짐*을 찰 나이가 되었다고는 하나 생짜집 작은년이 노릇으로 잔뼈를 여물리어온 아이인지라 별의별 오입쟁이명색들 꼴 다 보아왔으나, 뭐 이런 작자가 다 있다는 말인가. 반물빛 은은한 중치막을 걸치고 있는 것으로 봐서는 반자돌림 분명한데 쇠도적놈 같은 텁석부리 하며 눌러쓴 삿갓과 무엇보다도 그리고 구척장송

동곳 상투가 풀리지 않게끔 꽂는 몬. **어처구니** 뜻밖으로 엄청나게 큰 사람이나 몬. **개짐** 월경대. 서답.

같은 체수에 그만 입이 딱 벌어지는 것이었다.

"까딱했으면 간떨어질 뻔했네."

계집아이가 앙가슴을 쓸어내리는 시늉을 하며 샐쭉하여진 목소리로

"이댁에 가는귀먹은 사람 읎구먼 웬 고래고함*을 질러대구 난리랴."

종알거리었고, 허. 요년 봐라. 아무리 양반의 새끼는 고양이새끼요 상놈의 새끼는 돼지새끼*라지만 창기집 손대기*년들까지 숫제 사람 취급을 안하는구나. 손대기질을 할망정 명색이 덥추* 집 하님이다 이 말이지. 저도 모르게 그만 불끈하고 솟구쳐 올라오는 욱기*였는데, 아니지. 이래서는 아니되지. 밭은기침 몇 번으로 욱기를 눌러 막으며 그 가짜 오입쟁이사내는 히뭇이* 웃었다.

"안에 선손들 많으시냐?"

"들어가봅시우."

"몇 분이나 계시느냐?"

"들어가봅시라는데 그러시네."

낙낙하지 않게 말하며 계집아이가 몸을 돌리었고, 이런 호로상녀르. 꿈틀하고 송충이눈썹을 비틀어 올리던 큰개 손이 콩소매* 속으로 들어갔다.

고래고함 '고래'는 '아우성'이라는 말이니, '커다란 소리'라는 뜻. **손대기** 잔심부름을 해줄 만한 아이. **덥추** 일이삼패 기생 모두. **욱기** 욱하고 치솟는 성깔. **히뭇이** 가뭇없이 히죽하게. **콩소매** 옷소매 밑 볼록한 어섯.

50

"얘야."

계집아이를 불러세우더니

"옜다. 방물할미 오거든 연지분이나 사 바르거라."

엽전 한 닢을 손에 쥐어주는데, 달빛 아래 반짝하고 빛이 나는 것이었다. 물고기 뱃가죽처럼 은은하게 흰빛이 나는 은전이었다. 휘둥그래진 눈으로 손바닥 속 것을 들여다보던 계집아이 목에서 꼴깍 하고 생침 넘어가는 소리가 났다.

"아이그 나리, 고맙습니다요."

"얘야."

큰개가 은근한 목소리로 불렀고

"네에, 나으리."

은전 한 닢이 들어 있는 손바닥을 꼭 오므리며 받는 말이 금방 깎아놓은 배처럼 여간 사근사근한 게 아닌데—

"한량들이 몇 분이나 되시느냐?"

"세 분인가…… 아니, 네 분유."

"누구누구시드냐?"

"네. 솔안말 윤선다님허구 읍내 한량들이시쥬."

"한량들이시라면?"

"박선다님 조생원 홍초시……"

하고 주워섬기는데, 지나가는 말인 듯 큰개가 슬쩍 물어보았다.

"윤선달이란 분이 삼방술*이 장하다든데…… 오늘도 그 유명짜헌 양총자루 메구 오셨데?"

"하이그, 말두 마셔유. 옛날에는 삼방술이 장했는지 사방술이 장했는지 물르지면 보름뵈기 된 담부턴 장 술루 사는걸유. 그 바람이 우리 아씨만 월마나 속을 썩이는지 물른다니께유."

종지리새 열씨 까듯 종알거리는 작은년이를 바라보며 큰개는 빙긋 웃었다.

"늬 아씨가 절색이라지?"

"절색이면 뭐헌대유?"

"응?"

"낙적*헐 날두 월마 안 남었으니께유."

"아뿔사."

"왜유? 우리 아씨 낙적허신다넌디 왜 그렇게 놀래신대유?"

"그렇지 않구. 호서지중에 일등기인 소춘이가 이 대흥땅에 있다는 말 듣구 불원천리 찾어왔건만 가는 날이 장날이라구 어느 양반댁 고마*로 들어앉게 되었다니, 낭패가 아니구 뭣이여."

"들어가보기나 하셔유. 우리 소춘아씨야 윤선달인지 보름뵈긴지 허는 반치기헌티 코를 꿰게 생겼지먼 새로 온 아씨가 지시니께."

춘동이한테 대충 듣기는 하였으나 작은년이를 통하여 다시 윤

삼방술(三放術) 화승총으로 연달아 세 방 쏠 수 있는 재주. 낙적(落籍) 기생 발기에서 몸을 뺌. 고마 첩.

경재尹敬才와 소춘이 아랑곳°이며 오늘 밤 놀러 나온 오입쟁이들 근지를 알게 된 큰개는 그만 가보라는 손짓을 하였다. 출랑대며 멀어져가는 계집아이 댕기꼬리를 잠깐 바라보던 그 사내는 기생방 쪽으로 천천히 걸음을 옮기었다. 당덩흥당다렁딩딩더라딩딩 딩덩딩당들 덩딩당덩딩딩슬당딩딩지로······ 굽이치며 흘러가는 물소리 같고, 반공을 소소리쳐°오르는 소리개 나래짓 같으며, 온갖 곳들 우거진 곳밭 위를 날아다니는 참벌소리와도 같은 줄풍류°에 맞추어 흘러 나오는 세영산細靈山은 잔도드리°보다 빠른 우조가락 도드리인데, 에헴! 큰개는 헛기침 한 번으로 기척을 내며 장지문을 열더니,

"들어가자!"

왕방울로 솥 가시듯 꺾긴 수리목 한마디를 던지었다. 한눈에 들어오기를 탕이나 적만 하여도 한 가지가 아니라 여러가지요, 새와 짐승 꼴을 본떠서 만든 유밀과에, 뿐인가.

『춘향전』에 나오듯이 대양판 가지찜, 소양판 저육찜, 풀풀뛰는 숭어찜, 포도동 나는 매조리탕에 동래 울산 대전복 대모장도 드는 갈로 맹상춘이 눈썹채로 어슥비슥 오려놓고, 염통산적 양볶이와 춘치자명 생치다리, 적벽대접 분원기에 냉면조차 비벼놓고, 생률 숙률 잣송이며 호도 대초 석류 유자 준시같은 온갖 실과

아랑곳 관계. 이음고리. 까닭. **소소리치다** 높이 솟아오르다. **줄풍류** 거문고를 사북으로 하는 줄악기. **잔도드리** 정악正樂과 민속악에서 두루 쓰이는 장단 하나로, 빠른 도드리임.

가 치수 있게 고여진 소반 곁들인 교자상을 가운데 놓고 빙 둘러 앉아 얼씨구절씨구 추임새 넣던 선손들이 고개를 돌리었는데, 허. 쇳된 비명만 지르지 않았을 뿐이었지 작은년이가 그러하였던 것처럼 깜짝 놀랐다는 눈빛들이었다. 세상에 이런 가장비假張飛 같은°오입쟁이도 다 있다는 말인가.

"들어가자."

큰개가 다시 한 번 이번에는 좀더 크게 말하였고, 그제서야 허위대°큰 선손 하나가 마지못한 듯 대꾸를 하였다.

"들어오우."

큰개가 삿갓을 뒤꼭지 너머로 훨씬 잦혀 넘기며 외갓집 들어가듯° 쑥 들어서더니, 좌중을 한 번 쓱 훑어보았다. 대흥이 비록 대읍은 아니나 내포칠읍 가운데서도 가장 물산이 풍족한 곳이요 그 가운데서도 방귀깨나 뀐다는 집안 자제들인지라 모두가 물고 뽑은 것 같이 미끈미끈한 한량들이었다. 큰개가 말하였다.

"평안들 허시우?"

짬짬하게°입맛만 다시고 있던 한량들 가운데 하나가

"평안허시우?"

역시 마지못한 듯 인사를 받는데, 허위대 큰 자였다. 큰개가 아랫목에 좌정하고 있는 윤경재 곁에서 가얏고 줄을 고르는 기생

허위대 볼품이 있는 키. **짬짬하게** 짬날 때마다. 틈틈이.

54

을 바라보았다.

"무사헌가?"

그제서야 갓스물이나 되었을까말까 한 어린 기생이 잔기침 한 번 버썩* 하더니, 앉은자리에서 슬쩍 올려다보고 나서 한 팔 짚고 인사를 하는데,

"안녕합시오?"

면치레로 한마디 던지고는 이내 가얏고줄만 매만지는 것이었으니, 깐에 믿는 구석이 있는 탓인가. 어디서 겉보리나 볶아먹다 온 멧부엉이*냐는 듯 잔뜩 하시하는 빛이 뚜렷하였다. 그러거나 말거나 큰개는

"조여 앉읍시다."

한마디 던지며 술상 앞으로 발을 들여놓았고, 어쩔 수 없이 선 손들은 자리를 내어주었다. 낮부터 마시기 시작한 술이 과한지 비스듬히 벽에 기댄 채로 눈을 감고 있는 윤경재만 빼놓고는 모두들 요강 뚜껑으로 물 떠먹은° 낯빛들이었다. 큰개가 중치막자락을 좌우로 척 헤치며 앉더니, 옴파리 같은* 기생 얼굴을 바라보았다.

"무사한가?"

"평안합시오?"

버썩 힘주어. **멧부엉이** 촌놈. **옴파리 같은** 오목조목하고 탄탄하고 예쁜.

기생이 속에서 잡아당기는 듯한 소리로 말하였고, 큰개는 돌통대를 꺼내었다. 헛바람 새는 소리만 나는 동부리를 몇 번 빨아보던 그는 담뱃대를 빼내었다. 그리고 훨씬 손을 뻗쳐 교자상 모서리 쪽에 놓여진 재떨이를 끌어당기더니 창그랑 창 창그랑 창 소리가 나게 놋재떨이를 두들겨 탄지˚를 털어낸 다음 꾹꾹 눌러 막불겅이를 다져넣더니 불을 댕기었다. 깊숙하게 몇모금 빨아들여 길게 연기를 뿜어내고 나서 선손들과 거탈수작˚을 하는데—

"좌중에 할말 있소."

"무슨 말이오?"

"주인기생 소리 한 자리 들읍시다."

갑신년 어름부터 서울 장안에서도 일패기생으로 유명짜한 일매홍─梅紅이 집 출입을 하며 어깨너머 귀동냥으로나마 익혀둔 바 있는 오입쟁이 격식인지라 책잡힐 것이 없었고 말소리 또한 똑딴 경아리˚ 그것이었다. 쇠도적놈 같은 상판과 모주 먹은 돼지 껄대청˚ 같은 목소리가 영 거슬리기는 하였으나 원체 어처구니인지라 딩딩한˚ 주먹에 면상을 한차례라도 얹어맞고 보면 그대로 납청장˚을 넘어 섭산적˚이 될 판이라 선뜻 무어라고 납박을 주지는 못한 채 똥 먹은 곰 상을 하고 있던 한량들은, 이것 봐라 싶

탄지 담뱃대에 덜 타고 남은 담배. **거탈수작** 실살없이 주고받는 말이나 짓. **경아리** 서울내기. **딩딩하다** 힘이 옹골차고 든든하다. **납청장**(納淸場) 평안북도 정주군定州郡에 있는 장. 몹시 언어맞아 납작하게 됨을 이름. **섭산적** 매우 많이 맞음을 이름.

은 낯빛이었다.

"좋은 말씀이오. 하냥 들읍시다."

역시 허위대 큰 한량이 받았고, 큰개는 기생을 바라보았다.

"여보게."

"네."

"자네 이름이 무엇인가?"

"취련이오니다."

"취련이."

"네에."

"시조 한 수 부르게."

"네에."

하고 대답을 한 기생이 잔기침 몇 번으로 목을 고르고 나서

매화—— 하——
예—— 헤잇 드으—— 웅
거 허이어 으얼 에
보옴 처—— 어—— 흐으
으으—— ㄹ이
도—— 오라—— 르고
오 혼 다야 어으이.

낮지도 않고 높지도 않은 중려中麗 평시조로「매화타령」한 장
을 부르는데, 허위대 큰 한량이 큰개를 바라보았다. 윤경재 앞방
석*인 박성칠朴性七이었다. 향곳말 사는 박진사朴進士 서자로 발
신을 못해서 그렇지 책권이나 읽은 사내였다. 술잔이나 얻어 걸
치고 투전 밑천이나 얻어 쓰는 재미에 입으로는 온갖 보비위 말
로 알랑방귀를 뀌고 있지만 마음속으로는 윤경재를 발샅에 때꼽
재기*만큼도 여기고 있지 않은 그 사내는 제법 주먹심도 지니고
있으니, 관차들과도 너나들이*를 하며 거들먹거리는 왈 왈짜*였
다. 듣기 좋으라고 아랫것들이 선다님을 내어붙이지만 실은 감
시監試에도 못 오른 반거충이*였다.

　박성칠이가 말하였다.

"통할 말 있소."

"예, 무슨 말씀이오?"

"객이 혼자서 다 들으면 우린 무얼 들으란 말이오. 나머지 시조
는 두었다가 듣자는 청 좀 합시다."

　큰개가 히뭇이 웃으며

"청 든다뿐이오."

하더니 취련이를 바라보았다.

"여보게."

앞방석 이제 '비서' 격. **너나들이** 서로 너니나니 하면서 허물없이 터놓고 지
내는 사이. **왈짜**(曰子) 말투가 얌전하지 못하고 수선스러운 사람. 왈패. **반
거충이** 무엇을 배우다 그만둔 사람. 반거들충이. 벗장이.

"네."

"시조 삼 장 다 듣잤더니 친구가 청을 하시니 나머지 시조 두 장은 이다음에 나 오거든 하라기 전에 하렷다."

"네."

"욕봤네."

큰개가 담배 피우던 것을 재떨이에 대고 털어낸 다음 새로 한 대를 붙여 기생한테 내어밀며

"주인사람 담배 멕이오."

취련翠蓮이가 담뱃대를 받아드는데, 기생방에 든 오입쟁이 격식에 따라 하여오는 거탈수작인지라 두말없이 담뱃대를 받아들기는 받아들면서도, 도무지 마뜩하지 않다는 듯 여간 실쭉한˚ 낯빛이 아니었다. 윤경재와 사랑싸움 끝에 병탈˚하고 누운 코머리˚ 소춘이 대신 오입쟁이들 상대를 하고 있던 그 외대머리˚로서 는 여간 심기가 상하는 게 아니었다. 오늘 저녁 놀아주는 놀음차˚ 야 윤경재한테 받아내면 될 것이었지만, 운봉이 내 마음을 알지˚. 마음에 걸리는 것이 박성칠이었으니—

막대 잃은 장님같이 옴나위˚를 못하는 사점박이˚일망정 풍신 좋고 언변 좋고 학식 있고 경우 바른데, 더하여 씻은 배추줄거리 같은˚ 허위대로 주먹심까지 좋은 풍류남아 유협遊俠 아닌가. 보

실쭉하다 싫어하다. 병탈(病頉) 병으로 말미를 바라다. 코머리 우두머리 기 생. 외대머리 기생. 놀음차 기생이나 악공들에게 주던 것. 해웃값. 옴나위 꼼 짝할 틈. 사점박이(土點--) 서출.

름보기 된 다음부터 흑백 없는 술탁객*으로 세월아 네월아 계집명색들 다리속곳* 벗길 궁리나 하고 있는 윤경재 앞방석이라고 입 싼 상것들 손가락질해쌓지만, 슬. 진토에 묻힌 백옥이니, 슬인瑟人 춤에 지게 지고 엉덩춤 추는° 양반 아니구면. 한고조 유방劉邦이가 빨래하는 노파한테 밥을 빌어먹고 국태공 대원위대감이 상갓집 개 소리를 들었듯 시방은 비록 이렇게 엎드려 이나 죽이고 계시지만, 더부살이 환자 걱정°하지 말라지. 연작燕雀의 무리가 어찌 홍곡鴻鵠의 뜻을 알리오. 봄조개 가을낙지°니, 언제고 그 크신 뜻을 펴보실 날이 있을 터.

불치인류*여. 똑같이 인두겁을 쓰구 이 세상에 태어난 사람이 되 사람 취급을 못 받는 게 우덜 같은 스출庶出이다 이 말이여.

추적추적 궂은비 내리던 어느 밤이었던가. 목마른 사람처럼 급하게 다모토리 몇 잔을 들이붓고 나더니 핏발 선 눈으로 허공을 쏘아보며 부르짖던 박성칠이었다. 비록 양반 가문에서 태어났으되 어엿한 양반 행세를 하지 못하고 반사半士나 좌족左族 또는 사점박이 아니면 불치不齒로 불리면서 조상 향화를 받들지 못하는 것은 물론이요 벼슬길 또한 막히어버린 것이 국초 이래로 내려온 이른바 나라 법도였다. 행세깨나 한다는 양반댁 사내들이 본부인 밖 여자를 첩이라는 이름으로 보거나 얻거나 두거나

술탁객 술주정꾼. 다리속곳 여자 아랫도리에서 가장 밑에 입는 속옷. 양말로 '팬티'. 불치인류(不齒人類) 사람 축에 들지 못함. 불치.

살리고 나면 별실 측실 부실 소실 소가라 불리면서 본부인을 여군女君 또는 마님이라 부르고 그 여군이 낳은 자식들한테도 항것 되시는 노비와 똑같이 서방님 도련님이요 그 여자가 낳은 자식들은 아버지한테도 아버지라 부르지 못하고 나으리를 받쳐올려야 하는 것이었다.

국가용인國家用人에 하한귀천何限貴賤이란 말인가?

다시 또 탄식처럼 부르짖던 박성칠이었으니, 서출 가운데서도 잘나고 똑똑해서 한세상을 울리었던 인물들이 많았다고 하였다. 저 광해주 때 칠서지옥七庶之獄을 일으켰던 박응서朴應犀 서양갑徐羊甲이며, 숙종조 때 허 견許堅이며, 인조조 때 윤인발尹仁發이며, 선조조 때 홍산鴻山 땅에서 난을 일으켰던 리몽학李夢鶴이며…… 뿐인가. 비록 홍당지쪽* 한 장 받은 바 없는 민머리*로 초야에 파묻혀 있었을망정 도학道學을 우뚝하게 일으켜 세웠던 김근공金謹恭 송익필宋翼弼이며, 어숙권魚叔權 양사언楊士彦 문학이며, 리산겸李山謙 홍계남洪季男 충의며, 리덕무李德懋 박제가朴齊家 서심수徐瀋修 학문이며……

조생원 홍초시로 곁다리 술탐이나 하는 왈짜들이야 나무거울 반치기*에 지나지 않고, 박선달이라. 출신은 그만두고 감시에도 못 오른 가선달假先達이라지만, 누구는 황양목패* 차서 선달이요

홍당지쪽 문과 입격증. **민머리** 벼슬 못한 선비. **나무거울 반치기** 모양은 그럴 듯하나 참으로는 아무 쓸데없는 사람. **황양목패**(黃楊木牌) 사마시司馬試에 오른 이들이 차던 호패.

생진生進인가. 흥. 시거든 떫지나 말고 얽거든 검지나 말지°. 적어
도 짝돈° 하나는 해웃값°으로 내려줄 터이니 그런 걱정 말고 감
영에서 온 철릭짜리°들 흥이나 돋구어주라고 흰소리° 치던 위인
이 내어놓은 것은 겨우 쾟돈°에 지나지 않았으니, 이런 가린주머
니° 같으니라구. 깐에는 약은꾀를 쓴답시고 보름보기 굴려보지
만, 그래봤자 제가 온전한 오입쟁이도 못 되는 시굴고라리°라. 시
굴 깍정이 서울 곰만 못하다°는데 좁쌀여우° 같은 자한테 허신을
한 소춘이성님두 차암.

어엿한 양반 핏줄을 받고 태어났으나 첩실 소생이라는 한 가
지 탓만으로 사람 대접 못 받아보던 끝에 기안妓案에 오르게 된
그 여자는 새삼스레 복받쳐 오르는 제 설움에 더욱 아미°를 쩡기
는 것이었으니, 가재는 게 편이요 초록은 동색인가°. 땅불쑥하니
무슨 정분을 나눈 바도 없고 무슨 정표를 주고 받으며 어떤 약조
를 한 바 또한 없으되 어쩐지 박성칠이라는 사내한테 마음이 끌
리는 그 여자였다. 승청보°같이 시커먼 도둑놈인 윤가놈도 술에
곯아떨어졌겠다 박성칠이와 네 설움 내 설움 주고받으며 재미
진 술판을 벌여보려는 판인데, 아닌밤중에 홍두깨°로 어디서 굴

짝돈 백냥쯤 되는 돈. **해웃값** 노는계집과 어르고 주는 돈. '화대花代'는 왜말
임. **철릭짜리** 무관武官 공복인 철릭을 입은 사람. **흰소리** 희떱게 하는 말. **쾟
돈** 열냥돈. 관돈. **가린주머니** 재물을 다랍게 아끼는 사람. **시굴고라리** 어리
석은 촌놈. **좁쌀여우** 말짓이 좀스럽고 간살떠는 사람. **아미(蛾眉)** 누에나방
이 눈썹처럼 아름다운 눈썹. 곧 일색一色 눈썹. **승청보(僧淸甫)** 제가 한 일에
시치미를 떼는 사람을 보고 하는 말.

러먹던 말뼉다귀라는 말인가. 먹적골 흑다릿목 노생원님 뿐으로
깐에는 잔뜩 조를 빼고 있지만 어디서 쇠털벙거지 청창옷*으로
문문에 수직턴 종놈 같은 사내가 뛰어들어 죽젓개질*을 하는 것
이었다. 오입쟁이 격식에 따라 담뱃대를 내어미는 것이야 그렇
다고 하더라도, 격이 있지. 십상백통 오동수복 부산장인 맞춤대
에 팔장생 별각죽을 기장 길게 맞추어서 적어도 수원 불겅이*쯤
은 피워 입에 물려주지는 못할망정 어지간한 양반댁 종들도 마
다하는 막불겅이 쟁여진 돌통대라니.

담뱃대를 입에 물며 간잔조롬하게* 치켜끈 실눈으로 큰개를
바라보던 그 여자는, 퓨웅. 담배연기를 뿜어내는 사품에 색먹인
콧소리를 내었으니, 이것 봐라 싶었던 것이다. 비록 요령도둑놈*
같고 쇠도적놈* 같은 상판일망정 제법 사내 꼴 나는 사내라는 생
각이 드는 것이었다.

차림새 보아하니 아객질* 다니는 선비 퇴물 같지는 아니하고,
다섯 마리 고마 마부 관가 봉물 싣고 갔다 백냥짜리 말죽이고 주
막주막 얻어먹어 빈채* 들고 오는 곁군*인가. 엇두름* 쑥 빼내어
호기를 장히 피니, 삼남 설축* 변강쇤가. 변강쇠라면 천하 잡놈이

쇠털벙거지 청창옷 사령군노들 쓰개와 옷차림. **죽젓개질** 남 하는 일을 휘
저어 훼방하는 것. 지저귀. **수원 불겅이** 윗길 살담배. **간잔조롬하다** 매우 가
지런하다. **요령(搖鈴)도둑놈** 생김새가 흉악스럽고 눈알이 커서 늘 눈을 부
라리고 있는 사람을 이름. **쇠도적놈** 음충맞고 게염 많은 사람. **아객질(衙客
-)** 원을 찾아와서 관아에 묵는 사람. **빈채** 쓸데없는 채찍. **곁군[挌軍]** 사공일
을 돕던 젓꾼. 수부水夫. **엇두름** 힘쓰는 품. **설축** 오입장이.

요 천생음골이라 면상이 우선 총냥이˚ 같을 터인데 제비턱˚에 좁쌀과녁˚이요 텁석부리 통방울이니 변강쇠가 아니요, 비비각시 베개노릇 하는 초라니패도 아니고, 잡기군 수종하여 불돋우는 시들꿰도 아니며, 뒤마치 꽁 세마치 꽁꽁 피리 불고 장구 치는 풍각쟁이˚는 더구나 아니니, 근지가 무엇이라는 말인가. 무엇을 하는 위인인가.

업어온 중˚으로 여겨 언 소반 받들 듯˚하던 그 여자가 다시 한 번 찬찬히 살펴보니, 똑딴 장사라. 키는 팔 척이요 깍짓동만이나 하게 엄장 큰 체수에 얼굴은 먹빛 같고 표범머리 고리눈과 제비턱에 범의 수염인데 벽력 같은 목소리라, 장판교長板橋 위에서 장팔사모丈八蛇矛 치켜 들고 우뚝 서 있는 장익덕張翼德 일시 분명쿠나. 아니, 장익덕이가 다 무에야. 건장한 두 다리는 유엽전柳葉箭을 쏘려는지 비정비팔非正非八 빗디디고, 바위 같은 두 주먹은 시왕전에 문지긴지 눈 위에 높이 들고, 경쇳덩이 같은 눈은 홍문연鴻門宴에 번쾌樊噲런지 찢어지게 부릅뜨고 있으며, 선취복장 후취덜미˚ 가래딴죽˚ 열두권법 범강장달 허저許褚라도 다 둑 안에 떨어질 어처구니 허영허제로만 보이니, 수족 없는 내가 생심이나 방울쏘냐˚.

총냥이 이리처럼 눈이 붉거지고 입이 뾰족하며 마른얼굴을 한 사람. **제비턱** 두툼하고 넓적한 턱. **좁쌀과녁** 얼굴이 몹시 넓은 사람. **풍각쟁이** 남 집 문 앞으로 돌아다니며 풍류소리를 내면서 돈을 얻어가던 사람. **선취복장 후취덜미** 먼저 배를 차고 다음에 뒷덜미를 치는 것. **가래딴죽** 가랑이에 발을 넣어 내동댕이치는 것. **방울쏘냐** 당해내겠느냐.

공중 점직하여°진 그 여자가 박성칠이 쪽을 바라보는데, 그 사내는 직수굿이° 고개를 숙인 채로였고, 흥. 나이는 비록 아직 어리다고 하나 여간 어매스러운° 외대머리가 아닌 그 여자는 시틋한° 낯빛으로 빡빡 소리가 나게 동부리만 빨아대는 것이었다. 그러거나 말거나 큰개가 다시 오입쟁이 격식에 따라

"기간 더 어여뻐졌네그려."

희영수를 던지는데,

"쉰네를 언제 봤다고 그러십니까. 공연한 말씀 맙시오."

홀림목° 곱게 써서 받아넘기는 그 자지갓나희 응구척대는 아까와 딴판으로 단참에° 색을 바꾼 것이었다. 생침 맞는 된 목소리에서 참벌의 소리와도 같이 나긋나긋. 꺾진 수리목인 큰개와 금방 깎아놓은 배처럼 살살 녹는 취련이 색먹인 소리가 봉홧불 받듯° 받고차기°를 하는데―

"자네 이름이 무엔가?"

"아이 참, 나으리두…… 허영허제로 잘나신 어른이 가는귀를 먹으셨나봐. 아니면 이년이 양에 안 차서 그런가."

"헛헛. 아이 성에 참 이름이란 말인가? 그런 이름은 금시초문일세."

점직하다 조금 부끄럽고 미안한 느낌이 있다. **직수굿하다** 덤빌 뜻 없어 풀기가 죽어 있다. **어매스러운** 똘똘한. **시틋하다** 무슨 일에 물려서 싫증이 나다. **홀림목** 아양 띤 목소리. **단참에** 단숨에. 쉬지 아니하고 한꺼번에. **받고차기** 말다툼 하는 일. 말을 빠르게 주고받는 것.

"쥐구멍이 어디랍니까? 희롱 그만하셔요."

"아닐세, 아니야. 병인년부터 터지기 시작한 양귀자 철포소리에 귓청이 터져 그러니 다시 한 번 물어봄세. 자네 이름이 무엔가?"

"취련이올시다."

"무슨 자 무슨 자를 쓰는가?"

"푸를춋자에 연곳련자올시다."

"취련이라……"

입안엣소리로 한 번 뇌어보고 나서

"나는 왕선달이란 사람일세."

"네, 그러십니까?"

"자네가 소리두 잘하구 풍류두 잘한다는 소문 듣구 불원천리 허위단심으루 찾아왔음이로세."

"공중 또 놀리지 맙시오."

"소리두 잘하구 풍류도 잘하겠지만 그보다두 얼굴이 더 어여쁘니 무슨 까닭인가?"

"공연한 말씀 그만두시라니까요?"

"누군가?"

"네에?"

"누가 핥아주든가 이 말인즉."

큰개가 히뭇이 웃는데, 취련이가 그 말에는 대답을 하지 않고

"서울서 오셨세요?"

하고 물었다.

"그렇게 뵈는가?"

"녜."

"무엇이 그렇게 보이는가?"

"서울 말씨를 쓰시는 것두 그렇구 또……"

하다가 취련이 뒷말을 흐리며 배시시 웃는데, 눈부신 촛불 아래 가지런히 드러나는 옥 같은 이빨이었다.

"서울 양반이면 어떻구 시굴 쌍놈이면 무슨 상관인가."

"녜에?"

"동가식서가숙하는 부평초 같은 신세다 이 말이여. 그리구 난 양반두 아닐세."

"호호. 어처구니 양반께서 재담두 잘허시네."

"밥은 안 굶겠네."

"생뚱맞게 무슨 말씀이시오?"

"아, 안 그런가. 내포 칠읍 가운데서도 기중 살기 좋다는 대흥 땅이요 그 가운데서도 자네는 일등기 아닌가."

"그만 놀립시오."

"내로라하는 일등 한량들 수발에 짬짬이 나 같은 떠돌뱅이 쌍것들 수발까지 능소능대하기가 여반장이니, 밥 걱정할 까닭이 있겠는가."

"희롱이 지나치십니다."

"봐허니 방귀깨나 뀐다는 푼관°집 자제분들 같은데 이렇듯 출입이 번다하고 쥔주객간 수작에 막힘이 없을 것 같으면 자네 치마폭에 쌓이는 엽전 또한 불소하지 않겠는가."

큰개가 장수 이 죽이듯° 말하는데, 크흐흠! 쇳된 헛기침소리가 났다. 주리 참듯 하고° 있던 박성칠이가 내는 소리였다.

"게가 여기를 어딘 줄 알고 들어왔소?"

박성칠이가 말하였고,

"기생집으루 알고 들어왔소."

큰개가 대꾸하는데, 박성칠이가 오른팔을 뻗쳐 창께를 가리키며 여포 창날 같은° 목소리로 말하였다.

"게 같은 외입쟁이는 츰 봤으니, 썩 나가우!"

불가불°이었다. 기생방에서 낯이 선 사람이든지 장 보는 사람이라도 무슨 일로 비위가 맞지 않아 쫓아내고자 할 때면 쓰이는 오입쟁이 격식이니, 대 선 책망°. 순순히 물러가든지 주먹맛을 보든지 양자택일을 하라는 뜻이다. 여기서 방위 보아가며 똥을 눠야지 공중 엄벙덤벙°하다가는 물에 빠지기 십상이라. 얻어맞지 않으려면―

예.

하고 이리 앞에 양 꼴로 우선 목울대부터 내리고 나서, 봐허니 노

푼관 토반土班. **불가불**(不可不) '시비是非' 우리 말. **대 선 책망** 행동거조가 덜 익었다고 꾸짖어 내치던 기생방 풍습. **엄벙덤벙** 줏대 없이 함부로 움직이는 꼴.

68

형 외입 연조가 나보담 높은가 보우. 나가라니 나가리다.

낙지 파는 소리나 하며 나가는 것이고, 걸어오는 불가불을 피하지 않고 한번 맞붙어보고자 하는 사람이라면—

업세˚. 이 몸이 오입쟁이명색으루 나선 이래 조선팔도 삼백 스무 골골마다 생짜집 출입하기 한두 해가 아니건만, 게 같은 오입쟁이는 또 츰 볼세.

도리어 책망을 하고 나선다.

허, 빽세게 나오는 걸 보니 그 사람 보기보다는 오뉴월 존장일세.

내 할말을 사돈이 허구˚ 있네. 왜?…… 말 갈 데 소 왔나˚?

암만, 초라니 줄목 보듯 안목을 잘 살펴야지, 아무리 내 다리라구 헤두 함부루 싸다녀선 안 되지.

망둥이가 뛰니 전라도 빗자루가 뛴다˚더니, 먹을 콩으루 알구 뎀비네˚그려.

팔십에 능참봉을 허니 한 달에 거둥이 스물아홉 번이라더니, 오입쟁이 십 년에 이런 자는 또 츰 볼세.

사복개천˚인가, 지절거리기두 잘허네.

이자가 귓구멍에 당나귀 좆을 박었나˚. 당최 말귀를 못 알어듣는구먼.

이자가 걸레만 씹어 먹구 살었나. 사령파리˚같이 뭔 말이 이렇

업세 '별일'과 같은 충청도 말. **사복개천** 입이 더러운 사람을 낮게 일컫는 말. **사령(使令)파리** 입이 거칠고 사나우며 늘 방정맞은 소리를 잘하는 사람을 이르는 말.

게 상스러운구.

　허. 올림대* 놓구 싶은 모양일세.

　훗장 떡이 클지 작을지 뉘 아나°.

　받고차기로 말싸움을 하던 끝에 불가불을 걸었던 사람이

　이 자식이!

　소리치며 벌떡 솟구쳐 몸을 일으켜가지고는 담뱃대로 갓모자*를 넘겨치면서부터 싸움이 시작되는데, 힘이 달리는 쪽에서 꼼짝못하고 납청장이 되도록 얻어맞게 마련이다. 불가불을 거는 쪽에서 그리고 대개는 동패*들과 함께 무릿매*를 안기게 마련이라 어지간히 주먹심이 세지 못하고는 덤비지를 못한다. 그래서 창피하지만 어쩔 수 없이 구경소조*를 당한 채로 처음처럼 순하게 말을 하고 나가게 마련인데, 좌중에서 아무런 말이 없으면 다시는 그 기방 출입을 하지 못한다. 그러나 코가 쑥 빠진 오입쟁이가 방을 나가 신을 신는 것을 보고 책망하던 사람이

　나가는 친구 좀 봅시다.

하고 부르면 다시 들어와 앉는데,

　기생집에서 인사 어디 있겠소만, 이것도 인연이니 우리 인사나 합시다. 나 어디 사는 아무개요.

　어디 사는 아무개올시다.

올림대 시체를 놓는 긴 널. **갓모자** 갓양태 위로 내어민 어섯. **동패** 한패. **무릿매** 몰매. **구경소조** 부끄러움을 당하여 구경가마리가 되는 것.

이것이 오입에 불수예사°니, 어찌 아지 마시우.

피차일반이니 이를 말이겠소.

오입쟁이 헌 갓 쓰고 똥누기는 예사°라. 속내평°이야 어찌 되었든 간에 에둘러 묵주머니를 만들고 나서 어제 보던 손님이 된다. 기생집에서 만난 오입쟁이들은 굳이 서로 통성명을 하지 않는 법인데, 이렇게 인사를 나누고 보면 그때부터 오입 친구가 되는 것이다.

그런데 한 가지 땅불쑥한° 경우가 있으니, 들어오라는 말이 없는데도 불구하고 다시 돌아서 들어가는 것이 그것이다. 제대로 격식을 차려 흑백을 가리자는 것으로 여간 대가 세고 주먹심이 세며 그리고 또 든든하게 믿을 만한 뒷배°가 있지 않고서는 하기 어려운 경우이다.

들어가자!

처음 방에 들어갈 때 하는 수작으로 한마디 던지고는 들어오라고 하거니 말거니 간에 방안으로 쓱 들어서며

평안허우?

좌중을 한 번 쓱 훑어보고 나서는 불가불을 건 사람 앞에 중치막자락을 좌우로 척 헤치고 앉으며,

자고로 기생방 출입에는 신입구출°이라고 하였은즉, 나가기

불수예사(不數例事) 흔히 있을 수 있는 여느 일에 지나지 않는다는 뜻. **속내평** 겉으로 드러나지 않은 일 까닭. **땅불쑥한** 두드러지는. 특별한. **뒷배** 뒤에서 보살펴 주는 일. **신입구출**(新入舊出) 새것이 들어오고 묵은 것이 나감.

는 거기서 나가줘야겠는데,

도리어 그 사람한테 대 선 책망을 하여 내어쫓는 것이다. 그러나 이런 일은 있기가 드문 것이 본래부터 업수이 여겨 책망하는 것이라 도로 들어와서 그 사람을 책망하기는 어려운 탓이다.

"나가라면 나가야지 별조 있겠소."

한풀 꺾인 목소리로 말하는 큰개 입가에 잔주름이 잡히는데, 어? 이 자식 봐라. 내가 시방 소리개를 매루 봤단 말인가? 아니면 몽때려*? 가래터 종놈 같은° 자식이 불쑥 끼어들어 취련이와 거탈수작하는 꼴이 눈에 시어 주리 참듯 하던 끝에 대 선 책망을 하고 나서기는 하였으나 장나무에 낫 걸이° 하는 게 아닌가 싶어 마음을 옥죄고* 있던 박성칠이는 벙벙한 눈빛이 되었는데, 그러면 그렇지. 이 자리를 어떻게 아퀴지어*야 할지 문득 아득하여지는 그 사내인 것이었으니—

"허나, 미꾸라지 속에도 부레풀은 있더라°고 나갈 때 나가드라두……"

장마 도깨비 여울 건너가는 소리°를 하던 어처구니사내가 한량들 면상을 한 번 쓱 훑어보더니,

"좌중에 통할 말 있소."

___

몽때린다 몽띠다. 알고 있으면서도 일부러 모른 체하는 것. 옥죄다 바짝 옥여죄다. 아퀴짓다 끝매듭 짓다.

모주 먹은 돼지 껄대청을 내는 것이었다.

"무슨 말이우?"

박성칠이 얼굴을 힐끗 바라보며 조생원이 물었고, 헛기침소리를 내고 난 큰개가

"처음 보는 계집 말 묻것소."

새삼스레 다시 출반주°를 하고 나서는 것이었으니, 또한 오입쟁이 격식이었다. 이것은 그러나 아무런 불가불 없이 같이 어울려 노는 자리에서나 나올 수 있는 말이지 대 선 책망을 받는 사람이 할 수 있는 말은 아니니, 책망을 해온 사람 말 같은 것은 개방귀로 여기겠다°는 뜻.

"왜 대꾸들이 없소?"

큰개가 다시 요강 뚜껑으로 물 떠먹은 것 같은 한량들 면상을 훑어보았고, 음. 박성칠이는 어금니에 힘을 주었다.

네늠이 시방 날 멧붱이 취급을 하는구나. 숫제 부서진 갓대우°루 맨들것다 이거지.

결창이 터지게 치솟는 욱기로만 하자면 선취복장 후취덜미로 섭산적을 만들어주고 싶은 마음 굴뚝 같으나, 누울 자리 보구 발 뻗어야지. 오입쟁이명색으로 기방 출입하기 십여 년간 주먹다짐에 무리싸움에 온갖 등사°를 다 겪어본 박성칠이인지라 선뜻

출반주(出班奏) 여럿 가운데 맨 먼저 말을 꺼냄. 갓대우 갓모자 시골말. 등사(等事) 일. 탈. 사달. '사건事件'은 왜말임.

선손°을 걸지 못한 채 부등가리 안 옆 죄듯° 하고 있었고,

"물으시우."

별성마마 배송 내듯° 조심스럽게 받는 것은 홍초시였다. 큰개가 그제서야 취련이를 바라보며 히뭇이 웃었으니—

때는 아직 이월이라 봄이 오지 않았건만

웃는 듯 찡기는 듯 홀연히 피어나는 한 떨기 곳이라.

육수의 분홍 적삼

좁은 소매 가위로 오려 붙인 때때저고리

양쪽 쪽머리에는 녹색 댕기 오똑하고

어미 품 떠나 젖비린내 겨우 면했는데

누가 애교 가르쳐 눈으로 아양 보내는가

얕게 그려진 녹색의 둥근 눈썹

향기에 취한 듯 얼굴에 감도는 불그레한 그 기운⋯⋯

이런 넨장맞을. 가볍게 도머리를 치고 난 큰개가

"이년아."

하고 년자를 턱 내어붙이는 것이었으니, 또한 오입쟁이 격식이라.

"네가 명색이 무엇이냐?"

"기생이올시다."

선손(先-) 남보다 앞서 하는 일.

"너 같은 기생은 처음 보았다. 이년아, 나가서 물이나 떠오거라."

"기생이올시다."

하는데, 큰개가 오른팔을 교잣상 너머로 쭉 뻗치더니 솥뚜껑같은 손바닥으로 그 여자 뺨을 살짝 때리는 시늉을 하며

"이래두 기생이냐?"

하고 물었다.

"기생이올시다."

"허, 고년. 이년아, 죽어두 기생이냐?"

"기생이올시다."

큰개가 그제서야 묻기를

"좋다. 네가 하 기생이라 하니 이제야 비로서 기생인 줄 알것다. 그래, 이름이 무엇이냐?"

"취련이라고 여쮜습지요."

"몰라서가 아니라 이제부터 새판으루 다시 시작하는 것이라 묻는 게다. 그래, 나이가 몇이냐?"

"스물세 살이올시다."

"허, 외양은 그렇게 안 뵈는데 보기보다 나이배기로구나. 그래, 그 나이를 한꺼번에 죄 먹었단 말이냐?"

"아니올시다. 한 해에 한 살씩 먹었습니다."

"그러면 꼽아라."

"네."

하고 나서 취련이가 옥비녀를 톡 분질러놓은 것 같은 바른손 손가락을 하나하나 꼽아가며

"한 해에 한 살 먹었구, 두 해에 두 살 먹었구, 세 해에 세 살 먹었구, 네 해에 네 살 먹었구……"

하고 주워섬기는데, 큰개가 꽥 소리를 질렀다.

"이년아, 듣기 싫다!"

"아이그머니나, 간떨어질 뻔했네."

"시굴이 어디냐?"

"네예?"

"태생이 어디냐 이 말인즉."

"은진이올시다."

"노정기˚를 외워라."

"태생은 은진이올시다만 이내 팔자 무상하여 조선팔도 골골마다 안 돌아다녀본 데가 없습네다."

"그럴 테지."

"들어보실라우."

"암만."

큰개가 턱 끝을 주억이더니 지그시 눈을 감았다. 콩콩. 잔기침 몇 번 하여 목을 고르고 난 그 여자가

노정기(路程記) 나그넷길 거리와 길을 적바림한 것.

"삽짝문 몰래 나서 정강말 잡아타고 석성 노성 돌다리 지나 보름티를 넘었구나. 방죽내 얼풋 건너 황산광야 너른 들판 순식간에 얼른 지나 공산성서 중화하고 우금고개 얼른 넘어 팽나무정 대평 지나 정산 청양 건너 뛰고 비턱재 넘어가서 향곳말 옥담거리 대흥읍내 허위허위 당도허니……"

메나리조*로 노정기를 엮어 나가는데, 크흐음! 된 쇳소리로 헛기침 한 번 크게 낸 큰개가 아련한 눈빛으로 취련이를 바라보았다.

"서방이 누구냐?"

"없세요."

"응?"

"어미는 있어도 서방은 없다는 말씀이올시다."

취련이 생글거리었고, 허. 문득 숨이 막혀오는 큰개였으니, 요년 봐라. 나한테 시방 마음이 있단 말이당가? 큰개가 저도 모르게 히뭇이 웃으며

"허. 서방 없는 기생두 있다더냐?"

에멜무지로* 한마디 던져보는데, 킥. 터져 나오려는 웃음을 이빨 사이로 눌러 막느라 고개를 외로 꼬는 그 여자인 것이었고, 뒤를 이어 터져 나오는 것은 사내들 웃음소리였다. 한량들이 박장

메나리조 농가農歌 한 가지. **에멜무지로** 헛일 하는 셈치고.

대소를 하고 있었다.

"왜들 이러시나?"

영문을 몰라 큰개가 눈만 껌벅거리는데, 조생원과 홍초시가 서로 돌아보며

"똥인지 호박국인지° 모르는군."

"기생방 법도두 잘 모르는 오입쟁이는 또 츰 볼세."

가만가만 지껄이는 것이었으니, 아뿔사. 말똥도 모르면서 마의馬醫 노릇 하겠다°고 덤빈 꼴이 된 큰개인 것이었다. 사처소四處所 오입쟁이 가운데서 서방을 정하는 것은 서울기생들 풍습일 뿐 서방 대신 어미를 두는 것이 시골기생들 풍습이라는 것을 몰랐던 탓이었다. 뭣 모르는 중으로 문틈에 손을 끼게 된° 큰개가 얼굴만 붉히고 있는데, 웃음소리가 뚝 그치었다. 박성칠이는 직수굿이 고개를 숙인 채로였고 조생원 홍초시가 앉음새를 바로하였다.

"왜들 그렇게 웃고 난린가?"

짜증기 섞어 내어붙이는 소리가 있었다. 주색에 곯은 사그랑주머니°로 풋잠°에 빠져 있던 윤경재가 내는 소리였다. 조생원 홍초시가 큰개를 바라보았고, 그제서야 큰개를 본 윤경재가

"이자는 또 누구야?"

사그랑주머니 다 삭은 주머니로 겉모양만 있고 속내가 없는 것. 풋잠 옅은 잠. 설잠.

하는데, 큰개가 벌컥 소리쳤다.

"너는 뭐허는 자냐?"

"어, 이 자식이 뉘한테……"

윤경재가 허리를 바로 세우는데,

"뭣이 어째?"

큰개가 주먹을 부르쥐고* 벌떡 일어섰다.

시호시호 이내시호

부재래시 시로호다

만세일지 장부로서

오만년지 시호로다

용천검 드는갈을

아니쓰고 무엇하리.

　떨리는 듯 서늘한 목청으로 「검결」 첫 대목을 불러보던 춘동이는, 퉤에. 손바닥에 침을 배앝아 되게* 비벼대더니 지게작대기를 번쩍 치켜들었다. 씽씽 소리가 나게 가로세로 몇 번 휘둘러보던 그 아이는, 하. 잠깐 숨결을 고르고 나서 갈 쓰는 습련을 하여보는데―

부르쥐다 힘껏 주먹을 쥐다. **되게** 몹시.

두 발을 모아 앞쪽을 보고 똑바로 주먹을 쥔다.

바른손은 바른허리에 붙이고 주먹을 쥔다.

왼손으로 검을 잡고 손목을 뒤집어 밖으로 세운다.

왼발을 앞으로 한 발 내어딛고 연달아 바른발을 든다.

똑같이 바른손으로 검을 바꾸어 잡고 연달아 안으로 스쳐 올린다.

왼손 검지는 바른손목에 둔다.

연달아 바른발을 크게 앞으로 내려딛는다.

똑같이 스쳐 올린 검으로 앞을 보고 내려친다.

왼손 검지는 바른손목에 둔다.

그 자리에서 몸을 왼쪽으로 돌리면서 왼발을 들어올린다.

똑같이 바른손으로 검자루를 가슴 앞으로 당겨 비스듬히 세워 잡는다.

왼손 검지는 아래에 둔다.

지검대적세로부터 시작하여 내략세와 진전격적세를 거쳐 금계독립세에 이르기까지 흉내를 내어보던 춘동이는, 퓨우. 단내 나는 숨을 토해내며 손등으로 이마와 목덜미를 훔치었다.

큰개가 일러주던 대로 한번 해보기는 해보지만 도무지 옹송망송 정신이 삭갈려* 이것은 저것 같고 저것은 또 이것 같아 어지럽

삭갈려 '헛갈려' 충청도 내폿말.

기만 한데, 햐. 마흔한 가지나 된다는 본국검보 몸가짐 가운데서 겨우 네 가지만을 흉내내어보았을 뿐인데도 이처럼 숨이 턱에 차면서 땀투성이가 되니, 이십사반무예라는 것을 무슨 재주로 다 배워본다는 말인가

얼라. 이십사반무예가 다 뭐여. 갈 쓰넌 법식인 금법만 허더래두 본국금 빼놓구 예도銳刀 제독금提督劍 쌍수도雙手刀 쌍금雙劍 마상쌍금馬上雙劍 왜금倭劍 왜금교전倭劍交戰 월도月刀 마상월도馬上月刀 협도挾刀까지 합혀서 모두 열두 가지나 된다던디…… 뿐인감. 장창長槍 긔창騎槍 죽장창竹長槍 긔창旗槍 당파鎲鈀 낭선狼筅 권법拳法 곤봉棍棒 편곤鞭棍 마상편곤馬上鞭棍 긕구 마상재까지 산 너머 산이요 물 건너 물이니, 휴우. 그럴 줄 알었으면 만됭이언니 집이 있을 때 배워둘걸. 갈 쓰넌 법두 배워두구 창 쓰넌 법두 배워두구 주먹 쓰넌 법두 배워둘걸. 즉어두 그 요령만이래두.

새벽같이 일어나서 뛰어가고 늦은 밤이라도 꼭 달음박질쳐 멧잣으로 올라가 온갖 무예습련을 하던 언니를 소 닭 보듯° 하였던 지난날이 떠오르면서 한숨을 깨어물던 그 아이는, 잘래잘래 고개를 흔들었다.

뱁새가 황새걸음을 걷다가 가랭이가 찢어지니°, 뙹글게 먹구 가늘게 싸야지°. 제 아무리 출중헌 무예를 지녔다 헌덜 하늘 보구 주먹질 허기°라. 모래판 나가 황솟마리나 끌어오던지 긔껏혜봐야 개다리출신°밖이 더 되것남. 얼라? 까만종놈° 주제에 출신이

다 뭐여. 체메꾼*이나 되넌 수밖이. 하늘을 쓰구 도리질 허넌 재
주가 있다손 쳐두 기껏 양반챗걸덜 앞방석 노릇이나 허넌 수밖
이 무슨 수가 있것어. 그레서 만뎅이언니 또한 그렇게 된거 아니
것남.

힘껏 머리를 흔들어보는 그 아이 두 눈에 물기가 어리는데……

아니지라이, 그렇지 않당께.

홰홰 손사래*를 치던 큰개였다. 그 사내 부리부리한 눈에서는
불이 철철 흐르는 것이었다.

하늘이 사람 낼 제 양반 따로 상놈 따로 냈을 이치가 있것능가.
천지지간 만물지중에 유인이 최귀한디, 왕후장상이 어찌 씨가
따로 있것능가°마시.

상늠두 뭇 되넌디……

어허!

새 시상이 오면 우덜두 그럼?

상놈이 양반 되고 양반은 상놈 되는 세상이 된다마시.

갈* 한 자루 들었다구 혜서 부라퀴 같은 관차덜이 나 죽었소 허
것남유.

깐난쟁이가 갈을 쥐고 있어도 맹분孟賁 하육夏育 같은 용사가

개다리출신 총 놓는 재주 한 가지만으로 무과에 오른 사람을 낮추어 부르던
말. **까만종놈** 종을 낮춰 부르던 말. **체메꾼** 남한테 휘둘리어 대신 돈을 쓰거
나 땀흘리는 사람. **손사래** 어떤 말을 잡아뗄 때나 조용하라고 할 때 손을 펴
서 내젓는 짓. **갈** '칼' 본딧말.

피하는 것은 그 병장기를 두려워함이라.

금劍과 도刀가 워치게 다르대유?

허허. 이제야 말귀를 알아듣는구나.

워치게 다르냐니께유?

갈 두 양편에 날이 진 것을 검이라 하고 한쪽에만 날이 진 것이 도시. 예전에는 검을 숭상하고 후세에는 도를 숭상했는디, 시방에 와서는 검과 도가 서로 뒤섞여버렸구만.

어지럽네유.

크음. 도는 본래 일체나 흩어놓으면 천만 가지로 다르게 되는 이치니…… 어지럴 게 뭐 있당가.

삭갈려유.

춘됭아.

예.

혹시 바돌 둘지 아능가?

알쥬. 호서국수를 일패도지시킨 우리 되렌님허구 맨날 죽살이 판까지 블리는구먼 왜 바둑을 물른대유.

무예 또한 바돌과 같으니, 그 수가 많아서 정통한 백 가지 세를 얻어야 왈 국수라 할 수 있느리라.

또한 삭갈린다니께유.

크음. 무릇 장부된 자라면 모름지기 글력이 있어야 쓰느니, 즉어도 제 한 몸뗑인 지킬 수 있어야만 된다 이 말이시. 이 검법 한

가지만 익혀두고 보면 반다시 크게 쓰일 날이 있을 터.

밤새가 깃을 치는 소리가 나면서 밤바람이 선뜩한데, 저 아래로 내려다보이는 윗사랑채 장명등 불빛이 아슴하다. 사당을 지나고 감로천을 지나서도 한참 올라온 산마루터기 풀둔덕. 가슴을 풀어헤치고 앉아 땀을 들이고 있던 춘동이는 저고릿고름을 여미고 나서 몸을 일으키었다.

갈노래 한곡조를
시호시호 불러내니
용천검 날랜갈은
일월을 희롱하고
게으른 무수장삼
우주에 덮여있네.

떨리는 듯 서늘한 목청으로 다시 한 번 「검결」한 대목을 불러보고 나서―

몸을 왼쪽으로 돌리면서 왼발을 왼쪽으로 내려딛는다.

똑같이 검은 몸을 따라 왼쪽으로 감아 나간다.

연달아 바른발이 앞으로 한 발 나가고 뒤이어 왼발을 든다.

똑같이 앞을 보고 밑으로 베어 친다.

몸을 바른편으로 돌리면서 왼발을 뒤로 내려딛고 연달아 바른

발을 든다.

몸은 왼쪽으로 돌린다.

똑같이 검은 바른쪽으로 감아 바른쪽을 보고 옆으로 베어친다.

큰개가 일러주던 대로 갈 쓰는 습련을 다시 하여보던 춘동이
는 흑 하는 소리와 함께 지게작대기를 떨어뜨리었다. 앞으로 찌
르고 옆으로 베며 밑으로 또 내려치는 몸짓을 되풀이하여보던
끝에 막 옆으로 베어 치던 참이었는데, 아뿔사˚. 그만 바른쪽 다
리를 내려쳤던 것이었다. 검 대신 꼬나쥐고 휘두르던 지겟작대
기 뾰주리감˚처럼 뾰족한 끝이 때린 곳은 바른쪽 다리 회목˚이었
고, 아이구 엄니. 진땀이 버썩 돋으며 무너지듯 그 아이는 섰던
자리에 주저앉았다.

퇴꼉이 한 마리를 잡을 때두 전력을 다허넌 사자와 같이 전심
전력을 다 기울이지 않구서는 금 이치를 깨칠 수 읎다더니, 과연.
열매 될 곳은 첫삼월버텀 알구˚ 용 될 괴기는 모이철버텀 안다˚
넌디, 아직 신날두 안 꽜넌디 이 지경이니……

반드시 장난만은 아니었던 갈 쓰는 습련 첫 고등˚에서부터 우
습게도 제 발목을 때리게 된 춘동이는 문득 아득하여지는 것이
었다. 엿죽방망이˚로 여기었던 것은 아니었으나 생각보다 더욱
문문한˚ 일이 아니었고, 무슨 재주로 검법을 익히나. 검법을 익히

아뿔사 망했구나! **뾰주리감** 꼴이 조금 기르스름하고 끝이 뾰족한 감. **회
목** 손목이나 발목 잘록한 곳. **첫 고등** 맨 처음 고비. **엿죽방망이** 하기 쉬운
일. **문문하다** 만만하다.

고 창법을 익히고 권법을 익히고 또 총술을 익혀서 용사가 되어
보나. 세상에서도 우뚝한 용사가 되어 새 세상을 만들어보나. 새
세상을 만드는 데 십시일반하여보나. 열이 어울려 밥 한 그릇°이
요 울력걸음에 봉충다리°니 한 부조°를 못할 것도 없지만……

두 손으로 바른쪽 다리 회목을 주무르며 올려다보는 하늘에는
달이 밝은데, 잘래잘래.

용천검龍泉劍 드는 갈을 상하좌우 전후사방으로 번개같이 휘
두르면서 몸뚱이는 또 가로세로 위로 아래로 획획 비트는 것은
빗발치듯 날아드는 화살과 바람같이 찔러오는 창 끝을 피하기
위함이라는 것이 짐작이 되지 않는 것은 아니었으나, 픽. 살이
나 창 같은 구식 빙장기야 피 헐 수 있다구 허더래두 칭알을 워치
게 피헐 수 있단 말인감. 그것두 심지에 불 붙여 쏘넌 화승대°가
아니구 방아쇠만 잡어댕기면 연락부절루 쏟어져 나오넌 신식 양
칭이며 또 단목에 수십 방이나 수백 방씩 쏟아져 나온다넌 무슨
회선포° 같은 것을 무슨 재주루 막어낼 수 있단 말인감. 하이구
우. 만뎅이언니가 원제 글력이 팽기구 칭갈을 못 써서 장달음났
간듸.

큰개라는 사내가 꽤짜°는 꽤짜지만 그러나 어쩐지 자기와는
맞지 않는 사람이라는 생각을 하며 산길을 내려오던 춘동이는,

───────────

부조(扶助) 남을 도와줌. **화승대** 화승火繩불로 터지게 하여 쏘는 예전 총. **회
선포**(回旋砲) 기관총. **꽤짜** 꽤 괜찮은 사람이나 몬.

86

흡. 무춤 그 자리에 서버리었다. 예닐곱 간통쯤 떨어진 저만큼 아
래쪽 참대나무 우거진 사이로 희뜩하고 무엇이 보였던 것이다.
잎 떨어진 단풍나무 가지 밑으로 얼른 아그려쥐고 앉으며 가만
히 바라보니 사람이었다. 하얀 소복 차림 여자사람. 감로천 앞이
었다.

대방마님이신가? 아니면 건넌방마님? 대방마님은 그러나 한
사나흘 전부터 신열이 나고 기운이 떨어진다며 현삼玄參과 새박
뿌리˚를 가미한 사륙탕四六湯을 하루에 두 차례씩 달여 자시고 계
시니, 건넌방마님이시로구나. 거상居喪을 벗었음에도 무릅쓰고
평소에도 무색옷 대신 흰 무명옷을 입는 건넌방마님이 분명한
데, 별꼴. 땅불쑥한 경우가 아니고는 중문밖을 벗어나는 법이 읎
넌 으른이 웬일여? 해동을 허면 애긔씨를 여월 거라더니 그래저
래 걱정이 많아 그러신가.

고개를 갸웃하는데, 치익. 부시를 치는 소리가 나면서 두 자루
촛불이 밝혀졌고, 청수淸水 한 대접을 받쳐놓고 비나리˚를 하는
리씨부인인 것이었다. 하얗게 쏟아져 내리는 달빛 아래 그 달빛
보다도 더 하얀 소복차림 여인이 연신 비손˚을 하고 있는 탓인가.
공중 후꾸룸한 생각이 든 춘동이는 살그니 몸을 일으키었다.

가만가만 소리나지 않게 동산을 내려온 그 아이는 기슭집 쪽

새박뿌리 강장제로 쓰이는 박주가리 뿌리. 하수오何首烏. **비나리** 앞날 흐뭇
한 삶을 비는 말. **비손** 두 손을 싹싹 비비면서 검님에게 꿈을 비는 일.

으로 갔다. 어머니 한산네가 쓰는 방문을 여는데, 안채에 계시는가? 아니면 밤뒤[^]? 어머니는 보이지 않는다.

만동이가 쓰던 제 방으로 가려고 방문을 닫으려다 말고 춘동이는 잠깐 눈살을 찌푸리었다. 바람벽에 걸린 등잔불 아래 새우처럼 잔뜩 몸을 옹송그려[^] 붙인 채 잠들어 있는 한 주먹 밖에 안되어보이는 누이 등짝이 눈에 들어왔던 것이다. 울다 지쳐 잠이 들었는지그 어린 계집아이 눈밑으로는 거뭇거뭇[^] 지저분한 자국이 남아 있었고, 춘동이는 슬그머니 방으로 들어갔다. 아랫목에 있던 이불을 끌어다 덮어주는데,

"나두 다홍이마냥 될 쳐."

암팡진[^] 목소리로 잠꼬대를 하는 삼월三月이었고, 내가 너무 심했나? 누울 자리 보고 발 뻗치고° 뒹굴 자리 보고 시름판에 나간다고, 지지배가 소리나 배워서 사당패[^]가 될 작정이냐며 혼찌검을 내주었던 아까 일이 떠오르면서, 푸우.

방을 나온 그 아이가 허공중에 걸리어 있는 달을 올려다보는데, 두런거리는 말소리가 들리어왔다. 아버지 천서방千書房이 일하는 방에서 나는 소리였다.

"아이구우, 춘됭이구나."

지게문[^] 열리는 소리에 어깨를 비틀던 얼금뱅이[^]가 돌통대를

밤뒤 밤똥. **옹송그리다** 무섭거나 떨려서 몸을 청승맞게 옹그리다. **거뭇거뭇** 점점이 검은 꼴. **암팡지다** 야무지고 다부지다. **사당패** 노래와 춤을 파는 창녀娼女.

입에서 떼며 누런 이빨을 드러내었고, 춘동이는 고개를 꾸벅하였다.

"오셨남유?"

"오냐."

"저녁 진지 잡쉈남유?"

"암만. 너두 저녁 먹었남?"

"저녁이 다 뭐래유. 저녁 먹은건 발써 다 거름 됐구 인저 밤참 먹을 시각이구먼."

춘동이가 히죽 웃는데 얼금뱅이 두 눈이 동그래지면서

"얼라. 얘가 시방 속이 굴품헌˚ 모냥일세."

하더니

"하기사 너만헌 땐 돌팍두 색일 나이긴 허다만⋯⋯"

턱 끝을 주억이었고, 춘동이가

"그게 아니라⋯⋯"

하는데

"아니긴 뭐가 아녀. 얘, 나두 너만헌 나이 땐 고봉떼기루 저녁 밥을 두 사발씩 먹구 나서두 방구 한 번 되게 뀌구 나면 금방 쑥 꺼지더라."

너스레˚를 떨었다.

지게문 마루에서 방으로 들어오는 곳에 안팎을 두꺼운 종이로 바른 외곽문. 지게. **얼금뱅이** 얼굴이 얽은 사람. **굴품하다** 속이 헛헛한 듯하다. **너스레** 남을 놀려먹으려고 하는 말이나 짓.

"싸게 들오잖구 뭐헌다네. 정이월에 대독 터진다°넌디 싸게 들와서 불쬐잖구 뭐혀."

말은 그렇게 하면서도 문길을 틔워 한옆으로 비켜앉을 생각은 하지 않는 얼금뱅이였다. 그 사내가 바짝 끼고 앉은 질화로에는 불땀 좋은 참나무 숯잉걸이 빨갛게 이글거리고 있었다. 간 반짜리 통방 가득 담배연기 자욱하였고, 들어가 앉을까말까 아버지 쪽을 힐끔거리며 그 아이가 잠깐 망설이는데, 콩콩 콧벽쟁이° 소리를 내던 얼금뱅이가 다시 말하였다.

"업세. 이 녀석 신 속이 똥을 담구 댕기나, 키두 잘 자란다°. 한창 크넌 애덜은 오늘 다르구 날 다르다더니 그새 장정 꼴이 완연헐세."

짜장 빈말만은 아닌 듯 춘동이 아래위를 새삼스레 훑어보던 그 사내는

"성님은 인저 한시름 놨수."

하며 천서방을 바라보았다.

"만됭이 일 생각만 허먼야 결창이 터질 노릇이지먼 춘됭이가 이냥 오뉴월이 물오이° 자라듯 쑥쑥 자라 헌헌장부가 됐으니 뭔 걱정이우."

바람벽에 걸린 종짓불° 아래서 먹둥구미°를 틀고 있던 천서방

콧벽쟁이 콧구멍이 너무 좁아서 숨을 잘 쉬지 못하는 사람. **물오이** 물외. 오이. **종짓불** 작은 그릇에 담은 불. **먹둥구미** 짚으로 엮어 채소를 담던 그릇.

이 한숨을 내쉬었다.

"바람 먹은 옥수수대맨치루 속은 텅 벼가지구 사그내 장승마냥 키만 크면 뭐헌다나."

"업세. 마른 건천이 돌팍마냥 속이 톡 찬 애보구 뭔 소리댜."

"딱따구리 부작°여."

"첫술이 배부르길° 바라지, 욕심두 많으슈."

"한 살 더 먹구 똥싸너니°."

입안엣소리로 말하며 자식을 바라보는데, 미간에 굵게 새겨지는 것은 내천자였다.

"왜 그렇긔 뻗장다리°마냥 서 있넌겨? 싸게 들와서 산냇긔래 두 점 꼬잖구."

"예에."

하면서 할 수 없이 방으로 들어온 춘동이가 짚토매° 앞에 앉는데, 츳. 천서방이 혀를 찼다.

"저녁 먹은 숟가락 논 게 원젠디 애븨 일 점 거들어주잖구 워디를 그렇게 쏘다닌다네?"

"장등허구 왔슈."

"맨날 허넌 장등인디 한나절씩 걸려?"

"심지두 갈어주구 또 지름 떨어진 것두 새루 채늫구 허너라

뻗장다리 늘 뻗치기만 하는 다리. **짚토매** 질토막, 짚뭇.

구……."

속에서 잡아다니는 듯한 소리로 발명을 하던 춘동이는 슬그머
니 고개를 돌려 짚토매를 끌어당기었다. 타고나기를 양증으로
타고나 거짓말로 발라맞추지를 못하는 그 아이는 말을 중동무이
한 채 짚 한줌을 뽑아 들더니 손바닥에 침을 탁 뱉어가지고 새끼
를 꼬기 시작하였고, 츳. 다시 한 번 혀를 찬 천서방이 아직 못다
튼 멱등구미를 한옆으로 밀어놓더니 돌통대를 집어 들었다. 허
리에 찬 쌈지끈을 푸는데 여전히 미간을 찌푸린 채로였다. 그럴
일이 아닌데도 곧잘 낯을 찌푸리는 그 사내인 것이었으니, 태산
인 듯 든든하기만 하던 큰자식 만동이가 앵두장수* 된 다음부터
생겨난 버릇이었다. 벌레 먹은 삼잎 같은 얼굴을 잔뜩 으등그려
붙인 천서방이 부시를 치는데, 얼금뱅이가 습벅한* 눈빛으로 춘
동이를 바라보았다.

"성님이 부럽수."

"새꼽빠지게 또 뭔 소린구?"

"춘됭이 말유."

"끙."

"글궁구두 헌다면서요."

"글궁구는 무슨……"

앵두장수 무슨 일을 저지르고 뺑소니친 사람. **습벅한** 껌벅거리는.

"동네방네 소문이 짜헙디다."

"이?"

"글궁구가 장헤서 통감 초권쯤은 눈감구두 주르르 펜다면서요."

"공중 져낸 소리지 글궁구는 뭔…… 아, 산가마귀 염불헌다°구 안질이 노랑수건*°이루 되렌님 뫼시넌 덕분의 믠무식이야 헀넌 지 물르지먼…… 나무접시 놋접시 되까°."

"얼라. 낙락장송두 근본은 종잔듸°, 앞날을 누가 안대유."

"염생이 물똥 누넌 것 봤남°?"

"쌍늠이 양반 되구 가난뱅이 부자 되서 거시기 양반 쌍늠 읊넌 새 시상이 온다넌듸…… 그러구 보면 한자릴 헤두 크게 한자릴 허잖것남유. 그때 가서 모르쇠*나 허지 마슈."

"여드레 삶은 호박이 도래송곳두 안 들어갈 소리 허구° 있네. 개갈 안 나넌 소리* 그만둬, 이 사람아."

짜증기 있게 쏘아붙이는 천서방이었다. 그러나 고슴도치도 제 새끼가 함함하다°면 좋아한다고 퉁명스럽게 납박을 주면서도 그 사내 입은 어쩔 수없이 벙긋 벌어지는데, 푸우. 태백산 갈가마 귀 게발 물어던지듯°한 제 신세가 새삼 서글퍼지는가.

길게 연기를 내뿜고 나서 빡빡 소리가 나게 동부리만 빨아대 는 얼금뱅이사내는 향곳말 이첨지李僉知네서 하인노릇하는 문서

노랑수건 권력자 밑 심부름꾼. 모르쇠 아무것도 모른 체하거나 모른다고 잡 아떼는 일. 개갈 안 나는 소리 '대답 없는 말'이라는 내폿말.

방文書房이다. 당채련 바지저고리일망정 둥그넓적한 얼굴에 떡 벌어진 가슴이요 허위대가 제법이어서 보기에 뚝심깨나 쓰게 생긴 사내였다. 그러나 자세히 보면 어느 한 군데 톡 찬 데가 없는 해귀당신˚에 넙치눈이˚라 국량˚이 있는 사람으로는 보이지 않는다. 올해 들어 나이 마흔둘이니 천서방보다 세 살 밑이건만 처지가 어상반한 하인과 노복 또는 상것들이나 문서방으로 불러주지 양반명색들은 물론이고 구실아치˚네 어린아이들까지도 부르려면 으레 공쇠公釗였다. 본래 이름은 귀동貴童이었으나 공주公州서 왔대서 공주쇠였고 줄여 공쇠.

그는 본래 공주감영에서 대대로 아전질을 해먹던 집 자식이었다. 삼대 독자 외아들로 태어난 귀한 자식이라서 귀동이라는 이름을 지어받은 그는 그러나 이름과는 딴판으로 떨거둥방아˚가 된 것이었으니— 포흠질하던 아비가 마패짜리˚ 초달에 걸린 것이었다 아비라는 사람이 원래 호조 담을 뚫을˚ 위인이기는 하였으나 층층시하로 모셔야 하는 항것들 뜻 받들어 해먹던 전래 누습이었으니, 납상액이 적은 것을 괘씸하게 여긴 관찰˚이 쓴 패에 떨어진 것이었다. 남이 눈 똥에 주저앉고˚ 애매한 두꺼비 떡돌에 치인다˚고 대명률에도 없는 역졸들 사다듬이˚에 시름시름 앓던

해귀당신 얼굴이 해바라지고 푼더분하지 못하게 생긴 사람. 넙치눈이 두 눈망울을 한 곳으로 잘 모으는 사람. 국량(局量) 그릇과 두름성. 구실아치 여러 관아 벼슬아치 밑에서 일 보는 사람. 아전. 떨거둥방아 1.의지하고 지내던 곳에서 쫓겨난 사람. 2.무슨 일에 비꾸러짐. 불행하게 됨. 마패짜리 암행어사. 관찰(觀察) 관찰사. 감사. 사다듬이 몽둥이로 사정없이 마구 때리는 일.

끝에 땅보탬°이 된 다음 흉년에 윤달°로 어미마저 새서방을 해가면서 문득 혈혈단신이 된 사람이다. 의지가지없이° 된 그가 대흥땅 일남면 광시역말 역졸한테 시집간 당고모가 있다는 말을 듣고 찾아왔던 게 열두 살 때였는데, 당고모네는 전 해 흉황과 괴질에 살길 찾아 떠돌뱅이°가 된 다음이었다. 오도가도 못하게 된 어린것이 두 다리 뻗고 앉아 아이고땜°을 놓고 피에 우는°데, 밥술이나 먹는 집에 곁머슴으로라도 붙여주자고 동네 공론이 돌았다 그런 가운데 향곳말에서 방귀깨나 뀐다는 이첨지가 어떻게 알고 자기집 기슭집 구석에 데려다 놓게 하였고, 그때부터 그 집에서 문서 없는 종노릇을 하는 사람이다. 들여놓은 문서가 없으니 종은 아니고 하인명색으로 죽도록 일만 했으나 새경° 한 닢 받지 못하다가 서른이 넘어서야 겨우 장가를 가게 되었다. 이첨지네 동자아치한테 장가라고 들었으나 몇 해 안 가 계집아이 하나 떨어뜨려놓고 안해가 죽고 오늘까지 홀아비로 지내는 사람이었다.

"뫼기는 한 사오천 명 뫼인 모냥인디, 그까짓 으징이뜨징이 섬진 늠 먹진 늠 뫼봐야 뭐헌다우. 공중 다리품만 판 거지."

문서방이 말하였다. 아까 하던 이야기 뒤를 잇는 모양이었는데, 영 시쁘다°는 낯빛이며 말투였다.

"망둥이가 뛰니께 전라도 빗자루가 뛴다구 공중 뙤보기는 뙤

땅보탬 사람이 죽어 땅에 묻힘을 이르는 말. 떠돌뱅이 '떠돌이' 낮춤말. 아이고땜 '아이고 아이고'하고 소리치는 짓. 피에 운다 몹시 슬프게 운다는 말. 새경 머슴이 받는 품삯. 시쁘다 마음에 차지 않다. 시들하다.

보넌 모낭이지먼 그레가지구야 될 일두 안 되지. 암, 안 되구말구."

한문성의 엮음하듯° 뜻 모를 소리를 늘어놓던 그가

"절라도보다야 아무래두 우덜 충청도 쪽이 윗질 아니것남유."

하고 싱긋 웃었고,

"그레봤자 사또 걸어 등영고°라."

혼자 중얼거리던 천서방이 비양스럽게° 말하였다.

"그래. 워찌 됐다든구?"

"절라감영까장 몰려덜 가긴 간 모냥입디다만, 븜버덤 더 무선 감사또영감이 받자 헐 이치가 있것슈. 호령 한마디 떨어지자 찬물에 스슥밥 흩어지듯 죄 흩어졌지."

"그거야 자네네두 매한가지 아녔남."

"뭐가유?"

"공주감영이루 몰려덜 갔을 적 말여."

천서방이 픽 웃는데, 문서방은 얼른 손사래를 치었다.

"아니쥬, 아녀. 그때야 긔세가 장헸쥬. 쳐들어간 인총만 헤두 우선 뻠어볼 수가 읎구. 감영 앞마당 너르나 너른 공지에 수수만 명 사람덜이 백잘 치덧 헸넌디, 햐. 말두 마슈, 말두 마. 수운선상 원통허구 절통헌 일을 풀어주구 나라의서 동학을 금허지 말구 또 관의서 동학도인덜을 잡어들이지 말게 허라구 호령호령허넌

___

비양거리다 빈정거리다.

96

디…… 괭이 앞이 쥐새끼마냥 감사또짜리가 블블 떨더라니께유. 그러면서 허넌 말이 소원대루 다 들어줄 테니 지발덕분 집이루 덜 돌어만 가달라구 손이 발이 되게 싹싹 빌더라니께유."

"자네가 호령혔단 말여?"

"암만유. 혔구말구지유. 그레두 뭥색이 순사또이웅감이라 그런지 다르긴 다릅디다유."

"허기야, 떡버덤 퓐이라구 잔풀내기 공다리쳇것*덜 허구야 워디가 달러두 다르것지."

"순사또두 그렇지면 침 먹은 지네*마냥 사족을 못 쓰던 그 밑이 관차늠덜이라니……"

문서방이 휜목을 잦혀*쌓는데, 끙. 늙은 중 마 캐듯 천서방은 먹둥구미만 틀었고 춘동이는 터져 나오려는 웃음을 참느라 새끼를 꼬는 손놀림을 재게 하였다. 동학쟁이라는 소문이 짜한 문서방이었으므로 무슨 새로운 소식이라도 들어볼까 싶어 귀를 세웠으나, 그게 그 말이었던 것이다. 쇠옹두리*를 우리듯 맨날 똑같은 말만 하는데 도무지 준신을 하기 어려운 것들이다. 상년에 공주로 몰려갔던 것도 그렇고 지난 동짓달 삼례 역말과 전주에서 있었다는 일에 이르러서는 더구나 큰개한테 들었던 것과 팔팔결이라.

잔풀내기 공다리쳇것 조그맣게 출세하여 거들먹거리는 하급 관리 명색. **휜목 잦히다** 터무니없이 자기 힘을 뽐내는 것. **쇠옹두리** 소 정강이에 불퉁하게 나온 뼈.

문서방은 원래가 그런 사람이었다. 불뚝성*이 없는 것은 아니었으나 자주와리*인 것 한 가지가 흠이었지 생긴 것과는 다르게 무룡태*요 가르친 사위*라. 그래서 이악스럽기 짝이 없는 보비리*인 이첨지까지도 은근히 꺼리는 주인마누라한테 온갖 구박을 다 받아가면서도 묵묵히 일만 해온 그가 사람이 달라진 것은 지난해 시월 공주를 다녀온 다음부터였다.

문서방 제 말로야 아비 원수 갚을 생각 하나로 앞장서 달려갔다지만 그거야 혼자서 해보는 흰소리에 지나지 않고, 황해도 판수 가얏고 따르듯° 하여보았을 뿐인 것이었다. 아니, 그것도 아니니 공주 땅에 산다는 길카리* 찾아갔던 길에 만여 명 동학도인들이 모여든 것을 다만 구경만 하였을 뿐이었다. 구경만 하던 끝에 어떻게 곁방망이질*이나 한두 번 하여보았을 뿐. 아비 원수를 갚는다는 것도 헛소리인 것이 삼십 년 전 충청감사는 벌써 땅보탬된 지 오래인데, 그럴 힘도 없으려니와 힘이 있다고 한들 이제 와서 누구를 잡고 원수를 갚는다는 말인가. 그러나 공주감영으로 동학도인들이 몰려갔던 이야기를 할 때 그 넙치눈이는 더욱 야릇하게 빛나면서 그리고 또 무슨 살기 같은 것이 번뜩이는 것이었다.

불뚝성 갑자기 솟아오르는 성깔. **자주와리** 말을 자주 재잘거리는 사람. **무룡태** 깜냥은 없고 그저 착하기만 한 사람. **가르친 사위** 남이 시키는 대로만 하는 창조성 없는 사람. **보비리** 구두쇠. 천량을 몹시 아끼고 다랍게 강밭은 사람. **길카리** 1. 먼촌 일가붙이. 2. 가깝지 않은 동성同姓이나 이성異姓 겨레붙이. **곁방망이질** 남이 욕할 때 곁에서 덩달아 욕하는 짓.

"얼라? 내 정신 점 봐."

천서방이 쓰다 달다 말이 없자 머쓱하게 앉아 콧털만 뽑던 문서방이 말하였다.

"성님, 머슴 하나 안 쓸라우?"

"끙. 머슴을 하나 들이긴 들여야넌디…… 내 맘대루 헐 수 있간."

"대방마님헌티 한번 이으쮜봐유. 힘꼴이나 쓰구 심성이 곤 젊은 애가 하나 있으니께."

제14장
보릿고개

앞산 참나무 숲에서는 괴고리가 울고 뒷산 솔수펑이 속에서는 뻐꾸기가 울고 있었다.

병풍을 두른 듯 멀찍이 서 있는 봉수산鳳首山 사자산獅子山 국사봉國師峰 팔봉산八峰山 안으로 넓게 펼치어진 들판 논꼬° 속에서 자발맞게 울어대는 것은 맹꽁이떼인데, 논두렁 위로 어지럽게 날아다니는 것은 송장메뚜기떼. 보리가을°하고 나서 곧 그루갈이°를 하였으나 흙주접° 떠는 밭에서는 붉은 흙먼지만 피어 오르고, 간밤에 때아닌 천둥 소리 요란하더니 기어이 벼락을 때리었는가, 저만치 행길가에 서 있어 농군들에게 시원한 그늘을 만들어주던 늙은 버드나무 한 가지가 척 늘어져 있고 아직 패지 않

논꼬 논마당. **보리가을** 익은 보리를 거두어들이는 일. **그루갈이** 두 번 농사를 짓는 일. **흙주접** 땅이 메말라지는 일.

은 보리는 군데군데 엎치어졌다. 구름인 듯 연기인 듯 얼크러지고 설크러져 있던 늦안개가 산잔등을 넘어가면서 다시 뻐꾸기가 우는데, 긴짐승˚이라도 보았는가. 가막가치˚ 한 마리가 기울기울 보리밭 위로 날아다니며 가악! 각! 각각! 꽁지를 갑죽갑죽 방정맞게 흔들어대며 저만치 가지 부러진 버드나무 위로 날아오르는데, 어쩌쩌! 쟁기질하는 농군 소 모는 소리에 황소가 영각˚을 하면서 어지러이 흩어져 내리는 감부기 가시랭이인 것이었다.

옛적부터 험하고 무섭기가 호랑이보다도 더한 것이 보릿고개˚였다.

제아무리 남보다 일찍 줄뿌림˚을 하고 나서 장딴지에 가래톳이 서도록 보리밟기˚를 하여주고 겉흙˚을 뿌려주고 골걷이˚에 김매기이며 또 수수미틀˚까지 하여준다 해도 단오절이나 지나서야 겨우 익기 시작하는 것이 보리이니, 어느 누가 있어 풋보리죽이나마 한 사발 떠서 입에 넣어줄 것인가. 저마다 목이 빠지게 보리밭만 바라볼 수밖에 없는데, 초여름이라지만 아직 보리는 익지 않았다. 봄내 가물어서 오래 전에 속빼고˚ 삿갓들이˚ 하여둔 논에서는 또 강모˚가 하얗게 타 들어간다. 비가 안 와 방죽은 그

긴짐승˙ 배암. **가막가치** '까막까치' 본딧말. **영각** 암소를 찾는 황소가 길게 뽑아 우는 소리. **보릿고개** 묵은 곡식은 다 떨어지고 보리는 아직 여물지 않아 농가에서 가장 살기 어렵던 사오월. **줄뿌림** 줄에 맞게 밭에 씨를 뿌리는 것. **보리밟기** 이른 봄 보리를 밟아 주던 것. **겉흙** 논밭 맨 위에 깔린 흙. **골걷이** 밭고랑 잡풀을 뽑아주는 것. **수수미틀** 김맬 때 흙덩이를 푹푹 파서 넘기는 것. **속빼다** 논을 두 번째 갈다. **삿갓들이** 논에 아주 성기게 심은 모.

만두고 개천 물까지 죄 바닥이 나버렸으니, 무자위˙를 돌릴 수도 없다. 형편이 이러하니 홍두깨생갈이˙나 하는 수밖에 없는데, 허. 머리는 덩덕새˙ 같고 땟국이 조르르 흐르는 눈곱 낀 낯짝에 당채련 바지저고리인 맞붙이요 맨말에 뒤축 빠진 어른 짚신을 꿴 아이들이 구럭˙망태를 둘러맨 채 무엇이라도 입에 넣어볼 게 없나 하고 이리 기웃 저리 기웃 하는 것이었으니, 뜻 있는 시인 있어 이렇게 읊고 있다.

농가에는 보리가 익기도 전에
양식 걱정하느라 정신이 없네
본래는 양식 위해 농사를 지었으나
도리어 농사일로 양식 걱정하게 되었구나
양식과 농사가 서로 돌고 도는 사이에
이짓 하며 요꼴로 늙어버렸나
농사야 그 어찌 양성˙하기 위해서인가
그걸로 배불리면 족한 것이지
사람이 천지간에 태어나서는
이렇다면 너무도 쓸쓸하지 않으리

강모 가물 때 마른논에 억지로 호미나 꼬챙이로 땅을 파면서 심는 모. 호미모·꼬창모 등. **무자위** 물을 높은 곳으로 자아올려 내뿜던 틀. 양수기. **홍두깨생갈이** 메마른 땅을 억지로 가는 일. **덩덕새 머리** 빗지 않아 더부룩한 머리칼. **구럭** 새끼로 눈을 성기게 떠서 그물같이 만든 것으로 무엇을 담을 때 썼음. **양성**(養性) 제 성품을 닦아서 오롯하게 하는 것.

봄부터 온 나라 안을 휩쓸고 있는 기근이었다. 보름치*나 그믐치*를 하는 산돌림* 또는 는개*를 빼놓고 비다운 비는 정월부터 한 줄금도 비치지 않더니 이 달에 들면서 샛바람*이 크게 불어 늦모판과 보리밭을 죄 엎치게 하고 있었다. 엎친 데 덮치기°요 흉년에 윤달이라고 여기에 이름 모를 역병까지 겹치니 죽어나는 것은 힘없는 무지렁이 백성들뿐이었다. 이러한 참상은 온 나라를 휩쓸고 있었는데 그 가운데서도 하삼도*가 더욱 심하였다. 이때에 양호 민가에서 "독한 역신疫神이 내려오니 오곡 섞은 밥을 먹어야만 예방할 수 있다"는 유언流言이 서울까지 퍼지었다. 이리하여 잡곡을 쌓아두었던 부상대고들은 많은 이득을 취하였다. "쇠고기를 먹고 쇠피를 문에 뿌려야만 예방이 된다"는 요상한 유언이 돌아 곳곳에서 소를 수없이 잡아내니, 봄이 되어도 밭갈이할 소가 없는 지경이었다. 가뭄과 기근에 역병만이 아니라 참으로 놀라운 일들이 일어나 사람들 모골을 송연하게 하였으니……

　정월부터 흰무지개가 해를 꿰뚫더니 달마다 요성妖星이 서쪽에서 나타나 광망이 수십 장이라 살별과 비슷하되 살별도 아닌 것이어서 모든 사람들이 놀라고 늙은이들은 모두 말하기를 "난생 저러한 별은 보지 못하였다" 하였다. 태백성太白星이 여러 날

보름치 음력 보름께 눈이나 비가 오는 날씨. **그믐치** 음력 그믐께 눈이나 비가 오는 날씨. **산돌림** 산기슭에 내리는 소나기. **는개** 안개보다 조금 굵고 이슬비보다 조금 가는 비. **샛바람** 동풍東風. 새. **하삼도**(下三道) 충청·전라·경상도.

하늘을 지나가고 형혹성熒惑星이 들어갔으며, 일식과 월식이 있었고, 금강 물과 영산강 물과 낙동강 물이 며칠 동안 흐르지 아니하였다. 이월에는 마른 번개만 치면서 비 한 줄금 없이 가물고 바람이 몹시 불면서 흙비가 내리었다. 삼월에는 또 계룡산 삼불봉 밑 가투리가 장끼로 변하는 일이 있었으며, 종이 주인을 죽이고 자식이 아비를 죽이는 강상대옥綱常大獄이 잇따라 일어났으니, 사람들은 모두 하원갑下元甲 그 날이 멀지 않았다는 조짐이라 하였다.

이러한 무서운 천재와 흉년이며 가뭄 뒤끝 홍수와 역병은 십여 년을 두고 이어지는 것이었으니, 수삼 년 전까지는 그만두고 우선 상년*만 하더라도 이루 다 말할 수가 없다. 봄내 가물다가 오월부터 큰비가 내려 칠월까지 이어지니 벼락이 떨어진 곳은 이루 다 적바림*할 수 없으며, 사람과 가축이 많이 죽었다. 유월에 들면서는 전라도 일대에 더구나 큰비가 내려 강과 바다가 넘치고 산이 무너지고 집이 떠내려가고 골짜기가 문득 평지로 변하니, 근년 수재가 이보다 더 심한 때가 없었다. 경기도에서도 홍수가 나서 산이 무너지고 인가가 뜨거나 잠기었으며 강원도에서는 지동*이 있어났다. 가을에 다시 홍수가 나서 벼를 상하게 하니 흉년이 드는 것은 당연한 일. 겨울에는 또 충청우도에 호랑이

상년(上年) '작년' 우리말. 적바림 기록記錄. 지동(地動) '지진' 우리말.

가 자주 나와 감영 군사들을 풀어 호랑이를 잡게 하였는데, 군사
들이 촌 마을에서 노략질을 하여 백성들이 군사들을 호랑이보다
더욱 무섭게 여기었다. 팔도에 역병이 끊이지 않으면서 소와 말
병이 겸하여 일어나 소가 죽는 것이 더욱 심하여, 농군들이 소 대
신 인력으로 땅을 가는 지경에까지 이르니, 아홉 사람 힘이 두 소
를 당한다고 하였다.

　사람이 살아가는 세상에서 어느 해 어느 때인들 가뭄과 홍수
며 기근과 역병 같은 재변이 없을 날이 있으리요만, 대저 가뭄
과 황충蝗蟲은 진실로 원기冤氣가 모여 일어나는 것이라고 믿어
온 것이 예로부터 내려온 사람들 생각이었다. 그러므로 이러한
때를 당하여서는 더구나 옥문을 활짝 열고 죄인들을 풀어주어
야 할 것이어늘, 오히려 수많은 사람들을 온갖 명목으로 잡아들
여 가새주리˚에 멍석말이˚에 무릎꿇림˚ 육모매질˚ 줄주리˚ 팔주
리˚ 톱질˚ 학춤에 사다듬이로 반죽음시켜 옥에 가두거나 유배 방
축 귀양보내고 그 목을 자르거나 자리개미˚하는 것이 점점 늘어

가새주리 다리를 동여매고 비틀던 족대기질 한 가지. **멍석말이** 사람을 멍석
에 말아놓고 두들겨 패던 것. **무릎꿇림** 뒷짐을 지우고 사금파리 위에 무릎
을 꿇린 뒤 무릎 위에 무거운 돌을 올려놓던 형벌 한 가지. **육모매질** 팔과 머
리를 뒤에서 엇갈리게 꽉 묶고 사금파리 위에 무릎을 꿇린 뒤 양쪽에서 다
리를 두들겨 패던 것. **줄주리** 발목을 묶고 나무를 정강이 사이에 끼고 굵은
줄로 넓적다리를 엇갈리게 묶은 뒤 양쪽에서 줄을 당기던 것. **팔주리** 발목
을 엇갈리게 무릎 꿇리고 두 팔을 어깨가 닿도록 뒤로 묶은 다음 나무를 팔
속에 넣고 비틀던 것. **톱질** 줄로 다리를 돌려 감고 양쪽에서 톱을 켜듯 당겼
다 놓았다 하여 살을 찢던 것. **자리개미** 목을 졸라 죽이던 것.

나 끊어지지 않으니, 슬피 울며 부르짖는 민인들 비명소리 하늘을 찌르는 것이었다. 무릇 음양陰陽이 화和하여야 하늘에서 비가 내리고 땅 위에 만물이 자라는 것인데, 진령군眞靈君이라는 요무妖巫를 대궐 안으로 끌어들여 귀신에게 빌고 액풀이하는 따위 환술로 임금 안정을 미혹하기나 일삼으면서 금강산 일만이천봉 팔만 구암자 봉우리봉우리 암자암자마다 촛불을 밝히고 수수만금을 올리며 옥 같은 흰쌀로 짓고 찐 메에 떡에 올려댄다니, 인심이 자못 통분해 하였다. 뜻 있는 선비 있어 장탄식을 하는 것이었으니……

슬프다! 군심君心은 다스리는 근본에서 나오나니, 임금이 바르면 나라도 바르게 된다 하였거늘, 한갓 부시* 말에만 이부*를 열어놓을 뿐인 다만 도선徒善인저, 예전부터 임금이 재조도 있고 덕도 있어야 능히 그 나라를 다스릴 수 있는 것인데, 재덕이 없는데다 시세 또한 다스리기 어려운 때를 만났음이니, 난국을 헤쳐나갈 무슨 모양도리가 있겠는가. 민생은 곤란하고 풍속은 점점 박하여져 기강은 땅에 떨어진데다가 사습士習 또한 바르지 못하니, 이제 천재와 시대 변은 근고에 없던 것이로구나. 이에 민생은 제 길을 잃었고 가

부시(婦寺) 궁중에서 일을 보는 여자와 환관을 아울러 일컫던 말. **이부**(耳部) '임금 귀'를 가리키던 궁중 말.

히 국맥마저 위태로울 지경이나, 대신들은 고식적으로 말하려 하여 좋은 아룀 한 가지 없이 선비 중에서 조금 일하고자 하는 사람이 있으면, 문득 모두가 일어나 그를 다만 일을 좋아할 뿐인 사람이라고 배척하니, 사기土氣가 몹시 꺾이어 있음인저. 국법을 시행하는 데는 모름지기 강정하고 공명되고 정직하며 기미를 잘 살피고 이치에 밝은 사람을 얻어서 공론을 주장하게 하여야 할 것이어늘, 한갓 부시 말만 듣고서야 어찌 써 나라를 다스릴 수 있다는 말인가. 또한 부시뿐이리오. "나라에 세 가지 빈 것이 있으니─ 조정이 빈 것, 창고가 빈 것, 전야가 빈 것이 그것이다"는 옛사람 말은 정녕 이를 두고 이름인가. 지금 비록 조정에 사람이 많다고 하지만, 단 한 사람도 국사를 담당할 자가 없음이로구나. 조정 명령은 막히어 행하지 못하고 상하 형세는 흩어지고 일통이 안되어 있으니, 이러고도 능히 나라를 다스릴 수는 없는 것이다. 변변하지 못한 자질로 지위가 경상에 이르러 총재*자리에 있으며 뇌물을 많이 받아서 청론淸論을 허락하지 아니하니, 왈 권간이라. 이는 임금 뜻이 청탁을 분별하지 아니하려는 데서 오는 까닭이 아니겠는가. 오늘날 조정에 충만한 권간 무리들은 그 성질이 요사한 여우와 독한 벌레가 한데 뭉

───────────────

총재(冢宰) 이조판서.

친 듯하고 그 몸은 임보林甫와 진회秦檜가 아울러서 된 자들이라. 간사한 술책으로 세상을 속여서 그 문앞에 정려旌閭를 세워 스스로 효자라 하고, 글 뜻을 바이*모르면서도 슬갑도적*이 되어 스스로 글을 잘한다 하고 있으니, 즘생 무리들인저. 이런 자들이 벼슬길에 오르면 처음부터 이미 함부로 세상을 어지럽힐 조짐이 있으니, 자기에게 아부하는 자가 있으면 아첨하여 웃어 호감을 사고, 선비가 자기보다 나은 이가 있으면 겉으로는 따르고 숨어서는 중상하니, 이에 더 무슨 말을 할 수 있으리요.

아아, 서리를 밟을 때에 경계하지 않으면 굳은 얼음이 곧 얼게 될 것인즉, 위태롭구나. 망하는 화가 조석에 이르렀음이로다. 한 사람 가슴 두드림이 오히려 오월에 서리를 날리게 하고, 한 여인이 품은 원통함이 삼 년 가뭄을 가져온다 하였거늘, 하물며 온 나라 안에 가슴을 두드리고 원통함을 품은 이가 어찌 한 남자 한 여자에 그침이겠는가.

군이 책을 읽은 선비가 아니라고 할지라도 조금만 이치를 헤아릴 수 있는 자라면 누구나 알 수 있는 것이니─

나라에 임금을 세우고 정승을 두는 것은 백성을 올바르게

바이 아주. 전연. 슬갑도적 남 글을 훔쳐 제것처럼 쓰는 사람.

다스리자는 까닭에서이다. 사람사람이 저마다 그 권한을 지켜서 서로 침범하지 말도록 하자는 것이다. 어리석은 자는 지혜로써 이끌고 가난한 자는 부유하게 되는 것으로써 가르치며, 인하지 못하고 의하지 못한 자를 없이하여서 양민을 편히 살게 하자는 것이니, 모름지기 이와 같을 뿐이다. 백성이 많아도 임금 노복이 아니며, 토지에서 생겨나는 몬이 임금 몬이 아니다. 그런데 탐학한 임금은 백성 살림을 벗겨내어서 제 사치한 욕심을 부리며, 흉포한 임금은 백성 목숨을 해치면서 나라가 커지는 것을 좋아한다. 일찍이 태왕太王이 빈邠 고을 지나면서 "나는 사람을 기르는 것으로써 사람을 해치지 못한다" 하였건만, 지금에 와서 토지와 재물은 논할 것도 없고 사람을 기르는 것으로써 사람을 해치지 않는 자가 능히 몇이나 될까.『상서尙書』에 이르기를 "백성은 나라에 근본이다"고 이미 정녕하게 말하였다. 대저 임금이라는 것은 백성을 위해서 세우는 것이지 백성이 임금을 위해서 사는 것이 아니다. 하물며 그 밑에 딸려 있는 벼슬아치며 구실아치이겠는가.

"뭔 들 존 일이 또 있을라나 원…… 식전아침버텀 가막가치만 짖어쌓구 날리니."

송곳인 듯 따갑게 이마를 찔러오는 낮전˚ 햇살에 눈살을 잔뜩 찌푸리며 농군 하나가 말하였고, 가랫줄*을 잡고 있던 농군이 픽 웃었다.

"해가 한나절인듸 식전아침이라니…… 간밤이 뭘 헸길래 세월 가넌 것두 물른댜."

"둘러치나 메치나*. 아, 술지게미* 한 구긔*루 신입맛만 다시다 말구 나왔으니 여태두 식전아침이지 그럼 뭐다나."

"글럭 팽겨*, 이 사람아."

"업세. 사둔네 남 말허구 있네."

"풀떼기죽 몇 숟갈루 건입맛만 다시다 말구 나오긴 매한가지여. 이런 때일수룩 다다* 글럭을 애껴야지 웬 증은 내구 그런다나."

"가그매가 울먼 사람이 죽넌다는 말두 있잖은가베."

"허기야, 이대루 가다간 아무래두 또 빙자년* 짝 안 날라나 물러. 끙."

"빙자년뿐이것남. 무자년* 때는 또 워떻구. 해마다 빙자년이구 해마다 또 무자년이니, 이대루야 워치게 전딘다나. 무신 구정이 나지 않구서야 뭔 재주루 살어. 끙."

삼남 일대에서만 수수만 명 사람들이 죽어나간 저 병자년과 무자년 혹독하였던 가뭄을 떠올리자 그만 떡심*이 풀리는가. 단

낮전 상오上午. '오전午前'은 왜말임. **가랫줄** 흙을 떠서 던지는 농기구인 가래 양옆에 맨 줄. **술지게미** 재강에서 모주母酒를 짜낸 찌꺼기. **구긔** 술·기름을 풀 때에 쓰는 지루가 달린 국자보다 작은 기구. **팽기다** 달리다. **다다** '될 수 있는 대로' 충청도 내폿말. **병자년**(丙子年) 1876년. **무자년**(戊子年) 1888년. **떡심** 굳세게 견디거나 당해내는 힘.

내˚ 나는 한숨을 뿜아내던 그 농군은 가랫줄을 잡고 있던 손을 그만 놓아버리었고, 끙. 끙. 또한 단내 나는 한숨을 뿜아내며 두 사람 농군마저 가래를 잡고 있던 손을 놓아버리었다.

세손목카래˚로 홍두깨생갈이를 하던 참이었다. 송장메뚜기떼만 날아다니는 논두렁에 아그려쥐고 앉은˚ 사내들이 저마다 땟국이 조르르 흐르는 쇠코잠방이˚ 허릿말기에 찬 쌈지를 끌러 돌통대에 무슨 부스러기 같은 것을 다져넣는 것이었는데, 막담배나 풋담배도 아니요 막불겅이나 반불겅이도 아니며 불겅이는 더구나 아니었으니, 호박잎사귀를 말린 것이었다. 부시를 긁어 불을 나누어 붙인 농군들은 말이 없다.

흑주접만 떨고 있는 논꼬를 바라보던 농군 하나가 긴 연기를 내어뿜었다. 거질물소居叱勿所 음지말에 사는 리서방李書房이다.

향곳말 윤초시尹初試네 땅 닷 마지기를 십 년 넘게 부쳐오고 있는데, 작년 가을걷이로 거두어들인 곡식이 나락 아홉 섬이었다. 여기에 수수가 석 섬에 좁쌀이 한 섬 조금 넘게 나왔고, 석 섬 반 거둔 보리농사에 그루갈이 콩 엿 말과 통팥˚ 세 말이 있다. 바짓가랑이에서 자개바람이 일게끔 병든 솔개같이 종종걸음 치며 부지런을 떤 끝에 얻어진 것들이었다. 안해가 또한 부지런히 샅물

단내 불에 눌을 때 나는 내음. **세손목카래** 세 사람이 하는 가래질. 장부잡이 하나와 줄꾼 둘이 하는 가래질. 세손목한카래. **아그려쥐고 앉다** 섰던 자리에 그대로 주저앉다. **쇠코잠방이** 무릎까지 내려오는 짧은 잠방이. **통팥** 맷돌에 갈지 않고 통째로 밥에 섞은 팥.

레질이며 삯빨래라도 하고 환갑이 다 된 어머니가 동네방네 돌아다니며 품을 팔아 보릿되 값이라도 벌어 오고 팔순인 할머니까지 손자며느리 삯일을 거들어주는데다가 연년 터울로 줄줄이 딸린 사남매 아이들마저 한시반시 쉬지 않고 나무를 해 나른다 나물을 뜯어온다 한 부조를 하니, 이만하면 여덟 식구 입치레는 할 수 있다.

그런데 그렇지 않은 것이, 절반을 넘게 도조로 지주집에 바쳐야 하는데다가 보릿고개에 얻어다 먹고 꾸어다 쓴 장리쌀에 장리돈에 환자쌀 갚고 나서 수십 가지에 이르는 갖은 명색 가렴잡세까지 죄 물고 나니, 남은 것이라고는 도무지 종곡 내놓고 쭉정이며 한 섬에 잡곡 몇 되뿐. 이것으로는 아무리 준절하게 아껴 먹는다고 하더라도 여덟 식구 한 달 양식도 채 못 된다. 보릿고개는 나중 일이고 우선 당장 삼동을 날 양식마저 막막하여 쌀이라고는 밥에 뉘 섞이듯 한 보리곱삶미* 뚜껑밥*으로 아침은 빨리 먹고 점심은 건너뛰었다가 시래기죽이나 고구마 찐 것으로 저녁을 얼른 먹고 일찍 자는 것으로 긴긴 해를 넘기었는데, 봄이 되면서부터는 그것마저 어려워 숫제 아침부터 물 붓고 끓여낸 재강*으로 겨우 연명을 하여오고 있다.

"에이, 망헐느믜 시상······"

보리곱삶미 꽁보리밥. **뚜껑밥** 잡곡 위에 이밥을 조금 담은 밥. **재강** 술을 거르고 남은 찌끼.

낙지 파는 소리를 하며 맛도 내음도 없이 다만 구리텁텁하기만 할 뿐이어서 조갈증만 더욱 심하여지는 호박닢담배나 빨아보는 리서방 쪼글쪼글 잔주름 많은 얼굴에 어두운 그늘이 어리는데, 퉤에! 곁에 앉아 또한 빡빡 소리가 나게 짜른대*만 빨고 있던 농군 하나가 가래를 돋우어 배알았다. 거질물소 북쪽 새터말에 사는 최서방崔書房이다. 그 곁에서 먼산바라기*만 하고 있는 박서방朴書房은 새터말 서쪽에 있는 소반찬에 사는데, 리서방과 함께 모두 불알친구들이다. 병자년 전까지는 모두 거질물소에서도 가장 큰 마을인 동북쪽 잔골에 살았으나 병자년 큰 가뭄과 흉황을 겪으면서 동네가 갈리게 된 사이였다.

그러나 친구는 옛 친구가 좋고 옷은 새 옷이 좋다*고 의뜻*이 서로 맞는 데다가 근자에는 또 똑같이 윤초시네 땅을 얻어 부치는 탓으로 두렛일*을 나온 참이었다. 리서방네는 그래도 형편이 가장 나은 편이고 최서방 박서방네 살림은 더욱 패째는* 애옥살이*인 것이었다.

"이대루 날이 가물다간 아무래두 똑 그때 짝 나던 것 아닌지 물르것네."

잘 닦아놓은 놋주발같이 쨍쨍한 뙤약볕만 내려꽂히고 있는 하

짜른대 곰방대. 단죽短竹. **먼산바라기** 한눈을 파는 짓. 또는 그런 사람. **의뜻** 같은 말을 겹쳐씀으로써 그루박는 말. **두렛일** 여러 사람이 두레를 짜가지고 힘을 모아 하는 농사일. 두레농사. **패째다** 살림살이가 어렵다. **애옥살이** 가난한 살림살이.

늘을 올려다보는 리서방 이마에 굵은 이랑이 파인다. 다른뱅이보 왕통구래보 용서릿보 상봇돌 송치마봇돌 같은 고만고만한 방죽물은 그만두고 둘레가 1천1백90자요 깊이가 바느질자로 5자5치인 홍자제언洪字提堰이며 그보다 조금 못한 야자夜字제언까지 죄 바닥이 나버려 강모나마 한 포기 꽂아보지 못하였던 병자년 가뭄을 떠올릴 적마다 오싹하고 몸이 떨리면서, 그리고 저도 모르게 머리칼이 솟구쳐오르게끔 끔찍스러워지는 것이었다. 지금으로부터 십칠 년 전에 일어난 일이었으니, 그 나이 스물다섯 살 때였다. 어떻게 간신히 장가라고 들었을 때였는데, 식구들을 둘이나 생으로 잃는 참변을 당하였던 것이다.

탐학한 원을 담아내고 간활악독한 아전놈들을 징치해야 된다며 농군들이 울근불근* 들고 일어나 등장等狀을 내게 되었는데, 아비 이름이 장두*로 올랐던 것은 전수이 글줄이나 읽을 줄 안다는 점 때문이었다. 글줄이나 안다고 해봐야 독궁구로 『통감』권이나 떼어 면무식이나 하였을 뿐이었지만 그나마 식자라도 지니고 있는 사람은 농군 가운데 아비밖에 없었던 것이다. 원을 담아내거나 아전놈들한테 혼찌검을 내주기는커녕 사령들한테 붙잡혀 가 사다듬이질을 당한 끝에 장독을 이기지 못하여 달포 만에 맴돌아* 땅보탬이 되었고, 가뭄 뒤끝 역병에 아우마저 죽어나갔

울근불근 울근거리며 불근거리는 꼴. **장두**(狀頭) '등장' 첫머리에 적힌 사람. **맴돌아** 결국結局. 마침내.

던 것이었다.

"이런 예미랄느믜 시상……"

리서방 목소리가 저도 모르게 조금 높아지는데, 박서방이

"워떤 늠덜 집구석이서는 가이색긔헌티두 옥 같은 쌀밥에
괴깃국만 멕이다넌디, 우덜은 피죽 한 모금두 제대루 못 먹으
니……"

하고 받았고, 최서방이 팽 소리가 나게 맑은코를 풀었다.

"무신 구정을 내더°래두 내야지 이대루야 원 워치게덜 산다나."

"구정을 내다니?"

박서방이 물었고, 최서방 관자놀이에 굵은 힘줄이 돋아났다.

"늬 각담 아니면 내 쇠뿔 부러질까°. 늬 쇠뿔 아니면 내 담이 왜
무너지것어."

"자다가 봉창 뚜딜긴다°더니…… 그건 또 뭔 소리댜?"

박서방이 말하는데 최서방 목소리에 날이 세워졌다.

"배 터져 죽넌 고대광실 양반늠덜, 글력 읊넌 우리네 넝튀셍이°
덜 등골 빼먹넌 긔주늠덜, 게다가 부라퀴 같은 관차늠덜 때믜 맨
날 요모냥 요꼴루 살어야넌 게 아니것너냔 말여, 내 말은."

"허기야…… 못된 긔주늠덜 광이는 옥 같은 쌀이 썩어문드러
지넌디, 우리네 넝군덜은 가이두 안 먹넌 술지게미나 끓여먹구

귀정내다 잘못되어가는 일을 옳게 되도록 하여 끝을 맺다. **농투성이** '농군'
을 낮추어 일컫는 말. 농토산이農土産-.

살어야 허니…… 잘못되두 한참 잘못된 시상이지."

"그러니께 무신 구정이 나두 나얀단 말이 아닌감, 내 말인즉슨."

"뭔 구정을 워치게 낸다나?"

"우선 잡세래두 점 줄여주구 도지를 점 흘히게 헤달라구 등장이래두 내봐야 되잖것어."

"사발통문 돌려서 등장을 내본덜 뭔 소용이 있다나. 빙자년 짝백기 더 나것어. 아까운 조의*써서 등장 내봤자 굉다리쳇것덜 뒤지루밖이 더 쓰이것난 말여."

농군들이 무엇보다 이를 갈면서도 두려워하는 것은 구실아치들이었다.

상년 이맘때에 조趙아무개라는 문신이 충청감사가 되었는데, 감영 아전 최유년崔有年이라는 자가 간활간특한 아전배들 도꼭지*였다. 충청좌우도 쉰세고을에 고을마다 반드시 두셋 간활한 아전이 있어 모두가 최유년이 노랑수건이요 앞방석이었다. 최유년이 해마다 돈 수십만냥으로 각 고을 간활한 아전들에게 나누어주어서 읍창 곡식을 환롱질하여 팔아 돈으로 바꾸어 대돈변리 밑천을 삼으니, 충청도 백성들이 모두 그 해독을 입었다. 매양 감사가 아전과 군교들을 보내어 각읍 수령 잘잘못을 살펴오게 하

조의 종이. 도꼭지 어떤 길에서 가장 으뜸이 되는 사람.

면 반드시 먼저 최유년이 입김을 받아나가며, 그 돌아와서도 반드시 살펴서 적어온 바를 먼저 최유년에게 보이니, 수령으로서 청렴근실하여 법을 지키는 자는 모두 몰래 중상하고, 탐학비루하여 불법한 자와 간악하고 교활한 이서배로서 적발이 속에 들어 있는 자는 최유년이 모두 빼내어주되 그 적히어 있는 글을 떼어내서 당자에게 보내어 제 위덕을 세우니, 온 도가 다 눈을 흘겨온 지가 오래였다.

사정이 이러함에도 무릅쓰고 최유년이 위세가 더욱 기승하여지는 것은 무슨 까닭에서인가. 조정 권귀들과 결탁하고 감사와 연통해 있어서 위로는 수령을 업수이 보고 아래로는 생민을 수탈하니, 능히 여기에 굴하지 않을 수 없는 탓이다. 권귀들은 납상을 받고 감사는 스스로 축재하며 수령은 또한 그들과 이득을 나누는 것이다.

대저 백성은 토지로써 논밭을 삼지만 아전들은 백성으로써 논밭을 삼는 것이 왜란 이래로 내려오는 나라에 못된 습속이었다. 왜란 이전에는 아전 횡포가 아직 심하지 아니하더니 왜란이 일어나면서부터 벼슬아치들 녹봉이 박하여 집이 가난하여지고 또 나라 재화가 모두 오군문*양병에 들어가게 된 탓이었다. 이에 벼슬아치들이 탐학하는 풍조가 점차 커지면서 아전들 습속 또한

오군문(五軍門) 조선왕조 뒷녘에 세워졌던 훈련도감, 어영청, 금위영, 총융청, 수어청 5영문.

그에 따라 타락하여 호란을 거치면서 더욱 심하여지더니, 노소시벽* 폐와 장김 육십년 세도를 거쳐 양요와 군변에 정변까지를 거친 오늘날에는 더구나 지극한 지경에 이르게 된 것이었다. 일찍이 흥선대원군이 평양 기생과 충청도 양반과 전라도 아전을 가리켜 조선 삼대 폐라고 하였는데, 아전 폐가 어찌 전라도뿐이겠는가. 전라도를 필두로 한 하삼도는 물론이요 상오도*에 이르기까지 원악향리元惡鄕吏들 해독을 입지 않는 곳이 없으니, 온 나라에 걸친 것이었다. 이에 아전들은 백성들 껍질을 벗기우고 골수를 긁어내는 것으로써 수확하는 일을 삼는다.

"남은 속타 죽것구먼 저자덜은 또 뭔 일루 바짓가랭이서 자개바람*을 내구 지랄인구?"

최서방이 구시렁거리*었고, 엉? 박서방과 리서방이 고개를 돌리는 저만치 행길 위로 잰걸음을 치고 있는 사내들이 있었다. 연신 허리를 굽신거리며 앞장서 길라잡이를 하고 있는 것은 나이 한 사십쯤 된 사내인데, 향곳말 윤초시네 중마름*인 리노미李老味였다. 색장* 일을 겸하여 보고 있는 그 사내 뒤로 시커먼 털벙거지 눌러쓴 왜청 더그레*짜리 사령 셋과 태 좁은 통량갓을 비뚜름

노소시벽(老少時僻) 노론, 소론, 시파, 벽파. **상오도**(上五道) 함경·평안·황해·강원·경기도. **자개바람** 양쪽으로 빳빳하게 날이 선 바짓가랭이가 스치며 내는 바람. **구시렁거리다** 잔소리를 듣기 싫도록 자꾸 되씹어 하다. **중마름** 마름한테서 땅을 빌려 병작시키던 얼치기 마름. **색장**(色掌) 마을에서 공적으로 또는 사삿집 큰일 때에 심부름을 하던 하인.

히 젖히어 쓰고 에헴 에헴 헛기침 하여가며 갈짓자걸음을 하고
있는 것은 최이방崔吏房이다.

"쉑장질허넌 이마름이야 그렇다구 허구, 사령늠덜 앞세구 이
방늠이 웬일인구?"

리서방이 퀭하게 들어간 눈을 껌벅이는데, 박서방이 맑은코를
풀었다.

"접때는 이으제 올린다구 그 가이지랄을 떨어쌓더니, 여름 다
되서 또 뭔 지랄루 싸돌어댕긴댜?"

"꼬꼬댁 꼭!"

아직 낮전이라지만 해가 이만큼이나 높다랗게 떠 있는데, 마
당가를 돌아다니며 구구거리던 장닭이 홰를 치며 날아올랐고,
옹옹. 썩은 울바자 구멍으로 주둥이를 내어밀고 나약하게 짖어
대는 것은 검둥이새끼였다. 지난 이월 뒷골안 육손이아베네 수
캐와 흘레붙이어 한배*로 받아낸 강아지는 모두 네 마리인데 접
붙인 값으로 두 마리를 주고 한 마리는 장에 내어다 팔아 보릿되
와 바꾸어오고 씨받이로 남기어둔 것이었다. 강아지는 아직 중
캐 꼴이 잡히려면 멀었으나 이른 봄에 깨운 맏배* 병아리는 어언
중닭이었다.

더그레 군인·관하인들 딸린 데를 나타내던 윗막이(저고리·적삼). 호의號
衣. 한배 한 태에서 태어난 새끼. 맏배 짐승이 첫째로 낳은 새끼.

그 닭이 다시 한 번 홰를 치며 날아올랐고 검둥이새끼 또한 옹옹 짖어대는데, 울바자 너머 저만치서 동네개들이 자지러지게 짖어대는 것이었으니, 동구 안으로 낯선 사람들이 나타난 탓이었다. 앙가바틈한* 몸집을 한껏 뒤로 잦힌 채 손에 깃긔* 든 최이방과 사령 셋이 리노미를 막대잡이* 삼아 들이닥친 것이었다. 소반찬 초입에 사는 박서방 박갑팽朴甲彭이네 집 삽짝 앞이었다.

"에험!"

큰기침 한 번 버썩 하고 리노미가 삽짝 안으로 들어서며

"박서방 있나?"

제법 호기 있게 소리치는데, 안에서는 대꾸가 없다.

"아무두 읎어?"

다시 한 번 이번에는 조금 더 크게 소리쳤으나 들려오는 것은 개 짖는 소리뿐. 최이방 눈썹 사이가 바투어지는* 것을 본 이노미는

"이느믜 집구석 사람덜은 귓구녁이 참나무 전대구녁인가……대꾸덜을 않게."

어쩌고 귀먹은 욕을 구시렁거리더니, 삽싹 안에 웅긋쫑긋* 서 있는 관차들을 돌아보며 히뭇이 웃었다.

앙가바틈하다 짤막하고 딱 바라지다. **깃긔**(衿記) 1.지주 이름과 결전 돈머릿수를 적은 치부책. 2.자손에게 물려줄 몫을 적은 글발. **깃** 衿: 몫. **막대잡이** '길라잡이'를 다르게 이르는 말. **바투어지다** 썩 가까워지다. **웅긋쫑긋** 머리가 쑥쑥 불거진 꼴.

120

"이느믜 집구석이 소반찬서 기중 뻑세게 나대는 집입니다유."

"엉?"

깃기로 할랑할랑 부채질을 하고 있던 최이방이 실눈을 홉떠보이는데, 리노미는 밭은기침을 하였다.

"명문 집어먹구 수지뚱 눌 느믜° 집안이다 이런 말쓈입쥬."

"어허!"

최이방이 혀를 찼고, 녜 녜. 굽신 한 번 머리를 조아리는 시늉을 하고 나서 뒤란으로 돌아갔는데, 고의적삼에 짚신감발을 들메인 그 중마름사내는 미련한 놈이 간롱맞고 베주머니 의송들었다°고 여간 속이 의뭉한 게 아니었으니, 원 아니꼽살믜시러서, 병거지조각에 콩가루 묻혀 먹을 늠° 같으니라구. 법은 믈구 주먹은 가차운° 시상이라 내 아무리 마지못헤 막대잡이 나선 사람이라지면 이방늠 주제에 숫제 즤 집구석 종 부리듯 힐라구 허넌 것 점 봐. 이런 가이색기 같으니라구. 원제구 내 이붱빈은 곱장리°루 쳐서 되돌려줄 것이구먼.

"에험!"

방 두간 부엌 한 간짜리 곱패집°인 박서방네 울 뒤 살구나무에서는 참새떼가 재재거리는데, 부엌 곁으로 달아낸 헛간에서는 박서방 늙은 어머니와 안해가 사흘 전에 삶아낸 삼대 꺼풀을 벗

곱장리 '장리長利' 두 배. **곱패집** 기역자집.

기고 있었다. 내년 봄에 베로 짜서 내어다 팔 길쌈거리로 삼동내 실을 꼴 작정이다. 밤이 이슥하도록 섬거적°을 치고 섬피° 묶을 새끼를 꼬다가 등걸잠° 한숨에 눈을 떠 물 붓고 끓여낸 재강 한 구기로 건입맛만 다시다 박서방은 들로 나갔고, 아이들은 쇠고삐를 만들 피나무 껍질이나 벗기어 온다며 산으로 갔는데, 어서 빨리 삼 일을 마무리하고 저녁거리 죽으로 안칠 시래기다발이나 삶아야겠으나 마음만 바빴지 무슨 까닭으로 영 일손이 안 나간다.

"아니 사람이 그렇게 찾어쌓넌디두 코이루두 들은 숭 안허니, 그런 뵙이 워딨누?"

읍에서 매맞고 장거리에서 눈흘긴다°고 리노미가 불퉁가지°를 부리는데, 아이구머니나! 올 굵은 삼베로 만든 몽당치맛자락을 무릎 위로 이만큼이나 훨씬 걷어올리고 살피듬이 허연 넓적다리 위에 삼대를 올려놓고 껍질을 벗기어내고 있던 아낙은 기겁을 하게 놀랐다. 리노미 리서방이야 가끔 보는 얼굴이었지만 사근내 장승만이나 하게° 웅긋쭝긋 서서 저를 내려다보고 있는 관차들 눈빛이 쏠려 있는 곳이 바로 제 벗은 넓적다리라는 것을 뒤늦게 알게 된 그 여자는 두 손으로 얼른 치맛자락을 내리었는데, 때꼬작물이 조르르 흐르는 그 삼베 치맛자락은 무릎을 겨우 내려온 다음 더 그만 내려오지 않고, 큼큼. 밭은기침을 한 번 하

섬거적 섬을 엮거나 또는 뜯어낸 거적. **섬피** 섬 부피. **등걸잠** 입은 채로 잠깐 자는 것. **불퉁가지** 순하지 않고 퉁명스러운 성깔.

고 난 리노미는 퉁명스럽게 말하였다.

"관의서 지사 올릴 해자* 걷으러 나오셨구먼그류."

"얼라?"

아낙 눈이 동그랗게 떠지는데, 마주앉아 삼껍질을 벗기어 내고 있던 박서방 늙은 어머니가 가래 끓는 소리로 고시랑거리었다*.

"아니, 이으제 지낸다구 늑 돈 반씩 거둬간 게 원젠디…… 무신 느믜 지사를 잡숫넌다구 또 해자를 건넌댜?"

"내가 그걸 워치게 안대유."

"업세. 쉑장질 허넌 사람이 그런 것두 물르면 워척헌댜?"

"아, 정월달버텀 비 한 줄금 안해서 강모가 타들어가니 긔우제를 지낸댜않유. 긔우제두 물른대유?"

"얼라?"

하는데 최이방이 손에 들고 있던 깃기를 펼치어들었다.

"소반찬 박팽손이라…… 음, 닷 돈 오 푼이로군."

"뭐시여? 닷 돈 오 푼?"

가래 끓는 소리로 부르짖는 그 늙은 여자 좁고 얇은 어깨가 바람맞은 문풍지처럼 부르르부르르 떨리는데, 하 하고 짧은 숨을 삼키는 아낙 입천장에는 그리고 적이 않는 것이었다.

해자 '쓰다'는 말로 부비. 경비. '비용'은 왜말임. **고시랑거리다** 잔소리를 듣기 싫도록 자꾸 하다.

겨우내 잔병치레를 하더니만 절기가 바뀌어 봄 지나고 어느덧 여름인데도 깨성˚을 못한 채 석류황 쪼인 병아리같이 영 골골하는 박서방 안식구였다. 중닭을 잡아 소복을 시키고자 하였으나, 한두 달이라도 더 키워 내어다 팔아 보릿되라도 들여놓아야 된다며 한사코 마다하는 그 여자였으니—

태산보다 높은 보릿고개 넘어갈 일이 도무지 아득하기만 한데, 어떻게 간신히 풋보리라도 잡고 쌀보리라도 잡아 깐깐오월˚ 보릿고개를 넘긴다고 하더라도, 미끈유월˚ 한 달을 파먹고 나면 닥쳐올 어정칠월˚ 그 긴 칠궁˚을 어찌 견딜 것인가. 칠궁을 넘기어 햇곡이 날 때까지 그 바쁜 동동팔월˚은 무엇으로 또 연명한다는 말인가. 동동팔월을 넘기어 햇곡을 잡아본다고 한들 기나긴 삼동을 어찌 넘길 것인가.

작년 농사로 거두어들인 곡식이 적지 않건만 지주집에 반넘어 도조로 바치고 대추나무 연 걸리듯˚이지가지˚로 많은 온갖 명목 가렴잡세로 뜯기고 나서 양식이 바닥난 것은 과세를 하기도 전이었다. 박서방네만이 아니라 대흥고을에 사는 민인들 거의가 비슷하였으니, 1읍 7면 1백3마을 1만5천여 백성들 가운데 1

깨성 회복. **깐깐오월** 오월달은 해가 길어 더디 감을 뜻함. 모둔오월. **미끈유월** 유월달은 해는 짧고 해야 할 일은 많아 가는지 모르게 지나가버린다는 뜻. **어정칠월** 어정어정 무엇한지도 모르게 지나간다는 뜻. **칠궁**(七窮) 음력 칠월이, 묵은 곡식은 다 없어지고 햇곡식은 아직 익지 아니하여 가장 곤궁한 때라는 뜻. **동동팔월** 부산한 가운데 어느새 갔는지도 모르게 쉬 지나간다 하여 이르던 말. 건들팔월. **이지가지** 여러 가지.

만3천여 명에 달하는 농군 가운데 거지반이 병작을 부치는 것이었다.

그들은 저마다 다만 한푼벌이라도 하기 위하여 안팎으로 허덕이었으니—

살 사이에 방울 두 쪽을 단 사내꼭대기명색으로 태어났으면 종짓굽°이 떨어지면서부터 저마다 나무를 해다 팔고, 짚신을 삼아 장날마다 내어다 팔고, 숯을 굽고, 왜황을 사다가 소나무 심 박아 잎성냥개비를 만들어 팔고, 갈대발 겨릅발 고리기직자리° 늘자리° 대발 대삿자리 돗자리 뒤트레방석° 등메° 멍석 노망태° 노엮개° 부들자리 삿자리°를 만들어 팔고, 싸리나 대를 쪄다가 바구니 바소쿠리 삼태기 설기° 쌀책박° 어리° 용수 치룽 같은 것들을 만들어 팔고, 종다래끼 들고 반두질로 물고기를 잡아 팔았다.

여자사람들은 아직 눈이 소복한 정월부터 눈밭을 헤치고 나물을 뜯기 시작하였다. 봄내 나물을 뜯어다가 양식보탬을 하였는데, 가까운 곳에서는 그나마 뜯어볼 나물마저 귀하여 먼산나물

종짓굽 종지뼈 언저리. 고리기직자리 왕골 껍질이나 부들 잎을 짚에 싸서 엮은 돗자리. 늘자리 부들로 짠 돗자리. 뒤트레방석 손잡이를 내어 만든 트레 방석. 등메 헝겊으로 가선을 두르고 뒤에 부들자리를 댄 자리. 노망태 노로 그물처럼 떠서 만든 망태기. 노엮개 닥종이 따위로 꼰 노끈으로 엮거나 결어 만든 그릇. 삿자리 갈대로 엮어 만든 자리. 설기 싸리나 버들채로 결어 만든 네모꼴 상자. 쌀책박 싸리로 엮어 만든 쌀그릇. 어리 병아리를 가두어 기르거나 닭을 넣어 팔러 다니려고 싸리로 채를 엮어 만든 울.

을 나서야만 하였다. 처음에는 저마다 혼자서만 방구어* 둔 곳으로 다니며 먼산나물*을 하던 여자들이 적어도 서너 명 위씩 패를 지어 다니게 된 데에는 까닭이 있으니, 짐승이었다. 드물기는 하지만 이따금 나타나는 호랑이며 곰이며 늑대에 개호주 같은 멧짐승도 무서웠지만 무엇보다도 무서운 것은 인짐승*이었다. 짐승 붙는 골마다 엎드려 있는 사냥꾼 명색 구메도적이며 화적패에 그리고 못된 따디미* 무리들이었으니, 차유령 밑 골짜기로 먼산나물을 갔던 아낙 하나가 따디미한테 겁간을 당하는 일까지 일어났던 것이었다.

"닷 돈 오 푼, 닷 돈 오 푼……"

흰창이 많은 눈으로 허공을 지릅떠보며* 실성한 사람처럼 같은 말만 되풀이하는 시어머니를 바라보며 그 여자는, 하. 다시 한번 짧은 숨을 삼키었는데—

아직 채 자라지도 않은 삼그루를 낫으로 베어 키가 어상반한 것끼리 가려 모아 새끼로 둘레가 한 뼘쯤 되게 단으로 묶은 다음 줄기 밑둥에 달려 있는 삼잎을 삼갈로 모두 쳐내는 삼거두기를 하여, 삼굿에 넣고 쪄낸 삼대 껍질을 벗기어내고 있는 중이었다. 그런데 장작을 아끼느라고 삼굿이 덜 달아 삼이 제대로 푹 쪄지지 않았는가. 아니면 아닌밤중에 홍두깨로 기우제祈雨祭 지낼

방구어 점찍어. **먼산나물** 먼 산에 가서 나물을 뜯어오는 일. **인짐승** 못된 인간. **따디미** 가승假僧. **지릅떠보다** 눈을 치올려 뜨고 보다.

해자 닷 돈 오 푼을 내라며 으르딱닥거리고 서 있는 부라퀴 같은 관차놈들 탓인가. 껍질을 훑어내려고 재게 손을 놀려보건만 껍질이 겨릅대*에 달라붙어 제대로 벗기어지지 않고 자꾸만 찢어진다.

"말미가 이달 보름까지니, 어김이 없어야 할 것이야. 보름 지나고부터는 하루에 한 푼씩 변리를 물어야 할 것인즉, 명렴할 터."

종지리새 열씨 까듯° 지껄이고 서 있는 것은 이방놈인가. 아니면 이방놈 앞방석으로 나선 리노미라는 위인. 누구라도 상관없는 일이겠거늘, 내가 왜 이런다지. 문득 핑 하는 어지럼증이 밀려오면서 손티* 있는 그 여자 병색 짙은 얼굴에 핏기가 걷히는데, 이마를 훔치는 손등에 묻어나는 것은 송진처럼 끈적끈적한 식은땀이었다.

닷 돈 오 푼이라니, 거기다가 하루에 한 푼씩 빈리가 늘어난다니……

거둔 삼을 쪄낸 다음 햇볕이 잘 드는 곳에 널어 바짝 말려야지, 물기 하나 없이 뽀송뽀송 잘 마른 삼을 물에 담그어 푹 불린 뒤에 껍질을 벗기어야지, 벗기어낸 껍질에서 다시 겉껍질 어섯만 훑어내야지, 이렇게 훑어낸 계추리*를 햇볕이 잘 드는 곳에 널어 바래야지, 볕에 바랜 삼껍질을 물에 적시어 마른수건으로 다독

겨릅대 껍질을 벗긴 삼대. **손티** 살짝 곱게 얽은 얼굴 마마 자국. **계추리** 삼껍질을 긁어버리고 만든 실로 짠 경북산 삼베.

인 다음 손톱 밑이 빠지게끔 가늘게 째야지, 째 놓은 삼을 삼뚝가지*에 걸어놓고 한 올 한 올 빼내어 날올*은 비벼서 삼고 씨올*은 비비지 않고 그냥 삼아야지, 다 삼은 삼올을 씨올은 꾸리로 감고 날올은 날아야지, 다 날아놓은 날올을 바짝 말린 뒤에 바디*에 그 한 올은 잉아올*이 되고 또 한 올은 사올*이 되게 끼워야지, 날씨 흐린 날을 골라 벳불*을 피워놓고 겉보리를 볶아 만든 가루와 좁쌀에 메밀껍질을 섞어 쑨 풀과 된장을 마련한 다음 끄심개*로부터 도투마리*까지 날올이 뻗치게 하여 놓고 베를 매야지, 그렇게 맨 베를 던지듯 집어넣는 북을 손을 바꾸어 받아내며 당겼다 놓았다 두 손으로 북질과 바디질을 하면서 베를 짜내어야지, 다 짜여 베틀에서 내려온 베를 물에 담갔다가 두들겨 빤 뒤 물에 넣어 축축할 만큼 마르면 곱게 접어 발로 밟아 잘 펴주어야지, 그리고 마지막으로 사람 오줌이나 콩깍지 또는 서속대를 태워 받아낸 잿물로 색을 내어야지……

늙으신 어머님에 아직 가랑이 사이에 개짐을 차기도 전인 딸아이까지 거들며 셋이 한 달내 삼아도 기껏 일곱 새 두 필밖에 못 나오는데, 닷 돈 오 푼이라니. 두 필이라고 해봐야 금좋았던 상년 시세로 쳐봐도 넉냥금이라 여덟냥밖에 못 받으니, 닷 돈 오 푼이라면 세 사람 하루 품삯도 넘는 큰돈 아닌가.

삼뚝가지 째놓은 삼을 걸어놓는 나뭇가지. **날올** 세로 걸린 올. **씨올** 가로 걸린 올. **바디** 베 짜는 연장. **잉아올** 날실. **사올** 씨실. **벳불** 삼을 쪄내는 불. **끄심개** 베틀에 걸린 연장. **도투마리** 베틀.

"말미가 이 달 보름까지니 어김이 없어야 할 터. 변리가 하루에 한 푼씩 늘어난다는 것도 창심할 것이며. 크흠."

다시 한 번 다짐을 두고 난 최이방은 몸을 돌리었다.

"가자."

"푸우—" 서너 직*째 이틀거리*를 하는 사람처럼 연신 팔을 흔들어 깃기바람을 내어보지만, 곱사등이 짐 지나마나°. 단내 나게 뜨거운 숨을 내어뱉으면서도 아랫것들 거느리고 수쇄收刷 나선 처지인지라 여덟팔자걸음으로 한껏 조빼고 걷는 최이방 제비턱 아래 드리워진 갓끈이 실그럭설그럭* 흔들리고 있었으니, 체머리*를 흔드는 탓이었다. 오랜 가뭄이 이어지고 있는 탓이겠으나 유난히도 무더운 강더위*였다. 오뉴월 볕은 소리개만 지나도 낫다°는데 땀들일 나무 한 그루 없이 팍팍하기만 한 자갈길이다.

아사까지 길을 좁혀보자는 생각에서 행길 버리고 에워가는* 탓이었다. 손등으로 연신 이마를 훔치어보지만 바투*어 틀어올린 상투 아래 이맛전으로 흘러내리는 땀방울은 또 그치지 않는데, 꼭 그래서 그러한 것만은 아니었으니—

기우제 지낼 해자로 집집마다 닷 돈 오 푼씩 이달 보름까지 내

직 학질 같은 병이 갑자기 일어나는 차례. **이틀거리** 이틀만큼씩 걸려 앓는 학질. **실그럭설그럭** 자꾸 이쪽저쪽으로 비뚤어지거나 기울어지다. **체머리** 병적으로 저절로 흔들려지는 머리. **강더위** 비는 오지않고 여러날 이어지는 호된 더위. **에워가다** 다른 길로 돌아가다. **바투** 두 몬 사이가 썩 가깝게.

되 하루라도 기한을 어길 시에는 하루에 한 푼씩 벌전을 물릴 것이라고 엄포 곁들인 으름장으로 당조짐°을 주고 있으나, 전과는 다르게 영 말발이 안 먹히는 것이다. 여제厲祭 지낸다고 넉 돈 반씩 거두었던 지난 봄에도 그렇더니, 못가에 자가사리 끓듯° 숫제 포달°을 부리며 못 내겠노라 한대중° 뻗대기만 하는 민인들인 것이었다. 그래봤자 달걀로 성치기°로 제까짓것들이 안 내고는 못 배기겠지만, 똥 누고 밑 안 씻은 것처럼° 영 훗입맛이 개운하지가 않은 것은 또 무슨 까닭인지.

집집마다 닷 돈 오 푼씩 걷는다지만 당나귀 커봤자 귀 떼고 좆 떼면 먹을 것 없다고 좆에 땀나게 싸돌아다녀봤자 몇 냥이나 떨어지겠는가. 더구나 이번에 군수 인뚱이°를 차고 내려온 남행짜리° 위인은 생무지°가 아니라, 갖은 다리아랫소리°로 알랑방귀°를 꿔고 보비위 불알을 긁어줘°봐도 도무지 씨가 안 먹히니, 이런 지미붙을.

허나 또한 무엇하리. 두껍닫이° 걸어놓은 사경도四境圖 아래서 매일같이 읍총기邑總記나 들여다보고 있어 아랫것들 공중 미주

당조짐 정신을 차리도록 단단히 조지는 것. **포달** 암상이 나서 악을 쓰고 함부로 욕을 하며 대드는 품이 몹시 사납고 다라지다. **한대중** 전과 다름이 없는 만큼. **인뒤웅이** 관아에서 쓰는 도장을 넣어두는 궤. **남행짜리**(南行--) 음직蔭職 벼슬자리. **생무지** 어떤 일에 손붙이지 못한 사람. **다리아랫소리** 비위를 맞추고자 간살부리는 말. 못나게 남한테 빌붙을 때 단작스럽게 저를 낮춰서 하는 말. **알랑방귀** 발라 맞추는 짓. **두껍닫이** 미닫이를 열 적에 창짝이 들어가는 곳.

알°이 졸밋거리게° 한다지만, 그 사경도는 누가 시켜 그린 것이며 그 읍총기 또한 누구 손으로 만들어진 것인가. 도무지 겁날 게 하나도 없는 것이, 제아무리 수정등롱水精燈籠 잣세로 모르는 것 한 가지 없는 체하는 안전명색이라지만, 등잔 밑이 어둡다°고 그래봤자 제가 이름 좋은 하눌타리°라.

양반 뼈다귀를 받고 태어난 덕에 젊어서는 혹 시부詩賦를 익히고 혹 활 쏘기를 익히며, 항우項羽와 패공沛公을 놓고 읊은 글귀에 부채를 치며 스스로 호기를 뽐내고 마조강패 노름에 돈을 거는 것으로 스스로 즐기며, 그보다 조금 낫다는 자라야 기껏 태극원회太極元會 이치와 하도낙서 수와 이기理氣 쟁론과 성정 난론으로 천하 고묘高妙한 이치를 다하는 것으로 생각하면서 전제와 세법과 창름° 계수에 관해서는 일자반구도 일찍이 배우고 익히지 않은 주제로 오만냥을 들이고 십만냥을 던져서 하루아침에 백리를 얻었으니, 무엇을 안다는 말인가. 대저 밭가는 일은 노奴에게 묻고 베짜는 일은 비婢에게 물어라 하였고, 산골에 사는 자는 생선으로 예물을 삼지 않는다 하였으며, 궁자宮者는 대궐 안을 지키고 월자刖者는 동산을 지킨다 하였으니, 군두목°질하는 자들 가르침 없이 어찌 한 고을을 다스릴 수 있을 것인가. 이러니 종자 한 되를 뿌려 거두는 알곡이 몇 말이며 무명 한 필이 나오는데 또 얼마만

미주알 똥구멍을 이루는 창자 꼴 어섯. **졸밋거린다** 움찔거린다. **창름(倉廩)** 곳집. **군두목** 한자漢字 음흡과 새김을 따서 본 이름을 적던 것.

한 품이 드는지 알 까닭이 없을 터.

 군두목질 십수 년에 모시어본 수령명색 한 죽이 넘건마는, 모두가 돗진갯진이라. 한번 백리를 얻어 과만까지 갈 것도 없이 한두 해만 지나고 보면 수수만금 은금보화가 생겨 돌아가는 짐바리가 무겁게 마련이라 한 권 책일망정 부담이 된다 하여 겨우 책력 한 권 달랑 들고 와서는, 철따라 산사에서 곳놀이 단풍놀이 즐기고 강정江亭에서 달 아래 배 띄우며 밤에는 기생을 끼고 자다가 한낮이 되어서야 일어나 입으로만 수령칠사˚ 외워보니, 백청白淸과 황청黃淸이 다름을 알 턱 있나. 나라에 근본은 백성이요 백성에 근본은 농사짓는 일이어늘, 갈아엎고 거름 내고 씨 뿌리고 써레질˚하고 모내기하고 김매기하여 거두어들이는 농사 이치를 모르니, 뽕나무를 심어 누에 쳐서 길쌈하는 그 이치를 어찌 알리오.

 이러니 찢어진 갓과 성긴 도포에 찌든 색깔 띠를 두르고 조랑말을 타며 요도 베개도 없이 남루한 이부자리를 덮어 위엄을 세우되 가벼운 형벌조차 쓰지 않음에도 간사하고 교활한 무리들이 모두 숨을 죽이게끔 하면서도 진실로 백성을 자식처럼 애호하는 자애로운 덕으로써 다스리다가 다만 한 수레 책만을 싣고 집으로 돌아가는 안전짜리 하나 없구나.

 허나, 불뚝성이 살인 낸다˚고 불알이나 살살 긁어주면 될 터.

수령칠사(守令七事) 수령이 지켜야 할 일곱 가지 일. **써레질** 써레로 논바닥을 고르거나 흙덩이를 깨는 일.

더구나 이 몸 뒤에는 순사또명색 상투 끝을 꽉 틀어쥐고 있는 도꼭지성님이 계시지 않는가.

두려운 것은 그러므로 안전명색이 아니라 장삼이사로 허릅숭이*같은 농투산이들이니, 영 전같지가 않은 것이었다. 딱 집어서 무어라고 말할 수는 없지만 어쩐지 그러한 생각이 드는 최이방이었다. 오뉴월 품앗이도 진작 갚으랬다°고 이달 보름을 넘기지 말라며 아무리 울골질*을 하여보아도 도무지 눈썹하나 까딱하지 않으니, 뉘 집 개가 짖느냐는 듯 외눈길 한번 던져오지 않는 것은 그만두고 숫제 뒷간 똥파리로 아는 상것들인 것이다.

어허, 이런 상것들을 봤나! 고이헌지고! 안전명색 흉내내어 호령호령 으름장 질러가며 나랏법 무서운 줄 알라고 진밥 씹듯*하여보지만, 도대체가 오뉴월 자주감투도 팔어먹을°애옥살이들이라 코끝으로도 들은 체하지 않는다. 아무리 엎어지면 궁둥이며 자빠지면 보지뿐인°불상것들이라지만 그렇다고 해서 나라 일 돌보느라 욕보신다며 찬물 한 모금 떠다 바치는 년놈 하나 없으니, 이런 순 단매*에 쳐죽일 불상것들 같으니라구.

박갑팽이 집을 나와 댓골 지나 송짓골 넘어 섶무시 거쳐 쇠울 지나 아래윗갈신까지 쌀밥에 뉘 섞이듯 마을마다 한둘씩은 꼭 있게 마련인 목곧이*들만 골라 강다짐*을 주고 돌아나오는 길인

허릅숭이 말투가 미덥지 못하여 믿기 어려운 사람. **울골질** 을러대거나 으름장. **진밥 씹듯** 사소한 일로 잔소리를 되풀이한다는 말. **단매** 한번 치는 매. **목곧이** 억지가 세고 남에게 굽히지 않는 사람. **강다짐** 억눌러 꾸짖음.

데, 푸우— 다시 한 번 단내 나게 뜨거운 숨을 내어뱉는 그 사내 제비턱 아래로 드리워진 갓끈이 실그럭설그럭 흔들리는 것이었으니, 이짓도 못해먹겠구나.

자고로 아전 팔자는 댑싸리 밑 개팔자°라지만, 운봉이 어디 있어 내 마음 알리오°. 안전짜리는 벌레 보듯 하고 양반쳇것들은 또 잔뜩 하시만 하는 가운데 상것들마저 조상 죽인 원수 보듯 흘겨 보기만 하니, 독 틈에 낀 탕관°으로 시방은 내가 이 졸경을 치르고 있다만, 왕후장상이 씨가 있나. 도꼭지성님이 감사쳇것 상투를 꽉 틀어쥐고 있는 동안 어떻게 하든지 간에 한 살림 더 단단히 차려가지고 한양으로 올라가 옛말 이르며 살아야지, 이거야 어디 당최 글력 팽겨서 해먹겠나. 오래 있으면 새도 살을 맞는다°고 이쯤 해서 털고 일어서야지.

여제°를 지낸 것은 청명날이었다.

창이나 갈맞아 죽은 자, 물에 빠져 죽고 불에 타 죽고 도적을 만나 죽은 자, 남에게 소드락질° 당하고 울골질 받아 죽은 자, 남에게 처첩을 강탈당하고 죽은 자, 억울하게 형벌을 받아 죽은 자, 천재와 돌림병으로 죽은 자 신위는 젯상 왼편에 두고—

맹수나 독충에 물려 죽은 자, 얼거나 굶주려 죽은 자, 싸움터에 나가 죽은 자, 급박한 경우를 만나 스스로 목매어 죽은 자, 담장

여제(厲祭) 못된 돌림병에 죽은 귀신에게 드리는 제사. **소드락질** 남 재물을 빼앗는 것.

이나 집이 무너져 깔려 죽은 자, 아이 낳다가 죽은 자, 벼락맞아 죽은 자, 높은 곳에서 떨어져 죽은 자, 병들어 죽었으되 자손이 없는 자 신위는 젯상 오른편에 놓고서 제사를 지내는데 장만한 제수는—

백미 4되 5홉, 기장쌀 4되 5홉, 술담그는 데 들어간 쌀 1말 3되 5홉, 황률 2되, 생률 2되, 호도 2되, 대추 2되, 곶감 2쾌, 녹포鹿脯 5양푼, 소금 2되, 황초 20자루, 감장甘醬 5되, 등유燈油 4홉, 백지白紙 1속束 11장, 축문장지祝文壯紙 1장, 단자單子장지 1장, 자리 2닢, 황필黃筆 1병柄, 진묵眞墨 1정丁, 유기柳器 1부, 닥종이 1장, 향 1봉, 석어石魚 1속 6개, 황육黃肉 5근, 희생양 대신 올리는 쇠다리 1짝으로 들어간 돈이라야 모두 합해서 한 짐˚도 다 되지 않았다.

집집마다 넉 돈 반씩 걷어 두 집이면 9돈이요 스무 집이면 18냥이라 쉰 집이면 90냥. 이러니 2만냥 가까이 거두어들인 돈은 모두가 공다리들 쌈지 속으로 들어간 것이었다.

그런데 여제를 지내는 데 들어간 한짐돈이라는 것도 2월 8일 상정일上丁日에 지낸 봄석채˚ 명목으로 거두어간 해자에 삼단三壇 제사 몫까지 다 들어 있는 게 국초 이래로 내려온 나라 법도였으니, 전수이 생무지로 홀태질˚을 하여간 것이었다.

재미나는 골에 범나지˚. 암만, 고삐가 길면 밟히고˚말고.

한 짐 한 관. 열냥돈. 쾟돈. **봄석채**(春釋菜) '봄석전'을 흔히 일컫는 말. **홀태질** 벼·보리·콩 같은 곡식을 훑어서 떠는 일.

말 타면 종 부리고 싶다°고 끝없이 걸터듬질°만 하다가 종내에
는 뒤끝이 좋지 않았던 전배 아전들을 떠올려보며 언제나 하여
보는 속다짐을 하던 최이방은 다시 한 번 체머리를 흔들었다. 허,
고년 참. 요즈음 들어 은밀한 물잇구럭°이 되어주고 있는 기생 향
선香仙이 그 밤벌레 같은° 낯짝이며 물오른 버들가지와도 같은
허리에 그리고 또 보름달인 듯 둥글고 커다란 궁둥짝이 떠오르
면서, 문득 솟아나는 짜증인 것이었다. 몇 점이나 되었는가? 어
서 빨리 이 개갈 안 나는 수쇄질을 벗어나고 싶었다. 수쇄질 따위
야 하배 아전이나 사령놈들 시키면 될 것이었고 그것이 또한 지
금까지 하여온 아문 습속이기도 하였는데, 아침에 안전한테 한
말도 있고 하여 몸소 나섰던 길이었다. 그 사내는 짜증기 있게 소
리쳤다.

"싸게싸게 가자!"

최이방 발길이 접어드는 곳은 향곳말 초입에 있는 아랫말이었
다. 향선이 집이야 밤에 들러 숙창宿娼을 하기로 하고, 동곳을 감
아쥐고 있는 리참봉李參奉댁으로 가 수박화채나 한 대접 마셔 더
위를 식혀야겠다고 생각하던 그 사내 발길이 가는 곳은 리주부李
主簿 댁이었다.

사랑채명색 쪽을 저만큼 바라보았으나 이 더운 오뉴월 염천

걸터듬질 닥치는 대로 찾다. **물잇구럭** 뒷배보다. **밤벌레 같다** 살이 토실토실
하고 보유스름하다.

에 꽉꽉 닫히어진 갑창이라 리처사 리평진李平眞이라는 냉족冷族은 석새 짚신에 구슬감기°로 꼴에 천렵이라도 나갔는가. 리노미와 사령들한테 잠깐 기다리라 이르고 나서 외갓집 들어가듯 사립 안으로 쓱 들어서던 그 사내는 무춤 그 자리에 서버리었으니, 당기당 둥둥 동기당 당동. 거문고줄 고르는 소리 들려오는가 싶더니, 뒤를 이어 들려오는 것은 옥반에 진주 굴러가듯° 하는 노랫소리인 것이었다. 다당둥 청둥 당둥뜰당뜰둥 당당지라 뜰징다당둥…… 계면가락 도드리°에 맞추어 뽑아져 나오는 상사별곡°이었다.

인가— ㄴ 이 히이이

벼흐어 얼 마아아안

사— 하아 하아— 흐으으

주 후우— ㅇ 어흐이 히이—

독오— 훅 수후우후우— 후우욱

공— 웅— 바흐앙 이— 이— 히이

히이이 더어어어흐어 으—

우 서흐으르 다—

계면가락 도드리 빠른 장단. 산드러진 가락. **상사별곡**(相思別曲) 남녀 간 그리움을 노래한 것.

색차지* 노릇을 하느라 수없이 들어본 대금 중금 당저 호 가로 부는 젓대며, 소 약 적 통소 단소 세로 부는 젓대에, 향피리 당피리 날피리에 생황 나각 나발이며 아쟁에 깡깡이에, 그리고 또 거문고며 가얏고에, 가곡 가사 시조 민요 판소리 잡가 시나위*에 이르기까지 안 들어본 소리가 없건마는, 이것 봐라. 아직 이팔에도 못 이른 간나희로서 거문고를 뜯으며 불러보는 소리가 여기에 이르렀달 것 같으면, 어허. 이처산지 뭔지 하는 위인이 살림은 곤궁하나 딸내미 하나 만큼은 잘 나았다더니, 과시 명불허전*이로고.

"러루르라로리……"

계면가락 도드리에 맞추어 퉁기어가던 술대*를 거두고 왼손 집게손가락과 엄지손가락으로 줄을 뜯는 자출성自出聲에 맞추어 구음*을 내어보던 처녀가 포옥 한숨을 삼키는데, 햐. 아무리 나이 차 미운 계집 없다°지만, 날로 넣고 씹어먹어도 비린내 하나 안 나겠구나. 감태* 같고 채 긴 머리 느짓느짓* 곱게 땋아 갑사 댕기 드리웠을 뿐 잇곳물감 들인 무명적삼에 민색* 무명치마를 두른 수수한 복색이나, 주머니에 들어간 송곳°이라.

길미* 받으러 왔던 길에 몇 차례 먼빛으로 본 적이 있을 뿐 이

색차지 기생 맡은 아전. 시나위 '육자배기토리'로 된 허튼가락 기악곡器樂曲. 명불허전(名不虛傳) 이름은 헛되이 전해지는 것이 아니란 말. 술대 거문고를 타는 채. 구음(口音) 입안으로 해보는 콧소리. 감태(甘苔) 김. 느짓느짓 자주 느즈러지게. 민색 검푸르죽죽한 빛. 길미 이자利子.

처럼 가까이서 바라보기는 처음인 최이방 입에서는 저도 모르게 그만 생침이 넘어가는 것이었으니, 법도에 맞게 농현을 하면서 불러넘기는 목구성˚이 참벌소리와도 같이 곱고도 맑은 것도 그렇지만, 무엇보다도 인물이라. 가느스름한 눈에 어디 한 군데 빠진 데 없이 톡 찬 이마는 반듯한데다가 오똑 솟은 코에 입술은 또 연지를 바른 듯 고와, 양귀비 외딴치는˚ 일색 아닌가. 웃봉지˚를 겨우 떼었을 뿐 아직 이팔˚에도 채 이르지 못한 어린 나이에 무슨 근심걱정이 있는지 다시 한 번 포옥 한숨을 삼키고 난 꽃두레는 아미를 잠깐 숙이며 사르르 눈을 감는 것이었는데—

어여쁘다. 어여쁘다, 어여쁘다. 보던 중에 처음이다. 계집이 어여쁘면 침어낙안˚한다더니, 과시 옛말 그른 것 하나 없고녀. 수수하다 못하여 숫제 당채련 바지저고리 꼴인 저 복색으로도 이러하니 달덩이같이 고운 얼굴 분세수 곱게 하고 의복단장 갖추어 차려 입고 나설작시면, 아니 쳐다볼 사람 없겠구나.

처녀 미색에 두 눈이 그만 다 캄캄하여 흑백을 분별할 수 없게 된 최이방이 푸우— 하고 단내 나는 숨을 내어뱉으며 저도 모르게 한 발짝 더 다가서는데

"러루르라리……"

시름 섞어 게서타면˚서 구음을 하여보던 처녀가 고개를 돌리

목구성 목소리 구성진 맛. **웃봉지** 개짐 넣어둔 봉지 위. **이팔** 열여섯 살. **침어낙안**(沈魚落雁) 아름다운 여자 고운 얼굴을 나타내는 말. **게서타다** 느낌을 실어 거문고 따위를 타다.

다 말고

"아이그머니나!"

가슴이 깜짝 놀라 쥐덫이 내리어진 듯 쇳된 소리를 내어지르며 황급히 몸을 돌리는 것이었다.

"에험. 에험."

그제서야 새삼스럽게 헛기침을 하고 난 최이방이 삽짝 쪽으로 돌아서는 시늉을 하면서

"이리 오너라."

뒤늦은 통기를 하는데, 떨리는 듯 낭랑한 목소리로 내외법에 따른 응대를 하여오는 처녀인 것이었으니—

"뉘시냐고 여쭈어라."

"아사에서 수쇄 나온 사람인데, 리주부나으리 계시냐고 여쭈어라."

"출타하셨다고 여쭈어라."

"어디 가셨느냐고 여쭈어라."

"윗말 김사과 어르신댁에 가셨다고 여쭈어라."

"언제 돌아오시느냐고 여쭈어라."

하는데, 잔기침 한 번 곱게 하고 난 처녀가 살포시 몸을 일으키었다.

"여기 좀 보시라고 여쭈어라."

냉갈령*으로 한마디 내어붙이고 나서 준절히 꾸짖는데, 지금

까지와는 다르게 똑 딴 하게˚를 내어붙이는 것이었다.

"명색이 질청밥 먹는 관차라면 대강 인사 알 터인데 바깥사랑 어르신도 아니 계신 양반댁에 기침도 아니하고 제 집같이 들어오니, 그런 행실 있겠는가?"

"그게 아니옵구······."

"수쇄 나온 빗아치명색일 것 같으면 사랑으로 가서 주인을 찾아야 옳은 것이겠거늘, 아녀자 혼자 농현하는 내정에 들어와 이 무슨 해괴한 수작인가?"

"그게 아니옵구······."

안전 앞에 불리어 나가 뜰 아래 두 손 모으고 엎드려 호령 듣는 십상 아전˚으로 돌아가게 된 그 사내가 저도 모르게 쉰네를 개어 올리는데, 옥비녀를 묶어놓은 듯한 팔을 들어 삿대질까지 하여 가며 소학권이나 읽었는지 유식발명˚ 문자 섞어 꾸짖는 소리 높이 떠서 흩어지는 것이었다.

"어허, 이것이 무슨 경우인가? 우리 집안이 운수 비색하여 삼순구식하는 냉족으로 떨어졌을망정 어엿한 우족 후예로서 예절조차 모를손가. 자고로 강상은 나라에 으뜸가는 도리요 오륜은 그 가운데서도 반드시 지켜야 할 사람 도리며, 남녀유별은 그 가운데서도 으뜸가는 벼리˚이거늘, 남녀칠세 부동석도 모르는 자

냉갈령 몹시 모질고 쌀쌀한 꼴. **하게** 벗 또는 손아랫사람에게 쓰는 낮춤말씨. **십상 아전** 어쩔 수 없는 아전. **유식발명**(有識發明) 유식한 티를 내는 것. **벼리** 뼈대가 되는 줄거리.

가 무엇으로 일러 왈 빗아치명색이라는 말인가? 당장 문밖으로 썩 나가지 않는달 것 같으면 내 안전께 도람°이라도 하여 별반거조° 있을 터.”

“죄송천만이올시다. 애기씨.”

“무슨 발명인가?”

“아, 네.”

“어허!”

“네. 네에.”

자벌레처럼 연신 허리를 굽히며 저도 모르게 뒷걸음질을 치는 최이방이었으니, 어마 뜨거라. 당차게 똑똑해서 영악하기 짝이 없는 이 간나희가 당치않게 조간율ㄱ姦律로라도 엮어 넣는다면, 장杖 1백. 어떻게 간신히 화간和姦으로 낮추어진다고 하더라도 장 80은 피할 수 없으니, 운수가 사납다 보면 무슨 일은 못 당할까. 더구나 납상액이 적다고 여간 클클해°하지 않는 안전짜리 아닌가.

물어도 준치요 썩어도 생치°라고 비록 냉족일망정 한다하는 양반댁 규수짜리 잣세로 당차게 나오는 처녀 기세에 눌리어 발명 한마디 제대로 하여보지 못한 채 쫓기듯 사립을 나서는 최이방이었는데, 흥. 돈이 제갈량°이니 두고 보라지.

도람 하소연. 별반거조(別般擧措) 일껏 다르게 차리는 노릇. 클클하다 답답하고 못마땅해 하다.

속다짐*을 두는 그 사내 갓끈이 다시 실그럭설그럭 흔들리는 것이었으니, 푸우—

애시당초 엿죽방망이로 여긴 것은 아니었으되 여간내기*가 아닌 것이다. 수쇄한다는 것은 핑계에 지나지 않았고 그가 리주부댁을 찾은 데는 다른 속판*이 있어서였으니, 자식놈 탓이었다. 줄줄이 앉아서 소피보는 것들만 아래위로 있는 집안에서 오직 하나뿐인 외아들놈이 약관에 이르러 상투를 틀어줘야겠는데, 리주부댁 무남독녀 외딸인 은수라는 규수짜리가 아니면 장가를 들지 않겠노라 한대중 뻗대기만 하는 것이다. 지난 봄 사월 초파일에 대련사 절에서 그 규수짜리를 힐끗 한번 보고 와서는 도대체가 생나무 휘어잡기*를 해도 유분수지.

어떻게 생기어 쳐먹은 자식이 마음이 홍뚱항뚱* 백사가 정이 없고 생각느니 그 처녀라. 먼 산을 바라보니 공연히 한숨 나고, 갖은 반찬으로 차려주는 밥상을 받자하니 고깃국에 목이 메어, 오복전조르듯* 만만한 제 어미만 붙잡고 늘어지는 것이었다.

재전*일 생각허면 시방것덜 우습더구

독선생 들여앉혀주면서까지 그렇게도 일구월심으로 하라는 글궁구는 안하고 간나희들 치마꼬리나 쫓아다니는 치룽구니* 자식놈 생각은 안하고 공중 그 규수짜리 욕만 해대는 마누라쟁

속다짐 속셈. 여간내기 풋내기. 속판 속마음. 홍뚱항뚱 꾀를 부려 들떠 있는 꼴. 오복전조르듯 호되게 조르는 꼴. 재전(在前) 기왕. 일찍이. 치룽구니 어리석어서 쓸모가 없는 사람.

이였다. 아니 때린 장구에서 북소리 나랴°고 그 간나희가 먼저 꼬
리를 쳤다는 것이었다. 쉰 줄이 내일모레인 늙정이건만 기름지
게 잘 먹어서 살이 피둥피둥하고 안동포 적삼에 한산 생모시 치
마를 쌍글한° 태깔°로 다려 입어 보기에도 시원한 그 늙은 여자는
수리목진 소리를 내는 것이었다.

　우덜 츠녀 시절에는 이십 먹은 지지배두 서방 생각 안허더니,
요샛것덜 우습더구. 열다섯 안팎되면 젖퉁이가 똥또도름 장기
궁짝 되어가구, 궁뎅이가 너부데데 소쿠리 엎어논 듯, 복숭아꽃
블어지면 머리 긁구 딴 화내구, 잔대기에 속닢 나면 믄산 보구 슨
하품, 동네 고샅° 가이 짖으면 문구멍으루 내다보구, 뒷동산 두견
울면 한숨짓구 잠 안 자기, 그 지지배가 먼저 암내 냈지. 그네 뛰
는 핑계허구 바깥 출입 팔딱팔딱, 못 듣던 사람 소리 방 안의서 소
곤소곤……

　토막나무에 낫걸이°도 유분수지. 그 댁이 시방은 비록 불고 쓴
듯한° 애옥살이라지만 썩어도 준치라고 어엿한 우족°이 아니냐
고 한고함°을 질렀으나, 자식은 애물°이라. 이 노릇을 어이 하나.

　최이방 자식놈이 은수처녀 한번 보고 정신이 캄캄, 가슴이 답
답, 장딴지살에 쥐가 나고, 눈동자는 봇짐 싸고, 콧구멍이 뻑뻑,
어깨로만 헐떡헐떡, 송아지같이 음매하고 자빠지니—

쌍글하다 1. 보기에 매우 산뜻하다. 2. 보기에 매우 쓸쓸하다. 3. 매우 못마
땅하여 성난 느낌이 있다. **태깔** 꼴. **고샅** 좁은 골목길. **우족**(右族) 사대부 가
문. **한고함** 큰 고함. **애물** 애를 태우는 몬.

맵시있게 생긴 처녀, 태도있게 생긴 처녀, 귀염있게 생긴 처녀, 훨씬 벗게 생긴 처녀, 눈물나게 생긴 처녀, 정신놓게 생긴 처녀, 아리삼삼 눈에 어리는 그 맵시에 사람 창자 다 녹는다. 밤낮 생각이 은수라, 책 펴도 은수 생각, 붓 잡아도 은수 생각, 밥 먹어도 은수 생각, 잠잘 때도 은수 생각, 나이 이십에 독선생까지 들여앉히어놓고 배웠다는 글궁구라야 기껏 통감 초권에 머무르고 있지마는 할 수 없어 그나마 폐궁하고 길게 누워버리었으니─

백모*로 다 보아도 춘향이 거동이라. 춘향이 그네 뛰는 거동 한번 보고 나서 넋이 다 나갔던 이도령 뽄으로 나가는데─

도적질하다 잡혔는지 가슴은 우둔우둔*, 약주 과히 먹었는지 정신은 어질어질, 두 팔에 맥이 없고 두 다리 힘이 없어 이마에는 식은땀과 입으로는 선 아이 염참것* 맛을 못 보아서 노점*을 잡는구나. 정신을 겨우 차려 어미 불러 하는 말이, 아이구 엄니, 나 죽것소. 은수 생각 간절하여 미치게 되었구나. 아이구 엄니, 나 점 살려주. 은수를 생각하다 정신이 혼미하여 눈을 감고 앉았으면 대웅전에 연등 걸던 그 맵시가 아른아른 보이는 듯, 방울인가 하는 제 집 종년과 나누던 말이 가만가만 들리어서 눈을 번쩍 뜨고 보면 은수처녀 간 곳 없어 가슴은 벌떡벌떡, 정신은 어질어질, 흙내음이 고소하다*.

백모 여러 가지. 우둔우둔 두렵거나 무서워 가슴이 두근거리는 꼴. 염참것 어우름질. 노점(癆漸) 폐결핵. 흙내음이 고소하다 죽고 싶다는 뜻.

숫제 식음을 전폐하다시피하고서 무슨 귀정을 내어달라고 한대중 뻗대기만 하는 이 애물단지를 어찌할 것인가. 향선이 일로 안해한테 어늬*를 잡히는 바람에 어쩔 수 없이 굽죄어* 지내는 최이방으로서는 더구나 독 틈에 낀 탕관이라.

어허, 하늘에 방망이를 달지°. 제아무리 하늘을 쓰고 도리질하는 이방 위세라지만, 더하여 뒷배를 보아주는 도꼭지성님까지 감영에 계시다지만, 근본이 다르지 않은가.

처음에야 물론 땅띔도 할 수 없다는 생각이었지만 가만히 생각하여보니 꼭 그렇지만도 않은 것이, 돈이면 귀신도 부릴 수 있는° 세상이 아닌가. 돈만 있으면 두억시니도 부릴 수 있고° 돈만 있으면 처녀 불알도 살 수 있는° 세상 아닌가. 더구나 그 규수짜리 아비 되는 리처사 리평진으로 말할 것 같으면 벗장이* 반치기*가 아닌가. 명색이 좋아 양반일 뿐 초시에도 못 오른 채 허구한 날을 동개골 서구월 남지리 북향산 육로 천리 수로 천리 이인이나 찾아다니다가 꿈에 떡맛 보기로 집이라고 어쩌다 찾아와서는 흥야 부야* 허망하게 내기바둑이나 두는 어성꾼* 아닌가. 말이 좋아 양반이지 글 좋아 과거해서 한 살림 후끈하게 일궈놓지 않고서는 그래봤자 제가 끈 떨어진 망석중이°라. 애시당초 받고자 생각지도 않은 것이기는 하지만 돈냥이나 변통하여준 것도 있겠다 그

어늬 어깻죽지. **굽죄이다** 발목잡혀서 꼼짝을 못하다. **벗장이** 반거충이. **반치기** 1.가난한 양반. 2.쓸모없는 사람. **흥야부야**(興也賦也) 흥에 겨워서 이래도 좋고 저래도 좋다. **어성꾼** 게으르고 한갓지게 지내는 사람.

만하면 말밥°을 삼아볼 건덕지는 될 터. 그리고 전과는 달라서 더구나 요즈음에는 민혼°을 하는 냉족 또한 많은 세상이라 영 생나무 휘어잡기만은 아니리니. 근지를 빤히 아는 이곳에서 살기가 무엇하다면 한양 성중에 번듯한 집이나 한 채 장만하고 근기 어디쯤에 전장이나 딸려 올려보내면 될 것이고, 크음. 내 무슨 수를 쓰든지 간에 리처사와 만나 귀정을 지어보리라. 자고로 십벌지목이라는 문자도 있으니 열 번 찍어 안 넘어가는 나무 없을 터. 어허, 열 번이 무엇인가. 백 번 찍고 천 번 찍어 내 반드시 사주단자를 받아내리니. 그러자면 가만있자아, 돈냥이나 좋이 장만해둬야 되겠지.

"에험!"

큰기침 한 번 버썩하며 아랫것들 쪽으로 가던 최이방 눈썹 사이가 바투어지고 있었다. 방울이년을 앞세우고 다가오는 사내는 지난 봄에 새로 들이었다는 김사과댁 머슴이었는데, 엇스쳐 지나가며 지릅떠 보이는 그 젊은놈 목자가 여간 불량하여 보이지 않는 것이었다.

"에험!"

헛기침 한 번 되게 하며 풀럭풀럭 팔락팔락 깃그바람이나 내었을 뿐 봉사 둠벙 쳐다보듯° 하는 최이방이었으나 볼 것은 다 본

말밥 말할 빌미. 말꺼리. 민혼(民婚) 양반 지체로 상민과 혼인하던 것.

그 사내 샛눈°이었으니, 이놈 봐라. 자고로 종과 상전은 한솥 밥
이나 먹지…… 남 집에 매인 목숨인 머슴놈 주제에 얻다 대고 눈
을 지릅떠, 눈을 지릅뜨길. 부집父執뻘인 나이도 나이려니와 종
이나 진배없는 머슴과 질청 빗아치 사이라면 하늘과 땅 차인 것
을, 어디서 굴러먹다 온 말뼈다귀인지 모르는 이 자식 하는 꼬락
서니가 꼿꼿하기는 개구리 삼킨 뱀의 배°라. 접때° 윤초시댁에서
언뜻 봤을 적에도 그러하더니, 고이헌 놈 같으니라구. 이 가래터
종놈 같은 자식을 내 언제고 한번 주릿대를 안기리°. 아니, 그것
보다도 우선 먼저 삼부리 시켜 근각°부터 해볼 일.

영에서 뺨맞고 집에 와서 계집 치기°로 공중 암상°을 부려보는
것이었으니, 은수라는 간나희한테 덴겁°을 한 탓인가. 그러나 제
아무리 내외법에 따른 법도를 내세워 목대 곧게 나서는 양반댁
규수짜리 명색이라지만 그래봤자 아직 열쭝이°에 지나지 않는
어린 계집아이한테 기급 단 벙거지 꼴로 쫓겨나온 제 꼬락서니
가 영 낯이 뜨거워지면서, 허.

혹 떼러 갔다가 혹 붙여 온다°더니, 내가 시방 오그랑장사°를
했나. 이런 치룽구니 같은 놈 하고는. 외톨밤이 벌레가 먹어°도
유분수지 하라는 글궁구는 안 하고, 엥이. 못난 놈 같으니라구.

샛눈 감은 듯하면서 살짝 뜨고 보는 눈. **접때** 며칠된 지난 때를 그저 이르는
말. **주릿대를 안기다** 모진 벌을 주다. **근각**(根脚) 지명수배. **암상** 남을 시샘
하는 잔망스러운 마음. **덴겁** 놀라 허둥지둥. **열쭝이** 아직 날지 못하는 새 새
끼. **오그랑장사** 제게 도리어 밑지는 흥정을 하였다는 뜻으로 쓰이는 말.

148

츳츳 혀를 차보지만, 허나 또한 어이하리. 자식도 품안에 들 때 내 자식이지°. 그러나 자식 둔 골에는 호랑이도 두남을 둔다°고 어쩔 수 없이 다시 또 끌탕°을 할 수밖에 없는 최이방이었는데, 가만 있지아. 김사과댁 젊은 머슴놈이 리주부댁과 내왕하는 걸 보면 두 댁간에 혹시…… 뻣뻣하기°가 똑 대추씨 같기만 하던 김아산金牙山과 리주부가 동접 사이였지 않은가 하는데 생각이 미쳤고, 그렇다면 두 댁 사이에 서로 혼삿말이 오가는지도 모르겠다는 데까지 생각이 미친 그 사내는, 문득 떡심이 다 풀리는 것이었다.

"리서방!"

저만큼 떨어진 개울가에 쭈그리고 앉아 짜른대를 빨고 있는 관차들 쪽을 바라보며 소리를 질렀고,

"녜, 녜."

진둥한둥 뛰어온 리노미가

"녜, 으르신."

허리를 굽신하며

"뭔 분부십니까유?"

하고 다리아랫소리로 간살°을 부리는데, 최이방이 착 가라앉은 목소리로 말하였다.

끌탕 속을 태우는 근심걱정. **뻣뻣하다** 날카롭게 꼿꼿하다. **간살** 알랑방귀.

"김사과댁 영포 연치가 올해 어찌 되는고?"

"슬 쉈으니 시방 열넛입니다유."

"월총°이 좋구 글궁구가 장허다며?"

"돌어가신 작은사랑나리 닮어 월총 좋구 글궁구 장헌 거야 씨 내림이것지먼서두…… 그것버덤은 국숩니다유."

"엉?"

"바돌이 상수다 이런 말씀입쥬."

"허."

"아, 되긔짜릴 외손질 하나루 패대기질 쳐버린 게 발써 원젯적 일이라굽쇼."

"큼. 그 댁에 요즘 혼삿말이 있는가?"

"네. 있구말굽쇼."

"그래애?"

"재여리°가 드나들기 시작헌 게 발써 지난 겨울버텀입니다유."

"큼. 그 댁 도령이 벌써 장가를 든단 말이드냐?"

"웬걸입쇼."

"엉?"

"아닙니다유. 도령이 아니구 도령 뉘 되넌 애긔씹니다유. 여태두 물르셨습니까유?"

월총 잘 외어 간직하는 재주. **재여리** 중매쟁이.

하고 되묻는 리노미 한쪽 입꼬리가 위쪽으로 조금 비틀려 올라
가는데,

"에헴!"

큰기침 한 번으로 쥐덫이 내리어진 듯 놀랐던 가슴을 쓸어 내
린 그 사내는 풀럭풀럭 팔락팔락 다시 깃기바람을 내기 시작하
였다.

"싸게싸게들 가자!"

각전에 난전 몰듯° 아랫것들 휘몰아 가는 곳은 같은 마을에 있
는 리참봉댁이었다. 솟을대문 높다란 리참봉댁 문전에 당도하니
잡힐 듯 저 아래로 아사가 내려다보이는데, 산림물색 좋을시고.
집 뒤에 청산이요 문 앞에 녹수로다. 시냇가에 푸른 버들 진채봉°
이 동네런가. 모란 새긴 장원 덮은 앵도 화려하기 그지없네.

갑제° 안에 들어서서 자세히 살펴보니 층층 용마루 앞에 늙은
반송 노룡이 서렸는 듯, 뜰 아래 섰는 벽오 위에 두루미 잠들었
다. 춘당지 맑은 물에 연을 심고 양어하며, 화류목 중방 보드라운
기운이 돌고 박달나무 대청에는 향기가 어리누나. 정자 위에서
나비 새들 굽어보이는데 연못에 누각은 한 폭 그림인가.

아랫것들한테 통기받은 주인나으리 망건을 고쳐 쓰고 도포를
갈아입고 윗사랑 누마루 끝으로 척 나서는데— 밥 위에 떡°으로

진채봉(秦彩鳳) 『구운몽』에 나오는 팔선녀 가운데 한 명. 갑제(甲第) 크고 너
르게 아주 잘 지은 집.

돈냥까지 지닌 양반명색 차림새라, 편월상투 밀화동곳 대자동곳
섞어 꽂고, 곱게 뜬 평양망건 외점박이 대모관자 위로 유건을 눌
러쓰고, 반물 들인 모시청포 검은띠 둘러 띠었으며, 중동 치레 볼
작시면 우단 대단 도리불수 각색 줌치 묘히 접어 나비매듭 벌매
듭에 파리매듭 도래매듭 색색으로 꿰어차고, 삼승˚ 버선 순혹˚ 파
서 신고 있으니…… 맵시도 있거니와 치장도 놀라울사.

"웬일이냐?"

흰 말불알 같은 얼굴 가득 잔뜩 갸기˚를 드러내며 리참봉이 묻
는데, 최이방은 자벌레˚처럼 납신˚ 허리를 꺾으며 고패를 떨어뜨
리었다.

"참봉나으리, 기간 별래무양하십니까요?"

"웬일이냐니까?"

"아, 네."

"어허!"

"녜, 녜에. 수쇄 나왔던 길에 잠시 들렀습지요."

"허. 요즘엔 반가에도 수쇄를 도는가?"

"아, 아닙니다요."

"허면?"

"아랫것들이 목이 갈허다기에 해갈이나 시켜볼까 하굽쇼."

삼승(三升) 몽골산 석새 베. **순혹** 수눅. 버선등 꿰맨 솔기. **갸기** 몹시 얄밉게
보이는 건방진 꼴. **자벌레** 나뭇잎을 갉아먹고 사는 벌레. **납신** 윗몸을 가볍
고 재빠르게 숙이는 것.

하고 말하던 최이방이 슬쩍 고개를 비틀어 올리며 낮은 목소리로

"나으리께 긴히 상의드릴 말씀도 있사옵고."

하는데, 최이방과 어상반한 나이로 보이는 리참봉이 뜰 아래 허리를 굽히고 서 있는 종들에게 소리를 질렀다.

"무엇들 하는 게냐! 관차들을 기슭집에 들여 해갈이나 시켜주지 않고!"

"녜에, 나으리."

"윗사랑으로는 잡술상* 내오너라."

"녜에."

몸을 돌리어 물러가는 종들 뒤꼭지에 대고

"우선 초다짐*상 먼저 올리고."

짜증기 있게 내어붙이고 난 리참봉은 최이방을 바라보며 목소리를 낮추었다.

"어서 오르시게."

"황송천만이올시다, 나으리."

"황송이고 노랑송이고 간에 우리 사이에 기할 게 무에 있소. 자, 자."

"영광이올시다, 나으리."

"어서."

잡술상 어른이나 어려운 이에게 대접하는 상. **초다짐** 본음식 앞서 조금 먹는 것.

"네, 네에."

최이방이 연신 허리를 굽신거리며 리참봉 뒤를 따라 양지 마당 씨암탉걸음으로 들어서는 삼간 큰방 아랫목으로는 각색 총전*몽고전과 만화 등미 담방석에 백통타구 옥타구며 백통요강 은재떨이 모란병풍 영모병풍 산수병풍 글씨병풍 둘러 세운 아래로 산호필통 옥묵상에 봉황 그린 화류문갑 놓였는데, 다락벽 계견사호鷄犬獅虎 장지문 어약용문魚躍龍門 해학海鶴 반도蟠桃 십장생과 벽장문에 매죽난국梅竹蘭菊이며, 두껍닫이 위로 걸려 있는 족자는 이두*글일런가, 희지*글씨런가. 오동복판梧桐腹板 거문고는 줄 골라 세워놓고, 치장차린 새 양금洋琴은 떠난 나비 앉혔구나.

"허, 무릉도원이올시다."

샛눈을 지릅떠 방치레를 휘 둘러보던 최이방이 언제나 그러하듯 한마디 던지고는 푸우─ 단내 나는 숨을 내어쉬는데,

"남초나 태우시게."

은재떨이와 함께 리참봉이 내어미는 것은 담뱃대였다. 한양성 중에서도 대갓집 사람들이나 태운다는 청국 무슨 특등초가 쟁여진 별각간죽 은수복. 최이방이 얼른 깜짝 놀라는 시늉을 하며 손사래를 치었다.

총전 말총으로 짠 모직물. 양탄자. **이두**(李杜) 당 시인 이백李白과 두보杜甫. **희지**(羲之) 중국 진나라 명필 왕희지.

"아이구, 나으리. 상하가 유별한데 이거 왜 이러십니까요."

"허허. 기왕 파탈하고 지내는 우리 사이에 기할 게 무에 있나, 괘념치 말고 태우시게."

"아닙니다요."

"괜치않다니까."

"당치않으십니다요."

"어허."

입에 발린 소리로 입씨름을 하는데,

"나으리마님, 입맷상˚ 여쭈오니다."

비늘창˚ 밖에서 들려오는 것은 앳된 계집아이 목소리였다. 대흥고을 안에서도 열 손가락 안에 들게끔 꼽아주는 부잣집이라 장 온갖 건지 준비가 되어 있는 듯 앵무 같은 두 계집종아이가 득달같이 맞잡고 들여오는 초다짐상이었는데―

나주칠 팔모반에 행주질 정히 하고, 쇄금한 왜물 젓가락 상하 알아 씻어놓고, 계란 다섯 수란하여 청채기에 받쳐놓고, 갖은 양념 많이 넣어 초지렁˚을 곁들이고, 문채 좋은 금쇄화기에 생률 대추 잣 호도 곶감 복숭아며 청실뢰˚ 황실뢰˚에 살짝 구운 은행알까지 곁들이고, 문어 전복 약포조각 백채접시 담아 놓고, 호골주 두

입맷상 시장기나 면하라고 조금 차린 상. **비늘창** 비늘판을 3센티미터쯤 간격으로 45도쯤 비스듬히 가로 댄 창으로, 햇빛은 막고 통풍은 잘되게 만든 것. **초지렁** '초장' 충청도 내폿말. **청실뢰** 청실리, 푸른빛이 나는 배. **황실뢰** 황실리. 누른빛이 나는 배.

루미 올린 그것은 숫제 다담상°과 방불한 것이었다.

"물러가거라."

손짓 한 번으로 계집종 아이들을 내어보내고 난 리참봉이 헛기침 한 번 하고 나서

"통기도 없이 오니 섬서하이°."

면치레로 한마디 던지고는 호골주 두루미를 기울이었다, 넘칠 듯 가득 차게 부어진 옥잔을 내어밀며

"자, 우선 해갈이나 하시게."

하는데, 최이방이 잔을 받을 생각은 하지 않고 히뭇이 웃으며 잣알갱이 한 낱을 제 입 속에 톡 집어넣고 나서

"리참봉은 그래 명색이 양반이라면서 손을 맞는 법도도 모르오?"

소인스럽게 굽실거리며 쇤네를 개어붙이던 이제까지와는 다르게 척하니 하오로 나오는 것이었으니, 리참봉 어늬를 잡고 있는 탓이었다.

"그래서 섬서하다 하지 않소."

하게를 거두고 마주 하오로 올리며 내어밀던 옥잔을 거두어 팔모반 위에 내려놓는 그 중늙은이 사내 손이 흔들리면서 호골주가 쏟아졌고, 최이방이 빙글거리었다.

"가시에미°가 따뤄둔 술은 계집이 따뤄야 맛이 난다는 말두 못

<hr>

다담상(茶啖床) 손님치레로 차려내는 교자상. **섬서하다** 다정하지 아니하다는 뜻 그때 말로 인사치레로 쓰였음. **가시어미** 장모 낮춤말.

들었소?"

"허, 손대기 아희년이라도 부르리까?"

"자고로 주주객반*이라지만 난 염이 없으니…… 술은 이녁*이
나 먹소."

"허참, 이거 예가 아니올시다."

"우리 사이에 기할 게 무에 있나."

"황송천만이올시다."

"어허, 괜치않다는데도."

이랑이 고랑 되고 고랑이 이랑 되기*로 아이오* 처지가 뒤바뀌
어버린 리참봉은 본시 아래대*에 살던 아랫도리사람*이었다. 설
인* 지친것*.

일찍이 왜학*으로 역과譯科에 올라 그 백령백리하고 능소능
대한 처세상 수완이 좋아 설원* 안에서도 유명짜하던 사람이었
는데, 어느 날 그만 파직을 당하게 되었다. 왜국을 내왕하는 구실
길*에 잠삼질*을 하였다는 죄목이었으나 그것은 트집에 지나지

주주객반(主酒客飯) 주인은 손에게 술을 권하고 손은 주인에게 밥을 권한다
는 말. 술에 독을 타지 않았다는 증명으로 주인이 먼저 한 잔 들고 손에게
권한다는 풀이도 있음. 『송남잡지松南雜識』. 이녁 하오할 사람을 마주 대하
여 낮게 일컫던 말. 아이오 문득. 갑자기. 아래대 서울 안에서 동대문과 광희
문 쪽을 이르던 말로, 수표교 얼안에 대개 역관들이 모여 살았음. 아랫도리
사람 벼슬이나 근지가 낮은 사람. 설인(舌人) 역관. 지친것 퇴직자. 왜학(倭
學) 일본어. 설원(舌院) 사역원司譯院. 구실길 구실아치가 공무로 다니는 길.
출장길. 잠삼질(潛蔘-) 인삼 밀무역.

않았으니, 각다귀 같은 설원 공다리가 파놓은 허방다리˚에 빠지게 된 것이었다. 이아무개라는 위인이 본시 두름성˚ 좋고 주변머리 좋은데다가 더하여 견딜심까지 좋아 설원만이 아니라 호조며 이조 벼슬아치들한테 철따라 진기한 왜물倭物을 납상하고 벼름질˚을 잘하였으며 인정 쓰기 또한 게을리하지 않았으나, 민문閔門 뒷배로 밀고 들어오는 신설짜리˚를 당해낼 도리가 없는 것이었다.

자고로 대어중어식大魚中魚食이요 중어소어식中魚小魚食이라. 큰 고기는 중간치 고기를 잡아먹고 중간치 고기는 작은 고기를 잡아먹으면서 살아가게 마련인 것이 풍진 세상 이치인 것을, 누구를 원망하고 누구를 또 책망하리요. 할수록에 남은 것은 더욱 전수자錢樹子나 심을 밖에. 비록 역관 구실이야 떨어졌다지만 돈 나는 모퉁이를 잘 아는 그로서는 더구나 힘써 잠상潛商질에 매어달려 누만 거금을 잡게 되었는데, 아. 할수록에 더구나 한이 맺힌 것이 근지였다. 양반.

논밭전지 문권이 늘어나고 엽전꿰미가 쌓이면 쌓일수록 도무지 허전하기만 한 것이었다. 목잔 좀 불량해도 이태 존대˚라지만, 그 조상 탯자리가 전주全州가 아닌 다음에야 무슨 소용이 있는가. 무슨 수를 쓰든지 간에 아랫도리사람 신세를 벗어나고 싶었다.

허방다리 함정. 두름성 주변머리가 좋아서 일을 잘 꾸려나가는 솜씨. 벼름질 고루 별러서 나누어주는 것. 분배. 신설짜리(新舌--) 역과에 갓 오른 사람.

그리고 기왕 아랫도리사람 신세를 벗어날 바에야 똑같은 리씨李氏이겠다 아예 전주리씨가 되기로 하였으니, 돈만 있으면 귀신도 부릴 수 있고 돈만 있으면 처녀 불알도 살 수 있는 세상에서 못할 것이 무에 있으랴.

족보를 위조하고 공명첩을 사서 양반 행세를 하는 것은 그렇게 어려운 일만은 아니었으니, 광평대군°심삼대손이 된 것이었다. 가난하고 의지할 곳 없는 종반宗班 자손한테『선원보략璿源譜略』여덟 권을 천냥 돈으로 사서, 후손이 없는 그 조상 이름을 대어 그 서법을 흉내내고 그 각법을 본떠서 만든 것으로, 돗자리에 비단을 이어놓은 격이었다.

중인中人 신분으로 아이오 쇠동지°가 된 리참봉이 아무도 제 근지를 모르는 대흥땅에 내려와 살며 한껏 양반잣세를 하는 판인데, 아뿔사. 밤눈 밝은 최이방한테 그만 들키어버린 것이었으니. 약빠른 고양이 밤눈 어둡다°고 그만 어늬를 잡히게 된 것은 전수이 최이방이라는 위인을 멧부엉이로 보았던 탓이었다.

같은 아전이라도 이악스럽고 영악스러워 반지빠르기°제일인 경아전만 상대하여온 리참봉으로서는 제까짓 게 그래봤자 두메아전밖에 더 되겠느냐고 문문히 보았던 게 탈이었으니, 군두목질이나 하는 두메 아전 주제에 보학譜學까지 두루 꿰고 있을 줄이

광평대군(廣平大君) 세종대왕 다섯째 아들로 자식이 없이 스무살에 죽었음. **쇠동지** 돈으로 벼슬을 산 사람. **반지빠르다** 빈틈없고 두름성이 있는 솜씨가 좋다.

야 꿈에나 알았으랴. 단순한 보학만이 아니라 그 어렵다는 선원세계璿源世系며 능침 내력에까지 밝을 줄은. 소경이 저 죽을 날 모른다고 사단은 전혀 엉뚱한 데서 불거진 것이었으니—

지나던 길에 문안이라도 여쭙겠다며 들렀다는 최이방을 굳이 사랑으로 불러들여놓고 파적삼아 던져보던 무슨 말말 끝에* 리 참봉이 한껏 조빼는 어조로

자고로 선비된 자 큰 절개는 오직 출처*에 달려 있음이니, 내 평생에 한 가지 취할 점이 있다면 그것은 죽는 한이 있어도 벼슬에 구차하게 따르지 않는 일이었음이라.

어쩌고 조남명曹南溟 말을 슬갑도적하여 자못 강강한 기개를 뽐내어 보이는데, 최이방이 밭은기침을 하였다.

참봉교첩을 받으시게 된 것이 어느 능소셨사오니까?

휘릉이었네.

출사는 하셨사온지?

어허. 자고로 흉중에 만권 서책을 지니고 있는 왈 선빗 길은 그 도를 깨치는 데 있음이지 벼슬에 있지 않다고 하지 않던가.

네. 네. 송구하여이다. 나으리 그 하해 같으신 도량을 촌탁하지 못하는 미물 쇤네를 안서하소서.

에이, 어리석은 자 같으니라구.

말말 끝에 이런저런 이야기로 뜸을 들인 뒤에. **출처**(出處) 나아가고 물러가는 것.

안서하소서, 나으리.

엥이.

그래서 어찌하셨사오니까?

불취 不就라는 문자도 못 들어봤던가?

네. 네. 장하십시오. 생광스럽게 극공명인 그 귀한 자리를 미타이 여기셨다니 만고에 드문 기개올시다.

허허. 과공이 비례라는데, 면찬이 과허시네.

둑도°에 있던가요? 아니면 무네미°?

무에가?

그 휘릉이란 데 말씀입지요.

원 사람두 무식하기는. 아, 아무리 한양시모°에 어두운 촌아전이라지만, 그래 휘릉도 모르는가.

본디 없구 배운디 없는 촌 무지렝이가 무엇을 알겠습니까요. 송구하올시다.

크흠. 자네, 소미사°권이나 읽었는가?

웬걸입쇼. 책명색이라고는 겨우 이서필지 달랑 한 권밖에 모르는 까막눈이올시다요.

크흠. 그러고도 어찌 질청밥을 먹는가?

이가 없으면 잇몸으로 삽지요. 군두목질 하나로 겨우 버팅기

둑도(纛島) 뚝섬. **무네미** 수유리. **한양시모** 서울 소식. **소미사**(少微史) 『통감』 다른 말.

고 있습니다요.

크흠.

그런데 그 휘릉이 어느 곳에 있사오니까?

양주 땅이지.

그 능소에는 어느 선대왕께서 잠들어 계시는지요?

크흠. 인조대왕이시던가.

벌레를 대하듯 잔뜩 하시는 마음에서 에멜무지로 하여본 대꾸였는데, 아뿔사. 모로 기는 자벌레처럼 네 네 연방 허리를 굽신거리며 세상에도 없이 귀한 말씀을 듣는다는 낯빛이던 최이방 굽히었던 허리가 문득 빳빳하게 세워지면서, 똑바로 쏘아보는 그 사내 샛눈에 어리는 것은, 그리고 웃음기인 것이었다. 조롱기가 가득 담긴 목소리로 최이방이 말하였다.

인조대왕 능소는 그곳이 아니올시다.

엉?

참봉교첩을 받았다는 양반명색으로 자신이 뫼셔야 할 능소도 모르다니, 광평대군 십삼대손이라는 족보 또한 적실한지 모르겠네.

허. 내가 망발을 했으이. 나이가 들어 그런지 요즘은 당취 정신이 옹송망송해놔서 도무지 삭갈린다니까.

그제서야 제 잘못을 깨닫고 등에서 땀이 날 지경이 된 리참봉 목소리가 가느다랗게 떨려 나오는데, 이 노릇을 어찌하나. 인조대왕 능침 이름이 장릉長陵인 것은 차치물론하고 그 능침이 있는 곳 또한 양주楊州가 아니라 파주坡州고을 북쪽 운천리雲川里에 있으며, 양주 땅에 있는 휘릉徽陵은 인조대왕 계비인 장렬왕후莊烈王后 조씨趙氏가 묻히어 있는 곳이니, 그것을 모르지 않는 리참봉이었다. 만에 하나라도 잘못이 있어서는 아니될 일이므로 외우고 또 외워 골수에 새기어둔 바 있는데, 그러나 운수가 사나우면 짖던 개도 안 짖는다°고 깜박 혼동을 한 것이었다.

허허. 내가 망발을 했으이. 장릉과 휘릉을 몰라서가 아니라……

뒤늦은 발명을 하여보지만, 엎질러진 물°이라. 기 들고 북 쳤고° 시루는 이미 깨어졌는 것을, 돌아본들 무엇하리. 그래도 차마 그냥 날 잡아잡수 하고 앉아 있을 수만은 없다고 생각한 리참봉이

또한 인조대왕 능침이 본래는 교하交河 구치舊治 뒤쪽 자좌子坐에 모셔져 있던 것을 영조대왕 시절 신해년에…… 하며 총기를 모두어 유식발명을 하는데,

크흠!

첫소리 나게 날카로운 큰기침 한 번으로 말을 중동무이시켜버린 최이방이

공명첩 산 것이야 그렇다고 하더라도 선원보략 여덟 권은 도대체 몇 짐 돈이나 주고 샀소이까?

송곳으로 쑤시어 박듯 한마디 던지고는, 벌떡 몸을 일으키는 것이었다. 리참봉이 무릎걸음으로 다가서며 안타까웁게 최이방

을 올려다보았다.

아니, 왜 벌써 일어나시오? 다담상이 곧 나올 터인데.

어서 질청으로 가서 형방을 좀 만나봐야겠소이다.

형방을 만나보다니?

경국대전이며 대명률직해며 대전통편 대전회통에 속대전까지 찾아봐야 할 형전이 불소하외다.

형전이라니?

위보율偽譜律을 범했은즉 그 받아야 할 형이 어찌 되는지 짯짯이* 좀 살펴봐야겠다 이 말이외다.

허.

포고자捕告者한테는 그리고 무엇을 상급하는지도 살펴보고.

인신印信을 위조한 자는 인문印文을 비록 이루지 못하였다 할지라도 참형하고, 그 처자는 각 고을 노비로 영속하며, 이를 체포하도록 고하는 자에게는 범인 재물을 준다고 하였고— 호패를 위조한 자 또한 인신을 위조한 자와 똑같이 정형으로써 논한다 하였으니, 족보를 위조한 자 경우에 이르러서야 더 그만 무슨 말을 할 것인가. 아니, 형률이야 어떻게 돈으로 틀어막는다고 하더라도 더 그만 무슨 낯을 들고 산다는 말인가. 범강장달이 같은 종놈 하나 시켜 숫제 멸구를 시켜? 아니면 내가 밤밥을 먹어? 온갖

짯짯이 빈틈없이 시시콜콜히.

164

생각으로 터져버릴 것만 같은 머리를 흔들며 리참봉이 한 것은 최이방 바짓가랑이를 잡고 늘어지는 것이었다.

앉으시오.

놓으시오.

앉으시오. 우선 좌정부터 하시고 우리 이야기 좀 합시다.

점잖으신 체면에 이거 왜 이러시나.

앉아서 서로 의론을 좀 하여보자 이런 말씀인즉.

의론이라아?

자자, 어서.

부진부진˚ 가겠다는 사람을 잡고 늘어지며 비대발괄 죽는 시늉으로 통사정을 하여보지만, 할수록에 더욱 목대 곧게 나오는 최이방이라.

어허, 사리를 알 만한 분이 왜 이러시나아.

범 본 여편네 창구멍을 틀어막듯˚ 우선 한짐돈을 주어 보내었으나, 밑 없는 독에 물붓기˚로 줄수록 양양˚이니, 쪽박 쓰고 비 피하기˚라. 툭하면 할경˚을 하겠노라 울골질 하며 돈만 뜯어가는 이 오뉴월 보리밭에 파수꾼 같은 놈을 어이할거나. 풀방구리 쥐 나들 듯˚ 드나들며 쏠락쏠락˚ 돈을 빼어다 먹는 이 진득찰도깨비˚를 어이할거나.

부진부진(不盡不盡) 끊어지지 않게 잇달아서. **할경** 남 떳떳하지 못한 지체를 드러내는 말. **쏠락쏠락** 조금씩 조금씩. **진득찰도깨비** 한번 붙으면 떨어져 나 가지 않는 사람.

"이것들이 왜 이리 꾸물대는고."

초다짐상에도 아직 손을 대지 않았으면서 다담상이 안 나온다고 만만한 아랫것들한테 짜증을 부리는 리참봉이었는데, 콩콩. 최이방이 밭은기침을 하였다. 사내가 샛눈을 흡떠 리참봉을 바라보았다.

"기우제 마치구 나면 도꼭지성님이 내려오시는데……"

공주감영에서 순사또짜리 동곳을 틀어쥐고 있는 감영 이방 최유년이가 염객*으로 내려온다는 말이었으니, 매년 겨울과 여름에 감사가 포폄*을 시행할 때와 봄 가을에 순행巡行 할 때가 되면 있는 일이었다. 새삼스럽게 그 말을 귀띔하여주는 것은 염객을 치레하는 데 드는 해자를 내어놓으라는 것이로구나 생각한 리참봉이

"이번에는 또 얼마면 되겠소이까?"

어쩔 수 없이 속에서 잡아다니는 듯한 소리를 내는데, 콩. 최이방은 다시 한 번 밭은기침을 하였다.

"나으리 살림 덩치로 그까짓 해자야 남초값도 안 되는 것이고……"

"허."

"도꼭지성님이 섭하게 여기십다."

염객(廉客) 셈평 염알이질 구실을 띤 사람. 포폄(褒貶) 초도순시.

"예에?"

"원체 씀씀이가 크신 분이라서……"

"그러시겠지요."

"아무래도 한 십만 관쯤 장만해노셔야 될 거외다."

제15장
공다리들

저 높직한 봉수산鳳首山이여, 이 고을 주산主山이로다. 하계 우리 백성들 의지하여 사는 바요, 영명한 신령이 맡은 바로다. 산꼭대기에 나방이 눈썹처럼 구름이 어리면, 이 곧 비가 내리실 징조였나니. 지난 징험 틀리지 않았음을 고로에게 들었도다. 가뭄에 비를 바라자면 신령이 아니면 누구에게 의지하리. 일찍이 이 고장이 우둔하여 이 산이 제질*에 빠졌도다. 우리가 크게 난을 불러들였으니 신령이 어찌 우리를 돌보리요. 이번 가뭄도 신령 노하심 탓이로다.

대저 지극히 어둑한 것은 신神이요 지극히 환한 것은 사람이라. 환함과 어둑함은 다르나 그 본디 이치는 마찬가지니, 그래서

제질(祭秩) 제사 예전禮典.

신은 사람에게 느낌이 있은즉 반드시 응하게 마련이도다. 이에 하찮은 정성 바쳐 신이 들으시기 바라노라.

봉수산은 높디높고 용연龍淵은 깊디깊네. 항상 구름과 비 일으키어 만물에 은택 줌이 크도다. 이로움이 이 고을에 두루퍼져 이 백성을 살렸거니, 실로 신의 크신 은혜라 누가 신을 높이지 않으리.

어찌하여 근년에는 신이 그 베풂을 아끼시는고. 온 경내 추수가 없으니 백성이 자주 굶주리네. 올 봄에 이르러서는 파종을 마쳐서, 벼는 갓 쌓이 트고 보리는 이삭이 패었네. 추수가 유망하여 곡식을 먹게 되는가 하였는데, 가뭄은 기승을 부려 몇 달을 뻗치었구나. 쌓은 점점 마르고 열매는 다 시드는도다. 아침나절 한 번 가랑비가 어찌 이를 적시어주리. 항상 구름 끼어 비 올 듯하다가도 바람이 문득 흩어버리는구나. 쳐다보면 햇볕만 쨍쨍, 어찌 차마 이럴 수 있으랴.

우리 임금께서는 위에서 밤마다 걱정하시니, 고을 맡은 이 신하 죄를 받아 마땅하리. 이런 때에 신은 오래도록 신령스러운 은택 베풀지 않아, 만백성 한숨짓고 곤궁한 형세에 빠지게 되었구나. 신이여 혹시 노했거든 이 몸에 벌을 내려, 내 자손을 없이하고 속히 신의 인애仁愛 내리며, 신의 그 크신 힘을 펴서 천리에 비를 내려, 마르고 시든 것 소생시켜 신의 은택 입게 하시라. 진실로 이때를 놓치면 그 은혜 미칠 데가 없으리. 신이 어찌 인색하여

서 이 고을을 버리리. 그래서 변변찮은 제수로 몸소 신에게 드리
노니, 신이여 흠향하고 이 땅에 비를 내리시라.

안석에서 윗몸을 떼고 다시 한 번 천천히 제문祭文을 읽어 내려
가던 군수는 문갑 곁에 놓여진 화류 벼룻집 뚜껑을 열었다. 그리
고는 필통에서 화각중필華角中筆 한 자루를 꺼내어 먹을 찍더니,
제문 가운데 몇 자 위에 효주爻周를 하였다.

상신유노倘神有怒 강벌차신降罰此身 진아혈유軫我孑遺 함수신인
函垂神仁.

다시 한 번 더 살치던˚ 군수는 함수신인 넉 자 위에 차례로 동
그라미를 친 다음 날생자를 적어넣었다. 두어 번 턱 끝을 주억이
다 말고 장중한 양송체˚ 해서가 적히어 있는 사고지˚를 문갑 위에
내려놓더니,

"얘야."

훨씬 열어젖히어 놓은 장지 바깥에 두 손을 마주잡고 서 있는
통인아이를 바라보았고,

"녜이."

통인아이가 허리를 굽신하였다.

"급히 가서 책방˚나리 좀 오시라 하거라."

살치다 잘못되었거나 못쓰게 된 글이나 문서 같은 데에 ×꼴 줄을 그어서
못 쓴다는 뜻을 나타내다. **양송체**(兩宋體) 숙종 때 문장 송시열宋時烈과 송준
길宋浚吉 필체. **사고지**(四古紙) 기신祇神 용으로 쓰던 백지. 항용지.

"네, 나으리."

다시 한 번 허리를 굽신하면서 통인아이가 상방*을 나갔고, 군수는 다시 사고지를 집어 들었다. 피궁자산彼穹者山 주읍지치主邑之治에서 만구옹옹萬口喁喁 세박진학勢迫嗔壑까지— 저 높직한 봉수산이여 이 고을 주산이로다에서 만백성 한숨짓고 곤궁한 형세에 빠지게 되었구나까지— 문사文辭가 껄끄럽지 않고 문리文理가 뚜렷한 것이 썩 잘 지은 제문이었다. 겉멋을 부리지 않고 진중하게 또박또박 눌러 쓴 양송체 글씨도 그렇고 어디 한 군데 나무랄 데가 없으니, 과시 이두에 문장이요 희지에 글씨로다.

그런데 걸리는 것이 상신유노 강벌차신 진아혈유이다. 더구나 강벌차신 진아혈유라는 두 대목 여덟 글자. 이 몸에 벌을 내려 내 자손을 없이하라는 말이니, 문참*이라는 것이 있지 않겠는가. 한 치 앞도 내다보기 어려운 하원갑 풍진 세상에서 언참言讖이라는 것이 있고 시참詩讖이라는 것이 있고 보면, 문참 또한 없을 수 없을 터.

명색이 백리를 맡아 다스리는 목민관 된 자로서 가뭄이 길게 이어지기를 바라는 것은 아니나 그렇다고 해서 반드시 비가 내리기를 간절히 바라는 것도 아니었으니, 소경 장 떠먹기*라. 비가 와서 농사가 잘되면 가을에 거두어들일 것이 많아 좋고 비가 안

책방(冊房) 고을 원 비서노릇. 관제에 없는 것으로 사사로이 썼음. 상방(上房) 관아 우두머리, 곧 원이 머물던 방. 문참(文讖) 어쩌다가 쓴 글이 뒷일과 꼭 맞는 것.

오면 또 보를 막고 무자위를 돌려야 된다는 핑계로 잡세를 거두
어들일 수 있어 좋을시고. 도랑에 든 소°팔자인 군수로서는 그래
도 차마 백성들 눈길이 무서워서라기보다 돈냥이나 훌태질할 수
있는 재미에 에멜무지로 그냥 한번 지내어보는 기우제인 것이었
는데, 어마 뜨거라.

만에 하나라도 그런 불길한 일이 있어서는 아니될 것이어늘,
너무 과도하게 뇌를 쓴 탓인가. 요즈음 들어 전에 없던 사사망념
邪思妄念이 자꾸만 드는 것은 또 무슨 까닭인 것인지.

유월도 다 되었으니 순사또짜리 전최殿最 나올 날도 멀지 않았
는데, 받아먹는 돈이 있으니 최最 받는 것이야 떼어놓은 당상°이
라고 하더라도 마음에 걸리는 것이 최아무개라는 감영 그 이방
놈이다. 아무리 성현도 종시세°라지만, 끙. 자고로 종의 자식을
귀애하니°까 생원님 나룻에 꼬꼬마를 단다°고, 천한 아전놈 주제
에 자식이 영 버릇이 없는 것이다. 백골남행白骨南行일망정 어엿
한 종오품짜리 문신인 중읍 안전 대하기를 생가시아비 묶듯° 하
는 것도 그렇고 무엇보다도 자식이 괘씸한 것은 한없이 걸터듬
질만 하려는 그 손길이다.

족제비를 잡으니까 꼬리를 달라°는 격이니, 전최 앞서 염객질
나올 이 거머리 같고 송충이 같은 놈을 어쩐다. 눈앞에서는 온갖
다리아랫소리로 보비위 알랑방귀를 뀌면서도 뒷구멍으로 호박
씨 까는°, 제 아록°은 다 차리면서 그 감영 아전놈과 무슨 길카리

가 된다는 잣세로 갖은 환롱질을 다하는 갈밭에 쥐새끼 같은 본
읍 이방놈은 또 어쩌고.

봄석전이며 성황발고제城隍發告祭에 여제 때도 그러하였고 기
우제 지낸다는 명목으로 요번에 거두어들이는 돈 또한 적지 않
은 것만은 적실하지만, 그래봤자 당나귀 귀치레 좆치레°라. 등 치
고 배 문지르기°로 아전놈들 휘몰아가며 갖은 꾀를 다 써보았으
나 군수 인뒤웅이를 차는 데 들어간 구렁이 아래턱 같은°그 큰돈
은 아직 반벌충°도 못하였는데―

한양 민문 문전이며 방귀깨나 뀐다는 요로 상관들한테 철따라
납상을 해야지, 또한 이심二心을 품지 않게끔 아랫것들 다독거려
줘야지, 뿐인가. 내 비록 아직 당상에는 오르지 못하였다고 하더
라도 당내간에 벼슬길에 오른 것은 나밖에 없으니 내외 팔촌까
지 먹여 살려야지, 강새암° 심한 마누라쟁이 다독거려가면서 첩
년 볼기짝도 두드려줘야지, 치룽구니 같은 자식놈 성명삼자 홍
지°에 올려줘야지……

푸우. 명색이 군수라면 호왈 삼천 석 벼슬이라고 하나, 상것들
문자로 당나귀 귀 떼고 좆 떼면 먹을 것 없다고 어린 계집아이 보
지에 붙은 밥풀 주워먹는 격. 삼천 석 가지고야 어느 코에 붙일 것
인가. 고슴도치 외 걸머지듯° 이지가지로 들어가는 곳 많아 먹잘

아록(衙祿) 외방 수령에 딸린 식구들에게 주던 녹. **반벌충** 반을 채움. **강새
암** 질투嫉妬. **홍지**(紅紙) 문과급제 입격증으로, 붉은바탕 종이였음.

것 없는 줄 뻔히 알면서도 순사또짜리는 또 공중 서운하다 할 것
이니, 단백사위 축 가는°내 심사를 그 누가 알리요.

"끄응."

단내 나는 한숨과 함께 좌사우탁左思右度으로 터져버릴 것만
같은 머리통을 한 번 흔들고 나서, 그래도 떠나지 않는 이 생각 저
생각에 이맛전을 잔뜩 으등그려 붙이고 보료 위 안석에 비스듬
히 기대어 있던 그 사내는, 크르륵! 한껏 돋우어 올린 가래를 타
구에 뱉고 나서, 장죽을 입에 물었다. 구리텁텁한 입안을 달래기
위하여서라기보다 지끈지끈 도져오는 쪽골°을 달래기 위하여
빡빡 소리가 나게 은동부리를 빨아들이는데, 조심조심 대청 위
를 걸어오는 발걸음 소리가 났다. 책방짜리일 것이었는데, 한 번
은 마룻장에 닿아 울리는 소리가 또렷하였으나 한 번은 스치듯
거의 소리가 없는 것이었다.

"불러계시온지요?"

훨씬 열어젖히어둔 장지 밖에서 낮게 가라앉은 목소리가 들려
왔고, 푸우― 길게 연기를 내어뿜고 난 군수는 댕구방망이°를 한
번 쓰다듬어 올리었다.

"들어오시게."

체소한 사내가 조심스럽게 방안으로 들어서는데, 한쪽 발을

쪽골 편두통偏頭痛. **댕구방망이** 수염이 빽빽하게 난 텁석부리.

조금 절었다. 기우뚱기우뚱. 허리를 크게 흔들며 두 손을 내저어 문길을 비켜 윗목으로 군수와 모꺾어 앉는* 사내는 나이가 근 오십은 되어보인다.

군수보다 너댓 살은 위로 보이는 그 사내는 책방명색으로, 리생원李生員이다. 한양 남산골에 살던 딸각발이*로 글과 글씨가 좋아 약관에도 이르기 전에 사마방목에 그 이름을 올리었던 사람이다. 경사자가經史子家를 그 뿌리에서부터 달통하게끔 깊이 받아들이지는 못하였으나 문리에 막히는 바는 없었다. 생원시에 상등으로 입격한 다음부터는 더구나 힘써 글을 읽어 문과에 응하였으나 여러 번 초시에만 올랐을 뿐 마침내 금방金榜에 그 이름을 올리지는 못하였으니, 아. 사람 명운이라는 것은 전정*되어 있는 것인가.

그러나 사람됨이 순직하고 근면하였으며 마음 바탕이 좁좁하지* 않아 사람들과 사귀는데 예에 거슬림이 없는 왈 정직군자였다. 배냇병신*으로 한쪽 다리를 조금 저는 터수라 출입을 거의 폐하다시피하고 더구나 힘써 글궁구하기를 게을리 하지 않았으나, 보는 족족 낙방거자라. 금방에 그 이름을 올리는 것이 반드시 글궁구를 잘하는 데에만 있지 않다는 너무도 뚜렷한 그 시속 이치를 뒤늦게 깨치고 폐과를 하게 된 것은 나이 마흔 줄에 접어들었

모꺾어 앉다 웃사람 앞에 앉을 때에 우러른다는 뜻으로 마주 보고 앉지 아니하고 옆으로 조금 돌아앉음. 딸각발이 가난한 선비. 전정(前定) 태어날 때 이미 정하여져 있는 것. 좁좁하다 꽤 좁다. 배냇병신 날 때부터 나간이.

을 때였다.

타고난 성품이 천진하여 겉치레를 싫어하는 그는 그때부터 술을 많이 마시면서 독궁구로 농현법을 익히었으니, 뜬구름 같은 세속 시름을 달래어보고자 함에서였다. 한번 마셨다하면 앉은자리에서 말술을 들이키는 폭음이었다. 정신없이 취하면 풀잎으로 피리 부는 소리를 내는데, 소리가 비장하고 위엄이 있었다. 악樂과 율律에 대하여 본래 배운 바가 없었으나 스스로 깊이 마음속을 들여다보고 천지만물 소리에 귀를 기울이며 정진한 공이 있어 능히 그 묘한 소리 이치를 깨친 것이었으니—

한가락 피리소리는 어드메서부터 오는가. 풀잎을 뜯어 한번 입에 대면 돌을 쪿는 듯하니 맑은 소리가 웅장하고, 버들가지를 꺾으니 임금을 향한 상사相思 한이런가. 소리를 구만리장천으로 놓아 보내니 스스로 묘하고, 거두어들이니 마침내 부드러웁고 곱도다. 외롭게 부는 것은 학이 홀로 읊조리는 것 같고, 한꺼번에 일어나는 소리는 또 천 필 소가 빠르게 뛰는 듯하구나. 목맺힌 듯 흐느끼며 하소연하는 듯하고, 소곤소곤 속삭이면서 정을 주는 것 같도다.

적당히 주기가 올라 홍이 나면 내아 별채에 있는 제 방에서 혼자 옛 거문고를 어루만지는데, 줄은 있어도 보譜는 없었다.

무릇 허망하여 준신을 하기 어려운 것이 꿈이라지만 리생원에게는 장˚ 떠나지 않는 옛 꿈이 있으니, 생진시 방방일 전날 밤에 한 꿈을 꾸었던 것이다. 산골짜기에 들어가니 산이 기묘하고 물이 맑은데 시내를 끼고 복숭아꽃이 어지럽게 피었고, 어떤 절에 이르니 푸른 잣나무 몇 그루가 그 긴 그림자를 뜰가에 비치고, 당에 오르니 황금 부처가 있으며 노승 염불소리 숲속을 진동하고, 물러나 객실로 가니 분세수로 곱게 단장한 몇몇 어여쁜 간나희*들이 즐겁게 노는데, 사모 쓴 관원이 술을 권하여 취해 도망치다가 문득 하품을 하고 기지개를 켜는 바람에 깨게 된 것이었다.

서른 날에 아홉 끼니밖에 못 먹는 애옥살이였으나 조금도 마음을 쓰지 아니하고 오로지 서책에만 묻히어 살아온 그는 부*에 능한 사람이었다. 회시에서도 부는 상지상*을 받았으나 표*에서 삼하*에 머무는 바람에 탐화探花마저 놓치게 되었으니, 경세經世보다 풍류를 좋아하는 기질 탓이다. 칠언사율을 잘하였고 필법이 좋을 뿐만 아니라 화격 또한 높아 포도와 매화를 잘 그리었다. 어느 날 같은 동네에 사는 한 간나희가 남의 붉은치마를 빌려 입었다가 잘못하여 장을 쏟아 더럽혀서 근심하고 걱정하며 어쩔 줄 몰라 하였다. 리생원은 걱정할 것 없다 하며 그 치마를 화본畵本으로 하여 진한 먹으로 한 그루 포도를 그린 다음, 설인에게 부탁하여 이궁안 거리*에 있는 청관淸館에 가 팔게 하였더니, 과연

장 늘. 언제나. **간나희** 계집아이. 처자處子. **부(賦)** 한시체 또는 한문체 한 가지로 글귀 끝에 운을 달고 대對를 맞추어 짓는 글. **상지상**(上之上) 시문을 뽑는 등급 하나로 첫째 등 가운데 첫째 급. **표(表)** 시무時務에 얽힌 것으로 일정한 정식을 갖춰야 되는 사륙변려문(四六騈儷文: 반운문)이었음. **삼하**(三下) 시문을 뽑는 열두 등급 가운데 아홉째 급.

푸른비단과 붉은비단 몇 감을 얻어 돌아왔다. 간나희가 크게 기뻐하여 빌렸던 치마를 되갚고 나머지를 차지하고서 또 전과 같이 하기를 청하였다. 리생원이 웃으면서 말하기를, 이런 일은 길게 할 수 없다.

리생원이 제법 화격이 높다고 하나 일정한 화법 테두리를 크게 벗어나지는 못하였으니—

비록 넓었으나 웅장하지 못하였고, 비록 정精하였으나 묘妙하지는 못하였으며, 비록 공교하였으나 변화가 없으니, 범용함이 그 폐단이었다. 더구나 폐과를 하고서 술을 즐기고부터는 그림을 청하는 사람이 있으면 먼저 술을 청하였고, 흠뻑 취하지 아니하면 재주껏 그리기를 즐겨하지 않는데, 취해버리면 그 공교로움을 다하지 못하였던 까닭으로, 옥과 돌이 함께 뒤섞여버리는 것이었다. 술만 사주는 사람이 있으면 화본이 정하고 거친 것에 상관하지 아니하고 문득 붓을 드는데, 스스로 이렇게 탄식하는 것이었다.

이것은 천한 재조이다. 잘 그리거나 못 그리거나 그다지 상관할 바 아니니, 헐뜯고 칭찬하는 데 따라 기뻐하고 성낼 것 없다. 한때 유희에 지나지 않는도다.

그러면서 나직한 목소리로 읊어보는 시는 어세겸* 절창이었다.

이궁안 거리 서울 종로2가에서 수표교 사이. **어세겸**(魚世謙, 1430~1500) 조선왕조 첫때 문장.

시를 지어 창에 써 붙였더니

종이가 찢어지니 시 또한 없어졌네.

시를 좋아하는 사람은 꼭 전하겠지만

시를 싫어하는 사람은 반드시 침을 뱉을 것이다.

남이 전하고 찢음이 무엇이 걱정이리요.

남이 침 뱉고 찢어도 무방하도다.

한 번 웃고 말 타고 돌아오니

뒷날 뉘 있어 나를 알리오.

알아주는 이는 많지 않았으나 시문이 모두 넉넉한데다가 진나라 필법을 많이 체득하여 글씨가 굳센데 세자에 더구나 능하여 아무리 작은 글씨라도 모두 정하였다. 정아무개가 대흥고을 인뒤웅이를 차고 도임을 할 때에 그를 책방으로 데리고 온 것은 전수이 그의 이런 점을 취한 것이었으니, 글과 글씨에 능하여 쏠˙과도 같이 빠르게 쏟아내는 말일지라도 한 자 한 획 어긋남이 없게 그대로 받아 적을 수 있을 뿐만 아니라, 봉장封章과 보장報狀과 관문關文이며 뎨사題辭에 제문에 각종 간찰이며 특히나 청편지 대서와 서책 필사에 이르기까지 물 흐르듯 막힘이 없는데다가, 술과 거문고나 좋아하는 풍류객일 뿐 도무지 산목˙에는 어두운 숙

쏠 물떠러지. '폭포'는 왜말임. 산목(算木) 주판.

맥이라, 더구나 안성마춤. 책방이라는 것이 본디 나라 관제에 있는 벼슬이나 구실이 아니므로 한양 남산골 책방 본댁으로는 철 따라 얼마간 어렴시수나 올려 보내어주면 될 터.

하염없이 봉창에 기대어 있으니 봄날이 더디고
홍안은 속절없이 늙어 곳 지는 시절이로다.
세상 만사가 모두 이와 같은데
피리 불며 노래 부른들 그 누가 알리.

강술로 마셔대는 다모토리가 사흘째에 이르러 말없이 낙루만 하고 있던 그가 아이오 붓을 잡더니, 수십 길 쏟이 떨어져 내리는 듯한 안근류골˚ 취필醉筆로 써 갈기는 절귀 한 수였다. 단순한 취필인가 하였으나 어엿한 법식을 갖춘 진초˚였는데, 취중에 쓴 글씨일망정 그 천의무봉한 기세가 마치 두 마리 성난 용이 여의주를 먼저 취하고자 서로 얽힌 것 같으니, 그가 본래 글씨를 잘 쓰는 사람임을 알려주는 것이었다.

독서파만권讀書破萬卷하니 하필여유신下筆如有神이로다.

짜장 커다란 감흥을 받았다는 듯 댕구방망이 아래로 늘이어진 밀화 갓끈을 주억이는 정아무개였으니, 두시杜詩 한 구절을 빌

안근류골(顔筋柳骨) 중국 당나라 때 명필 안진경顔眞卿 '근골筋骨'과 유공권柳公權 '뼈'를 갖추어야 제대로 된 글씨가 나온다는, 좋은 글씨를 가리킬 때 쓰는 말. 진초(眞草) 왕희지 초서.

려온 것이었다. 만권 서적을 독파하니 글에 신기神氣가 서려 있
도다.

취옹˚ 같은 대가도 삼상˚에서 그 시상을 얻었다 하였고, 만당晚
唐 선비들 또한 이삼십 년씩이나 공을 쌓은 후에라야 비로소 풍
아˚와 비슷한 것 한두 줄을 흑간 얻을 수 있다 하였거늘…… 연일
장취 중임에도 이런 알관주 명문시가 나올 수 있다니……

정 아무개가 놀랐다는 얼굴을 하는데, 리생원 목소리가 가느
다랗게 떨려 나왔다.

부끄럽소이다.

무슨 겸사 말씀을.

밭 매고 물레 돌리고 바느질 하면서 부르는 아녀자들 소리와
별반 다를 것이 없소이다.

허허.

대저 천지 정기를 얻은 것이 사람이요, 한 사람 몸을 맡아 다스
리는 것이 마음이며, 사람 마음이 밖으로 펴 나온 것이 말이요,
사람 말이 가장 알차고 맑은 것이 시라고 하였소이다.

공부자 말씀이신지?

남추강˚ 추강냉화에 나오는 마씀이외다.

취옹(醉翁) 중국 당송 팔대가 하나인 구양수歐陽修 호. 삼상(三上) 문장을 생
각하는 데 좋은 겨를 되는 세 곳이라는 뜻으로, 마상馬上·침상枕上·측상(廁
上: 뒷간)을 말함. 풍아(風雅) 『시경』 국풍國風과 대아大雅·소아小雅, 곧 시를
말함. 남추강(南秋江) 생육신 한 사람인 남효온(南孝溫, 1444~1492).

크음.

마음이 바르면 시가 바르고 마음이 간사하면 시도 간사하여진다 하였거늘…… 민민한 심회를 다모토리 몇 잔으로 달래보고 있는 자한테서 나오는 소리가 언감생심 어찌 써 시가 된다는 말이외까. 다만 외마디 탄식에 지나지 않을 뿐이오이다.

허허. 좋은 시를 짓는데 무슨 비결이 있는지?

시라는 것은 자고로 짓는 사람 그 성정에서 피어나는 것이어니, 힘써 궁구할 나위도 없음이어늘…… 황차 무슨 비결이 있을 수 있다는 말씀이외까?

핀잔을 주듯 날카롭게 되묻는 리생원 눈길을 피하여 정아무개는 얼른 장죽을 입에 물었는데, 이런 건방진 놈 같으니라구. 네놈이 기간 책권이나 읽어 싯줄이나 끄적거리는지는 모르겠다만, 그 잘난 시에서 밥이 나오나 옷이 나오나. 삼순구식도 어려운 민머리 주제에 개구리 삼킨 배암처럼 꼿꼿하기는. 리생원이 지은 시를 읽어낼 수만 있다면야 그 알맹이를 가지고 차 치고 포 치고 할 수 있으련만 도무지 땅띔도 하기 어려워 에멜무지로 그냥 몇 마디 던져보던 정아무개는 영 입맛이 썼다. 안방지기*짜리 특청만 아니라면 당장이라도 자리를 차고 일어서고 싶었다. 초서에는 거의 청맹이나 다르없는데다가 더구나 그 어렵다는 진초라

안방지기 안주인. 마누라.

정아무개가 눈만 껌벅이고 있는데, 푸우— 한소리 긴 한숨을 뽑아내고 난 리생원이 나직한 타목˚으로 읊조리는 것이었다.

정대흥鄭大興이 악지 센˚ 안식구 베갯머리송사˚에 못 이기어 남산골 인성붓재˚에 있는 옴팡간˚을 찾아갔을 때였다. 처가 쪽으로 척분이 닿는 길카리였다.

우리나라는 그 땅이 좁아서 재조 있는 사람은 반드시 영달할 수 있는데, 어찌 바닷속에 버려진 구슬이라고 한탄만 하겠는가.

나이는 두어 살 위나 처남뻘이 된다는 것으로써 언덕을 삼아 굳이 하게를 하기로 한 정대흥이 제 자랑 섞어 한 말이었다. 내 삼천 외 팔백 관원을 제 마음대로 흔들며 팔도 창생들 생사여탈 권병을 쥐고 있는 민문에 누만 거금을 바치고서야 겨우 차게 된 군수 인뒤웅이임에도 무릅쓰고 비렴급제로 삼일유가를 마치자마자 백리를 얻은 사람인 듯 여간 휜목을 잦히어쌓는 정대흥이 아니었다.

자고로 구슬이 서 말이라도 꿰어야 보배라˚고…… 옥불탁玉不琢이면 불성기不成器라.

꼿꼿하게 틀어 올린 올방자로 입을 굳게 함봉하고 있는 리생원이라 공중 점직하여진 정대흥이 국사당에 가 말하듯˚ 하는 것이었으니, 책방노릇이라도 하여 처자식 굶겨 죽이지 않을 방도

타목 쉰 것처럼 흐리터분한 목소리. **악지 센** 고집 센. **인성붓재** 서울 중구 인현동1·2가 사이에 있던 고개. **옴팡간** 아주 작은 초가집.

를 차리라는 뜻이었다. 그러자 빨주° 바닥에 깔린 소주를 마지막 한 방울까지 탁탁 털어 입에 붓고 난 리생원이 파리똥이 더뎅이 져 있는 보꾹을 올려다보며 허하게 한 번 웃고나서, 딱 한마디를 하는 것이었다.

의식이 족해야 예절을 알 수 있다던 옛사람 말뜻을 이제야 알 겠소이다.

"욕봤으이."

나직하게 한마디 뇌고 나서 군수는 츱츱 잔입맛을 다시었다.

"이두에 글이요 희지에 글씨인 리생원이 애쓴 것이니 좋기는 좋으나……"

잠깐 말을 끊고 꼿꼿한 눈길로 바라보며

"불긴지목° 있어 효주하였은즉, 그 대목만 다시 써봄세."

"어느 대목이 불긴하다 하시는지……"

어제 저녁에도 혼자서 거문고나 어루만지며 다모토리깨나 들이부었는지 곱° 이 낀 수리목으로 리생원이 묻는데, 츱. 다시 한 번 잔입맛을 다시고 난 군수는 댕구방망이 끝으로 문갑 위 제문을 가리키었다. 못 보았는지 먼산바라기만 하고 있는 리생원을 바라보던 군수는, 크흠. 헛기침을 한 번 하고 나서 짜증기 있게

빨주 술병 하나. 불긴지목(不緊之目) 종요롭지 않은 대목. 곱 기름.

말하였다.

"가져다 보면 될 거 아닌가."

"예, 그러하지요."

힘들게 몸을 일으킨 리생원이 기우뚱기우뚱 금방이라도 쓰러질 것만 같은 비척걸음*으로 문갑 앞까지 가서 사고지를 들고 윗목으로 다시 모꺾어 내려앉는데, 등에서 땀이 날 지경이다. 근년에 이르러서는 해마다 되풀이되는 가뭄이라 하지가 지날 어름이면 짓게 되는 기우제문이었다. 글이 짧은 군수 대신으로 제문을 지을 때면 반드시 그 좋아하는 술도 끊고 목욕재계를 한 다음 전심전력을 다 기울이어 제문을 지어온 그였는데 이번에만은 그럴수가 없었으니, 술 탓인가. 그러나 반드시 그렇지만도 않은 것이 무슨 까닭으로 영 기운이 부치는 것이었다. 총기도 많이 떨어졌는지 붓을 잡으면 손끝이 자꾸 흔들리면서 도무지 그럴듯한 운자韻字를 달기가 어려운 것이었다. 작취미성인가 싶어 찬물로 소세를 하고 와도 또한 마찬가지.

다른 고을에서는 전에 쓰던 제문을 간지만 바꾸어 그대로 쓰는 일이 흔하다는 것을 잘 알고 있음에도 차마 그럴 수는 없는 일이었다. 안전짜리 불호령이 두려워서가 아니라 이는 크게 예에 벗어나는 일인 탓이었다. 조선팔도 삼백스무세 고을이 다 그러

비척걸음 비치적거리면서 걷는 걸음.

하지만 무엇보다도 백성들 목숨이 달려 있는 기우제 제문만큼은 더구나 마땅히 전심전력을 다 기울여 새로 지어야 하는 것이다. 그것이 논밭에서 땀흘려 일하는 농군들 덕에 두 손 맺고 앉아 책권이나 읽는 자들이 해야 될 아주 작은 일 가운데 하나일 것이라는 생각이었다.

초라니 대상 물리듯° 미루어오던 제문을 짓기 위하여 마침내 붓을 들었는데, 어. 아이오 칠흡송장°이 되었는가. 막막한 것이었다. 아무리 술이 과하여 총기가 많이 떨어졌다고 하더라도 큰 병거지 귀짐작°이라는데 이건 도무지가 막대 잃은 장님같이 옴나위를 할 수 없는 것이었다.

비록 시모時毛에 어두운데다가 차술차작借述借作이며 작폐作弊에 협책挾册에 분환紛還에 서입書入에 잠매潛買 같은 갖은 과폐科弊로 홍지에는 그 이름을 못 올리었다고 하나, 뒷간에 쭈그리고 앉아서도 구점° 몇 수쯤은 능준히 뽑아낼 수 있는 리생원이건만, 무슨 까닭으로 도무지 운자 하나가 떠오르지를 않는 것이었다. 비록 한 번 그 붓끝을 놀릴 때마다 뭇 귀신이 대낮에 휘파람을 불게 하지는 못하는 글솜씨라고 할망정 있을 수 없는 일이었으니, 쉰고개에 오르자마자 벌써 찐붕어가 되었단° 말가, 폐과한 지 십 년만에 묵은 치붓장이 되었단° 말가.

칠흡송장 정신이 흐리멍덩하고 짓둥이가 반편과 같은 사람을 이르는 말. **구점**(口占) 압운押韻 같은 꼴을 갖추지 않고 단박 입으로 부르는 시.

좌상우사로 터져버릴 것만 같은 머리를 흔들며 조선 바늘에 되놈 실 꿰듯°하고 있던 리생원이 아이오 직필난행直筆亂行으로 휘갈기어 써내려가는 칠언절귀 두 줄이 있었으니ー

풍취산대요지우   風吹山帶遙知雨
노습하상이보추   露濕荷裳易報秋
바람이 불고 형산荊山에 아침 구름이 끼니, 비가 올 줄 짐작하겠고
이슬이 연잎에 맺혔으니, 쉽사리 가을됨을 알리누나.

당시唐詩 한 귀절이었고, 푸우. 길게 빨아들이었던 장죽 연기를 배앝고 나서 두어 번 그는 고개를 흔들었다. 잠시 후 잔물결처럼 가느다랗게 흔들리는 손길로 열넉 자 위를 내려그은 다음 장중한 양송체 행서로 써보는 것은 하늘천天자였으니, 변려문騈儷文을 익히던 틈에 보았던 한 권 책이 떠오르는 탓이었다. 『오산설림초고五山說林草藁』.

열일곱에 죽은 차은로車殷輅는 차천로車天輅 백씨인데, 다섯 살 때부터 글을 잘 지어 신동으로 이름을 날리었다. 열 살 전에 여러 옛 글과 운부군옥°을 다 읽어 시학詩學이 대성되었으니, 언제나

『운부군옥(韻府群玉)』 한시를 짓는 데 쓰여지던 도움책.

그 입안에서는 글 외는 소리가 떠나지를 않는 것이었다. 그가 아홉 살 되던 해, 어쩌다가 기와조각을 던진 것이 잘못되어 남 집 장독에 떨어졌다. 이웃 사람은 누구 짓인지 알지 못하고 불순한 말로 욕을 하였다. 그가 이것을 듣고 그 사정을 하나하나 읍재*에게 호소하였다. 읍재는 잘생긴 어린아이가 동헌 뜰에 들어서므로 앞으로 나오라고 하여 묻기를

너 시를 지을 수 있느냐?

겨우 운목韻目이나 압니다.

이때에 날 가뭄이 심한지라 읍재가 민우시悶雨詩를 짓도록 명하고 운자를 부른 것이 '천天'이었다. 이 말이 떨어지자마자 아희가 대답하기를

구름발이 공연히 하늘을 가렸군.

전田자를 가지고 지으라 하니 대답하기를

거북등에 마른 논이 갈라졌네.

또 년年자를 가지고 지으라 하니

노나라에서 무당을 불태우던 날이요 은나라 탕임금이 손톱깎던 해일세.

내 비록 새벽에 일어나 소세하고 머리 빗고 향 피우고 경상 앞

읍재(邑宰) 군수.

188

에 꿇어앉아 책읽기를 게을리 하지 않았던 왈 독서인이라지만, 그러나 과연 무슨 책을 얼마나 읽었다는 말인가. 다섯 수레에 차고 넘치는 책을 읽었다고 한들 무슨 소용이라는 말인가. 어린시절 글방에 다니며 하루에 천여 자 글을 배워 서른 번 읽고 돌아앉아서 외우는 하등을 지나, 하루에 이천 자 글을 배워 스무 번 읽고 돌아앉아 외우는 중등을 넘어, 하루에 삼천사천 자 글을 배워 열 번 남짓 읽고 돌아앉아서 외울 수 있는 상등에 올랐다 한들 또한 그 무슨 소용이 있다는 말인가.

대저 글이라는 것은 상달上達에 그 본디 뜻이 있는 것이므로 이를 바삐 이루고자 서두르거나 입으로만 지껄인다면 이는 바로 구이미습口耳未習이라. 비록 천 편 글을 읽고 터럭이 희어지도록 경전을 말한들 무슨 도움이 되겠는가. 자고이래로 글궁구를 하는 뜻은 의리를 밝게 깨쳐 그 몸과 마음을 바르게 닦은 연후에 미루어 다른 사람들에게까지 미침으로써 어두운 세상을 조금이라도 밝게 만들어보자는 데 그 본디 뜻이 있음이요 한갓 박람강기에 힘써 사장詞章으로 이름이나 날리고 녹리祿利나 취하려는 것이 아님이어늘, 아름답고 좋은 벼슬이나 취하고자 과문줄이나 외우고 있었으니, 부끄럽고녀.

명색이 글궁구라고 하여보았다지만 타고난바 재조가 미치지 못하는 그 궁구는 학문이라고 할 수도 없는데, 성품은 또 성글고 미욱하여 널리 사람을 좋아하면서도 사람과 친하지 못하고, 베

풀고자 하여도 모든 사람들에게 덕되게 하지 못하며, 착함을 좋아하면서도 독실하지 못하고, 악함을 미워한다지만 정작으로 또 용기가 없어서, 한세상을 우물쭈물 시일만 천연하여 어언 쉰 고개를 넘어섰구나. 세상만사가 뜻 같지 아니하니 풍류를 좋아한다는 핑계로 포도와 매화나 치고 글씨나 쓰고 피리나 불고 거문고나 어루만지며 같지 않게도 생목*이나 써보면서 때로는 또 술을 통쾌하게 얻어 마시고는 여러 날 동안이나 일어나지 못하여, 소세와 빗질을 오래도록 폐하고, 손톱에는 때가 가득하며 몸은 쇠하여 쓰러지려 하고, 정신은 혼미하여 사라져가는데, 처자식들 입에 거미줄 치게 할 수 없다는 것을 핑계 삼아 어즈버* 승냥이 같고 송충이 같은 탐리 앞방석 되어 외로이 거친 객리에서 잠꼬대 같은 말이나 하고 혹 문자를 적어가며 시부를 끄적이어, 다시 스스로 경계하고 채찍질하지 않아 쌓인 누습이 고황에 들었구나.

더구나 이즈음에 이르러서는 기가 쇠하여져 다모토리 서너 잔에도 정신이 오락가락하여 매양 추위와 더위 절기가 바뀔 적에는 수화 기운이 부닥치고 기침은 또 치밀어 올라와서 기식이 엄엄하니, 이대로 서너 해가 되기도 전에 이 몸도 없어지겠거니. 도무지 불치인류들만 득시글거리는 이 세상에서 사는 것이 아무런

생목 익지 않은 소리. 어즈버 아! 아아!

190

애착도 없으나, 오직 하나 마음에 걸리는 것은 딸년 둘을 여태도 여의지 못하였다는 점이니, 아지 못게라. 전세에 내 무슨 악업을 지었기에 이런 과보를 받는단 말가.

대체로 사람 수명이라는 것은 칠십을 사는 이가 극히 드물고, 오륙십을 사는 이도 요수라 일컫지 않는데, 헛되이 살아온 세월이 어언 쉰을 넘었구나. 살아온 바를 돌이켜보면 활 잡았던 깍짓손 한 번 뗀 것에 지나지 않으며, 더구나 지금 세월은 더욱 재촉하고 빠른 것이 전과 다른데, 만약 육칠십이 되도록 수를 더하게 된다면 지금부터 과연 몇 해나 남았는가. 또한 굶주림을 참고 시부나 읊조리고 포도와 매화나 치고 진나라 사람 필법이나 흉내내고 피리나 불고 거문고나 어루만지며 생목이나 뽑아보면서 술을 얻으면 미친 말과 허탄한 소리나 지껄이면서 날을 보낼 것이니, 다시 또 무슨 일을 시작하여 굳게 부지하랴. 젊어서는 참글을 멀리 하고 과문줄이나 외웠고, 중년에는 힘쓰지 않다가 늙어서야 비로소 종사하려고 하여본들, 정신이 눌리고 기력이 쇠약하여 옛 글을 읽는 데도 서너 장만 펴보면 문득 또 정신이 아득하여지면서, 아이오 잠이 오는구나. 아, 이러고도 무슨 시를 쓰고 또 부를 지을 수 있다는 말인가.

시부에 대한 눈은 높지만 솜씨는 모자라서 두어 구절을 읊어 얻어도 뜻에 차지 않는 곳이 있어 노여움이 따르니, 한가하게 있는 처지에 비록 능히 이를 놓아버릴 수는 없으나, 마침내 글을 이루지 못하고 한낱 일력에 대신하여 흐리고 갠 것만 적어넣을 뿐이로다. 생각느니 애오라지 술뿐.

　대저 시라는 것은 그 사람 마음을 말로 나타내는 것이니, 말이 곧 글이 되지 않은즉 그 뜻이 통할 수 없는 것 아닌가. 그러므로 군자君子는 빈빈彬彬한 것을 기뻐하는 것이라. 삼백 편 시경詩經이 혹은 두메집 지아비와 지어미 여느 말에서도 나오고, 혹 교묘郊廟 제사와 군신君臣을 훈계하는 말로도 되어 모두 마음속으로부터 나와서 문장으로 드러나는 것이니, 모두가 다 사람사람 그 마음속으로부터 나온 까닭이로구나. 그렇기 때문에 그 말이 교巧하기를 기약하지 않아도 교하여져서, 후세에 그림을 그리고 글자를 새기는 것같이 기이한 것을 다투고 괴상한 것을 본받지 않고서도 때에 따라서 변천하는 것이니, 시의 폐단이 지극하다 할진저. 이는 앵무새가 말을 잘하는 것에 지나지 아니하니, 어찌 써 숭상하리요. 가만히 돌이켜 생각하여보면 내 시격詩格이라는 것이 고고高古하지 못하고 필적 또한 기건奇健하지 못하니, 다만 스스로 즐길 뿐이로다. 즐길 뿐이로다.

　그런데 무슨 까닭으로 도무지 옹송망송하기만 한 정신이 추슬러지지 않아 갓방 인두 달 듯 오랫동안 붓방아만 찧고 있던 리생원이 낸 꾀는 선인들 제문을 빌려오자는 것이었다. 월총이 많이 숙지었다지만 저 유명한 주자朱子 것에서부터 그가 외울 수 있는 기우제문은 장계곡張谿谷 오서파吳西坡 채희암蔡希菴 강국포姜菊圃 그것 따위 많았으나, 그래도 차마 그럴 수는 없는 일이었다.

어떻게 하든지 간에 하늘도 감응하여 비를 내려주시지 않을 도리가 없게끔 알관주 명문으로 된 훌륭한 제문을 새로 짓고 싶었는데, 아무런 생각도 떠오르지를 않는 것이었다. 공중 효주를 한답시고 몇 자를 고치거나 새로 집어넣어 제가 지은 것으로 하여 오는 안전짜리 독촉은 불 같은데, 이 노릇을 어이하나. 어디에 운봉 있어 내 마음을 알리요.

안전짜리가 내려준 수원 불경이를 다져넣은 긴대*만 빨고 또 빨며 이마에 내천자만 그리고 있던 그는 끙 소리와 함께 벼룻집 뚜껑을 열었다. 도무지 새로 지을 근력은 없는데 그렇다고 해서 선현들 그것을 슬갑도적질하여 올 수는 없는 노릇인지라, 한 가지 꾀를 쓴 것이었다. 선대 글 가운데서 빌려 오자는 것이었다.

지금은 비록 삼순구식하는 냉족으로 떨어져 책방 노릇까지 하게 되었다지만 윗대로 거슬러 올라가보면 한다하는 경화달관도 많았고 더구나 한세상을 울리던 문장가도 많았는데, 정관재* 선생은 내 몇 대 할아버지가 되시는가. 정관재 할아버지께서 충청좌도 청풍淸風고을을 맡아 계실 때 지으셨다는 기우제문이 천하 명문이었노라는 말씀을 귀에 못이 박이도록 들려주시던 아버지

긴대 긴 단뱃대. 장죽長竹. **정관재(靜觀齋)** 현종 때 부제학을 지낸 리단상(李端相, 1628~1669).

는 초시 한 장 못 받은 채로 눈을 감으셨지. 아아, 불효로고. 내 무슨 면목 있어 백세 후*에 구천 아버지를 뵈오리.

정관재 할아버지가 비록 일세를 울리던 문장가셨다고는 하나 다만 문집으로만 집안에 전하여 내려오는 것이라 다른 사람들이 알 리는 없는 것이겠고, 푸우. 안전짜리 불호령을 피할 수 있다는 생각에서 우선 긴 숨을 내쉬는 리생원이었다. 그러나 그렇다고 하더라도 차마 그것만 달랑 빌려오기는 또 공중 무엇한 듯하여 몇 줄은 강국포 선생 것을 빌려 온 것이었으니, 비단에 비단을 이어놓은 격이었다. 글이 짧은 안전명색이 이러한 속사정을 알 리는 없는 것이겠으되 조상은 차치물론하고 강국포 선생한테 커다란 죄를 짓는 것만 같아 등옷이 다 축축하여지는 리생원이었는데, 크흐음. 헛기침 한 번 되게 하고 난 군수가 짜증기 있게 내어붙이었다.

"나가보지 않고 무얼 하는가."

냉갈령 한마디로 리생원을 내치고 난 군수는 영 입맛이 썼으니—

이런 여덟 달 반*짜리 같으니라고. 인정도 품앗*이라고 그 잘난 문장으로 몇 줄만 앉은자리에서 고쳐주면 될 것을, 귓구멍에 마늘쪽을 박았는지° 도대체 말귀를 알아들어야 말이지. 아무리

백세 후 죽은 뒤.

194

업어온 중이라지만 앓느니 죽지°. 견물생심이요 다다익선인 것
이야 천지현황 처음 배우는 댓살배기들도 다 아는 문자 아닌가.
석 달 버슬로 평생 먹는다는 상것들 문자야 적어도 본쉬本倅쯤 되
는 문신에 소용되는 것이라 하더라도, 책방이 뉘집 강아지 이름
인가. 아무리 먹잘 것 없는 잔읍이라도 책방질 석 달만 하면 삼
년은 먹고 살 걱정 없다는 것이야 중다버지°들도 다 아는 일이련
만, 어떻게 생겨먹은 위인이 강경으로 꾸려가는 은진이라. 이두
에 문장이요 희지에 글씨인 그 장한 문필로 붓끝 한 번만 잘 놀려
도 은금보화가 둥덩산같이° 쌓일 터이어늘 돈이라면 숫제 쓴 외
보듯 하니, 상팔십上八十이 내 팔자°라 이거지. 허허. 나물 먹고 물
마시고 팔을 베고 누웠으니 장부에 살림살이 이만 하면 극족이
라 이건가. 하기야 팔자 도망은 독 안에 들어도 못한다°는 속언도
있으니 내 무슨 말을 더하리요만, 뒷배를 봐주지 않는다고 성화
부려대는 마누라쟁이 탓에 하는 말이지. 책방살이 해가 넘는다
지만 맨날 불고 쓴 듯한 애옥살이라. 아마 모르긴 몰라도 본쉬가
철따라 올려 보내주는 어렴시수 아니면 끼니가 간데없으리니,
엥이. 천하에 숙맥불변菽麥不辨 같은 위인하고는.

"크르륵."

한껏 돋우어 올린 가래를 타구에 뱉고 나서 장죽을 입에 무는

중다버지 길게 자라 더펄더펄한 아이들 머리. 또는 그런 아이.

군수 이맛전에는 다시 내천자가 그리어지는 것이었으니—

석화광음石火光陰이라. 돌이 마주 부딪칠 적에 불빛이 한번 번쩍 하고 반짝이는 것과 같이 빠른 세월이라. 춘풍에 지는 곳은 내년 봄에 다시 피되 백발 한번 될 양이면 다시 검기 어렵도다. 백년 신세는 석화광음이요 일대부귀는 한단일몽이라. 기주하던 유령이도 살았을 제 취옹이요 음중선 이태백도 죽어지면 고혼이니, 애홉다.* 백리를 얻어 내려온 지 어언 한 해가 넘었건만, 여류한 세월 속에 기간 내 무엇을 하였다는 말인고. 일월서의日月逝矣는 세부아여歲不我與라. 쏜살같이 빠른 세월은 나를 기다려주지 않는다는 옛 문자를 아는 자로서, 안타깝고녀. 군수 인뒤웅이 하나 얻는 데 들어간 누만 거금은 아직 반벌충도 못하였는데, 주제에 사돈 남 말하고 있지 않나.

"얘야."

쉰 줄이 내일 모레인 그 중늙은이 사내는 지그시 물고 있던 별각간죽 은동부리를 뽑아내었고,

"네이."

훨씬 열어젖히어 놓은 장지 바깥에서 두 손을 앞으로 모아 잡고 있던 통인아이가 허리를 굽신하였다.

"급히 질청으로 가서 최이방 좀 오라 이르거라."

애홉다 슬프다.

"녜이─

한소리 긴 대답과 함께 뒷걸음질로 상방을 나간 통인아이 발자국 소리가 점점 멀어져가는데, 엥이. 다시 한 번 체머리를 흔들고 나서 빡빡 소리가 나게 은동부리를 빨고 또 빨아보지만 무슨 까닭으로 영 홋입맛이 개운하지가 않은 것이었으니, 체*였다. 무릇 체에는 순체巡遞 경체徑遞 죄체罪遞 자체自遞 네 가지가 있고 여기에 또 저마다 다섯 가지씩 새끼를 쳐 모두 스무 가지로 나뉘어지는데, 두려운 것은 오직 내체來遞였다.

유월보름이면 포폄 나올 순사또짜리와는 삼족을 통틀어 길카리도 닿지 않는데다가 씨성氏姓은 차치물론하고 이름자 하나 같은 게 없으므로 상피체相避遞에 걸릴 바 없고, 색色으로 말하더라도 똑같은 노론동색老論同色인데다가 순사또짜리 집안이야 저 순묘純廟 이래로 세력이 후끈한 경화달관만 뽑아내었다지만 우리 집안은 정묘正廟 이래로 출륙出六짜리 하나 변변히 내어놓지 못한 냉족에 가까우니 혐체嫌遞에 걸릴 까닭도 없고, 과만 일천팔백일짜리 수령명색이라야 이제 겨우 해소수에 지나지 않아 과체瓜遞도 멀었고, 부모 상을 당하여 사체장辭遞狀을 쓰고자 붓을 물에 빨고 있노라면 바리바리 엽전꿰미 실은 분긍배奔競輩 들락거려 민문댁 솟을대문 앞이 저자를 이룰 상체喪遞라는 것이야 부모

─────────────────

체(遞) 관원 인사 이동.

님이 모두 돌아가신 지 오래이라 아무 염려 없으며, 본쉬 또한 아직은 연부역강한 처지라 종체終遞될 이치 또한 없으나, 걸리는 것이 내체라. 아무리 큰 고기는 중간치 고기를 잡아먹고 중간지 고기는 작은 고기를 잡아먹고 사는 게 풍진 세상 이치라고 한다지만 동악상조同惡相助라고 민문과 든든한 연비를 맺고 있는 한 내체원님이 될 까닭이 없는데, 무슨 까닭으로 요강 뚜껑으로 물 떠먹은 것같이° 마음에 걸리는 것이 내체요 또 폄체貶遞라. 시치미 뚝 떼고 고공考功에 하하下下를 매기어 인뒤웅이를 풀어놓게 하는 폄체라. 율기律己 봉공奉功 애민愛民에 이호예병형공吏戶禮兵刑工 육전六典으로 나누어 고공을 한다지만 그거야 다 이름 좋은 하눌타리에 지나지 않고 순사또짜리 서계書啓 한 줄이면 그만이니, '산수 좋은 고장에서 한묵翰墨으로 소요한다.' 허, 지난 섣달보름 포폄에서는 얼마 돈과 무슨무슨 물산을 납상하여 상상上上을 받았던가.

"크흐음."

헛기침 한 번 되게 하면서 군수는 안석에 기대었던 윗몸을 일으키었다. 대청 위를 조심스럽게 걸어오는 발자국 소리가 들려왔던 것이다. 아이오 그 사내 너부데데하게° 살찐 낯에 핏기가 걷히면서, 허.

너부데데하다 얼굴이 둥그번번하고 너부죽하다.

종 자식을 귀애하니까 생원님 상투에 꼬꼬마를 단다더니, 옛말 그른 것 하나 없구나. 천한 아전놈 주제에 감히 상방까지 들어와. 그것도 벌건 대낮에. 자작자수自作自受로다. 내 이자를 짐짓 복심으로 여겨 밤중에 몰래 내아로 불러들여 여러가지 치민治民 도리를 상의하였더니, 이 방자한 놈이 이제는 감히 상방까지 범하려 들어. 내 이놈을 당장.

대저 수령을 조롱하고 권세를 오로지하여 폐단을 일으키는 자, 화뢰貨賂를 몰래 받고 역 부담을 고르지 않게 한 자, 결전을 거두어들일 때에 부정하게 거두어 남용하는 자, 양민을 함부로 차지하여 숨겨두고 일을 시키는 자, 전장을 널리 두고 양민을 부려 경작하는 자, 마을에 횡행하며 백성 재물을 빼앗아 제 이끗만 꾀하는 자, 권세 있는 집에 붙좇아 본역을 피하려는 자, 본역을 피하여 도망가서 촌락에 숨어 사는 자, 관 위세에 가탁하여 민인을 침학하는 자, 양가 여자나 관비를 첩으로 삼는 자를 일러 원악향리라고 이르것다. 수령으로서 알고도 그 죄상을 따지고 살펴 다스리지 않는 자는 제서유위률制書有違律로 논죄한다 하였고.

『경국대전』을 떠올려보며 잔뜩 증을 돋우고 있는데, 장지밖에서 허리를 굽신하는 것은 통인아이였다.

"최이방은 왜 아니 온다드냐?"

지레짐작˚으로 공중 뼛성˚만 돋우었던 것이 점직하여진 군수가 짜증기 있게 내어붙이는데,

"불러계시온다는 말씀은 전했사옵고."

하더니, 주춤주춤 조심스러운 발걸음으로 장지를 넘어온 통인아이가

"책방나으리께서 이걸 전해올리랍시오니다."

두 손으로 받치어올리는 것은 사고지였고, 크흐음. 군수는 헛기침을 하였다.

그러면 그렇지. 어느 영이라고 제가 감히 꾀를 부려.

백설처럼 흰 사고지에 담담온화하면서도 기건한 동사백체°로 된 기우제문이었으니, 묘필이로고. 왕우군王右軍에 버금가는 묘필이요 더하여 또 이두와 어깨를 견줄 만한 문장이니, 애홉다. 천년 전 중원 땅에만 태어났더라도 그 이름이 금석에 새기어졌을 것을. 아니, 아동방 청구靑丘에 태어났을망정 지벌만 좀더 좋았더라면 적어도 벌써 백리 하나는 얻었을 것을.

홀아비 법사 끌 듯° 빨라도 하루 저녁은 밍그적거린° 다음에야 어떻게 간신히 고치어 쓴 제문을 받아볼 수 있으리라 생각하고 있던 군수는 죽은 중에 곤장 익히기°를 하였던 아까 일이 마음에 걸리면서 자못 심기가 좋아졌는데, 어. 그러면 그렇지. 아까 효주하여주며 다시 고쳐보랬던 대목 열여섯 자를 숫제 모두 빼어버린 것이 아닌가.

지레짐작 미리 넘겨짚는 짐작. 뻿성 갑자기 왈칵 일어나는 짜증. 동사백체(董思白體) 중국 명대 문인 동기창董其틀 글씨체. 밍그적거리다 천천히 움직이는 꼴.

울컥 하고 다시 치솟는 뻿성으로만 하자면 당장 불러 활이야 살이야° 혼찌검을 내주고 싶으나 접때처럼 또 서울로 올라가겠노라 봇짐을 쌀까 두려워 붉으락푸르락 낯만 찌푸리고 있는데, 콩콩. 밭은기침소리가 들리어왔다.

　"사또, 불러계시오니까."

　장지 밖 저만큼 퇴 아래서 들려오는 것은 최이방 목소리였고, 크흐음. 헛기침과 함께 군수는 댕구방망이를 한 번 쓰다듬어 올리었다.

　"어찌하여 이다지 해찰인고?"

　"호방과 상의하던 일이 있사와……"

　"『소학』은 읽었더냐?"

　"네에?"

　"식재구즉토지°라는 성현 말씀도 못 들어봤더냐 이 말인즉."

　"송구하올시다."

　"기우제 준비는 다 되었으렷다?"

　"네, 사또."

　"수쇄는 다 마쳤고?"

　"네, 수쇄야 대충 아퀴를 지었습지요만……"

　모로 기는 자벌레인 듯 연방 허리를 접던 최이방이 뒷말을 흐리었고, 군수가 댕구방망이 끝을 조금 들어 올리었다.

　"그런데?"

"올 기우제에는 아무래도 이것저것 들어가는 것이 불소하겠사옵기에 여쭈어보는 말씀이올습니다요."

"무슨 말인고?"

"해자 몇 닢씩 걷는 데도 당최 전 같지 않아 여간 근력이 팽기는 게 아니올시다요."

"허."

"농투산이들이 여간 뻑세게 나오는 게 아닙니다요."

"허허. 이런 고이헌 것들이 있나. 그래 저희들 농사짓는 데 좋으라고 기우제를 올려준다는데 어느 몽매한 촌백성이 감히 관장영을 거역해."

짐짓 장탄식을 하여보는 군수였는데, 이런 갈밭 쥐새끼 같은 놈하고는. 수정등롱 같은 본쉬가 네놈의 그 능구렁이 같은 뱃속을 모를 줄 알고. 네놈이 시방 언 소반 받들 듯 쉰네를 개어 올리고 있다만 안벽 치고 밭벽 치는° 네놈 속을 내 모를 줄 알아. 여타 제사도 거지반 다 마찬가지지만 기우제명색을 지낸다고 해봤자—

생률 4되, 녹포 1조條, 폐백 21자 6치, 황초 2쌍, 법유法油 3홉, 저猪 1구口, 백미 8되 4홉, 백필 1병柄, 진묵 1정丁, 제석帝席 4립立, 축문장지 1장, 단자장지 1장, 백지 11장, 용담龍潭 1위位, 서미黍米 3되 5홉, 주미酒米 3되, 삼곡三曲 반원半員.

따위에 지나지 않으니, 다 합해봐야 몇냥 돈이나 든다고 뉘앞에서 감히 야비다리*질을 치려고. 생각 같아서는 당장에 난장으로 두들겨 납청장을 만들어버리고 싶은 마음 굴뚝 같으나, 똥이 무서워서 피하나°.

"욕봤으이. 관장 영을 거역하는 그 고이헌 자들은 내 별반거조 있을 터인즉……"

소경 팔양경 외듯°하는데,

"사또오."

새삼스럽게 정색을 하고 부르는 최이방 목소리에는 날이 세워져 있었다. 그 사내는 꼿꼿한 눈길로 군수를 올려다보았다.

"수쇄를 마다하는 무리보다 먼저 다스려야 할 자들이 있사오니다."

"엉?"

홀아비 동심하듯 저도 모르게 치솟아 오르는 뻣성을 가라앉히기 위하여 짐짓 한껏 조빼는 투로 댕구방망이를 엇쓸어 올리던 군수 손길이 문득 멎는데, 콩. 밭은기침을 한 번 하고 난 최이방이

"그까짓 선떡부스러기*같은 멧부엉이들이야 사령아이들 시켜 호령 한 번 되게 하면 될 것이니, 굳이 안전께서 별반거조 차리실 것까지야 없사옵고……"

야비다리 보잘것없는 사람이 제딴에 가장 흐뭇한 듯이 부리는 젠체. **선떡부스러기** 뭉쳐지지 않은 무리들을 뜻함. 오합지졸.

글강 외듯 빠르게 주워섬기더니, 콩. 다시 한 번 밭은기침을 하고 난 그 사내는 지릅뜬 샛눈으로 군수를 올려다보았다.

"사또오……"

"……"

"목하 천재는 근고에 없던 것이오니다."

"크흠."

"고을백성들이 모두 두려워하며 이러한 천재가 언제까지 이어질 것인지 걱정하는 바이오니다."

"크흠."

"안전께오서는 마땅히 널리 좋은 방책을 구하시어 급급히 군민들을 구제하오소서."

"그래서 기우제를 지내고자 하는 것 아니드냐."

임존성任存城 안에 있는 송지연宋之淵에서 기우제를 지내는 것과 때를 맞추어 앞곱사를 햇볕 아래 내세우고, 무당을 윽박지르고, 흙을 뭉쳐 만든 용과 돌로 된 쇠 등에 바르고, 도마뱀을 독에 가두거나 물에 잠기게 하고, 오성*을 부르고, 짚으로 용을 만들게 하여 붉은 흙을 칠하여 아이들로 하여금 끌고 다니며 매질을 하여 욕을 보이게 하거나, 또는 도랑을 파 뒤집어 뻘내를 나게 하거나, 또는 뼈를 묻어놓고 주문을 외우게 하는 따위 예로부터 전하

오성(五星) 목·화·토·금·수성水星.

여 내려오는 여러가지 비를 비는 일에 대하여 생각하고 있는데,

"사또오."

잔잔조롬하게 치켜 뜬 샛눈으로 군수를 올려다보며 최이방이

"겨울에도 우레가 치고 이상한 벌레들이 눈에 섞여 내리더니 정월에는 흰무지개가 해를 꿰뚫는 천고에 드문 일까지 있었사오니다. 이월에 접어들면서부터는 더구나 가뭄이 이어지면서 바람이 심하게 불고 또 흙비가 내려 강모 한 포기 꽂아보기 어려웠는데, 금강물이 하루 동안 흐르지 않는 변괴가 일어난 것이 삼월 초순이었사오니다. 사월 지나 오월이 다 가도록 웃느라고 비거스렁이° 한 번 하는 날 없어 전야의 풀들이 다 타들어가는데, 황충이 창궐하여 볏모를 다 갉아먹고 때아닌 샛바람이 크게 불어 그나마 시르죽은 이° 같은 볏모마저 죄 상하고 있사오니다. 뿐만 아니라 또 때아닌 우박이 쏟아져 내리는데 큰 것은 대접만 하고 작은 것은 손바닥만 하오니다."

착 가라앉은 목소리로 책을 읽듯이 또바또박 말하는데, 크흠. 헛기침 한 번 되게 하고 난 군수가 짜증기 있게 내어붙이었다.

"코흘리개 중다버지들까지 다 아는 일을 가지고 웬 사설이 새삼 그리 긴고."

"가뭄과 황충 같은 천재는 진실로 원기가 모여 된 것이니……

비거스렁이 비가 갠 뒤에 바람이 불고 시원해지는 일.

그 원기를 풀어줘야 된다 이런 말씀입지요."

"원기라?"

"네, 사또."

"원기라아?"

"네에, 사또오."

"원기라면 어떤 원기를 말하는 것인지 일러보거라."

"자고이래로 음양이 화해야 비가 내리고 만물이 제대로 자라는 것이니 모름지기 음양을 화하게 해줘야 된다 이런 말씀이올습니다요."

"호오?"

"과년하도록 시집을 못 간 처녀가 죽은즉 무엇이 되겠사오니까?"

"처녀로 늙어 죽은 귀신 없다든데."

"그거야 상것들이 쓰는 문자이옵고."

"무엇이 되는고?"

"원귀오니다. 천지지간 만물지중에 유인이 최귀하다는 것은 성현 말씀이온데, 사람세상에서 기중 첫째가는 낙인 음양 이치를 모르고 죽은 처녀 넋이 원귀가 될 것은 깜깜칠야에 불을 보듯 명명백백한 이치가 아니겠습니까요?"

"그런데?"

"자고이래로 누구에겐가 붙어 해꼬지를 하는 것이 원귀 습벽이온데, 원귀가 된 처녀 넋이 붙을 데가 어디겠습니까요?"

"누구한테 붙는다는 말인고?"

짜장 재미있다는 듯 댕구방망이 끝을 앞으로 내어미는데, 콩.
밭은기침을 한 번 하고 난 최이방은

"그 고을 원에게 가 붙사옵니다요."

하고 말하였고,

"엉?"

군수 눈자위가 크게 벌어지었다.

"그게 사실인고?"

"사실이올습니다요."

"허허."

"이건 천한 쇤네 말씀이 아니옵고 예로부터 전해 내려오는 이
야기올습니다요."

"허, 이런 낭패가 있나."

재미나는 골에 범난다고 에멜무지로 최이방과 희영수*를 하
던 끝에 떨거둥방아가 된 군수가 츱츱 잔입맛만 다시고 있는데,
콩. 다시 한 번 밭은기침을 하고 난 최이방은 꼿꼿한 눈길로 군수
를 올려다보았다.

"뻑세게 나오는 멧부엉이들보다 먼저 다스려야 할 자들이 있
다는 쇤네 말씀은 이를 두고 여쭈어올렸던 것이올습니다요."

희영수 남과 실없는 말이나 짓을 함.

"크흐음."

"무릇 열매가 맺히고 곳이 피는 것은 나무에 뿌리가 있는 탓이오니 뻑뻑이 그 뿌리를 없이하지 않고서는 백년하청이올습니다요."

"연인즉, 어찌해야 되는고?"

"시집 못 간 노처녀들 원한이 하늘로 올라가 날씨를 가물게 조화를 부리고 있음에 틀림없은즉, 그 노처녀들을 시집보내는 도리밖에 없습니다요. 먼저 이 일부터 처결을 지으시고나서 기우제를 올려야 더구나 금상첨화가 아니겠습니까요?"

"옳커니."

무릎을 치고 난 군수가

"애야."

하고 통인아이를 바라보며

"호방을 들라 이르라."

목소리를 높이는데, 콩. 최이방이 샛눈을 깜박이었다.

"무슨 분부시오니까?"

"본읍에 과년하도록 시집 못 간 처녀가 몇이나 되는지 알아봐야 될 게 아니겠느냐."

"사또오."

"오냐."

"그거야 쇤네가 벌써 다 알아봐놨습니다요."

"과시 본쉬 장자방이로다."

몇 번이고 댕구방망이 끝을 주억이던 군수는 헛기침을 하였다.

"대저 혼례는 삼강의 근본이며 인륜의 정시지도正始之道라. 그러므로 삼대 이래로 성인께오서 혼례를 중하게 여기었음이어늘, 어리석은 백성들이 풍교를 해치고 나라 기강을 어지럽힌 죄가 크도다. 이에 성인께서 일월같이 밝히어놓으신 사리에 비춰서 이 무리들을 엄중히 치죄하여 이로써 고을 습속에 대한 경계로 삼겠노라."

"백번 지당하오신 말씀이십니다요."

"잡아 대령하라!"

"녜이—"

한소리 긴 대답과 함께 상방 뜨락을 물러난 최이방이 범강장달이 같은 사령군노들을 풀어 과년한 처녀들을 잡아들이는데, 모두 다섯이었다. 너울짜리*는 하나도 없고 모두가 장옷짜리*요 장옷도 쓸 형편이 못 되는 바닥상것들 여식이었으니— 자근아기煮斤阿只. 꼬치미. 밤녀. 오란이午蘭伊. 알뜰이. 무명으로 지은 꼬리치마*에 동구래저고리*를 받치어 입었는데, 속적삼 위로 똥또도롬* 솟아오른 젖가슴과 둥글고 넓적한 방치께가 처녀임을 말하여줄 뿐 생전 얼굴에 분가루 한 번 안 입혀본 듯 초췌한 몰골 노처

너울짜리 양반 부녀. **장옷짜리** 평민 부녀. **꼬리치마** 상것 부녀자들이 입던 치마로 겨우 무릎을 가릴 만큼 짧았음. **동구래저고리** 길이가 짧고 앞섶은 좁으며 앞도련이 둥근 상민 여자 저고리. **똥또도롬** 도도록하게 솟아오른.

녀들이었다.

"자근아기이—"

수쇄 나선 뻔새°로 깃기를 활짝 펼치어든 최이방이 길게 늘이어 빼었고, 한일자로 죽 늘어서 있던 노처녀들 가운데 하나가 두어 걸음 앞으로 나서는데, 뒤뚱발이°였다. 뿐인가. 미운 마누라 죽젓광이에 이 죽인다°고 해귀당신에 얼금뱅이요 넙치눈이인 그 여자는 군수를 올려다보며 헤벌쭉 웃는 것이었고, 엥이. 최이방이 군두목으로 적어 올리어준 질서疾書 쪽지를 들여다보던 군수는 여간 짜증이 나는 것이 아니었으니—

자근아기. 스물아홉. 섶무시 잿말 사는 박팔손朴八孫이 맏딸. 아래로 스물일곱 살 스물세 살 난 여동생과 열아홉 살 난 남동생이 하나 있으나 모두 미성°임. 잿말 뒤 토성 터에 따비밭 세 두락과 향굣말 윤초시네 논 닷 마지기를 병작 부쳐 살아가는 적빈농임. 기우제 해자 닷 돈 오 푼은 그만두고 여제 지낼 때 거둔 넉 돈 반도 아직 못 내고 있으나, 천성이 무룡태인 자임.

잔맹殘氓인 것이었다. 잔맹인 것도 그렇지만 대대 곱사등°이라고 인물마저 저래가지고야 어느 세월에 사내맛을 보겠는가. 이런 무지렁이 붙잡고 활이야 살이야 닦달질을 하여본들 몇 닢이

뻔새 본새. 어떤 버릇이나 짓 됨됨이. 뒤뚱발이 뒤뚱거리며 걷는 사람. 미성 (未成) 아직 혼인하여 어른이 되지 못함. 대대 곱사등 대를 물려 이어가는 곱사등이.

나 뜯어낼 수 있겠는가. 아니, 무슨 소용이 있겠는가. 노처녀들을 잡아들인 본뜻을 깜박 잊은 군수가 이마에 내천자만 그리고 있는데, 콩. 최이방 밭은기침소리가 들리어왔고, 그 사내는 헛기침을 하였다.

"자근아기 듣거라."

"예."

"자고로 혼례라는 것은 인륜지대사이어늘, 어찌하여 그 나이가 되도록 출가를 하지 않았더란 말이드뇨?"

호령기 있게 묻는데, 그 늙은 처녀는 넓적한 어깨를 잔뜩 오그려 붙이면서 고개를 숙이었고,

"어허!"

군수 대신으로 목소리를 높이는 것은 최이방이었다.

"이실직고 하렷다!"

그제서야 고개를 조금 들어 올리며 처녀가

"원체 패째는 살림이라서……"

하며 뒷말을 흐리는데, 군수가 혀를 찼다.

"츱. 아무리 군색한 살림이라지만 서른이 다 되도록 미성인으로 있단 말인가?"

"애븨헌티 물어보셔유."

"츱. 일가 가운데 혹 벼슬한 사람이 있더냐?"

"윲넌듀."

처녀는 잘래잘래 고개를 흔들었고,

　자근아기와 외재종 오라비 되는 자가 오천수영 별장으로 있음.

질서를 들여다보고 난 군수는 짜증기 있게 소리쳤다.

"네 외재종 되는 오라비가 수영 별장 벼슬을 하고 있지 아니하냐?"

"야?"

"허, 이런 치룽구니 같은 것하고는."

군수가 질서 쪽지로 제 손바닥을 내려치는 것을 본 최이방이 얼른 마른침을 삼키었다. 그 사내는 처녀 쪽을 바라보며 눈웃음을 치었다.

"자근아가."

"예."

"외재종 오라비라면 늬 어미 친정 고모 자식인데……"

"물류."

"너하고는 그러니까 육촌 간이 되는데……"

"글쎄유."

"외가 쪽으로 육촌 오라비 되는 이가 별장 벼슬 산다는 말도 못 들었어?"

"글쎄유우. 긴가민가˚ 허네유."

"들었어? 못 들었어?"

"글쎄유우. 그러고 보니께 그런 것 같기두 허구 또 아닌 것 같기두 허구…… 당최 옹송망송허구먼유우."

느려터진 소리로 말하며 처녀가 고개를 갸우뚱거리는데,

"허, 이런 답답한 것들 하고는."

혼잣말로 뇌이던 군수는 최이방을 바라보며 버럭 소리를 질렀다.

"수영으로 급기별을 띄우지 않고 무얼 하는 게냐!"

아닌밤중에 홍두깨로 아무 날 아무 시까지 출두하라는 대흥군수 급전령을 받게 된 충청우도 해미진海美鎭 좌영左營에 딸린 원산별장元山別將 오도길吳道吉은 영 땡감* 씹은 낯빛이었으니, 아주 뽕빠졌다*.

당내간에 출륙짜리* 하나 없는 한미한 집안에서 태어나 개다리출신으로 별장 벼슬을 하게 된 것이 이제 해소수* 남짓인데, 춘하추동 네 철마다 한 차례씩 조미糙米 한 석과 봄에 한 차례 받는 전미田米 한 석에 봄 겨울로 한 차례씩 받는 황두黃豆 각 한 석에 가을에 한 차례 받는 소맥小麥 한 석에 봄 가을로 한 차례씩 받는 정포正布 한 필씩을 가지고 어느 코에 붙일 것인가. 망팔 늙으신 홀

긴가민가 그러한가 아니한가. 땡감 덜 익어 떫은 감. 아주 뽕빠졌다 일이 크게 비꾸러졌다는 말. 출륙짜리 육품자리에 오른 사람. 해소수 한 해 남짓.

어머니를 봉양하고 잔병치레 잦아 골골하는 마누라쟁이에 대추나무 연 걸리듯 줄줄이 딸린 자식놈들 먹여 살릴 길 아득하건만, 혼자婚資를 내어놓으라니. 그것도 말로만 들었지 생면부지 남이나 마찬가지인 외재종 누이 시집갈 밑천을 내어놓으라니. 이십촌이 넘는 먼 길카리까지 돌보지 않으면 안 되는 판서나 관찰사도 아니요 내외 팔촌까지 먹여 살려야만 하는 정삼품 위 당상관도 아닌 터수˚에 무슨 재주로 혼자를 대나.

허나 또한 어찌하여볼 도리가 없는 것이—

손이 귀한 집안이라면 모르지만 대개 오등친까지만 하여도 백 명은 되고 십등친까지 그 일가 울타리를 넓히고 보면 천 명 안팎을 헤아리는 길카리들까지 돌보아주어야 하는 게 벼슬아치명색이 지켜야 할 도리니, 제아무리 땅두께˚ 같은 비윗장이라고 할지라도 울며 겨자 먹기˚로 혼자를 내어놓을 수밖에 없는 것이었다. 자다가 벼락을 맞는다˚고 꼼짝없이 오망종지˚에 빠지게 된 그 개다리출신한테 아무 달 아무 날까지 외재종 누이 혼자로 쓸 돈 서른냥을 보내겠노라는 약조를 받아낸 군수가 최이방 시켜 내어미는 선잣문˚이었으니, 길이가 다섯 치에 폭이 세 치가량 되는 청색 인판靑色印板에 씌어 있으되—

터수 1. 살림. 셈평이나 만큼. 2. 서로 사귀는 분수. 터. **땅두께** 두꺼운 땅덩어리. **오망종지** 볼품없이 작고 못생긴 그릇. '덫' 뜻. **선잣문**(先尺文) 그때 관가에서 먼저 끊어주던 받음표.

元山別將 吳道吉

錢參拾兩捧上印

發印癸巳 六月十五日

大興郡守印

"꼬치미이—"

"밤녀어—"

"오란이이—"

"알뜰이이—"

　나머지 네 명 늙은 처녀들을 차례대로 불러 내외 팔촌 안팎은 차치물론하고 오등친 넘고 십등친 넘어 이십등친 안팎으로 종구품짜리라도 명색이 벼슬아치가 있으면 하나같이 죄 불러들여 아무 달 아무 날까지 얼마씩 혼자를 내어놓겠노라는 약조를 받아낸 다음 뒷말 못하게 선잣문까지 끊어주고 나서, 군수는 퇴령*을 내리었다. 대저 혼례는 삼강 근본이며 인륜 정시지도라는 성현 가르침을 좇아 오랜만에 선정을 베풀었으므로 흐뭇한 심기가 되어야 마땅할 것이어늘 무슨 까닭에서 요강 뚜껑으로 물 떠먹은 듯 영 홋입맛이 개운하지가 않은 것이었으니, 사면발이* 덕에 보지 긁은 탓인가. 씨 바른 고양이 같은°이방놈한테 또다시 어늬를

퇴령(退令) 원이 이속과 사령들한테 퇴청을 들어주던 분부. **사면발이** 1.거웃에 붙어 사는 작고 납작한 이. 2.누부 다니며 알랑빙귀를 갈 뀌는 사람.

잡히게 된 군수는 일찌감치 퇴등*을 하고 자리에 누웠으나 이 생
각 저 생각으로 도무지 잠이 오지 않는데,

"나으리이—"

퇴 아래서 들리어오는 것은 별기침* 어쭙는 통인아이 목소리
였고, 엉? 그 아이가 훨씬 치키어 들고 있는 사방등 아래로 보이
는 것은 최이방이었다. 최이방이 허리를 굽신하였고,

"방아*를 놓은 지 오래거늘, 웬일인고?"

쓴 외 보듯 낙낙하지 않게 말하는데, 콩. 최이방이 밭은기침을
하였다.

"잠시 밤나들이를 좀 하셔야 되겠사오니다."

"무슨 일이냐? 야심한 시각에."

"아직 초저녁이오니다."

"그런데?"

"월색이 좋사오니다, 사또오."

"엊그제가 보름이었으니 월색이야 아직 좋겠지."

"이런 밤에 풍류 남아로 성화 높으신 안전께오서 약주 일배가
없으시대서야 말씀이 되겠사오니까요."

"허허. 생각해주는 뜻이야 기특하다만, 넘이 없구나."

"아랫말사시는 리참봉께서 조촐한 약주상을 장만해놓고 안전

퇴등(退燈) 원이 잠잘 때 등불을 끄던 것. **별기침**(別起寢) 곧 일어나라는
뜻. **방아**(放衙) 퇴령.

께오서 납시기를 학수고대하고 계시오니다."

"리참봉이?"

"녜, 사또."

"허, 뜻은 고맙다만……"

"인물치레 좋고 가무음률 또한 조촐한 외대머리들도 대령해 있사오니다."

"념이 없다는데도……"

군수가 짜증기 있게 내어붙이는데, 콩. 밭은기침을 하고 난 최이방은 한 걸음 앞으로 나섰다.

"사또오."

그 사내는 꼿꼿한 눈길로 군수를 올려다보았다.

"감영에서 염객이 나와 있사오니다."

"엉?"

"어서 의관을 갖추소서."

"그 말이 적실하렷다?"

"안전께 은밀히 전해올릴 순사또 말씀을 받아왔다 하더이다."

"알았다."

서둘러 일어나 망건을 고쳐 쓰고 반물 들인 모시청포 입고 검은띠 눌러 띠고 유건을 얹고 나서 군수는 최이방이 견마 잡는 호호말*에 올랐다. 등롱꾼도 앞세우지 않고 가만가만 소리나지 않게 고샅길로 더듬어 리참봉댁 솟을대문 앞에 당도하였는데, 쉬

잇. 대문을 잡히라고* 소리소리 지르려는 최이방을 손짓으로 눌러 막은 군수는 윗사랑채 쪽으로 갔다. 반쯤 열리어 있는 일각문 안쪽으로 들어서니 모란 새긴 섬돌 아래 각색 화초 많이 심어 온갖 곳이 다 피어 있는 것이었으니— 모란곳 산당화에 백목련 수국이며 목백일홍 사계화에 맨드라미 분곳이며 해바라기 나팔곳 난만하여 바람 한 번 얼른 불면 향취가 물씬하고, 달빛이 올라오면 그림자 만정하니, 무릉도원 따로 없다.

"참봉나으리, 본읍 안전께오서 납시어 계시오니다아—"

길게 늘이어 빼는 최이방 통기에 장지문 활짝 열리며

"아이구우, 시생이 즉접 뫼시고 와야 하는 것을…… 이거 송구 천만이올시다."

리참봉이 마루 끝으로 달려 나왔고,

"사또오—"

고꾸라지듯 그 뒤를 쫓아 나오며 납신 허리를 굽히는 사내가 있었으니, 충청감사 긴목*인 감영이방 최유년이었다.

"기간 별래무양하셨사오니까?"

"원로에 공무로 욕보시네."

"사또의 하해 같으신 염려지덕이오니다."

"노문*도 놓지 않고 웬일인고?"

호호말 밝게 빛나는 백마白馬. 잡히라고 열라고. 긴목(緊目) 조치개. 손발. 노문(路文) 공문.

낙낙하지 않게 말하며 군수가 댕구방망이 끝을 엇쓸어 올리는데,

"사또오."

토방 아래로 내려가 두 손을 맞잡고 서 있던 최유년이는 꼿꼿한 눈길로 군수를 바라보았다.

"쇤네는 감영 아전이올시다."

"으응?"

"노문이야 순사또께오서 놓는 것 아니겠습니까요?"

"크음."

"기별 띄우고 통자 넣으며 염객 나서는 법은 없는 것 아니겠소이까?"

"크음."

대접을 하여준답시고 에멜무지로 하여본 말 한마디로 책을 잡히게 된 군수가 헛기침만 하고 있는데, 리참봉이 얼른 말하였다.

"야기가 차올시다. 어서 안으로 드시지요."

상석에 군수를 앉히고 난 리참봉이 설령*줄을 잡아당겨 계집 종아이를 불렀다.

"안전께오서 납시어 계시느니라. 얌전히 다담상을 올리거라."

"네, 나으리."

설령 문설주 같은 데 달아놓고 사람을 부를 때 줄을 잡아다니면 소리가 나게 한 방울.

"리참봉."

"예."

"오늘 밤은 파탈하고 노는 자리로 알고 왔소이다."

"예, 사또."

"연인즉, 상하동락 관계할 게 무에 있겠소이까."

"지당하신 말씀이올시다."

군수가 하는 말뜻을 얼른 알아들은 리참봉이 뜰 아래 두 손을 앞으로 모아 잡고 서 있는 최유년이와 대흥아전을 내려다보며

"안전 허락 유하시니 어서들 올라오시게."

"황송하올시다."

"파탈하고 상하동락하자시니 괘념치들 말고 어서들 올라오시게."

"송구하올시다."

"어허!"

"네이."

주뼛주뼛 두 사람 최이방이 방으로 들어와 훨씬 윗목 쪽에 무릎 꿇고 앉았고, 군수가 헛기침을 하였다.

"평좌들 하시게."

"어느 안전이라고 감히……"

"괜치않다는데도."

"네."

"네."

두 사람 최이방이 꿇고 앉았던 두 무릎을 펴자 앵무 같은 계집 종아이들 셋이서 떡 벌어진 다담상을 맞잡고 들어서는데—

금채 놓은 왜염교자반에 갈분의이 꿀종지며, 청채접시 담은 수란 초장종지 곁에 놓고, 어란 전복 약포조각 백접시에 곁들이고, 생률 호도 은행 잣 약과 청실뢰 홍실뢰 청채접시 한데 담고, 은그릇에 빛나는 감귤이며 가리찜에 게요리와 삶아서 묽게 만든 표범골이요 낙타발굽 푹 삶아 기름기 쪽 빼어놓고, 첫물 딴 참외와 수박화채며 붉은빛 앵두에, 호박나물 가지김치 풋고추 양념하고, 맛좋은 나박딤채 화보아 담아놓고, 송순주 앵무배와 은수저 씻어놓아 한껏 차리어낸 주안상인 것이었다.

"설만장안雪滿長安 학정홍鶴頂紅하니, 외로울사 일점홍一點紅이 현신이오."

"옥출곤강玉出崑崗 금생여수金生麗水하니, 보배로운 금옥金玉이 현신이오."

"앵전고지鶯囀高枝 연입루燕入樓하니, 소리 좋은 연앵燕鶯이 현신이오."

뒤따라 백모래밭에 금자라걸음°이요 양지 마당에 씨암탉걸음°이며 대명전 대들보에 명매기걸음°으로 외대머리들이 들어서며 납신납신* 절을 하는데, 예사로운 놀음에도 치장이 놀랍거든 하

납신납신 납작납작.

물며 본쉬짜리 놀음이니 범연히 치장하랴.

　구름 같은 허튼머리 반달 같은 쌍얼레로 쏼쏼 빗겨 고이 빗겨 편월 좋게 땋아 얹고, 모단삼승 가리마를 앞을 덮어 숙여쓰고, 산호잠 밀화비녀 은비녀 금봉채 이리 꽂고 저리 꽂고, 당가화 상가화를 눈을 가려 자주 꽂고, 도리불수 모초단을 웃저고리 지어 입고, 양단색 속저고리 갖은 패물 꿰어차고, 남갑사 은조사며 화갑사 긴치마를 허리 졸라 동여 입고, 백방수주 속속곳과 수갑사 단속곳과 장원주 너른바지 몽골삼승 겉버선을 맵시 있게 신어두고 백만교태 다 피우며 모양 좋게 앉아, 별간죽 은수복에 우선 양초 먼저 담아 군수한테 올린 다음 송순주 가득 담긴 앵무배를 군수 참봉 감영 아전 본읍 아전 순차로 두 손 받치어올리면서

　"잡으시오, 잡으시오, 이 술 한잔 잡으시오."

　권주가를 부르니―

　금 술통에 아름다운 술은 천 사람 피요

　옥 쟁반에 좋은 안주는 만백성 기름이라.

　촛불이 눈물질 제 백성이 눈물짓고

　노랫소리 높은 곳에 원성이 높은 것이었다.

　화려한 거문고는 안족을 옮겨놓고

　문무현 다스리니 농현 소리 더욱 좋다.

한만한 저 다스림 길고길고 구슬프다.
피리는 춤을 받고 해금은 송진 긁고
장고는 굴레 죄어 더덕을 크게 치니
관현에 좋은 소리 심신이 황홀하다.

거상조 내린 후에 소리하는 어린 기생
한 손으로 머리 받고 아미를 반쯤 숙여
우조라 계면이며 소용이 편악이며
어부사 상사별곡 황계타령 매화타령
잡가 시조 듣기 좋다.
춤추는 기생들은 머리에 수건 매고
웃영산 늦은춤에 중영산 춤을 몰아
잔영산 입춤 추니 무산선녀 내려온다.

 배따라기* 북춤이며 대무 남무 다 춘 후에— 소리 좋은 어린 기
생 연앵이는 군수 곁에 앉고, 춤추던 일점홍이는 리참봉 곁에 앉
고, 설 쉰 무인 코머리 금옥이는 쥐코맞상* 놓여진 훨씬 윗목으로
모꺾어 앉아 있는 두 최이방 곁에 붙어 앉아
 "잡으시오, 잡으시오, 이 술 한잔 잡으시오."

배따라기 서경악부西京樂府 12가지 중 하나. **쥐코맞상** 두 사람이 마주앉아
먹게 차린 간동한 술상.

홀림목 곱게 써서 다시 권주가를 부르는 것이었고, 카아. 잔을 비우고 난 군수가 은젓가락 들어 청채접시 위로 소복한 생률 한 톨을 집어 드는데,

"사또오—"

감영 이방 최유년이가 무릎걸음으로 다가앉으며,

"천재지변 우심한 이때에 선정을 베푸시느라 얼마나 노심초 사하시오니까."

다리아랫소리를 하는 것이었다. 군수가 집어 들던 생률을 다시 놓으며 댕구방망이를 쏠어 내리었다.

"허허, 고을백성들 살림살이를 택윤하게 하여주고자 좌상우 사로 노심초사하는 것이야 명색이 목민관 된 자 도리인즉, 선정 이랄 것까지야 있겠는가."

"아니올시다, 사또. 쇤네가 이 고을에 와 살펴본 지 벌써 사흘 째니, 순사또께 올릴 말씀은 이미 초를 잡아놨사오니다."

"허, 벌서 그렇게 되었는가. 근고에 없는 천재로 밤에도 잠을 못 이루고 있네만 고을백성들 조석은 궐하지 않게 하고 있으니, 이게 다 순사또어르신 홍복이요 염려지덕 아니겠는가. 그래, 순 사또어르신께서는 기간 별래무양하시고?"

파탈하고 노는 자리에서 상하동락 관계할 것이 무에 있겠느냐 며 윗목으로 불러 앉히던 즉시 차리었던 문안 예수였음에도 또 다시 되묻는 그 사내 낯에 불안한 기색이 어리는 것이었으니, 염

기*였다. 순사또짜리 긴목인 이자가 저와 길카리 되는 고을 아전 말만을 듣고서 써서 올릴 염기 속내.

해마다 되풀이되는 봄 가을 순행 때와 유월과 섣달이면 또 겪게 되는 감사 포폄에 앞서 나오는데—

고을 일 맡은 아전은 화사한 방에 호화로운 자리를 마련하고 대야며 안석과 책상을 산뜻하게 갖추어놓은 다음, 왜면*에 연탕*과 울산 전복에 제주도 대합이며 맛좋은 쇠고기에 어린 도야지 등살과 구운 자라고기에 잉어회 따위 갖가지 진귀한 음식들을 차리고 휘황하게 촛불을 밝히어두고는, 염객을 기다린다. 저녁이 되면 호화로운 안장을 한 준마를 타고 한길을 내달려와 말에서 내려 문에 들어서는데, 그 기세가 마치 무지개와 같다. 이에 영저리*와 고을 아전이 왜쟁개비*에 고기를 볶으면서 염객과 한자리에 앉아 수령을 살리느냐 죽이느냐 의논한다. 수령이 그들 비위에 거슬려서 하하 고과를 맞는다면 곧바로 인뒤웅이를 풀어놓고 집으로 돌아가지 않을 수 없으니, 어찌 또 두렵지 아니하랴. 더구나 최유년이로 말할 것 같으면 충청좌우도 쉰세 고을 각색 아전들 머리꼭대기에 앉아 있는 도꼭지로 곁에 있는 대흥아전과는 살긮은 사이라서 대흥군수 목숨은 전수이 이들 손에 달렸는데, 염객질 나온 지 사흘째라면 염찰廉察 또한 이미 끝났을 터. 거

염기(廉記) 염찰한 일을 적은 적바림. **왜면** 우동. **연탕** 제비알로 끓인 찌개. **영저리**(營邸吏) 각 감영에 딸려 각 고을과 소식 주고받던 이속. 영주인. **왜쟁개비** 철판으로 된 구이판.

기다가 대흥아전 최이방이라면 여간 간사위˚ 좋은 우렁잇속˚이
아니니, 샘에 든 고기라.

"평좌하시게나."

단정하게 두 무릎을 꿇고 앉아 있는 최유년이 꼭 태산준령인
듯 버거웁기만 한 군수가 짜장 다정하게 말하는데, 최유년이는
태 좁은 갓대우를 조금 숙여 보이었다.

"상하가 유별하온데 당치않으신 말씀이올시다."

"허허, 기왕 파탈하고 노는 자리에서 새삼 상하 분간할 게 무에
있는가. 평좌하시게."

"아니올시다."

"허허, 평좌를 한 다음 평심하고 우리 오늘 밤 완월동취˚하여
봄세."

"아니올시다."

"평좌하고 평심하라시지 않는가. 상관하지 않을 터인즉 오늘
밤은 우리 상하동락으로 완월장취하여봄세."

제 시름에 겨워 긴대만 빨고 있던 리참봉이 곁에서 말부주˚를
넣는데,

"아니올시다."

늙은 중이 먹을 갈 듯˚ 똑같은 말만 되풀이할 뿐 최유년이는 꼼

간사위 붙임성. 우렁잇속 속이 까다로와 헤아리기 어려운 일을 빗대는
말. 완월동취(玩月同醉) 달을 벗삼아 같이 취한다. 말부주 말을 거드는 것.

짝도 하지 않으니, 이런 쥑일 놈 같으니라구. 자고로 윗사람이 하는 말이면 인사치레로 몇 번 겸사를 하다가도 못 이기는 체 시키는 대로 따르는 것이 아랫사람 된 자 도리련만, 네놈이 시방 나를 똥 친 막대기°로 여기는구나. 갓 서른에 여든 된 영감을 만나니 두 번 세 번 물에 만 밥도 씹어달라고 한다더니, 급살을 맞을 놈. 이놈이 시방 본쉬 불알을 잡고 늘어지지 않나. 문틈에 손을 끼게 되어 손톱 여물만 썰고° 있던 군수가 어색하게 웃으며

"지난 봄 순사또께서 순행 나오셨을 적에는 본쉬 정성이 너무 소홀했던 듯싶으이. 염객 나왔던 자네한테도 인정 쓰기에 미흡했던 듯하고…… 근고에 없는 천재를 당하여 창황망조하던 참이라 그리 된 것이니 너무 마음에 두지 마시게나. 우리가 어디 한두 번 대하고 말 사이든가."

갓대우를 훨씬 앞쪽으로 기울이며 눈을 깜박깜박하는데, 콩. 밭은기침을 한 번 하고 난 최유년이는 대흥아전을 돌아보았다.

"잠시 바람이나 쏘이고 오시게."

반지빠른° 대흥아전이 기생들까지 몰아 밖으로 나간 다음

"사또."

군수를 바라보는 그 사내 눈길이 꼿꼿하여지면서

"순사또영감 영을 받들어 쉰네가 기간 염찰을 하여본즉, 이 고을 관장 정사가 그렇게 아름답지만은 않더이다그려."

말투가 싹 달라지는 것이었고,

"하."

군수는 숨을 삼키었다. 그 사내는 헛기침을 하였다.

"농이 과허이."

"농이라니요? 상하가 유별한데 어찌 농을 하겠소이까. 쇤네는 그저 순사또영감 지엄하신 영을 받자와 살펴본 대로만 말씀드리는 것이올시다."

"허. 그거야 다 자네 붓 끝에 달려 있지 않은가."

"염기를 적발이하는 것이야 쇤네올시다만, 고적을 매기는 것이야 순사또나으리 소관이올시다."

"그러니 잘 살펴 말씀 올려달라는 것 아닌가."

"그러고자 살펴봤더니 잘못된 정사가 너무 많더라 이런 말씀이올시다."

"허."

군수는 입을 다물었고,

"이 사람, 성주님 앞에서 말씀이 너무 과허시이."

리참봉이 말하는데, 크음. 헛기침을 한 번 되게 하고 난 최유년이는 콩소매 속에서 돌돌 말아 접은 백면지 한 장을 꺼내었고, 홉. 군수는 숨을 삼키었다. 지렁이가 기어가는 것 같은 졸필 군두목으로 빽빽하게 적히어 있는 것은 염기였다. 염기를 만들기 위한 질서 쪽지.

대흥군수 정모鄭某

율기律己: 애첩이 정사에 관여하고 술자리를 벌이는 일이 너무 많다.〈부否〉

봉공奉公: 문보文報가 기한을 넘었으며, 관아 이속들이 지시한 일을 기한에 앞서 행한 자에 대하여 시상을 하지 않았다.〈부〉

애민愛民: 의지할 곳 없는 늙은 홀아비와 과부들을 강제로 부유한 마을 백성들에게 맡겨, 화뢰를 받고 모면하게 하였다.〈부〉

이전吏典: 간활한 향원˚을 신임하여 정사를 모두 맡겨버리고 면임面任과 이임里任도 모두 간활한 사람들에게 맡기었다.〈부〉

호전戶典: 논밭 재해를 전연 직접 둘러보지 않고 아전 손에 맡겨버려서 재결을 매기는 데 대중이 없었다.〈부〉

예전禮典: 향교에 출입하는 자들이 명륜당에서 싸움질을 하는데도 사정私情을 두어 다스리지 않으므로 선비들 습속이 무너졌다.〈부〉

병전兵典: 병정들이 연졸練卒을 받는데 한결같이 규례를 따르지 아니하여 그 무예가 형편없이 미숙하여졌다.〈부〉

향원(鄕愿) 향촌에 사는 엉터리 선비.

형전刑典: 술이 취한 채 수인들한테 함부로 곤장질을 하고 조그만 잘못에도 여러 달 갇혀 있게 하여 백성들 원망이 많았다.〈부〉

공전工典: 폭우로 객관 문루가 부서져 전임 수령이 그 수선비로 돈 오백냥을 남겨두었음에도 모두 사용으로 들어가고 다시 세울 작정을 하지 않는다.〈부〉

위 아홉 가지 일에 모두〈부〉가 되었으니〈하하〉로 매긴다.

충청좌우도 쉰세 고을 수령들 명줄을 틀어쥐고 있는 것이 충청감사이니, 해마다 두 차례씩 그가 올리는 고적서계考績書啓에서 한 번이라도 하하를 받는다면, 그날로 끝장이다. 아무개를 당장 파직시키라는 임금 윤준允準이 내리어질 것은 불을 보듯 빤한 일.

이놈이 남보매*는 나를 위하는 것같이 선정 어쩌고 하다가 종내에는 오망종지로 몰아넣으려 하는구나. 네놈이 바라는 것은 결국 돈일 터. 최유년이를 살깊이 미워하는 군수는 헛기침을 하고 나서

"무물불성*이로세. 헛헛."

쓰게 웃는데, 최유년이는 갓대우를 조금 숙여 보이었다.

남보매 남이 언뜻 보기에. **무물불성**(無物不成) 돈이 없이는 아무 일도 이루어지지 아니함.

"사또, 쉰네는 그저 군두목질이나 하는 자올시다."

"크흠."

"학식이 유여하신 나으리께서 쓰시는 넉자배기를 알아들을 만한 귀가 없다는 말씀이지요."

"허. 자네가 비록 질청밥을 먹고 있으되 문사 뺨치게 문자가 유여하다는 것을 알고 있음이어늘…… 이거 왜 이러시는가."

"당치않사오니다, 사또. 쉰네가 읽은 책이라고는 오직 유서필지 한 권뿐이올시다."

돈이 없어가지고는 이 세상에서 그 어느 것 하나 이루어질 수 없다는 말이 무물불성無物不成이니, 예로부터 내려오는 질청 문자였다. 백성들을 괴롭히면 얻는 것이 있다는 뜻인 곤이득지困而得之와 함께 아전들이 만들어낸 말로 이른바 군두목 문자였다. 사정이 이러함에도 아랑곳없이 한사코 모르쇠로 뻗대는 것에는 다속내평이 있음이니, 납상할 돈 머릿수를 명토박아 말하여달라는 것이다. 소태 씹은 낯빛으로 한참동안 손톱 여물만 썰던 군수는 헛기침을 하였다.

"백 짐*이면 되겠는가?"

상천上天이 지인至仁하사

백 짐 1만냥.

유연油然히 작운作雲하니

때맞춰 오는 비를 뉘 능히 막을쏘냐.

처음에 부슬부슬 먼지를 적신 후에

밤 들어 오는 소리 흡족히 드리운다.

관솔불 둘러앉아 내일 일 마련할 제

뒷논은 뉘 심으고 앞밭은 뉘가 갈꼬.

도롱이 접사리°며 삿갓은 몇 벌인고.

초목이 무성하니 파리 모기 모여들고

평지에 물이 괴니 악머구리 소리 난다.

봄보리 밀 귀리를 차례로 베어내고

늦은 콩 팥 조 기장을 베기 전 대우 들여°

지력地力을 쉬지 말고 극진히 다스리소.

　사자산獅子山 너머로 아침 해가 뽀조록이 솟아오를 무렵부터 집집마다 한 사람씩 나선 두레꾼들이 '농자천하지대본農者天下之大本'이라고 씌어진 농기를 앞세우고 박서방네 높드리°부터 김을 매어 나가는데, 풀 끝에 맺히는 이슬은 함함하고 경결천京結川 너머 저편에서 불어오는 바람은 여간 시원한 게 아니다. 퍼런 장엽을 힘차게 내어뽑은 벼 포기 사이로 넘실거리는 물결에 따라 휘

도롱이 접사리 짚이나 띠풀로 만든 비가리개. 도롱이는 어깨에, 접사리는 머리서부터 무릎까지 썼음. **대우 들여** 농작물 사이에 다른 곡식을 심어. **높드리** 높은 곳에 있어 물기가 적고 쉽게 메말라지는 논. 천둥지기. 천수답.

날리는 농기.

쟁매쟁, 쟁매쟁, 꽤갱맥, 꽤갱맥, 쟁매쟁쟁, 쟁매쟁쟁……

이른 저녁을 치르고 나온 장고개 사람들이 갓점끝 정자나무 밑에다 농기를 내어꽂고 우선 한바탕 뛰고 놀아보는데— 김서방은 상쇠잡이*로 앞장을 서고 리서방 박서방 최서방 징불이鄭不伊 동지쇠冬至釗 선동이先同伊 억만이億萬伊 수복이壽福伊 오복이五福伊 같은 마을 청장년들이 뒤를 따르니, 넉넉한 한잡이꾼*들이었다.

북소리가 둥둥 울리면서 풍물*마다 제각기 소리를 내고 있었다. 갖은 재주를 다하여 노는 한잡이꾼들을 보며 손뼉쳐 웃고 소리를 질러대는 마을사람들 가랑이 사이로 파고드는 청삽사리 황삽사리. 자진가락으로 징을 치며 경중경중 뛰어다니는 것은 김서방이고, 패랭이 위로 비쭉 치솟은 열두 발 상모를 돌려대는 것은 리서방이며, 작은북을 들고 곤댓짓* 하여가며 팔딱팔딱 개구리뜀으로 뒷걸음질 치는 것은 박서방이다. 구경 나온 마을사람들 사이로 벅구잡이* 하는 최서방 뒤꽁무니 따라 이리 뛰고 저리

상쇠잡이 풍물패 가운데서 꽹과리를 가장 잘 치는 사람으로 그 패 앞잡이가 되어 이끌어감. 한잡이꾼 풍물꾼. 풍물·두레 '농악'은 왜제가 우리 농촌 고루살이 얽이였던 '두레'를 뜯어헤치며 붙였던 이름이고, 삼한시대부터 있어왔던 우리겨레만이 지닌 마을고루살이 얽이였던 '두레'는 마을 농삿일을 마을사람들이 함께하면서 마을 안녕과 듬을 지켰던 굳세고 힘찬 얽이였으며, 일과 놀이를 함께 아우르는 다리노릇을 하였던 것이 '풍물'이었음. 곤댓짓 고개를 끄덕이거나 흔드는 짓. 벅구잡이 소고小鼓와 비슷하나 그보다는 훨씬 큰 자루가 달린 북을 치는 사람.

뛰는 중다버지들.

"싸게 가, 이 사람아."

아침부터 펄펄 끓는 불볕 아래 논두렁 사이를 한 줄로 늘어서서 걸어가던 농군 가운데 하나가 말하였다. 저마다 민머리에 누렇게 땀 밴 무명수건을 질끈질끈 동이고 꽁무니에는 다같이 호미를 찼는데, 쇠코잠방이 위에 등거리만 걸친 그들 허벅다리까지 훨씬 드러난 장딴지는 살이 빠져 나가 밋밋하다. 말상으로 길쭉한 얼굴을 흔들며 리서방이 허허거리었다.

"얼라, 이 사람 점 보게. 맨날 글력 팽긴다구 죽넌소리만 헤쌓더니 뭔 글력이루 또 밤넝사*졌나베. 이웅 걸음을 뭇허넌걸 보면."

"으응?"

저도 모르게 다시 또 예전 생각을 하느라고 걸음발이 늦어지던 김서방이 뒤를 돌아보는데, 리서방이 허하게 웃었다.

"혼 줄*루 접어들었다지면 안즉 흙냄새가 고소헐 나이는 아니구먼. 당최 걸음을 뭇허니 말여."

"내가아?"

"엄세."

두 사람은 숫제 걸음을 멈추었고,

"아, 싸게싸게덜 안 가구 뭣덜 헌댜. 발써 해가 중천이구먼. 논

밤넝사 내외관계. 혼줄 마흔 살.

두렁이서 날 보낼 겨."

맨 뒤에 서 있던 박서방이 구시렁거리는데, 끙. 고불이처럼 힘을 주며 김서방은 다시 걸음을 옮기었다.

"우덜두 두레나 한번 매보면 워떠까?"

국사당에 가 말하듯 하며 저도 모르게 또다시 걸음발이 느려지는 김서방이었으니, 어떻게 살아가나. 무슨 재주로 이 여름을 넘기나. 풋바심°이라도 하여 어떻게 초련° 양식을 대려면 아직도 달소수°는 더 기다려야 하는데, 비가 와야 쌨이 패고 쌨이 패야 풋바심이나 하여보지. 밀보리 타작을 해서 어떻게 간신히 보릿고개를 넘기었다지만 밤두억시니처럼 또다시 뒷고대°를 움켜잡는 칠궁이다. 밀보리는 그만두고 메서속되마저 죄 바닥난 이 마당에 햇곡을 잡아볼 수 있는 달포 위를 무엇으로 연명한다는 말인가.

벌레 먹은 삼잎 같은° 상을 잔뜩 으등그려붙인 채로 직수굿이 발 밑만 내려다보며 걸어가는 김서방은 빚이 많았다. 향교 아랫말 리참봉댁에서 꾸어온 보리쌀이 말가웃이고 쌀이 두 말이며 돈만 하여도 스무닷냥. 보리쌀 말 가웃과 쌀 두 말이면 장리로 쳐각기 한 섬씩이 넘는데 반드시 벼로 받아갈 것이고 스무닷냥돈 길미는 또 얼마를 달라고 할는지 모른다. 장고개 마을에서도 김

풋바심 덜 여문 곡식을 지레 베어 떨거나 훑는 일. 초련 오종 곡식이나 풋바심 곡식으로 가을걷이 때까지 대어 먹는 일. 달소수 한달이 조금 지나는 동안. 달포. 뒷고대 깃고대 목 뒤쪽이 닿는 어섯.

서방이 다른 집들보다 유독 살림이 더 패째이게 된 것은 전수이* 마누라 병치레 탓이었다. 약첩이라도 지어오고 쌀되라도 꾸어다가 병인 죽을 쑤어주는 사품에 아이들이야 얼씬 못하게 한다고 할지라도 늙으신 어머니 진지주발에 쌀낱이나마 얹어 드리자니 자연 그렇게 된 것이었다.

"싸게싸게 가자니께."

리서방이 재촉하는 소리에 잠시 걸음을 재게 놀리던 그 사내 입이 벙긋 벌어지는 것이었으니, 새소리였다. 앞산 솔수펑이에서 들려오는 버국새 소리. 마당재 밑 잔솔밭 사이로 여기저기 우죽비죽한 바위틈마다 발갛게 피어 있는 것은 진달래곳이다. 흐드러지게 피어 있는 참곳 무더기 위로 날아다니는 것은 벌나비떼. 버국새 소리에 화답하는 멧비둘기이고, 매미골 맑은 물위를 수제비 떠 날아다니며 냠냠히* 지저귀는 것은 제비떼인데, 갓! 갓! 뒤란 홰나무 가지 위에서 우짖는 가치는 이 봄에 또 새끼를 치려는가.

비슷한 처지 불알동무들인 리서방 박서방과 함께 세손목카래질을 한 구수배미* 못자리는 퍼렇게 자라나고 목화와 콩에 서속을 궁이* 넣은 보리밭에는 우긋하게* 동*이 서올랐는데, 식구들이 정성껏 가꾸어놓은 텃밭에서 탐스럽게 자라나는 상치 아욱

전수이 순전히. 모두. **냠냠히** 맛있게 먹는 일. **구수배미** 구유통처럼 길고 움푹 들어간 논. **궁이** 보리밭 고랑 사이에 목화나 콩, 조 따위를 심는 일. **우긋하다** 다옥하게 우거져있다. **동** 채소에 꽃이 피는 줄기.

236

쑥갓하며 봄배추 봄무 호박 가지 마늘 고추였다. 이게 다 날마다 두세 번씩 부지런히 살펴보며 어린아이 달래주듯 약한 쌈 세워낸 공덕이었으니—

외밭에 첫물 따니 이슬에 젖었으며 앵두 익어 붉은빛이 아침볕에 바히도다°. 목맺힌 영계° 소리 익임벌°로 자주 운다. 드는 낫 베어다가 단단히 헤쳐놓고, 도리깨 마주서서 짓내어 두드리니, 불고 쓴 듯하던 집안 아이오 흥성하다.

"어쿠우!"

체수 맞추어 옷 마른다°고 욕심이 너무 지나쳤나. 그래봤자 열무김치 듬뿍 넣고 고추장으로 되게 비빈 보리곱삶미요 배춧국 무나물에 고춧잎 장아찌로 조반석죽 다행인 애옥살이일망정 그런대로 밥은 굶지 않고 살던 예전 생각을 하며 노량으로° 걸어가던 김서방은, 두 손으로 얼른 논두렁을 짚었다. 발을 헛딛는 바람에 한쪽 발이 그만 논고랑에 빠졌던 것이었다.

"봉충다리 울력걸음이라넌디…… 두레락두 한번 메보구나면 그레두 글력덜이 점 날 거 아니것남."

떡 본 김에 제사지내고° 엎어진 김에 쉬어 간다°고 그 길로 논두렁에 퍼지르고 앉은 세 사람이었고, 오동빛 듣는 제 팔뚝을 들여다보며 짜른대만 빨고 있던 김서방이 한 말이었다. 여전히 국

버히다 베다. **영계** 병아리보다 조금 큰 닭. **익임벌** 연습. 연습조. **노량으로** 느릿느릿. 천천히.

사당에 가 말하듯 하는 그 말을 못 알아들었는지 두 사람은 말이 없다. 말없이 들녘만 바라본다. 장잎을 뻗치기는 뻗치었으나 논바닥에 고인 물이 없는데다가 녹병°까지 먹어 누렇게 말라가는 볏잎을 바라보며 농군들은 한숨만 내려쉬었다.

마른 논이나마 매어두려고 나선 길이었다. 진종일을 두고 무자위를 돌리고 삽사리까지 딸린 온 식구가 죄 나서 개울물을 퍼 날라보지만, 언 손 불기°라. 언 발에 오줌누기°일망정 이제는 그 짓마저 할 수 없게 되었으니, 개울이고 둠벙이고 간에 물동이와 중두리°며 바탱이°에 조롱박°에 종구라기°까지 저마다 그릇 하나씩을 든 사람들이 백차일 치듯° 달려들어 퍼 나르는 바람에 모두가 바닥이 나버린 것이었다. 다른 고을 쪽은 그래도 이따금씩 소나기 한 줄금씩은 하는 모양인데, 소나기는 물론이며 보름치나 그믐치도 그만두고 는개 한번 비치는 법 없는 대흥고을이었다. 아침놀 저녁 비요 저녁놀 아침 비°라는 옛말도 맞지 않는 것이, 먹장 같은 뭉게구름이 봉수산을 짓누르고 타는 듯 붉은 놀이 아침 저녁으로 온 들녘을 다 덮어도 웃느라고 가랑비 한 방울 없다. 오늘이 유월보름. 하지 지나 닷새 뒤에 기우제를 지내었으니 꼭 한 달이 되었건만, 아무런 소식이 없다.

"쥑일 늠덜 같으니라구."

녹병 보리잎과 줄기에 얼룩이 생기고 가루가 나는 병. **중두리** 독보다 조금 작고 배가 부른 오지그릇. **바탱이** 중두리보다 조금 작은 오지그릇. **조롱박** 호리병박으로 만든 바가지. **종구라기** 조그마한 바가지.

리서방이 씹어 뱉듯 말하였고, 박서방이 뽕잎 가루를 다져넣은 조대를 입에서 뽑아내었다. 저마다 빡빡 소리가 나게 빨아보는 짜른대 대통 속에 들어 있는 것은 똑같이 뽕잎사귀를 바짝 말린 것이었다. 해를 거듭하면서 이어지는 가뭄이요 가뭄 뒤끝에 때아닌 장마인지라 실농한 담배 또한 품귀하여 막불경이 한 줌 값이서 푼이니, 없는 사람으로서는 함부로 피울 수 있는 게 아니었다.

"누구 말여?"

박서방이 물었고 리서방은 목이 깔깔한지 자꾸 마른침만 삼키었다. 그 사내는 시커먼 댓진 섞인 가래를 뱉았다.

"뉘긴 뉘기여. 꾕다리쳇것덜 말이지."

"왜 또 뭔 일이 있다나?"

"아, 긔우젠지 뭔지 지내면 비올 거라며 구렝이 아랫턱 같은 생돈 닷돈 오푼씩 채뜨려˚가잖었어."

"꾕다리덜 허넌 일이 장 그렇지 뭐."

"도야지 대가리 하나 달랑 올려놓구 지내는 지사이 몇 푼이나 든다구 집집마다 닷돈 오푼씩여, 닷돈 오푼씩이."

"쇵금꾼늠덜 몰래 나무헤다 팔어서 그 돈 장만허너라구 죽을 고상헌 생각허면 자다가두 이가 갈리너먼."

응달에 승앗대˚같이 키만 컸지 쪽 빠진 양볼에 두 눈이 움푹 팬

채뜨리다 갑자기 채서 빼앗다.

박서방은 다시 조대*를 입에 물었다. 사납기가 승냥이 같은 송금군松禁軍과 송금군보다 더하면 더하였지 조금도 못하지 않은 들 때밑들 눈에 안 뜨이게 조심조심 경결천 넘어 팔봉산八峰山으로 숨어 들어가던 때를 생각하면 박서방은 지금도 등옷이 다 축축하여온다. 장작금은 소나무나 참나무를 쪼개어 말린 것을 가장 높이 쳐주는데 소나무와 참나무가 많기로는 팔봉산 중턱 고리태봉高麗胎峰 아래이다. 아름드리 소나무가 빽빽하게 솟아 있어 밑등이 실한 놈으로 한 그루만 찍어 넘기어도 대여섯 짐은 착실하게 나온다.

대흥군 봉산封山은 두 곳이니, 현묘顯廟 태실胎室이 있는 박산朴山과 고리태봉이 있는 팔봉산이 그곳이었다. 나머지는 모두 사양산私養山이나 소나무만이 아니라 잡목이라도 제법 울창한 곳은 모두 관아에서 금표禁標를 하여놓아 봉산이나 다름없었다. 본디 나라에서 봉산을 정하고 관아에서 금표를 세우는 까닭은 태실 위엄을 보이고 황장목黃腸木이 나는 곳이면 왕실 관재로 쓰며 병선을 만들고 또 공해公廨를 수리하는 데 쓰고자 함에서였다. 그러나 아전들이 도리어 금송禁松을 빙자하여 작폐하는 일이 많았으니—

조대 나무나 흙으로 만든 담뱃대.

혹은 영문營門에서 적간摘奸할 적에 정채情債라 일컬어 가혹하게 미곡을 거두어들이고, 혹은 산을 순시할 적에 감관監官이 타는 것이라 칭탁하고 마필을 책징責徵하며, 백성들이 집을 짓고 울타리를 세운 곳에 이르러서는 그 재목이 묵은 것이거나 소나무거나 아니거나를 막론하고, 비록 금표 밖에서 벤 것이라도 모두 한가지로 침책侵責한다. 호세한 집이면 범금한 일이 있어도 불문에 부치고 궁민이면 반드시 돈을 받고 나서야 그친다.

뿐인가. 관아에서 쓰이는 모든 목물은 이미 모두 봉산에서 짊어지고 있으며 서울 각 관청과 도내 여러 영문 책판冊板과 서판書板 또한 반드시 봉산에 몫 별러 박게 한다.

그러나 산에 이미 쓸 만한 재목이 드물어 돈을 대신 바치게 되니 가난한 백성들이 돈을 어디에서 마련하겠는가. 부득이 소나무를 베어서 팔 수밖에 없다. 베면 나무 뿌리가 어지럽게 드러나므로 관아에서 잡아들이면 또 인정전*을 찔러주고 빠져나가게 되는데, 마침내는 그 돈을 어떻게 감당하겠는가. 부득이 또다시 봉산으로 숨어들어서 소나무를 베어 팔 수밖에.

봉산 아래 사는 백성들이 받는 고통이 극심하니, 영문과 고을에서 거두어가는 것이 너무도 많은 까닭이다. 관재로 쓰일 소나무는 물론하고 송진과 송이며 송판에 잣까지 한 번 베어 마소가

인정전(人情錢) 고맙다는 뜻으로 주던 많지 않은 돈.

끄는 달구지에 싣고 등짐으로 져 날라 바칠 때마다 그 품과 부비가 여간 많이 드는 게 아니었다. 산 아래 사는 백성이 아니라고 하더라도 솔가지 하나 송판 하나라도 어쩌다 쓸라치면 이것이 비록 다른 산에서 벤 것이거나 다른 고을에서 사 온 것이라고 할지라도 영문과 고을 아전과 군교들이 금송을 빙자하여 뜯어가는 것이 한도 없고 끝도 없다. 그러므로 집을 짓고자 하는 사람도 재목 모으기를 겁내고 장례 치르는 사람은 관 만들기를 두려워하여 심한 경우에는 이미 묻은 관을 다시 파내게도 되는 것이었다.

송정松政 일은 그 쓰임이 매우 크므로 금하는 것 또한 매우 엄하다. 위로는 궁전 재목으로부터 아래로는 전함과 조선하는 데 이르기까지 반드시 크도록 길러야 되는 것이다. 이러므로 봉산을 획정하여 식목을 권장하고 벌채를 금지하며 대전大典에 명확히 기재하고 사목事目을 만든 것이다. 금송사목禁松事目에 일렀으되—

생송生松을 도벌한 자는 능 원 수목을 도적질한 율에 의거하여 논단한다.

소나무 금양禁養에 적당하다고 초봉抄封한 산 안에는 산허리나 산 아래이거나를 물론하고 화전을 경작하는 것을 일체 엄금한다.

솔밭에 불을 지른 자는 일률로 논죄하여 단연코 너그럽게 용서하지 않는다. 당해 감관監官 산직 무리가 즉시 잡아들이지 못하면 일체 불각실수율不覺失囚律을 적용하고, 그중에 고의로 놓아준 자는 왕법죄枉法罪로서 종중논단從重論斷한다.

금표 안 고송枯松은 불이 나 고사한 것이나 저절로 고사한 것이나를 가리지 않고 중송中松 이상이면 주수株數를 하나하나 장부에 적발하여두고, 만약 전함에 쓰는 것이 아니면 비록 산중에서 썩어지더라도 절대로 작벌을 들어주지 않는다. 그리고 도벌한 자는 생송을 도벌한 것과 같은 죄로 처단한다.

송·잡목 대목大木에 대하여

1주 위면 결장決杖 1백 한다.

4주 위면 도徒 2년 정배한다.

7주 위면 도 3년 정배한다.

10주 위면 유流 3천 리 한다.

송·잡목 중목中木에 대하여

10주 안짝이면 결장 80.

10주 앞이면 결장 1백.

20주 위면 도 1년 정배.

30주 위면 도 2년 정배.

송·잡목 소목小木에 대하여

10주 위면 결태決笞 40.

20주 위면 결장 80.

충청도 봉산은 모두 일흔세 곳으로, 태안泰安 스무 곳, 홍주洪州 두 곳, 서산瑞山 쉰한 곳이 그 곳이다. 호남 변산邊山 완도莞島 고돌산高突山 팔영산八影山 금오도金鰲島 절이도折爾島, 영남 남해南海 거제巨濟, 해서 순위巡威 장산곶, 관동 태백산太白山 오대산五臺山, 설악산雪嶽山, 관북 칠보산七寶山과 함께 호서 안면도安眠島 또한 소나무가 많은 곳으로 나라 안에서 유명하였으나 점점 전과 같지 못하다. 각처 소나무가 잘되는 산으로 일컫는 곳까지도 간간이 한 그루 나무도 없으니 장흥長興 천관산天冠山은 원 세조가 왜를 칠 때에 배를 만들던 곳인데 지금은 민숭민숭하여 한 그루 재목도 없다. 대체로 소나무는 백년을 기른 것이 아니면 동량이 될 수 없는데 도벌하는 자가 한 자귀*로 다 없이하여서 한번 도벌한 뒤에는 다시 이어질 수 없게 되니, 그 기르기 어려운 것이 이와 같고 취하기 쉬운 것은 저와 같아서 재목 쓰임이 날로 궤갈하여 수십 년을 지나면 궁실과 전선과 조선 재목을 다시 취할 곳이 없을 것이다.

이렇게 걱정한 것이 순조대왕 8년* 때이니, 그로부터 어언 85

자귀 나무를 깎아 다듬는 연장 한 가지. **순조대왕 8년** 1808년.

년이 흐른 이제* 형편은 어떠한가

무릇 금송령이 엄하다고 하나 이는 다만 『추관지』*에 실리어 있는 글자에 지나지 않는 것이, 귀에 걸면 귀엣고리요 코에 걸면 코엣고리라. 예로부터 첨사가 지키고 수령이 돌아보며 수사가 금제하고 감사가 총괄하는 게 봉산이요 더구나 태봉봉산胎峯封山이며 황장봉산黃腸封山에 율목봉산栗木封山이라지만 또한 감사와 수령을 이익되게 하고 아전 군교를 살찌게 할 뿐, 백성에게 해독을 끼치고 나라에 손해를 입히는 것 밖에는 아무것도 남는 것이 없다. 법 밑에 법 모른다고 아무리 법이 지엄하다 하여도 죽어나는 것은 언제나 백성들뿐이라, 산은 헐벗어 민둥산이 되고 마을은 소란하게 되고 법은 또 쓸모없이 되어 재물이 허비되는 것 밖에는 아무것도 남는 것이 없다.

무릇 봉산 가까이에 사는 백성이 한번 땔감이라도 하는 날에는 곧 범 같은 군교와 이리 같은 아전이 으르렁거리며 위세를 부려 백성은 가산을 탕진하고 다른 곳으로 쫓겨나기까지하니, 이것은 힘없는 백성을 잡기 위한 함정이 바둑판이나 별처럼 깔려 있는 것과 같다. 공해를 수리하는데 서까래 한 개를 가져오지 못하고 전선을 개조하는데 판자 한쪽을 보태지 못하면서 다만 오로지 백성들 함정만 될 뿐이니, 시러금* 장차 또 무슨 이로움이

이제 1893년. **『추관지(秋官志)』** 정조 때 형전. **시러금** 능히. 넉넉히. 잘.

있겠는가.

하루는 현종 태실이 있는 박산에서 산불이 일어났는데, 불빛이 천지를 비추이고 불에 탄 나무가 수천수만 그루나 되었다. 이에 감관과 아전들이 서로 짜고 농간하여 다만 칠십 주만 탔을 뿐이라고 감영에 보문報文을 올리면서 칠백냥을 감영 비장裨將에게 납상하고 드디어 무사하게 되었다. 그러고 나서 이루 셀 수도 없을 만큼 많은 땔나무와 숯을 감관과 아전이 나누어 먹었으니, 비장한테 올리어 바친 돈 열 배가 넘는 것이었다.

"쥑일 늠덜 같으니라구."

쇠코잠방이를 걸친 한쪽 궁둥이를 들썩하며 힘도 내음도 없는 물방귀를 뀌고 나서 박서방이 씹어 뱉듯 말하는데, 어? 땀띠 돋은 뺨 위가 슴슴하여 오른손을 들어 올리던 김서방이 저 아래 한길 쪽을 가리키며 내는 외마디소리였다.

"얼라?"

"안전 행차는 아닌 것 같은디…… 저게 시방 뭔 행차댜?"

리서방과 박서방이 서로 얼굴을 바라보는데, 김서방이 쓰게 웃었다,

"순사또짜리 푀폄 행차구먼그려."

"푀폄?"

"오늘이 시방 유월보름 아닌가베."

"그런가아."

"그런가구 저런가구 간에 싸게싸게 몸뗑이덜이나 숨겨, 원젯적마냥 또 잽혀가서 정치지덜 말구."

김서방이 낮은 목소리로 말하며 잰걸음 쳐 논두렁을 벗어나 산자락 밑 솔푸데기 사이로 몸을 낮추었고, 리서방과 박서방이 그 뒤를 따랐다. 세 사람 농군이 하마 숨소리라도 들릴까 조심하여 솔푸데기를 젖히어 아래쪽을 내려다보는데……

"쉬이—"

"물렀거라, 질렀거라아—"

"순사또나으리 행차시다아—"

잔뜩 조빼는 어조로 벽제를 잡히는 사령군노들 한고함에 놀란 들판 농군들이 어마 뜨거라 한달음에 한길가로 달려나와 꿇어 엎드려 머리를 조아리는 가운데 감사또짜리 포폄褒貶 행차가 지나가는 것이었으니—

꽹과리소리 피리소리 날나리소리 야단스럽게 울리는 사이로 역참을 지날 적마다 잡아낸 수십 필 말들이 달려가며 일으키는 먼지가 자욱하다. 안장한 말이나 안장하지 않은 말이 저마다 사람과 부담짝을 싣고서 앞서거니 뒤서거니 갈기와 꼬리를 잇대어 십여 리에 뻗치었는데, 상중하 세 등급 관인과 한잡인들이 또한 백여 명이나 된다. 아직 한낮도 되지 않은 낮전이건만 종이품 당상관 위엄을 뽐내고자 두 사람 사령이 치켜 든 횃불이 앞장서 길라잡이를 하는데, 그렇지 않아도 찌는 듯한 염천에 뜨거운 횃불까지 들고 있는 사령들 얼굴에는 비 오듯 땀이 흐른다.

저마다 감사가 머무는 곳에 깔아놓을 방석과 요며 돗자리에 교의°까지 들고 메었고 또 사초롱° 들고 방장° 메고 호자° 든 사령 군노와 친병親兵이며 가지각색 한잡인°들 거느린 감사는 흰 바탕에 푸른 줄 두른 일산 받친 호호말에 높이 앉아 합죽선을 할랑거리다 말고 아이오 이맛전에 내천자를 그리는 것이었으니, 이자가. 종오품 문신이라지만 그래봤자 기껏 남행짜리인 주제에 영 버릇이 없지 않나. 짐돈으로 쳐 적어도 한 쉰 짐은 보내줄 것으로 알았는데 겨우 스무 짐만 보내오다니. 앞방석으로 있는 최유년이라는 자가 대홍군수한테 납상 받은 돈 만냥 가운데 팔천냥을 뚝 잘라먹고 이천냥만 내어밀었다는 것을 모르는 감사는 여간 뻣성이 돋는 게 아니었다.

염객질 보냈던 최유년이가 적어올린 질서 쪽지에는 율기 봉공 애민이며 이호예병형공 육전에 모두 장°을 놓아 상상을 꿇게 하였더라만, 수이° 될까. 탁 소리가 나게 합죽선을 접어 마음속으로 꺾자치고° 난 그 사내는 짜증기 있게 소리쳤다.

"유비장 어디 있는가?"

교의 걸상. **사초롱** 비단으로 가린 등. 사등롱. **방장**(房帳) 방안에 두르던 가리개. 휘장. 모기장. **호자**(虎子) 매화틀. 뒷간통. 변기. **한잡인**(閑雜人) 일에 관련 없고 한가한 사람. 한인과 잡인. **장**(贓) 잘했다는 표시. **수이** 쉽게. **꺾자 치다** 기역자를 긋는다는 말로 없앤다는 뜻.

"예, 나으리."

서너 걸음 떨어진 곳에서 뒤쫓아오던 류비장柳裨將이 얼른 말을 몰아 나오며 허리를 한 번 곱송*하였고, 촤르르륵. 활짝 펼치어진 합죽선을 할랑거리며 감사가 말하였다.

"마이* 몰아라. 바람기 한 점 없으니 이거 어디 견디겠느뇨."

"예이—"

한소리 긴 대답과 함께 긴 허리를 다시 한 번 곱송거리고* 난 류비장이 앞뒤로 말을 몰아가며 소리쳤다.

"마이들 몰아가랍신다아!"

포펌 행차 나선 충청감사 조병호*는 자를 덕경德卿이라 하고 본관은 임천林川으로 참판을 지낸 기진基晉 아들이다.

병인년 별시문과에 병과로 급제, 법규교정소 의정관이 되고 기묘년에 대사성에 승체, 신사년 수신사로 일본에 다녀온 뒤에 도승지가 되었다. 계미년 안동부사로 민란이 일어나자 이를 진압, 갑신년 정변 낭패 뒤 사대당 내각이 짜여질 때 외무독판外務督辦이 되어 일본에 망명중인 김옥균 박영효들 소환을 일본정부에 요구하는 따위 사대당 정책 수행에 힘을 썼다. 한성부판윤을 역임하고 기축년* 협판내무부사로 전임, 이듬해 다시 예조판서를 지내다가 금백錦伯 자리를 맡아 내려오게 된 것이 상년 정월이었다.

곱송 굽신. 마이 세차게. 빨리. 곱송거리다 놀라거나 겁이 나서 몸을 움츠리다. 조병호(趙秉鎬, 1847~?) 고종 때 문신. 기축년 1889년.

"쿵!"

저도 모르게 자꾸만 솟구쳐 올라오는 뻣성을 어거하기 어려워 마이 몰아 말을 달려가던 감사는 아이오 말 고삐를 당기었으니, 난데없이 하마포下馬砲 터지는 소리가 났던 것이다. 저만치 대흥읍성 밖 오리정五里亭이 바라다보이는 곳이었다. 고동°이 세 번 울리더니, 안울림 벙거지 쓰고 검정색 소창옷에 누런색 더그레 입고 남전대 띤 취타수들이 세마치 소리를 내면서 무동은 춤을 추고 노랫소리 뒤 따른다. 도드리장단 비슷하게 여섯 박이 한 장단을 이루며 흥겹게 넘어가는그 소리는, 길군악°이었다.

오날

도

하심심

하니

길군

악이나

하여를

보자.

어 없다

고동 소라로 만든 악기. **길군악** 행악行樂 중 하나. 12가사 하나. '노요곡路謠曲' 딴 이름.

이년아

말 들어를

봐라.

식전아침부터 동헌 안팎을 떨고 쓸고 닦아서 깨끗이 한 위에 삼문 밖까지 황토를 깔아놓은 다음 감사또 포폄 행차를 기다리던 군수가 마중을 나온 것이었는데— 어떻게 하든지 간에 자꾸만 서캐 훑듯 트집을 잡아 입막음돈이나 뜯어내려는 감사또짜리 마음을 잡아당겨보려고 한껏 정성을 다하여 꾸미어 세운 포폄맞이 행렬인지라, 맵시도 있거니와 치장도 놀라울사 기구 또한 장할시고.

구름 같은 별연독교 좌우 청장 들고 있고, 백방사주 흰 복판에 남수주로 선 두르고 주석꼭지 장식하여 자주녹비 갖은 드림 보기 좋게 만든 일산 대로변에 척 나서서 일광을 가리우고 오방기치 방색 찾아 청황적백흑 갈라 세우고, 안울림 벙거지에 증자鏳子 상모象毛 날랠용자, 검은 군복 누른사 더그레에 등채 쥔 군뢰들과, 공작미 큰 깃 꽂고 까치옷* 입고 방패* 차고 철릭 입고 방울 찬 사령이며, 금란禁亂하는 장교들과 수배隨陪 통인通引 청령聽令 급창及唱 나부羅夫 전배前陪 늘어서고, 회계會計 책방冊房 수청守廳 중

까치옷 흑백색 군복 하나. 사령군노들이 입던 옷. **방패**(方牌) 요패要牌 하나로, 관예官隷 허리에 차되 매인 관아 성명을 적고 딸린 고을 불도장을 찍었음.

방中房 수배통인 좌수座首 별감別監 각창감관各倉監官 행수行首 병방兵房 천총千總 집사執事 각청소임各廳所任 각방장各房掌이 일자로 말을 타고 후배後陪로 늘어서고, 그 남은 여러 관속 각방 풍약風約 실협주인室俠主人 8면 1백3방 구경꾼이 사면으로 에워싸서 대취타와 길군악에 권마성이 섞였구나.

마중 나온 범절이 그런대로 조촐한 것을보고 한껏 위세가 높아졌다고 생각한 감사 눈가에 잔주름이 잡히는데,

"사또, 쇤네가……"

하면서 곁부축*하며 모시려는 통인아이를 물리치고 난 군수가 황황히 감사 앞으로 쫓아 나오며

"대흥군수 정아무개 현신이오."

관디목을 지르는* 것이었다. 감사는 그러나 쓰다 달다 말이 없다. 말없이 합죽선만 할랑할랑. 등에서 땀이 날 지경이 된 군수는 얼른 마른침을 삼키었다.

"치진*하여 뵈옵는다 뵈옵는다 하면서도 어찌나 천재가 우심한지……"

말을 중동무이한 군수가 눈만 껌벅이고 있는데, 탁 소리가 나게 감사는 합죽선을 접었다. 헌종대왕 13년 시절인 정미년에 태어났으니 올해 마흔일곱인 그 사내는 이마에 내천자를 그리며

곁부축 겨드랑이를 붙들어 걸음을 돕는 것. **관디목 지르다** 벼슬이 낮은 사람이 높은 사람에게 절을 하던 것. **치진**(馳進) 고을 원이 감영에 달려가던 것.

좌우를 둘러보았고, 범강장달이 같은 사령 둘이 달려왔다. 감사가 곁부축을 받으며 말에서 내려오자 교의를 들고 있던 통인이 달려왔고, 촤르르륵. 교의에 궁둥이를 걸친 감사가 합죽선을 펼치었다.

"예서 헌신을 하겠다 이 말이오?"

감사가 물었고, 앞뒤로 단학흉배 수놓여진 홍단령 입고 흑각대 띠고 사모 쓰고 목화 신은 군수는 두 손을 얼른 앞으로 모아 잡았다.

"예."

"현신은 동헌에서 좌기를 차린 연후에 받아야지."

"아니올시다, 순사또어르신."

"곡절이 있는 모양이외다그려."

"곡절이랄 것까지야 없고…… 이게 다 순사또어르신을 편히 뫼시자는 불초 하관 충정이올시다."

"호오?"

"얼른 현신을 드리고 나서 시원한 곳으로 뫼시자는 뜻이지요."

"점고는 어찌 받고?"

"점고야 그곳으로 왕림하셔서 받으셔도 되지 않겠는지요. 일호라도 비편하신 점이 없으시도록 단단히 차비를 하여놓았으니……"

"게가 어디요?"

"예, 리참봉이라고 광평대군 십사대손 되는 본읍 선비가 있
는데 그 댁 사랑이 더위를 식히기엔 십상이올시다. 음식범절도
조촐하며 무엇보다도 코머리아희들이 학수고대하고 있사오
니…… 어서 납시시지요."

을사생으로 감사보다 두 살 위인 군수가 어정띤 웃음기 섞어
다리아랫소리를 하는데,

"크흠."

헛기침 한 번 되게 하고 난 감사는 류비장을 불렀다. 그리고 몇
마디 이르자 류비장이 한길 위에 감사또짜리 좌기를 차리는데—
부담농에서 호피 한 장을 꺼낸 관노가 교의에 깔았고, 그 앞에
중군이 섰으며, 감사가 앉은 좌우로는 시퍼런 패도를 번쩍이며
좌우 병방비장이 늘어서는 것이었다. 좌병방이 큰소리로 말하
였다.

"대흥군수 현신하랍신다아—"

깜짝 놀란 군수가 감사 앞으로 나와 관디목을 질렀다.

"대흥군수 정아무개 순사또께 현신이오."

그러자 우병방이

"이력부터 아뢰어라."

하고 크게 소리쳤고, 군수가

"대흥고을을 맡게 된 것이 임진년 유월,"

하는데 감사가 마른기침을 하였고, 좌병방이 소리쳤다.

"문과를 하였는가 아니면 생진인가를 아뢰어라."

"음서올시다."

군수가 속에서 잡아당기는 소리로 말하는데, 좌병방이 다시 소리쳤다.

"뒤를 아뢰어라."

"남행으로 대흥고을을 맡게 된 것이 임진년 유월이옵고, 내직은 없이 대흥군수로 특수되어 왔사온대, 포폄 나오신 순사또께 고공을 받고자 현신이오."

우병방이 소리쳤다.

"인둥이를 올려라."

통인한테서 붉은비단 보자기에 싸여진 군수 인뒤웅이를 받아든 군수가 두 손으로 공손하게 받치었고, 행수집사가 받았다. 집사가 그것을 우병방에게 올리었고 좌우병방이 짯짯이 살피어 본다음 도로 내어주었다. 좌병방이 말하였다.

"대흥군수 인둥이가 확적하니 이제부터 순사또나으리 고공을 받으라."

인뒤웅이를 다시 통인한테 넘기어준 다음 두 손을 흑각대 앞으로 모아 잡고 서 있는 군수는 자꾸만 목 안이 깔깔하여 왔으니, 가롱성진假弄成眞인가. 장난 끝에 살인 난다고 이거 내가 너무 이자를 가볍게 보았던 게 아닌지 몰라. 동헌에 올라 좌기를 차리고 자시고 할 것도 없이 리참봉네 사랑채로 데리고 가서 주색으로 우선 녹여놓고 볼 심산이었던 그 사내는 낯에 핏기가 걷히는 것이었으니, 현신 시늉만 받고 곧장 뒤따라 오는 게 아니라 천만 뜻밖에도 법도대로 하자고 나오는 것이다. 이러다가 짜장 어느 것 한 가지라도 책을 잡아 고궁에 부를 놓는 날이면 그 날로 끝장이 아닌가.

이럴 줄 알았으면 가납사니° 같은 최이방놈 말마따나 따로 다 생각이 있다는 비보祕報를 띄워둘 걸 그랬지. 임시 방편으로 꾸며진 자리일망정 뻑뻑이 법도대로 하겠다고 감때사납게° 나서는 감영것들 눈꼴신 잣세하며 쓰다 달다 말 한마디 없이 냉갈령만 부리고 앉아 있는 감사또짜리 속내평 헤아리기 어려운 낯짝을 바라보는 그 사내는 저도 모르게 그만 등골이 선뜩선뜩 찬물을 끼얹고, 가슴이 두근반 세근반 쥐덫이 내리어진 듯하며, 머리 끝이 꼿꼿하여 하늘로 치솟는 듯, 도무지 정신이 하나도 없는 것이었는데―

"정대흥."

꼿꼿한 눈길로 쏘아보며 군수를 부르는 감사 목소리는 여간 날카로운 것이 아니었다.

"예, 순사또어르신."

공복公服 속으로 받치어 걸친 군수 등등거리°에 다시 땀이 솟

가납사니 되잖은 소리를 마구 지껄이는 사람. **감때사납다** 성깔이 몹시 사납고 거칠다. **등등거리** 등 줄기를 가늘게 오려서 드문드문 엮어 소매 없이 만든 등거리로, 여름에 적삼 밑에 입어 땀이 배지 못하도록 하였음.

는데, 감사 한쪽 입꼬리가 위쪽으로 조금 비틀려 올라갔다.

"장하시오."

"예에?"

"수정등롱이라면서요."

"예?"

"내직도 거치지 않고 곧장 군수에 특수된 백골남행인즉 고을 다스리기가 쉽지 않을 터이어늘, 수정등롱 소리를 듣는다니 말이외다."

감사가 히뭇이 웃었고, 이런 쥑일 놈 같으니라구. 약년에 문과를 했다는 잣세로 네놈이 시방 나를 종애골리*것다 이건데……아랫것들 많은 자리에서 하필이면 백골남행이라는 근지를 들춰내서 망신을 줄 건 또 뭐 있는고. 내 반다시 네놈 뒤끝을 보리라.

"수정등록이라니요. 이제 겨우 읍총기나 읽을 수 있는 소관한테 너무 과람하신 말씀이올시다."

황황히 손사래를 치는데, 감사는 헛기침을 하였다. 그 사내는 꼿꼿한 눈길로 군수를 쏘아보았다.

"이 고을 호총이 모두 몇이오?"

"예, 모두 팔 면 십삼 방에……"

뒷동*을 대지 못하고 우물거리던 군수가 뒤를 돌아보았고, 기

종애골리다 남 속을 상하게 하여 약이 오르게 하다. **뒷동** 일 뒷 어섯. 또는 뒤에 얽힌 도막.

우뚱기우뚱 금방이라도 쓰러질 것처럼 한쪽으로 기울어지는 걸음으로 다가오는 것은 책방 리생원이었다. 귀에 대고 속삭여주는 책방 말을 듣고 난 군수가

"삼천삼백팔십 호올시다."

하는데,

"가좌 연호수˚와 같소?"

나꾸어채듯 다시 물어오는 감사였고, 군수는 입천장에 적이 않는 느낌었다.

총기 좋아 아는 것 많은 책방한테 귀띔을 받고 말 것도 없이 시재 호총戶總과 가좌책에 적히어 있는 연호수烟戶數는 크게 다른 것이었다. 자고이래로 호적이라는 것은 모든 부˚와 요˚에 근원이 되므로 뼉뼉이 호적이 고르게 작성된 다음에라야 시러금 부와 요가 고르게 될 것인데 그렇지가 못한 것은, 간활한 아전배들 작간 탓이다. 아전배들만이 아니라 수령방백들 작간과 무능 탓이다. 대흥고을만이 아니라 조선팔도 삼백스무세 고을이 거지반 다 그렇다는 것은 삼척동자라도 아는 사실인데 새삼스럽게 그것을 다시 캐어묻는 뜻이 어디에 있다는 말인가. 자고로 무물불성이니, 돈이겠지. 그런데 이 돈을 얼마를 찔러주어야 고공에 상상을 받을 수 있다는 말인가. 상상을 받아 군수 자리를 지탱할 수 있

연호수(烟戶數) 일반민호수. 자연호수. **부**(賦) 세금. **요**(徭) 부역·진상물·잡세 따위.

다는 말인가. 더하여 내직으로 들어가거나 먹잘 것 없는 이 고을 떠나 웅주거목으로 승체되어 옮겨 앉을 수 있다는 말인가. 마음속으로 산목을 놓아보고 있는데, 나직한 목소리로 감사가 말하였다.

"옷이 이미 해어졌은즉 모름지기 새 옷을 입어야 할 것이요, 바둑을 둬서 이미 졌은즉 모름지기 새 판을 둬야 할 터."

말귀를 알아듣기 어려워 군수가 가만히 있는데, 감사가 말하였다.

"여보, 정대홍."

"예에?"

"리참봉이라는 선비가 바둑을 둘 줄 아오?"

제16장

갈꽃이와 쌀돌이

"지긔금지원위대강 시천주조화증 이응세불망만사지……"

보름치라도 한 줄금 하려는가. 봉수산鳳首山을 덮을 듯 빽빽하게 잔뜩 내려누르고 있던 두루마리구름°이 이리저리 찢어지면서 얼굴을 내미어는 달은 그러나 휘영청 밝기만 한데, 나직하게 흘러 나오는 것은 삼칠주三七呪 소리였다. 향곳말 위쪽 아랫말에서 그 위쪽 가운뎃말로 넘어가는 도린결° 산자락 밑에 엎드려 있는 과녁배기집°. 코딱쟁이만한 방 둘에 부엌 한 간이요 부엌 곁으로 외양간 하나를 달아내었으니 말 그대로 삼간초가이다. 누런 황소 한 마리가 외양간에서 느릿느릿 새김질을 하고 있어 논마지기나 지어먹는 집임을 말하여주고 있으나, 군데군데 지붕이

두루마리구름 가장 높은 데 있는 구름. 도린결 사람이 잘 가지 않는 외진 곳. 과녁배기집 똑바로 건너다보이는 곳에 있는 집. 막다른 집.

곯았고 집이 온통 한쪽으로 훨씬 기울었으며 울타리명색 또한 다 삭아 여기저기 개구멍이 뚫리어 있다.

"지긔금지원위대강 시천주조화증 이응세불망만사지 지긔금지원위대강 시천주조화증 이응세불망만사지……"

청수淸水 한 대접 놓여진 개다리소반° 앞에 두 무릎 꿇고 앉아 지극정성으로 동학東學 삼칠주를 외우고 있는 사내는 이 집 주인인 손이득孫以得이다. 쉰 줄에 접어든지 오래인 농투산이.

거지반 농투산들이 그러하듯 기역자 왼다리도 못 그리는° 일자무식이나 천둥지기°일망정 가방원加方院 터 위쪽에 장구배미 닷 마지기와 자드락밭° 두 마지기가 있고 배메깃논° 세 마지기를 더 짓고 있는 그는 호가 나게 근실한 농사꾼이다. 천성이 순직하여 남한테 싫은 소리 한마디 하지 못하고 사람만이 아니라 짐승한테까지도 욕설 한마디 하지 않는 사람이다. 쟁기를 끌거나 써레질을 하다 지친 소가 어쩌다 뒷발질로 땅을 파며 투레질°을 할 때면 고삐를 놓고 언제까지라도 쇠 성질이 숙지기°를 기다렸다가 고삐를 톡톡 치며 "뱃승이 점 가라앉으셨넝감? 쉴 만침 쉬셨으면 이제 그만 살살 또 가봄세" 할 뿐, "이려, 이느믜 소!" 어쩌구 하면서 궁둥짝 한번 갈기는 일이 없다. 제 집 소를 들여놓기 전 그

개다리소반 네모가 반듯하고 다리가 민틋한 막치 소반. **천둥지기** 천수답天水畓. **자드락밭** 낮은 산기슭 비탈진 땅 밭. **배메깃논** 병작인이 농사를 지어 그 거둠새 반을 지주와 똑같이 나누어 갖던 것. 반타작. **투레질** 젖먹이나 짐승이 두 입술을 떨며 투루루 소리를 내는 짓. **숙지다** 가라앉다.

가 소를 빌리러 나서면 마을사람들은 다투어 내어주었다.

　짐승한테까지도 이와 같이 대접하는 사람이니 오십 평생을 두고 악한 일은 한 번도 한 적이 없는 그를 가리켜 이웃 사람들은 '불문문장不文文章' 또는 그냥 성을 따서 '손문장孫文章'이라 불렀다. 태어나기를 대대로 농사짓는 집안 자식으로 태어나 비록 글궁구를 한 바는 없지만 학식과 덕망이 높은 문장이나 진배없는 사람이라며 높이어 불러주는 것이었다.

　일년 열두 달 삼백예순 날을 두고 하루 한나절은 그만두고 한시 반시라도 두 손 맺고 앉아 해찰부리는* 법 없이 근실하게 일을 하여 밥 걱정은 하지 않는 그에게 한 가지 걱정이 있다면 슬하에 자녀가 없다는 점이었다. 안식구 얌전집 또한 여간 숫지지* 아니하여 사람들이 모두 좋아하였으나 무슨 까닭으로 생산을 못하는 것이었다. 서방 모르게 대련사大蓮寺 절에 올라가 만발공양*도 올리고 영험 좋다고 소문난 금롱사金籠寺 산신山神 기도에 철따라 방생放生까지 하여보지만 아무런 소용이 없었다. 이제는 그런 정성도 폐한 그 여자였으니, 가랑이 사이에 차고 있던 개짐을 떼어낸 지 오래인 탓이었다.

　"시천주조화중, 시천주조화중, 시천주조화중……"

　똑같은 대목만 되풀이하여 외워가던 손문장은 음 소리와 함께

해찰부리다 쓸데없는 짓만 하다. 숫지다 약삭빠르지 않고 인정이 후하다.
만발공양 공동 기도.

어금니에 힘을 주었다. 그리고 두 눈을 크게 뜨며 개다리소반 위에 놓여진 청수대접을 바라보았는데, 나이 탓인가. 저도 모르게 다시 감겨지는 눈이었다. 하루 종일 무자위를 돌리고 웅덩이를 파내느라 근력을 쏟았다지만 전과 다르게 여간 버거웁지가 않은 것이었다. 전에는 밤이 이슥하도록 둥구미˚를 틀고 신날˚을 꼬며 하다못해서 낫자루라도 깎았는데 어찌 된 일인지 이른 저녁 숟가락을 놓기 바쁘게 코그루를 박게˚ 되는 날이 많아졌다. 그래서 술시˚가 되기도 전에 서둘러 청수를 모시는데 깜박깜박 밀려오는 졸음이었다.

"시천주이옹아장생 무궁무궁만사지."

스르르 눈을 감으며 다시 한 번 정신을 모두어 주문을 외워보던 손문장은 눈을 떴다. 밀문 밖에서 인기척이 났던 것이다.

"아부지, 전듀."

참벌소리와도 같이 맑은 소리가 들리어왔고, 손문장은 헛기침을 하였다.

"오냐, 갈꽃이냐?"

갈꽃이라고 불리는 회매한˚ 간나희가 방으로 들어오는데, 두 손으로 공손하게 받치어 들고 있는 것은 백설기˚ 대접이 놓여진 목예반이었다. 무명으로 된 도랑치마˚에 동구래저고리를 입은

둥구미 멱둥구미. **신날** 짚신이나 미투리 바닥에 세로 놓은 날. **코그루를 박다** 잠을 자다. **술시**(戌時) 밤 7~9시. **회매하다** 입은 옷매무새나 무엇을 싸서 묶은 꼴이 산드러지다. **백설기** 시루떡 하나. 설기.

그 계집아이는 계란을 똑바로 세워놓은 듯 갸름하게 흰 얼굴에 눈썹은 가느다랗고 꼬리가 긴 눈에 노을빛으로 붉은 기운이 도는 눈자위였으며 젖은 듯 촉촉하게 물기 어린 눈빛은 먼데를 보고 있었다. 버들가지처럼 호리호리한 몸매에 옥비녀를 톡 분질러놓은 듯 희고 기다란 손이었다. 얼굴과 손만이 아니라 바늘로 따고 분가루를 집어넣은 듯 뽀오얀 살결이었다.

"죄송시럽구먼유, 아부지."

"웅?"

"청수를 다 잡쉈넌 중 알구 그만……"

나직하게 말하며 목예반을 손문장 앞으로 내려놓는 그 계집아이 입술은 붓으로 그린 듯 줄이 뚜렷하였다. 손문장은 헛기침을 하였다.

"아니다. 이제 막 상을 물릴 참이었다."

"속이 굴품허실까 봐서……"

"웬 떡이냐?"

"재묻은 떡*이 점 들어왔구먼유."

"뉘 집이서?"

"불당골 증서방네유."

"그 댁이 뭔 일이 있다데?"

도랑치마 다리가 드러날 만큼 짧은 치마. **재묻은 떡** 무당이 굿을 할 때 쓰고 남은 떡.

"그 댁 할메가 장감 걸려 오늘날 헌다너먼유."

"크흠."

"무꾸리*를 헌 모냥유."

"크흠, 에믜는 뭐헌다네?"

"주무슈."

"고단헐 텐디 너두 그만 근너가 자거라."

"야. 그럼 안녕히 주무서유우."

공근하게 머리를 숙여 보이고 나서 갈꽃이는 방을 나갔고, 손문장은 저도 모르게 한숨을 내려쉬었다. 불그스름하게 도화살 낀 눈자위가 마음에 걸리기는 하지만 백령백리하고 능소능대하며 일색이 될 바탕이 벌써 훌륭한 갈꽃이 나이 어언 이팔에 이르러 시집을 보내어야 되겠는데, 친딸이 아닌 것이었다. 격양천擊壤川 쪽다리 밑에서 주워온 아이였다.

주워온 아이일망정 전정된 인연 있어 부녀 연을 맺었으면 합당한 짝을 찾아 출가를 시켜야 되겠는데, 당혼한 마을 엄지머리*들이 침을 흘리고 방귀깨나 뀐다는 집안 자제들까지 재여리를 보내어오고 관아 아전배며 장교명색에 사령군노놈들까지 한번 어떻게 하여보고자 넘실거리는 것이야 그렇다고 하더라도, 손문장 마음을 무겁게 하는 것은 색차지였다. 근본이 없는 아이

무꾸리 '굿' 충청도 내폿말. 엄지머리 노총각.

를 데리고 있어 봐야 기껏 남 좋은 일 시키고 말 것이니 그러지 말고 기생 책안册案에 넣으라는 것이었다. 기안妓案에만 올리고 보면 대흥고을은 차치물론하고 홍주목 너머 호중湖中을 쩡쩡 울리는 특등명기로 만들어내겠노라며 몸값으로 짐돈˚을 주겠다는 말에 웃음으로 물리쳤으나, 이 달 들어 부쩍 잦은걸음으로 졸라대는 색차지였다.

아무리 범보다도 더 무서웁고 승냥이보다도 더 사나운 게 공다리쳇것들이라지만 동네에서 실인심한 적 없는 손문장인지라 함부로 욱대기지˚를 못하고 꾀송꾀송˚ 보비위 말만 하는 색차지였는데, 마음에 걸리는 것이 김첨지金僉知 말이었다. 사주를 뜨겁게 보고 이름 잘 짓기로 유명짜한 광시 윗고갯골 김첨지를 찾아갔던 것은 색차지가 처음 찾아왔던 지난 봄이었다. 김첨지 말을 듣고 나서부터는 요강 뚜껑으로 물 떠 먹은 것처럼 영 꺼림칙하여 며칠 동안은 체증이 생길 지경이었고, 지금도 그 말만 떠올리면 먹은 것이 안 내려간다.

무인년˚팔월 열엿새에 식전아침 때면 모이말卯末 진초辰初렷다.

서안 위에 놓여진 책력을 펼치면서 왼손가락을 꼽작꼽작 국사당에 가 말하듯 하더니,

짐돈 천냥돈. 욱대기다 몹시 딱딱거리다. 꾀송꾀송 '꾀음꾀음' 충청도 내폿말. 무인년(戊寅年) 1878년.

쬐끔 이르면 모이시구 쬐끔 늦으면 진시니 이것을 확적히 말을 헤야 사주가 제대루 나오넌 것이여.

김첨지가 손문장을 바라보았고, 손문장은 잠깐 생각하다가,

아마 쬐끔 늦은 것 같구먼유. 이른아침 먹을 시각은 됬다니께. 하는데,

그러면 진시로군.

하더니 바른손은 먹을 갈고 왼손으로는 사주책을 뒤적거리었다.

사주에 나온 걸 보니 진시가 옳으이.

손바닥만한 자투리* 백면지* 한 장을 펼쳐놓고 뭐라고뭐라고 적은 다음 손문장을 바라보았는데, 야릇한 눈빛이었다. 그 늙은 유생은 유건 쓴 머리를 흔들었다.

어허, 고이허다.

예에?

고이헌 사주다 이런 말이네.

무신 말씸이신지?

이 사주가 초년이 하늘을 장막이루 가린 긕이니 어려서는 애비를 못 만날 긕이요, 민상이 츤화성天花星이 비쳤으니 얼굴이 일색일 것이요, 밍궁名宮에 되화桃花가 붙었으니 수승水性이 되기 쉽구, 더하여 츤예성天藝星이 비쳤은즉 재조가 굉장헐 것이다 이런

자투리 팔거나 쓰다가 남은 피륙이나 종이 조각. **백면지**(白綿紙) 바대가 좋은 백지.

말이여.

그란디유?

뿐인가. 더하여 츤뢰天雷가 네려다보구 있으니 이름이 일국에 진뒹헐 것이다 이 말이여.

그란디유?

손문장이 마른침을 삼키는데, 김첨지는 다시 유건 쓴 머리를 흔들었다.

서방궁書房宮에 츤을구이인天乙貴人이 있으니 금관자 옥관자 붙인 구이인에 내당이 될 것이요, 자녀는 많이 뭇 볼 것이나 종신 헐 자식은 있구 수는 칠십을 훨씬 넘을 것이요, 마음씨가 착혜서 누구헌티던지 환심을 사구 부모의게두 효성이 있을 것이다 이 말이여.

하더니, 또 무슨 말인가를 하려다가 그만두는 것이었다.

첨지 으르신, 워째 말씸을 허시다가 중둥무이허신대유? 좋으나 궂으나 책이 나와 있는 대루 말씸혜주십시우.

손문장은 무릎걸음으로 다가앉았고, 쩝쩝 소리가 나게 잔입맛 만 다시던 김첨지는 다시 백면지를 들여다보며 머리를 이리 갸 웃 저리 갸웃 하더니, 헛기침을 하였다.

이 아희가 열 살이 되면 부모와 이벌수가 있네그려. 허나 이 십이 넘으면 핑성이 크게 울리구 부모의게두 그 영화가 미칠 것 이네.

그란디유?

내가 이상하게 여기넌 것은⋯⋯ 이빌수가 있은즉 다시 만나기가 어려울 것이구, 이미 애븨가 확적치 아니헌디 그 애븨가 영화를 받게 된다넌 점일세. 허나, 사주치구는 터지게 존 사주니 아무 럼려를 마시게. 드물게 존 사주여.

여섯 해 전 일이었다. 감영과 왕래하는 길인 차유현車踰峴 밑에 눈 먼 늙은이 하나가 어린 딸을 데리고 움집*에 살고 있었다. 그 소경은 어린 딸에게 손을 잡히어 문전문전으로 돌아다니며 밥을 빌어 살아갔는데, 손문장 집에 들르면 언제나 한결같이 대궁밥 한 그릇이라도 따뜻하게 대접하였고, 추운 겨울에 늙은이와 딸이 오지 못하는 날이면 손문장은 일부러 쌀됫박이라도 들고 그 움집을 찾아가고는 하였다. 동짓달 몹시 추운 날 소경 딸이 손문장 집에 찾아왔는데 사립문 밖에 우두커니 서 있는 것이었다.

어허, 너 양석이 떨어져 왔구나. 진즉 내가 찾아봤어야 옳은디 그만 무심했구나. 자, 싸게 들오너라.

때꼬작물이 조르르 흐르는 맞붙이 차림인 열 살배기 그 어린 계집아이는 말없이 고개를 떨구었는데, 닭의똥 같은 눈물이 뚝뚝 떨어지는 것이었다. 달음박질쳐 사립문 밖으로 쫓아나간 손문장은 그 아이 꽁꽁 언 두 손을 잡았다.

움집 사람이 사는 움. 움막보다는 조금 큼. 토막土幕.

어허. 니가 무슨 말 못헐 사정이 있넌 모냥이구나. 어려워 말구 싸게 말혜보려무나.

앙!

괜치 않다. 괜치 않으니 얼릉 말혜보렴.

손문장은 잡은 손에 힘을 주었고 피기 섞인 흐느낌으로 그 아이가 말하였다.

새뷕이 아부지가 돌어가셨구면유.

하!

손문장이 숨을 삼키는데, 계집아이는 목을 놓아 울어젖히는 것이었다. 슴벅슴벅하던 손문장 눈에도 눈물이 핑 돌았다.

허, 참 가엾은 일이로세. 평생을 두구 앞두 못 보구 끄니 한때를 제대루 잘 잡숫지두 못허시더니…… 그여이 인내장이 콩을 팔러 가셨구나°.

팽 소리 나게 맑은코를 풀고 난 손문장은

자고루 인명은 재천인디 워쩌것넝구. 사람이 한뉘°라넌 것이 이처럼 허망헌 것이니……

국사당에 가 말하듯 하더니

자, 먼저 가 있거라. 내 곧 마실 사람덜과 상의혜서 뒤쫓어갈 테니.

한뉘 한세상.

계집아이 등을 토닥여주고 나서 이내 존위댁으로 달려갔다. 아랫말 안침 대밭골에 있는 존위댁 사랑방에는 마침 마을사람들이 모여 있었다. 아침 일찍 아사에서 알롱°이 다녀갔다는 것이었다.

합덕방죽에 줄남생이 늘어앉듯° 모여 앉아 사람들은 저마다 핏대를 올려가며 공다리들 욕을 해대고 있었으니, 환곡이었다.

며칠 전 아사에서 환자쌀을 타왔는데 온전한 쌀섬은 드물고 거지반 뉘와 돌이며 까끄라기°에 쭉정이와 깜부기가 섞인 겨반지기°요 뉘반지기°며 돌반지기°인데, 그나마도 섬마다 맨 밑으로 말에서 말가웃 또는 두 말 어떤 것은 세 말 위씩 빠진다는 것이었다. 더하여 그것도 지난 가을 추분날 간색미° 떼고 낙정미° 떼며 타섬미° 뗀 끝에 평미레°질로 다시 깎아 섬마다 맨 밑으로 말에서 말가웃 또는 두 말 어떤 것은 세 말 위씩 버릇된 속발기°로 거두어간 옥 같은 쌀과 벼는 드물고 거지만 두서너 해씩 묵은 쌀이어서 바구미°가 먹었고 쉰내가 난다고 하였다. 쌀과 벼만이 아니라 콩이며 팥에 조와 수수에 이르기까지 다 마찬가지라고 하였다.

알롱 외방관아에서 전령을 맡던 엄지머리총각. **까끄라기** 벼·보리들 수염이나 그 도막난 동강. **겨반지기** 겨 많이 섞인 쌀. **뉘반지기** 뉘가 많이 섞인 쌀. **돌반지기** 돌이 많이 섞인 쌀. **간색미**(看色米) 본보기 삼아 한쪽을 빼어보던 것. '견본見本'은 왜말임. **낙정미**(落庭米) 말질을 하거나 섬에 담을 때 땅에 떨어지던 것. **타섬미**(打苫米) 환곡이나 세곡을 거두어 섬으로 만들 때 축나는 것을 채우기 위한 쌀이라는 이름으로 버릇되었던 속가름. **평미레** 말에 곡식을 담고 그 위를 밀어서 고르게 하는데 쓰이던 방망이. **속발기** 속갈래. 속가름. 세목細目. **바구미** 곡식을 갉아먹는 벌레.

민두*보다 훨씬 테가 좁고 밑바탕이 볼록하게 솟아오른 관두*로 담아 가운데가 구부러진 평목으로 평미레질을 마음대로 하여 장난하는 것에서부터 이지가지로 이름 달아 인정전 뜯어가는 것에 이르기까지 모두가 아전나부랭이들 잔뇌질이라는 것이었다.

무릇 큰 고기는 중간치 고기를 잡아먹고 중간치 고기는 작은 고기를 잡아먹고 사는 이치로 아전배들 위에서 더 큰 작간질을 하는 것은 군수라고 하였다. 아사 곁에 있는 쉰여덟 간짜리 읍창 마당 가운데 곡식섬을 쌓아놓고 환자쌀을 나누어 주는데, 당상에 앉아 있는 군수가 제대로 보며 아전배들을 살피려면 곡식섬을 우선 가로지게 늘어놓아야 하련만 세로지게 늘어놓는다고 하였다. 이렇게 하여놓고서 육적꼬지*와 같은 조그마한 깃발을 열섬마다 한 개식 꽂아두고 시노侍奴를 시켜 섬을 헤아리게 하니, 뼉뼉이 올바르게 환자쌀이 나누어지는지를 알고자 하지도 않는 안전명색이라는 것이었다. 해마다 삼월 상순이면 되풀이되는 일인데, 괘씸타고* 이번에는 지진해괴제地震解怪祭를 지내야 한다며 집집마다 닷 돈씩을 바치라고 한다는 것이었다.

이러한 못된 원짜리는 당장 담아내야 된다며 울근불근하는 마을사람들을 그러기에 앞서 우선 등장부터 가고 보자는 존위였

민두(民斗) 민인들이 쓰던 말[斗]. **관두**(官斗) 관에서 쓰던 말이나, 아전배들이 울을 어겨 만들었음. **육적꼬지** 산적을 꿰싸는 대꼬챙이. **괘씸타고** 사람으로서 마땅히 지켜야 할 본데, 믿음에 어긋나는 일을 하여 남에게 큰 미움을 받게 하다.

는데, 저 혼자서만 환자쌀 타다 먹지 않고 사는 것 같아 공중 미안스러운 마음이 된 손문장은 연방 헛기침을 하였다. 콩 튀듯 팥 튀듯° 하던 마을사람들 갑론을박이 꺾음하여°지기를 기다리던 그 사내는

으르신.

하면서 허연 민머리 존위노인을 바라보았다.

등장 갈 일버텀 시방 더 촉급헌 일이 생겼으니 그 일버텀 먼첨 의논혜주시지유.

뭔 일이간듸.

저긔 차유헌 고개 밑의서 어린 딸내미 하나 데리구 살던 늙은 장님 있잖남유.

그렇지.

긔가 오늘 새뷁이 그만 땅보탬이 됐다너면 그류.

으응?

다만 부녀 단둘이 살다가 어린 딸애만 남었으니 워치게 헐규. 그러니 마실서 장사를 치러줘야지 않것넝가 허넌 말씸이지유.

암만.

우선 지가 베 두 필허구 쌀 뒤 말을 낼 것이니 몇 분이 점 하냥 가셔서 애를 점 써주셨으먼 혜서유.

꺾음하다 꺾임을 당하다.

암만. 천지지간 만물지중의 유인이 초이구허다 헀으니 등장얘긴 양중이 허기루 허구, 우선 장사버텀 잡쒀야지.

존위가 말하였고, 모두들 턱 끝을 주억이었다.

손문장은 참말 복 받을겨. 그런 궂은일이는 장 앞장서 내 일마냥 림려헤주니.

열이 어울려 밥 한 그릇으로 저마다 쌈짓돈 여투어 관을 장만한 마을사람들은 움으로 갔고, 집으로 간 손문장은 마누라가 틈틈이 매어둔 열두새 삼베 두 필을 안고 나오며

쌀 뒤 말만 내서 능˚지게 밥을 안치두룩 혀. 멧일˚ 허구 오년 사람덜 어한이래두 시켜야 헐 팅게 시래깃국이래두 점 능지게 끓여놓구. 뒬퇴기 븨게근이래두 점 끊어다 놓구 말여.

마누라한테 단단히 이르고 나서 탁배기 한 동이를 받아 등에 짊어지고 뒤를 따라갔다. 그리고 아이고땜을 놓고 다만 울기만 할 뿐인 계집아이한테 술을 데우게 하여 한 대접씩 돌린 다음 삼베를 풀며

급허면 콩마당이서 서슬˚ 치랴˚지면 원제 수의 질 틈 있나. 이 걸루래두 잘 싸기나 헤서 장사를 잡쒀야지.

하고 움 속으로 들어가 소경늙은이 시신을 싸는 것이었고, 사람들과 힘을 모두어 뒷산 양지바른 곳에 묻어주었다.

능 여분. 자투리. 나머지. 멧일 산역山役. 서슬 간수.

욕덜 보셨구먼유. 장사는 잘 잡쉈으니 인저 즤 집으루덜 가서 즘심덜이나 허십시다.

이게 다 손문장 덕분이지 우덜이야 뭐 헌 게 있다구 즘심까 장……

계면쩍어하는 마을사람들을 다시 권하여 옴을 뒤로 하던 손문 장은 문득 걸음을 멈추었다. 그 사내는 잠깐 무엇을 생각하는 듯 하더니 옴 쪽으로 다가갔다. 그러고는 울다 지쳐 이제는 피기 섞 인 흐느낌만 내고 있는 어린 계집아이 꽁꽁 언손을 꼭 붙잡았다.

이 산속에서 어린 것 혼자 워치게 살것네. 자, 그러지말구 너두 우덜 집이루 하냥 가자.

언년이를 데리고 간 손문장이 그 아이와 함께 삼우三虞를 지내 고 온 날 밤이었다. 며칠 동안 정신없이 바쁘게 지낸 뒤끝이었으 므로 누가 떠메어 가도 모르게 곤한 잠이 들었는데, 문밖에서 누 가 부르는 것이었다. 눈을 부비며 나가보니 차림새가 관차 비슷 한 사람이 서 있었다. 오십 평생을 두고 관가 출입이라고는 하여 본 적이 없는 그 사내는 겁이 덜컥 나서

쇠, 쇤네가 뭔 잘못이 있다구 관의서 부르신대유?

하고 떨리는 목소리로 물었고, 장교짜리 같기도 하고 사령군 노 명색 같기도 하며 어떻게 보면 또 나장이 차림 같기도 한 그 사내 는 히뭇이 웃었다.

우리 대감께서 잠시만 다녀가시라 해서 왔으니, 아무 염려 말

고 같이 가십시다.

권에 못 이겨 방립 쓰기°로 황해도 판수 가얏고 따르듯° 따라 가보니, 금칠도 눈부신 삼문 앞이었다. 그곳에는 날장비같이 생긴 사내°가 철퇴를 꼬나쥐고 서 있었다. 관차같이 생긴 사내가 손문장을 가리키며 문지기에게

이 분을 잠시 잘 모시고 있도록 하라.

이르고는 삼문 안으로 들어갔고, 관청에 간 촌닭°이 된 손문장이 벌벌 떨고 서 있는데, 관차같이 생긴 사내가 다시 나오더니 손문장을 안동°하여 가지고 들어갔다. 삼문 안 넓은 뜨락에는 기기묘묘한 곳들이 눈부시게 피어 있고 야릇하게 어여쁜 새들이 저저금° 목소리로 지저귀는 분벽사창 사이를 돌아 들어가니 아홉 층 난간 위에 높다란 전각이 있는데, 눈부시게 번쩍거리는 금관 쓴 대왕이 옥좌 위에 좌정하여 있는 것이었다. 관차 비슷하게 생긴 사내가 대왕 앞으로 나가 엎드리며

사바세계 차사천하 남섬부주 해동 조선국 충청우도 대흥군 읍내면 아랫말 거주 손이득이라는 중생을 안동하여 대령하였나이다.

아뢰는 것이었고, 대왕이 만면에 웃음기를 띠우며 가까이 오라는 손짓을 하였다. 손문장이 다가가자 대왕이

안동 사람이나 몬을 따르게 하거나 지니고 감. **저저금** 저마다.

어여쁘도다, 손이득이여. 너는 평생에 착한 일만 하더니 이번에는 또 더하여 가엾게 죽은 소경을 장사지내주었을 뿐만 아니라 그 남겨진 딸아이까지 데려다 친자식 맞춤으로 거두어 주고 있음이로구나. 이에 상천에 계신 옥황상제께서 네 더없이 어여쁜 행실을 아시고 그 아이에게 천예성을 내려 네 만년을 호강하도록 하라시어 일러두는 것이니라.

하더니,

받거라.

하면서 내어주는 것은, 길이가 두어 자쯤 되는 갈대곳이었다,

그 아이는 장차 이것으로 이름을 날리게 되리라.

두 손으로 그것을 받아 든 손문장이 다만 황감하여 말 한마디 못하고 엎드려 있는데, 관차같이 생긴 사내가 그를 일으키어 삼문으로 데리고 가더니, 잔등을 냅다 치는 것이었다.

어서 가시오.

깜짝 놀라 깨어보니 첫닭 우는 소리가 들리어왔다. 꿈이었다. 꿈 이야기를 마누라한테까지도 들려주지 아니하고 깊이 묻어둔 손문장이 한 일은 언년이 대신 갈꽃이라고 그 이름을 바꾸어 불러주는 것이었다.

"시천주이웅아장생 무궁무궁만사지"

이제 그만 청수를 물리고 코그루를 박아야겠구나 생각하며

삼칠주를 다시 외워 나가던 손문장은 밀문께를 바라보았다. 조심스러운 발걸음 소리가 멎으면서 들려오는 것은 갈꽃이 목소리였다.

"아부지, 전듀."

"오냐."

"저어…… 우총각이 마실왔구먼유."

"으응. 들오라구 혜라."

"야."

밀문이 열리면서 방안으로 들어서는 것은 향곳말 윤초시댁에서 곁머슴을 사는 쌀돌[*乭]이였다. 아비 우행길˚이가 밥이나 굶지 말고 살라는 염원에서 붙이어준 이름인 쌀돌이가 태어난 것은 정축년˚이었다.

그 해는 지난해부터 가물더니 칠월에 접어들면서 들판 풀이 거지반 빨갛게 타 죽는 근고에 없이 큰 한재가 들었다. 기전과 삼남 일대를 휩쓴 그 한발에 죽어간 생령이 수수만 명에 이르렀으니, 쌀돌이 부모 또한 그 속에 들어 있었다. 가뭄 뒤끝에 창궐한 쥐통˚ 탓이었다. 이 세상에 태어나자마자 막대 잃은 장님이 된 핏덩어리 쌀돌이는 동네 아낙네들 동냥젖과 암죽으로 이빨이 나게 되었으니, 팍팍한 세상살이가 비롯된 것이었다. 종짓굽이 떨어

우행길(禹行吉) 한길에서 낳았대서 지어진 이름임. **정축년** 1877년. **쥐통** 콜레라.

지면서부터 남의집살이를 하게 된 그 아이는 손문장 내외를 친부모처럼 따랐고, 자식이 없어 쓸쓸한 손문장 내외 또한 친자식처럼 살가웁게 대하였다.

쌀돌이가 윤초시네 곁머슴으로 들어간 것은 나이 열두 살때부터이니 어언 여섯 해가 되었다. 회초리 같던 장딴지에 주먹만한 알이 박이고 근본 없이 자란 아이답지 않게 제법 청수한 미목인 그 아이 나이 열다섯을 넘으면서 턱밑에 수염발이 잡히기 시작한 지 오래건만 여전히 곁머슴으로 있는 것은 전수이 윤초시 탓이니, 새경을 덜 주자는 것이었다. 대흥고을에서도 호가 난 보비리인 윤초시는 해마다 한차례씩 돌아오는 종날°에도 나이 수대로 커다랗게 찐 송편을 돌리는 대신 보리떡이나 나깨떡° 아니면 숫제 버무리° 한 보시기가 고작이었다.

천성이 순후하여 남을 의심할 줄 모르고 불쌍한 사람 사정 잘 알며 마음 바탕이 굳센 쌀돌이가 윤초시네를 나오지 못하고 일은 원머슴 곱으로 하면서도 원머슴 새경 절반에도 못 미치는 곁머슴 새경만 받고 있는 것은, 오로지 손문장 탓이다. 손문장이 주워온 딸인 갈꽃이를 가까이서 자주 볼 수 있다는 그 한 가지. 근래 들어 손문장한테 동학 궁구를 하면서 더욱 발길이 잦아지는 쌀돌이는 동학을 하는 이들이 다 그러하듯 언제나 밤에만 왔다.

종날 하인들을 하루 놀리던 2월 초하루. **나깨떡** 메밀나깨로 만든 개떡. **버무리** 쌀가루에 쑥이나 콩·팥 따위를 버무려 켜를 짓지 않고 시루에 찐 것.

"지긔금지원위대강 시천주조화중 이응세불망만사지"

청수대접을 받치어 올려놓은 개다리소반 앞에 반듯하게 두 무릎 끓고 앉아 두 손 모두어 가슴에 댄 두 사람은 삼칠주를 외웠고,

지긔至氣가 뭐인구?

손문장이 하던 말을 떠올리며 쌀돌이는 눈을 감았다.

지긔라구 허넌 것은 천지간이 지령지증至靈至精헌 긔운을 두구 이름허넌 것이니, 사람사람이 한 가지루다 그 긔운으로서 생기어 그 긔운으로서 사넌 중을 알어야 헌다넌 말씸이로구나.

잠시 말을 끊고 나서 청수대접을 바라보던 손문장은 다시 말하였다.

시천주侍天主라 허넌 것은 시상사람덜이 이른바 저 허공중이 별다른 신神을 두구 이르넌 것이 아니구, 사람사람 스사루 거긔에 있넌 신을 두구서 허넌 말인 것이니라.

조화造化넌 뭐래유?

쌀돌이가 물었고, 손문장은 잠깐 눈을 감았다. 동학 근본이치를 일러주던 사내 모습이 떠올랐던 것이다. 박덕칠*이라고 하였다. 덕포德包 대접주大接主인 박인호*라는 사람과 쌍벽을 이루는 예포* 대접주라고 하였다. 예포 관내에서 도안*에 오른 호수가 2

박덕칠(朴德七) 예산 출신 동학 목대잡이 상암湘庵 박희인朴熙寅으로, 나중 박연국朴演國을 따라 시천교侍天敎로 갈라져 갔음. **박인호**(朴寅浩) 덕산 출신 동학 목대잡이로, 천도교 제4대 교주. 춘암(春庵, 1855~1940). **예포**(禮包) 예산 얼안 모두 동학 모임. **도안**(道案) 도인 이름발기.

천이나 되며 도인 수는 만 명에 이른다고 하였다.

손문장이 동학에 입도하게 된 것은 지난 기축년이니, 지금부터 꼭 네 해 전이다. 그 해 이월 초여드렛날 예산 배다리˚에서 군치리집을 하는 배병학裵炳學이라는 이 안동에 따른 것이었다.

생일상을 받는다는 핑계를 대고 떡 벌어지게 치러진 입도식은 여간한 집 대소상 제사보다 훨씬 굉장하고 여간한 집 잔칫상보다도 더욱 굉장한 것이었으니, 홍주 읍치 안 큰장에 가서 사온 삼색 실과에 물을 능지게 잡아 감주를 안치고 민어포며 옥 같이 흰쌀 한 말에 엽전 한 토리를 상에 올리고 흰밥에 흰가래떡에 흰무리에 흰골무떡˚에 갖은 강정에 과줄에 면에 가리구이˚에 닭백숙에 붕어조림에 저냐에 누름적˚에 상수리묵에 갖은 나물이며 튀각에 빈자떡에 맑은술 한 두루미까지 안 오른 것 없이 온갖 예를 다 갖추어놓고 치렀던 것이다. 입도식만큼은 다다 걸판지게 치러야 한다는 배서방 귀띔을 따른 것이었다.

봉수산 골짜기 찬물에 목욕재계를 하고 깨끗하게 새로 빨아 손질한 의관을 정제하고 병풍 치고 촛불 밝히고 청수상 앞에 꿇어앉았던 손문장이 무엇보다도 혹하였던 것은, 조화였다. 동학을 하면 온간 조화를 다 부릴 수 있다는 바로 그 점이었다. 아니, 조화도 조화려니와 동학을 믿기만 하면 앞으로 양반도 될 수 있

배다리 뱃짐다리. 선창船艙. 흰골무떡 멥찰가루만을 켜 없이 안쳐서 찐 시루 떡. 가리구이 쇠갈비를 토막쳐서 구운 것. 누름적 고기나 도라지를 꼬챙이 에 꿰어 달걀을 씌워 지진 것.

고 또 삼재팔난에 구고구난을 면할 수 있다는 점이었다.

굉장하게 예를 차리어 입도식을 하면 더욱 좋지만 사람사람 형편과 처지에 따라 저저금 방식대로 하면 된다고 하였다. 길 가던 사람은 우물이나 개천을 보고 입도식을 하고 산에서 나무하던 사람은 낫을 갈던 숫돌물을 놓고서라도 입도를 하면 된다고 하였다. 하루라도 먼저 하면 하루라도 더 먼저 파란양반이 될 것이요, 하루라도 뒤져 하면 하루라도 더 빨간상놈으로 살 수밖에 없으니, 우선 입도부터 하고 볼 일이라는 것이었다.

그 도를 깨우쳐 온갖 풍운조화를 다 부리고 삼재팔난에 구고구난을 면하며 나아가서는 이윽고 양반이 되는 것이야 다음 일이고 우선 기가 막히게 마음을 홀딱 끌어당기는 것은, 사인여천 事人如天 네 글자였다. 사람을 한울님으로 섬긴다는 그 말.

참으로 입도식을 치르고 나니 동학을 하는 이들은 모두가 상하 없고 귀천 없고 부빈 없고 남녀 없고 존비 없이 언제 어디서 만나더라도 꼭꼭 서로 맞절을 하고 말을 올려주며 서로가 서로를 지극하게 공경하고 위하여주며 받들어주는 것이었다. 죽이 되든 밥이 되든 서로가 나누어 먹으면서 무슨 어려운 일이 있으면 서로가 남 먼저 나서 내 일처럼 도와주면서 보리감자만 한 소쿠리 쪄도 집집이 돌리고 콩 한 쪽도 서로 나누어 먹는 것이었으니, 모두가 한울나라에 사는 한울사람들인 것이었다.

조화란 무엇이드뇨?

박접주는 지그시 눈을 감았다. 민머리 상놈으로 천둥지기 몇 마지기 부쳐 근근이 입에 풀칠이나 하는 그 사내는 어떤 양반 못지않게 식자가 유여한 사람이었다. 신축생이니 올해 쉰셋으로 손문장과는 정동갑이었는데, 눈빛이 맑고 서늘하였으며 뻣뻣하게 올방자를 틀고 앉은 허리에서는 마주앉은 사람 기를 누르는 위엄이 있었다. 용미에 범 앉은 것 같은° 박접주가 말하였다.

대저 조화라구 허넌 것은 천지간에 무위화긔無爲化氣루서 된 바루 그 조화를 말헌 것이니, 세간의서 이른바 풍운둔술風雲遁術이라구 허넌 그 조화가 아니올시다그려.

조화증이라구 허넌 그 증은 무엇인지유?

증이라구 허넌 것은 그러니께 다시 말헤서 우덜 덕을 무위화긔의 그 덕에 합허구, 우덜 마음을 무위화긔의 그 마음 바탕에 증헌다넌 말쌈이올시다그려.

만사지萬事至넌유?

만사라 험은 시상에 우리가 살구 있넌 만 가지나 되넌 일을 다 알게 된다넌 바루 그 말쌈이니, 사람은 누구나 즤 살 일을 즤가 알어서 살어야 된다넌 바루 그 말쌈이올시다그려.

궁궁弓弓은 뭣인지유?

궁궁 두 자는 그림이올시다. 수운水雲 슨상께서 득도허시던 즘 강필降筆루서 된 영부靈府에 나와 있넌 그림이다 이런 말쌈이지요. 그 그림 횡상이 천연 맴심자心字 초서체루 되어 있어 마치 활

궁자弓字와 방불헷소이다. 슨상은 말쌈허시기를, 사람이 그 마음 하나만 잘 찾구보면 시상 모든 악질惡疾은 스사루 다 읎어진다구 허셨소이다그려. 시상 사람덜은 장생불로 불사약이 즤 몸 속이 있넌 줄을 아지뭇허구 그 살질을 엉뚱허게두 산이서 찾구 물이서 찾구 또 궁짜에서만 찾구자 허니, 그것은 궁궁이 다만 즤 맴인 것을 깨닫지 뭇헌 까닭이라구 허셨지요.

광제창생廣濟蒼生 포덕천하布德天下라구 헌 것은, 창생이 모두 빙 들었구 천하는 이미 도가 읎어졌으므루 빙 든 사람덜을 널리 근져내야 허구 길 잃은 사람덜을 바루 인도혜야 된다넌 말쌈이올시다. 광제라구 허넌 것은 다만 말루나 글만이루서 허넌 자가 아니요, 포덕이라구 허넌 것은 즌도傳道나 입도만이루 되넌 자가 아니요, 빙을 고칠 만헌 증력精力이 있구 덕을 필칠만헌 이윽량이 있어야 되넌 것이다 이런 말쌈이올시다.

보국안민輔國安民이라넌 말쌈은 수운슨상 당시에 스학西學이 즘점 동이루 들어와 청국에 먼저 허구 장차 조선 안이루 들어와 프지게 되먼 나라 사람덜 정신은 스사루 어지러워지리라는 걱정 으루서 허신 말쌈이올시다.

자재연원自在淵源이라 허넌 것은 인심人心이 즉 천심天心이요 오심吾心이 즉 여심汝心이라넌 뜻이니, 세간의서 소위 사자상수師資相授허넌 식과넌 천양지판이루 다른 것이지요. 설혹 말허자면 수운슨상이 해월海月슨상의게 전허던 그 식이다 이런 말쌈이올

284

시다. 그 식은 갑이 을에게 즌허구 을이 뱅에게 즌허던 그러헌 식이 아니요, 그 맴과 맴이 서루 합헤서 부지불식중에 서루 만나게 되넌 영적인 그것이다 이런 말씀이지요.

인내천人乃天이라고 하였다. 사람이 곧 한울님이라는 말이었으니, 한울님이 저 허공 속에 따로 있는 것이 아니요, 한울님이 바로 우리 사람에게 있다는 것이었다. 저 허공 한울은 그 기氣와 이理로서 되었을 뿐이라, 어떠한 영지영각靈知靈覺이 없는 것이요, 다만 사람에게 와서 바야흐로 영지영각이 생겨나는 것이므로 하여 그것을 이른바 한울님이라고 한다는 것이었다. 그러므로 동학 도는 유儒 같아도 유가 아니요, 불佛 같아도 불이 아니요, 선仙 같아도 선이 아니요, 조화 같아도 별조화가 아니요, 정사 같아도 별 정사가 아니요, 다만 사람에게 있는 도를 사람으로 하여금 찾게 하여 사람과 사람이 다같이 잘살아 나갈 것을 말씀한 것에 지나지 않는다 하였다. 그것은 곧 사람이 세 가지 잘 먹고 사는 법을 이름이니, 한 가지는 그 마음을 잘 먹어야 사는 일이요, 한 가지는 그 기를 잘 먹어야 사는 일이요, 한 가지는 그 밥을 잘 먹어야 사는 일이라 하는 것이요, 사람이 그 세 가지 잘 먹고 사는 일만 다하고 보면 도는 스스로 원만대도圓滿大道가 될 것이요, 세상은 비로소 태평천국이 될 것이라고 하였다.

"시천주조화증 이응세불망만사지 지긔금지원위대강."

마지막으로 다시 한 번 삼칠주를 외워보고 난 손문장이 막 청수상을 퇴하려고 할 때였다.

"꼬꼬댁 꼭!"

자다가 봉창 두들긴다더니, 무슨 못 볼 것을 보았는가. 헛간에 매어둔 횃대 위에서 장닭이 날개를 치며 날아올랐고, 옹옹. 가냘 프게 짖어대는 것은 누렁이새끼였다. 장닭이 다시 한 번 홰를 치며 날아올랐고 울바자 너머 저만치서 앙칼지게 짖어대는 것은 동네개들이었다. 동그랗게 뜬 눈으로 손문장을 바라보던 쌀돌이가 궁둥이를 들썩하는데, 밀문을 잡아당기며 놀란 얼굴을 들이미는 것은 갈꽃이였다.

"아부지이."

"오냐."

"말*이서 누가 오셨구먼유."

"으응? 말집서 이 야심헌 시각이 누가······"

두세거리는 소리가 나면서 밀문 앞으로 다가서는 것은 색차지였고, 삽짝 안쪽으로 들어와 웅긋쭝긋 서 있는 것은 그 사내를 따라온 서너 명 사령군노들이었다. 헛기침 한 번 되게 하고 난 색차지사내가 히뭇이 웃었다.

"원젯적버텀 외기 시작헌 삼칠주여?"

"예에?"

말 마을. 관청을 일컫던 말.

"낭랑허게 쏟어져 나오는 걸 보먼 한두 해 외본 솜씨가 아닌 것 같으니 말여."

"삼칠주라니? 새꼽빠지게 뭔 소리래유?"

깜짝 놀란 손문장 낯에 핏기가 걷히는데, 날카로운 샛눈으로 청수상을 바라보며 성큼 방안으로 들어시는 색차지였다.

"좀도리쌀° 그릇은 어디 됐나."

"죄, 좀되리쌀이라뉴우?"

그 사내는 쌀돌이를 노려보더니,

"얘두 동학쟁인가?"

하며 삵의 웃음을 짓는 것이었고, 손문장은 얼른 손사래를 치었다.

"백죄° 뭔 말씀을 그렇긔 허신대유. 사람 간떨어지것구먼."

"지은 죄가 있기는 있는 모양일세그려."

"얼라?"

"아니면 그만이지 뭘 그렇게 떤다나, 떨기를."

"아무리 넝이랙두 그런 말씸일랑 허덜 마슈. 백죄 됭학이라니, 우덜은 됭학이 됭짜두 물르넌 사람덜이니께. 당최 그런 사람 잡을 소리 마시구 우선 좌정버텀 허시우."

좀도리쌀 동학교도들이 밥 한그릇에 한줌씩 덜어 성미誠米로 바치던 것.
백죄 백제. 천 척 병선으로 아버지 나라를 구하러 왔다가 백강싸움에서 당군한테 무너진 다음. 외국에서 생겨난 말. '구다라나이'에 그 뿌리를 두고 있는 말. '백제는 없다' 또는 '쓸데없다'는 뜻으로, 이미 망해버린 백제를 말해봐야 무슨 소용이 있느냐며 절망에 빠졌던 백제유민들 탄식소리였음. 호서사람들은 이제도 무엇을 강하게 부정할 때면 이 말 '백제'를 앞가지로 쓰고 있음.

색차지 손을 잡아 아랫목에 좌정시키고 난 손문장은 청수대접을 집어 들더니,

"이걸 보구 넹겨집넌 모냥이신듸 이건 자리끼구먼유."

하며 벌물 켜듯° 단숨에 들이키었다.

"그런듸, 뭔 일이시래유? 야심헌 시각이."

"손서방."

"예."

"생각 좀 헤봤소?"

"뭘 말씸이래유?"

하는데, 색차지사내는 다시 히뭇이 웃었다.

"누이 좋구 매부 좋구°…… 도랑에 든 소° 아닌가베."

"얼라아?"

"안전쥐 영이 추상 같으니, 워쩌것능가, 오늘은 탁방을 내야것구먼그려."

하면서 색차지사내는 그때까지 열리어진 밀문 밖에 서 있던 갈꽃이를 훑어보았고, 손문장은 헛기침을 하였다.

"안이루 들어가 있거라."

"야."

다소곳이 고개를 숙여 보이고 난 갈꽃이가 문앞을 물러났고, 손문장은 청수상 곁에 엉거주춤 아그려쥐고 앉아 있는 쌀돌이를 바라보았다.

"너두 인저 그만 돌어가거라."

쌀돌이가 방을 나가기를 기다려 짜른대를 집어 드는 손문장 손길은 와랑와랑 흔들리고 있었다. 그 사내 목소리는 가느다랗게 떨려 나왔다.

"여보, 색차지으르신."

"왜 그러나?"

"시상이 이런 벱이 워딧대유."

"릠려 말어, 이 사람아. 약조헌대루 짐돈은 보내줄 것인즉…… 그 돈으루다가 되지기*래두 장만허구 귀다래기*래두 한 마리 들여놓소. 아니면 표가라*나 한 마리 사다 양주간이 잡어타구 팔도유람이나 댕기던지."

장수 이 죽이듯 말하는 색차지사내였고, 손문장은 마른침을 삼키었다.

"아무려먼 사람의 도리라는 게 있넌디…… 워치게 딸자식을 긔안에 늫넌단 말유. 워치게."

"긕양천 쪽다리 밑서 주워온 아이 아닌가."

"얼라아?"

"자고루 오리나무란 것은 십리 밖에 섰어두 오리나무요, 고향목이라 허는 것은 타관에 섰어두 고향나무라."

되지기 볍씨 한 되로 모를 부어 낼 만큼 아주 작은 논. **귀다래기** 귀가 작은 소. **표가라** 털이 희고 갈기가 검은 말. 가리온.

"줏어다 키운다지면 저 아희는 발써 이미 내 딸이우. 친자식이나 진배옰단 말유."

"사람 참. 내 말뜻을 그렇게 못 알어 들것능가?"

"소용옰슈. 저 아희는 맹토박어서 내 자식이다 이 말이우. 요번 식년°이 적청이 들어스면 내 단자를 바칠 작정이우."

"저 아이를 황적°에 올리것다 이 말인가?"

"암만유."

"허. 예전°치례는 워쩌구? 전번 식년에는 댓냥씩 받었다지면 요번에는 즉어두 호당 관돈씩은 물어야 될 텐데. 아니, 예전두 예전이지면 식구가 늘어나면 바치는 돈두 또한 늘어나게 될 텐데."

"알유."

"그런데두?"

"알지먼 워쩐대유. 팔자에 옰던 자식이 새루 생겼넌디 그만헌 고상이야 감내혜야것쥬."

말은 그렇게 하면서도 부라퀴같이 달려들어 갖은 명색으로 쥐어짜내어 갈 적색°들 등쌀이 떠오르는 듯, 부르르 진저리를 치는 손문장이었다. 적리籍吏에 적감籍監에 적노籍奴며 적예籍隸며 적색명색들은 그 이름도 이지가지인데, 악독한 새끼공다리들 비위

요번 식년(式年) 인신사해寅申巳亥가 든 해 7월 초하룻날 각 고을에서는 호적청을 설치하고 인구 조사를 하였는데, 1893년인 계사년이 이에 당해됨. **황적**(黃籍) '황'은 어린아이라는 뜻이니, 인구가 불어나는 것이 출산에서 비롯하므로 그때 식자층이나 관리들은 이런 말을 썼음. **예전**(禮錢) 인구를 살필 때 받던 급행료. **적색**(籍色) 호적 다루는 일을 맡아 갈망하던 이속.

를 한번 거스르는 날이면 따귀 몇 대 맞거나 돈 몇 닢 뜯기고 마는 것이 아니라 숫제 살림이 결딴난다는 것이 불을 보듯 빤한 일이니, 군적에 올릴지도 모른다.

사내 나이 열여섯에 이르면 올리게 되어 있는 것이 군적이지만, 근래에 들어서는 아직 이빨도 솟지 않은 어린아이마저 올리고 죽은 사람도 올리고 뱃속에 든 태아마저 올리며, 지어*는 여자를 남자로 만들어 올리기까지 하는 것이다. 한번 군적에만 올리어지고 보면 해마다 어김없이 무명 한 필씩을 바치어야만 한다. 말이 쉬워 무명 한 필이지 그것을 짜내려면 아무리 손속 맵짠 아낙이라도 일고여덟새 한 필 매는 데만 꼬박 닷새는 걸려야 한다. 베로 내기 싫으면 그만한 값어치 다른 것으로 내어도 되는데, 쌀로 내면 여섯 말이요, 서속으로는 여덟 말이며, 콩은 열두 말이고, 돈으로는 두냥이다. 말이 쉬워 두냥이지 두냥 돈을 장만하려면 나무를 해다 판다고 하더라도 네 뭇 한짐에 두 돈에서 잘해야 두 돈 오 푼씩 받을 수 있으니, 먼산나무로 열 고팽이는 착실하게 해와야 만져볼 수 있는 큰돈 아닌가.

끝가는 데를 알기 어려운 것이 아전들 횡포와 농간인데, 그 가운데서도 우심한 것이 적폐籍弊였다. 호수가 많으면 바쳐야 할 것들 또한 이지가지로 많아지게 마련이므로 마을마다 그 호수를

───────────────

지어 '심지어' 그때 말.

줄이고자 하니, 적색붙이들에게 첫째로 돈이 들어가는 구멍이었다. 한 호를 적게 하는 데 백냥을 뜯어간다. 돈을 받고 호수를 줄여준다고 하지만 원총˚을 줄일 수는 없는 일이라 갑 마을 호수에서 떼어 을 마을에 붙이고, 을 마을 호수에서 떼어 다시 병 마을에 붙이게 마련.

대컨˚ 백집이 있는 마을에 초가지붕 누런빛이 뚜렷하고 굴뚝에서 푸른연기가 오르면 이른바 부촌 소리를 듣는다. 이러한 마을일수록 적색들에게 돈을 바치고라도 호수를 줄여 온갖 부세와 요역을 줄여보고자 하게 마련이니— 공다리와 부자들이 사는 읍치에서 양반들이 사는 교촌校村으로, 교촌에서 진촌鎭村으로, 진촌에서 역촌驛村으로, 역촌에서 참촌站村으로, 참촌에서 사촌寺村으로 내려가는데, 가장 많은 부세와 요역을 떠맡게 되는 것은 상민들이다. 상민들 가운데서도 가장 많은 숫자를 차지하는 농사꾼들.

나라 안 모든 고을에서 가장 좋은 자리로 여기는 것이 이방이다. 이것은 그러나 여느 때 경우이고 호적단자를 새로 꾸미는 식년에 이르러서는 적색을 첫째로 여기니, 한번 그 자리에 앉고 보면 큰 고을에서 오만냥을 먹고 작은 고을 경우에도 이만냥이 넘는다. 적색질 한 번에 큰 부자가 될 수 있으므로 식년 전 해인 진辰 술戌 축丑 미未년이 되면 겨울부터 간활하고 악독한 아전붙이들

원총(原總) 각 고을 하나치로 호조에 올라 있던 법제호 총수. **대컨** 대충 보아. 대저大抵.

이 저마다 올이 가는 베나 도타운 명주며 진귀한 어포에 큰 전복 따위를 구하고 또 인정전을 넉넉히 장만하여 서울로 싣고 가서 제 고을 수령한테 말발이 먹히는 지름길을 애써 뚫어 그 자리를 차지하는 것이다.

윗바람이 사나우니 아랫 불길 또한 뜨거울 것은 정하여진 이치. 은밀한 돈 천냥씩을 마련하여 내아°에도 바치고 책방에도 바치며 중방에도 바치고 수령이 자주 찾는 기생에게도 바쳐서 미리 그 겨울에 적색 차첩°을 얻어내니, 대가리가 터지도록 서로 다투며 강한 자가 약한 자를 집어삼키게 되는 것이었다. 불운하게도 적청을 세우기 전에 수령이 갈리는 경우가 되면, 미리 차임된 자는 힘이 달려 스스로 물러나고, 뒤에 나온 새 사람이 더 많은 납상을 하고 그 자리를 차지하는 것이었다.

단출하게 단 두 내외만 살아가는 손문장인 것이어서 적색들한테 시달림을 당한 바는 적지만 이웃집 장삼張三이 당하고 이사李四가 또한 겪는 일인지라, 손금 들여다보듯 훤히 알고 있는 참일이었다. 남의 일이라고 해서 강 건너 시아비좆°으로 여긴 것은 아니라지만 그러나 어찌되었든 자식 못 둔 덕이려니 하고 살아왔던 그였다. 그런데 이제 갈꽃이년을 호적단자에 올리고 보면 발등에 떨어진 불인 것이었으니, 승냥이 같고 밤두억시니 같은 적

내아(內衙) 수령 부인. **차첩**(差帖) 구실아치 임명장.

색리들 갖은 횡포를 어찌 견딜 것인가. 더구나 남다르게 해반주
그레한 낯짝에 버들가지 같은 몸피며 참벌소리와도 같은 목구성
이어서 일색일시 분명한 갈꽃이년 미색을 탐내어 지분거려올 그
새끼공다리들 발길을 어찌 막아낸다는 말인가. 푸우— 하고 저
도 모르게 뽑아내는 그 사내 한숨이었는데, 츱. 색차지사내가 혀
를 찼다.

"참나무 전대구녕맨치루 사람두 참 답답허기는. 아, 순사또영
감 귀염만 받아보게. 귀염만 받아 아나서*만 되보게. 금시발복으
루 은금보화가 둥덩산마냥 쌓일 것은 떼논 당상이다 이 말여."

"순사또이웅감이라니…… 새꼽빠지게 뭔 말씸이시래유?"

"저 아이를 이미 긔안에 올린 것으루 치구 오늘 밤 순사또짜리
헌테 수청드리기루 혰단 말이네. 살수처엉*."

"업세. 즘점."

"아, 좀 좋은가. 호서 순상짜리와 옹서지간이 됬은즉 손서방 자
네두 인저 심폈다 이 말이여."

"아, 안듀. 그럴 순 읎슈."

손문장이 손사래질과 함께 힘껏 도머리를 치는데, 색차지사내
눈길이 꼿꼿하여졌다.

"동학쟁이루 등시포착* 되면 그 벌이 얼마나 무거운 중 물르는가?"

아나서 정삼품 아래 여늬 벼슬아치 첩을 하인들이 이르던 말. 살수청 잠자
리를 모시는 것. 등시포착(等時捕捉) 현장 검거.

"되, 됭학이라니…… 그런 생사람 잡을 소린 허덜 마시라니께 대이구 그러신댜, 그러시길."

"생사람이던 산사람이던지 간에 율이 그렇단 말이네. 나랏법이."

"여보, 색차지으르신."

색차지를 바라보는 손문장 낯에 다시 핏기가 걷히는데, 색차지 사내는 끙 소리와 함께 콧털을 뽑아 들었다. 바른손 엄지와 검지 사이에 끼우고 있던 콧털만 말없이 싹싹 비벼대던 그 사내는

"손서바앙."

하고 부르며 히뭇이 웃었다.

"본읍 안전이 누군가?"

"……"

"안전쥐짜리가 악판°이라는 것이야 삼척동자두 다 아는 일 아닌가."

"악판인지 아닌지넌 잘 물르지면 넝판°이 아니라넌 건 알쥬. 접때 고리태봉 아래서 고주배기 한 짐 헸던 소반찬 박서방이 치도곤이를 당허구 나왔다넌 소문 들었으니께."

"그만큼이 아녀 이 사람아. 치도곤이라지면 그까짓 흘장 몇 대 맞구 나온 박서방이야 습부 뒤 번 혜주면 될 것이지면…… 동짜°는 달러. 동짜루 한번 걸리구 보면 제 멩에 죽지 뭇헐 거다 이

악판(惡板) 형벌을 무섭게 하던 수령. 농판(弄板) 형벌을 느슨하게 하던 수령. 동짜(東字) '동학쟁이' 그때 변말.

말이여. 허, 제 멩이 다 뭐여. 단매에 고탯골 간다 이 말이여. 동짜루다 한번 몰리구 보면 난장박살탕국에 으혈밥 말어먹기° 십상이라니께."

"물류. 난 물러. 난 그저 됭짜두 물르구 스짜°두 물르넌 사람이니께. 우덜은 그저 다만 비 때 비 오시구 눈 때 눈 오시기만 지달려 뻬빠지게 사대육신 팔만사천 마듸를 놀려 땅이나 파먹구 살 줄밖의 물르넌 넝투셍이일 뿐이니께."

"장나찰은 알것지?"

"물류."

"이름짜두 못 들어봤어?"

"물른다니께유."

"아, 생나찰루 유명짜헌 대흥 옥공다리° 장나찰두 물러?"

"물른다니께 대이구 청주먹을 대구 그러신댜. 오십 펭생이 되두룩 구잇집° 가근방이두 안 가본 사람이 그런 사람을 워치게 안댜."

"알건 모르건 간에 한번 들어나보소. 맘 한번 잘못 먹었다간 오늘 밤이라두 당장 현신허게 될 테니께."

"얼라?"

"장나찰 그 사람이 워찌나 곤장 손속이 매운지 맘먹구 곤장 한번 내려쳐서 목숨 부지헌 사람 읎었다는 것만 알어두게. 허, 곤장

서짜(西字) '천주학쟁이' 그때 변말. **옥공다리** 옥리獄吏. **구의집** '관청'을 일컫던 말. 마을. 마을집.

이 다 뭐여. 곤장질 주리질두 그렇지면 칼 씌워 사람 잡는데 귀신이라 그 사람 또 다른 빌호가 장칼 아닌가베. 칼 써서 사람 잡는데 호가 난 특등 옥공다리다 이 말이여. 칼 씌운 죄수짜리를 옥담 아래 세워놓구서 쓰구 있는 칼 끝을 두 발 발등 위에다 세우구설랑 산냇긔루 칼판허구 다리를 하냥 묶넌디…… 허. 이렇게 헤노니 워치게 되것능가. 앞으루 꾸부리지두 못허구 뒤루 폐지두 못허니 마치 썩은 고목낭구가 저절루 자빠지듯 공중제비를 허구 넘어질밖의. 허, 이러니 또 워치게 되것능가. 옥담벽에 부딪혀 모가지뼈가 딱 허구 댕강 부러져 즉사죽음을 헐밖의.”

“물류.”

“허나, 흥망성쇠와 부귀빈천이 수레바퀴 돌 듯 헌다넌 옛말따라 음지가 양지 되구 양지가 음지 되지 않것능가. 맘만 한번 잘먹구 보면 충청감사가 부럽잖을 것이구면. 호박이 넝쿨째루 굴러 떨어졌다 이 말이여. 그렇게 되구 보면 이 대흥읍치 안이서는 차치물론허구 홍주목 안이서두 부럴 늠 하나 읎게 될 테니, 그때 가서 물르는 척이나 허지 마시게. 대궁밥이래두 한술 적선헤달라 이말이여.”

죽은 중 매질하기°로 얼려 좆먹이던° 색차지사내는 잠시 말을 끊더니 야릇한 눈빛으로 손문장을 바라보았고, 아닌밤중에 홍두깨로 생벼락을 맞게 된 손문장은 등에서 땀이 날 지경이었다. 갈꽃이를 오늘 밤 당장 순사또짜리한테 살수청을 드리지 않는다면

동학쟁이로 등시포착하겠다는 것이다. 꼼짝없이 범 아가리에 떨어지게°된 손문장이

"물류. 물른다니께 왜 대이구 이러신대유. 그런 개갈 안 나넌 소리 헐라거던 싸게 가슈. 싸게 가구 다신 내 집 문전이 발질두 허지마슈. 싸게 가란 말유."

하고 생나무 휘어잡기로 마른 목청만 높이는데, 색차지사내는 발끈 증을 내었다.

"증말인가?"

"증말이잖구유."

"진실여?"

"업세. 두말 허먼 잔소리유."

"손서방."

"왜 그런대유?"

"화불단행이요 복무쌍지라. 자고루 복은 쌍으로 안 오구 화는 혼자 안 온다구 헸너니."

낮았지만 한껏 날을 세워 말하고 난 색차지는 벌떡 몸을 일으키었다. 밀문 밖으로 나서며 내어지르는 그 사내 날카로운 목소리가 높이 떠서 흩어졌다.

"뭣들 허는 게냐! 긔안에 든 저대짜리°싸게 안동혜서 안전쥐

저대짜리 '기생' 낮춤말.

께 대령시키잖구우!"

"예이—"

한 소리 긴 대꾸와 함께 안방 쪽으로 우 몰려가는 사령군노들 발걸음 소리 어지러웠다. 나는 듯 봉당 위로 올라선 사령 하나가 와락 지게문을 열어젖히었고,

"에구머니나!"

쇳된 비명소리가 났다. 손문장 안식구인 얌전집이 자지러지는 소리를 내었다.

"뉘, 뉘기여?"

아닌밤중에 홍두깨로 장닭이 홰를 치고 누렁이새끼가 앓는 소리를 내는 뒤를 이어 동네개들이 짖어댈 적부터 두근반 세근반 가슴이 뛰던 얌전집이었으니, 서낭에 났구나˚. 풀방구리 쥐 나들 듯 하던 색차지사내가 다시 또 찾아왔다는 것을 갈꽃이한테 들어 안 그 여자는 바람벽에 귀를 붙이었는데, 이 노릇을 워쩌나. 꼬리가 질면 밟히구˚ 오래 앉으면 새두 살을 맞으며˚ 재미나는 골에 범 난다구 아무래두 맞은 살이지. 그물에 든 괴기˚여.

갈꽃이를 기안탁명妓案託名 시키라고 졸라대는 것이야 어제오늘 일이 아니니 새삼 놀라고 자시고 할 게 없다 하더라도, 무엇보다도 살이 떨리게 겁나는 것은 동학을 한다는 죄목으로 잡아들

서낭에 났구나 어떤 몬이 진티되어 좋지못한 일이 생겼을 때 이르는 말.

여 닦달질할 저 무수악형無數惡刑. 모르쇠하고 내전보살˙로 처음에야 어떻게 뻗대어본다지만, 살점이 발리어지고 뼈가 튀는 그 악형을 어찌 견딘다는 말인가. 더구나 청수상 받쳐놓고 삼칠주 모시던 자리를 들키고 말았으니, 꼼짝윯이 떨어진 븜 아가리로구나. 공다리쳇것덜헌티 혐의진 게 있거나 돈냥이나 뜯어내려구 잡어들인 생무지덜두 븽신이 되 나오넌 판인디⋯⋯ 등시푀착된 진됭학쟁이덜이야 말허먼 뭐헐겨.

눈으로 직접 본 바는 없지만 흉흉하게 떠도는 온갖 소문들을 떠올리며 그 여자는 부르르 진저리를 쳤다.

아무리 됭학을 믿으먼 상늠두 양반 되구 가난뱅이두 부자되서 내남적 윯이 똑고르게 살 수 있넌 한울시상이 된다지먼, 모든 게 다 살어서 한펭생 얘기지 죽구 나서야 뭔 소용인구. 개똥밭이 굴러두 이승이 좋구° 거꾸루 매달어두 사넌 시상이 낫다°구 우선 당장 살구 봐야지. 암, 살구 봐야 허구말구. 됭학을 허더래두 남 눈치 봐가머 좀 살살 허자구 그렇게 말헀건만 그 쇠고집˙을 부려 쌓더니 종내 이 지경을 당허넌구나. 아이구 내가 뭇살어, 내가 뭇산다니께.

"뉘기여? 거긔덜 시방 뉘기시냐니께?"

벌벌 떨리는 목소리로 똑같은 말만 되풀이하던 얌전집은 눈을

내전보살 알고도 모른 체하고 가만히 있는 사람을 가리키는 말. **쇠고집** 몹시 센 고집.

꼭 감았다 떴다. 군노일시 분명한 두 사내가 치켜들고 있는 박등*
빛이 눈부시어 잔뜩 눈살만 찌푸리던 그 여자는 범 본 여편네 창
구멍 틀어막듯 다시 쇳된 소리를 내었다.

"왜덜 이런댜? 왜덜 이려어?"

일룩덜룩한 까치옷 입고 오른쪽 허리에 방패 차고 왼쪽 허리
에는 또 방울 찬 사령들이 감발* 친 짚신발째로 방안에 썩 들어서
는 것이었다. 가래터 종놈같이 생긴 두 명 사령이 는짓는짓* 웃으
며 얌전집 양어깨를 잡았고.

"에구머니나!"

송충이를 털어내듯 어깨를 한 번 떨고 나더니, 소리개 앞에서
병아리를 품는 암탉 모양 두 팔을 뒤로 훨씬 벌려 갈꽃이를 감싸
는 그 여자였다. 사령짜리들이 들이닥친 까닭이 동학쪼간이 아
니라는 것을 확적히 알게 된 그 여자는 떨리던 가슴이 조금 진정
되는 듯하였다. 그 여자는 눈을 부라리며 소리쳤다.

"이런 천하에 무도헌 것덜 같으니라구. 워따 대구 감히 퇴족*을
들이대넌겨? 시방."

떨리는 목소리로 꾸짖는데, 양어깨를 나누어 잡고 있던 두 사
령이 서로를 바라보며 씩 웃더니,

"이 예편네가 시방 못 먹을 것을 먹었나, 왜 이렇게 꽥꽥 괌을

박등 순라꾼이 야경을 돌 때 쓰던 들손 등불로, 꼴이 박 같았음. 수조롱手照
籠. **감발** 발감개. **는짓는짓** 느글느글 징그럽게. **토족**(土足) 흙발.

질러대구 날리랴?"

"글세 말여. 어깻죽지가 말랑말랑허니 아직 살집이 점 붙어 있년 걸 보면 서방 생각이 나서 이러는 거 아녀?"

"허. 마른 장작이 불땀 좋다구 청수상인지 냉수상인지 퇴허구 나서 늙다리 두 내외가 거드모리* 한판 을러볼 참였다 이건가."

"아서, 이 사람아. 저녁 먹구 나서 본서방 재워놓구 개구멍받 이루 샛서방 받넌 것두 아닌디, 뭔 느믜 거드모리라나."

"그러면?"

"아, 보면 물러. 감투거리*루 한판 장허게 을러보것다 이 말 아 니것나베."

축축한 음담 섞어 받고차기로 씩둑깍둑* 지껄이는데, 크음! 뒷 전에 서서 합죽선만 할랑거리던 색차지사내가 헛기침을 되게 하 였다.

"어허! 싸게싸게 가자니까아!"

"그럽시다아."

"암만, 싸게 가야 우덜 같은 아랫것덜두 대궁술* 한 대접이래 두 차례질 것이니께."

느짓느짓 웃던 사령 둘이 얌전집 어깨를 잡고 있던 손에 힘을 주었고,

거드모리 치마만 걷어올리고 선 채로 후딱 하는 성교. 감투거리 여성상위 성교. 씩둑깍둑 부질없는 말을 자꾸 지껄이는 것. 대궁술 먹다 남긴 술.

"에구!"

어디를 어떻게 하였는지 짚단처럼 스르르 주저앉는 얌전집이었다. 사령들이 모둠발*로 얌전집을 뛰어넘으며 갈꽃이 두 팔을 잡는데,

"놔!"

힘껏 뿌리치고 난 그 아이는 똥누는 꼴로 주저앉아 식은땀만 흘리고 있는 얌전집 위로 엎어졌다. 갈꽃이는 얌전집 어깨를 끌어안았다.

"엄니이!"

"……"

"엄니! 아이구 엄니이!"

"오, 오냐."

"갱긔찮유? 갱긔찮으신감유?"

"오냐."

"증말유?"

"나, 나야 갱긔찮다지면…… 니가……"

가쁜 숨을 헐떡이는 얌전집 조붓한 두 어깨를 꼬옥 한 번 끌어안아보던 갈꽃이는 천천히 몸을 일으키었다. 잘 익은 능금알만 한 두 주먹을 꼭 움켜쥐고 사령들을 쏘아보는 그 어린 계집아이

모둠발 두 발을 가지런히 같은 자리에 모은 발.

커다란 두 눈은 얄망궂은 열기로 번쩍이고 있었다.

사령들이 저도 모르게 멈칫하여 서 있는데, 그 아이는 이미 사령들을 보고 있지 않았다. 어딘지 젖은 듯 촉촉하게 물기 어린 두 눈은 먼데를 바라보고 있었다. 지게문 밖에서 박등 든 군노들 사이에 뒷짐을 진 채로 서 있는 색차지사내를 쏘아보는 것도 아니었으니, 깜깜한 밤 하늘 가운데 눈물처럼 반짝이고 있는 별을 보는가. 저 멀리서 들려오는 것은 개 짖는 소리였고, 그 어린 계집아이는 탕 소리가 나게 한쪽 발을 굴렀다.

"이런 천하이 순 무도헌 작자덜 같으니라구. 밍색이 호중 특등 밍그루 순사또짜리 아나서가 될 사람을 안동헤 가겠다넌 마당이라먼서, 이런 벱이 워딨단 말인구, 거긔덜이 시방 누구 밍을 받구 나왔넌지 물르지먼 시상에 이런 벱은 읎을 거구먼. 하늘이 네려다보구 땅이 올려다보넌 맨치 이런 무도헌 벱은 읎을 것이다 이말이여. 내 순사또이응감헌터 이으쩌 치도곤이를 앵길 작정이니께 그리덜 알어야 헐 것이구먼. 내 말 허투루 듣지 말라 이 말이여."

수빠지는 짓* 저지른 아랫것 나무라는 안아씨처럼 호되게 꾸짖는 것이었고, 허. 요년 봐라. 산골 물이 쏜다더니 제법일세. 이제 겨우 이팔에 이른 멧간나희*로 문문히 보았다가 너무도 아금박스럽게* 나오는 바람에 머쓱하여진 사령들이 색차지를 돌아

수빠지는 짓 본데에 벗어나는 짓. **멧간나희** 시골 계집아이. **아금박스럽다** 이악하고 탐탁한 데가 있다.

보았고, 그 사내는 연방 헛기침을 하였다.

"순사또나리께서 불러계시니 싸게 가자. 나를 따러 어서 가자."

색차지사내 얼굴을 빤히 바라보던 갈꽃이가 낯빛을 바로 하더니 또박또박 말하는데, 사령들한테 하던 것처럼 엄하게 꾸짖는 말투였다.

"감영 슨화당이 지실 순사또이응감께서 궁벅헌 산골 일개 멧간나희에 지나지 않넌 날 워찌 알구 찾으신단 말씸이래유?"

"으응. 순사또나리는 다음이구, 우선 본읍 안전쥐께서 찾어계시는구나."

"안전쥐라니유?"

"본골 사또 말이니라."

"업세. 아무리 원님이라지면 아닌밤중이 홍두깨두 유분수지, 무신 까닭이루 이으염에 츠녀를 오라가라 헌단 말유. 더구나 오밤중이."

"어허, 순사또나리 앞에 즘고를 시키겠다는데…… 당돌허구나."

아랫것들 앞에서 우세를 당하게 된 색차지는 발끈 증을 내었고, 갈꽃이는 어이없게도 방끗 웃는 것이었다. 어린아이처럼 해맑은 웃음기를 머금은 채로 그 아이가 말하였다.

"당최 뭔 말씀인지 물르것네. 내 비록 상것 소생이나 긔안이 이름 올린 적 읎거늘, 이으염에 츠녀몡색이루 새꼽빠지게 뭔 즘고란 말인지."

"지엄하신 안전쥐 영 떨어진 지 오래니, 네 아무리 방색°허구 뻗댄다 헐지래두 아니 가구 뭇 배길 터."

"오라래두 지울 작정이신감만."

"증녕쿠 네가 아니 가겠다면 좌도난정률°루 손서방 내외를 등시포착헐밖에."

긴말 해봐야 소용없다는 것을 안 색차지사내는 동학을 들어 당조짐을 두었고, 갈꽃이는 다시 허공을 바라보았다. 어딘지 젖은 듯 촉촉하게 물기 어린 눈으로 박등 너머 저 멀리 깜깜한 밤 하늘을 바라보던 그 어린 계집아이는 색차지쪽으로 눈길을 돌리었다.

"순사또이웅감헌티 히은신시킨다구 허셨쥬?"

"암만."

"이냥° 말유."

다시 한 번 어린아이처럼 해맑게 방긋 웃던 갈꽃이는 동구래 치마저고리 차림인 제 아래위를 둘러보았고, 크음, 헛기침 한 번 되게 하고 난 색차지는 사령들을 바라보았다.

"밖으루덜 나오게."

"예에?"

사령들이 멀뚱한 눈으로 바라보는데, 색차지사내는 짜증기 있

방색(防塞) 틀어막거나 가려서 막음. **좌도난정률**(左道亂政律) 유학儒學 밖 가르침을 잘못된 것으로 몰아 다스리던 법률. **이냥** 이대로 내처.

306

게 내어붙이었다.

"이런 치룽구니 같은 위인덜허구는. 아, 순사또나리께 즘고받는 지중헌 자리니 분세수 단장이야 차후 헌다더래두 입성치레만은 새루 채려야 헐 게 아닌가 이 말이여. 싸게싸게덜 밖으루 나오라니께."

"그러지유 뭐."

"얼르웅!"

목소리를 높이는 색차지였는데, 이런 제미붙을. 이리 혜라 저리 혜라°빈덕이 죽 끓듯 허니, 도대처 어느 장단에 춤추라°는 말여. 발끈 뼛성 돋는 것을 꾹 눌러 참으며 두 사내는 봉당으로 내려섰고, 갈꽃이는 얼른 지게문을 닫아 걸었다.

사령들 흙발이 닿았던 자리를 물걸레로 대강 훔치고 나서 서둘러 나들이 옷으로 갈아입는데, 눈물 한 점이 볼을 타고 흘러내리었다. 잇곳물감 곱게 들인 무명적삼에 쪽물 들인 무명치마였다. 지난 봄 손문장이 홍주 큰장에서 끊어온 것을 얌전집이 홍두깨 입혀°지어준 것이었다. 모시나 주사니것°은 아니었지만 때깔°이 쌍글하였다.

옷감과 곁들여 사온 갑사로 댕기까지 새로 바꿔 드리운 갈꽃이는 얌전집이 쓰는 손바닥 만한 석경 앞에서 몸을 이리 비추어

홍두깨 입혀 홍두깨질을 해서. **주사니것** 명주붙이. **때깔** 피륙이 눈에 선뜻 비치는 꼴과 빛깔.

도 보고 저리 비추어도 보면서 도무지 날아갈 것만 같았는데, 하. 그 어린 계집아이는 숨을 삼키었다.

어머니였다. 어느 양반댁 구박데기[*]였다고 하였다. 족두리하님[*]으로 상전 아기씨를 따라가 업저지[*]로 있던 그 여자는 어느 날 광에 갇히는 몸이 되었다고 하였다. 바깥사랑나으리가 그 여자에게 흑심을 품고 있다는 것을 눈치챈 안방마님짜리가 사다듬이질 끝에 광에 넣고 쇠를 지른 것이라고 하였다. 천상 죽을 목숨인데, 그것도 전정된 연분이었던가. 과객으로 그 댁 기슭집에 머물던 소경사내가 밤소피를 보러 나갔다가 쇠를 따고 함께 앵두장수가 된 것이라고 하였으니.

힘껏 머리를 흔들고 나서 다시 석경 속에 비추이는 제 얼굴을 들여다보던 그 아이는 얼른 몸을 일으키었다. 인기척 소리가 났고, 그 아이는 흠칫 몸을 떨며 새로 차리어 입은 제 옷매무새를 다시 한 번 살펴보았다. 청수를 잡수러 온 쌀돌이인가 하고 가슴 두근거리는데, 손문장이었다.

"엄니, 그러구 아부지."

손문장과 얌전집 앞에 두 무릎 꿇고 앉은 갈꽃이는 잠깐 눈을 감았다. 남다르게 견딜성[*] 좋은 아이였지만 막상 여섯 해 동안이

구박데기 힘든 일을 하며 괴롭힘을 당하는 사람. **족두리하님** 혼인 때 새댁을 따라가던 계집종 높임말. 교전비轎前婢. **업저지** 아이보기를 하던 계집아이 하인. **견딜성** 참을성.

나 부모 맞잡이*로 의지하고 지내던 이들한테 작별 인사를 올려
야 된다고 생각하니 만 가지 감회가 엇갈리는 듯, 좀처럼 입을 열
지 못하였다. 손문장 내외 또한 눈만 슴벅거릴 뿐 말이 없는데,
눈을 뜬 그 아이는 아랫입술을 꼬옥 깨어물었다.

"대컨 하늘이 만물을 내심에 오직 사람이 가장 귀허다구 들었
구면유. 헌디 그것이 저헌티 이르러서는 귀험이 읎으니, 워찌 사
람이라구 허것남유."

"뭔 말을 그렇게 허너냐."

손문장이 안타까운 눈빛으로 바라보는데, 갈꽃이는 다시 말하
였다.

"전생이 뭔 조이를 졌넌지 그렇긔 긔박헌 팔자를 타고났다넌
말씸여유. 허나 즌정된 인연이 막중혀 금세에 두 분 으르신헌티
지극헌 은혜를 입었으니, 워찌 그 은공을 잊것남유. 츤헌 것 나이
어언 이팔에 이르렀으니 인저버텀 제 손이루 따비밭*때기래두
일구구 질쌈이래두 혀서 음식을 장만혀서 공궤혜드리구 의복을
져서 받들구자 혔건만…… 전생에 뭔 업보루 갑자기 슬하를 떠
날 수밖이 읎게 됬으니…… 애가 끊어지구 뼈가 녹넌 이 심사를
뭐라구 다 말씸디리것슈."

갈꽃이 목소리에는 어느덧 물기가 묻어 있었고, 숨을 삼키던

맞잡이 비슷한 것으로 여겨지는 사람이나 일몬, 또는 양量. **따비밭** 따비로
갈 만큼 작은 밭.

얌전집이 삼베로 된 풀치마* 속 흰 무지기* 귀를 집어올려 물코를
푸는데, 휴우— 저도 모르게 가슴을 쓸어내리는 그 여자였다.

보기 좋은 떡이 먹기도 좋다°고 인물 좋고 초성 좋아 누구나 며
느릿감 색싯감으로 침을 흘리는데 더하여 그 마음씨까지 살보드
라워* 금방 깎아놓은 참배처럼 살살 녹게 붙임성마저 좋아 살깊
은 정을 주고는 있지만, 어디까지나 주워온 아이였다. 양귀비 외
딴치게 떠오르는 달이면 뭐하며 백설처럼 마음씨가 고우면 또
뭐하는가. 내 배를 가르고 나온 내 자식이 아닌 만큼 제아무리 살
깊은 정을 준다 해도 종내에는 남남이니, 떡에 웃기°라.

핏줄 이치가 그렇다는 말이지 그렇다고 해서 내칠 생각을 하
는 것은 아니었다. 아무리 주워온 아이라지만 친자식 삼아 키우
다가 마땅한 혼처 찾아 여의어줄 생각까지 하고 있었다. 안받음*
을 바라서가 아니라 그럴 속종*으로 손때 먹여 키우고 있는 얌전
집이었는데, 그렇다고 해서 그 아이로 인하여 불구덩이에 떨어
질 수는 없는 일이었다.

사람 한뉘라는 것이 다 전정되어 있다고, 근본 없는 상사람 자
식으로 태어나 어미는 낯도 모르고 병신 아비마저 일찍 죽어 막
대 잃은 장님 된 아이니, 기생 또한 다 타고난 팔자 아니겠는가.
모든 것이 다 저 할 탓이라고 기생이 되어 특등명기만 한번 되고

풀치마 좌우로 선단이 있어 둘러 입게 만든 치마. **무지기** 치마 속에 입는 짤
막한 속치마 하나. **살보드랍다** 맵시가 매우 보드랍다. **안받음** 자식에게 끼
친 은혜를 받는 것. **속종** 마음속으로 정한 결심.

보면, 댑싸리 밑에 개 팔자 아닌가. 금관자 옥관자짜리 아나서 되고 풍류명사 총첩되고 보면, 입는 것은 능라금수요 먹는 것은 또 고량진미일 것이니, 마마님*아내씨님*으로 도처에 독교행차 그 아니 좋을손가.

건사정 넓은 누마루 위에서 벌어지던 신관사또맞이 잔치를 구경하였던 것은 언제였던가.

구경가자 구경가자. 기생놀음 구경가자. 객관 동쪽 견사정에 좋은 놀음 벌였구나. 눈빛 같은 흰 휘장과 구름 같은 높은 차일. 차일 아래 유둔 치고 마루 끝에 보계판과 아로새긴 서까래에 갖은 등롱 사초롱을 빈틈없이 달아놓고, 좁쌀 구슬 화초등과 보기 좋은 양각등을 차례 있게 걸어놓고 놀음을 놀아 나가는데—

생황 퉁소 죽장고며 피리 양금 해금이며 새로 가린 큰 장구를 청서피 새 굴레에 홍융사 용두머리 단단히 죄어 매고, 태극 그린 큰북 가에 쌍룡을 그렸구나. 장대를 가로질러 흰 무명 십여 척을 고리 꿰어 매어달고, 다홍 삭모 긴 북채에 각색 기생 들어온다. 늙은 기생 젊은 기생 명기 동기 들어온다.

오동양월梧桐良月 밝은 달에 밝고 밝은 추월秋月이며, 춘래편시 도화수春來偏是桃花水라 벽도碧桃 홍도紅桃 들어온다. 정부만리 수 타향征夫萬里戍他鄉하니 바라볼사 관산월關山月이, 청천삭출 금부

마마님 존귀한 사람과 상궁 또는 벼슬아치 첩을 높여 부르던 말. **아내씨님** 벼슬아치 첩을 높여 부르던 말.

용靑天削出金芙蓉하니 의젓한 부용芙蓉이며, 천리앵제 녹영홍千里
鶯啼綠映紅하니 탈색할사 영산홍映山紅이, 구봉침九鳳枕 잠깐 보니
화려할사 채봉彩鳳이며, 선성재수 홀사양蟬聲在樹忽斜陽하니 신
기롭다 초선貂蟬이며, 낙양장안洛陽長安 봄 늦었다 번화로운 만점
홍滿點紅이, 강성오월 낙매화江城五月落梅花하니 향기로운 매향梅
香이며, 녹죽의의 청고절綠竹依依靑高節하니 절개있는 죽엽竹葉이
며, 경수무풍 야자파鏡水無風也自波하니 곱고 고운 백릉파白凌波라.
운빈화안 금보요雲鬢花顏金步搖하니 설부화용雪膚花容 참치시라.

차례로 늘어앉아 놀음을 재촉하는데—

배곳같이 흰 한산 세모시 고깔 쓰고, 반물 들인 연옥색 장삼에
진다홍 광대를 거풀송락 가사 늘이듯 한쪽에 축 늘인 사이로 외
씨 같은 삼승 버선 발을 뾰조록이 드러내 보인 채, 살며시 치켜 올
린 한쪽 손을 버들가지처럼 흔들며 대명전 대들보에 명매기걸음
으로, 양지 마당에 씨암탉걸음으로, 백모래밭에 금자라걸음으
로 월태화용 고운 태도 사뿐사뿐 장단맞추어 나가 잠깐 머리 숙
여 안전주*께 현신한 다음, 느리디느린 영산회상 첫가락 장단 따
라 한바탕 승무를 추고는 개복소에 들어가 다시 옷을 갈아입고
나오는데—

다홍 군복에 남색 쾌자를 떨쳐입고 홍전대를 날씬하게 띠고

안전주(案前主) '원'을 높이어 부르던 말.

안울림 벙거지를 삐딱하게 머리 위에 얹었으니, 벙거지에 꽂힌 공작미는 뒤로 슬쩍 넘겨져서 나풀거린다. 실버들 같은 허리에 다리가 가냘파 애처로운 동기 댓 명이 그 뒤를 따르며 지화자지화자 얼씨구 좋구나 절씨구 좋을시고 더덩실 춤을 추는 가운데, 하늘하늘 춤을 추며 나와 두 무릎 꿇고 두 활개 훨씬 벌려 이리저리 흔들며 날이 시퍼런 두 자루 갈을 잡을 듯 말 듯하다가 나는 듯 과글이* 갈을 잡고 발딱 일어나 넓디넓은 견사정 누마루 위를 맴돌며 갈춤을 춘다. 양손에 나누어 쌍갈을 잡은 계집사람이 맴을 도니 그 계집사람 몸뚱이는 보이지 않고 다만 갈빛만이 햇빛에 비치어 사방으로 쏘인다. 갈춤을 한참 추다가 두 갈로 마룻바닥 짚고 안전주께 납신 머리 숙여 절을 하고 개복소로 들어가니, 잘한다 잘한다 좋구나 좋아 웃음소리 손뼉소리 높이 떠서 흩어지는 것이었으니, 두 손으로 치마폭 가득 끌어안고도 남을 만큼 내려질 행하 아니리.

허나, 고양이 목에 방울 달기°요 안는 암탉 잡아먹기°라, 또한 어이하리.

아무리 격양천 쪽다리 밑에서 주워온 아이라지만 친자식 삼아 키우고 있는 아이한테 코머리 찾아가라고 할 수는 차마 없는 노릇이라 갓방 인두 달 듯 혼자서 끌탕만 하는 그 여자였는데, 고맙

과글이 갑자기. 급하게.

기도 해라. 기둥을 치면 대들보가 울고˚, 기둥을 치면 봇장이 울며˚, 변죽을 치면 또 복판이 운다˚는 이치로 스스로 알아듣고 마음을 정하였구나.

닭의똥 같은 눈물이 금방이라도 뚝뚝 떨어질 듯 커다란 눈만 슴벅거리다가, 하. 뜨거운 숨을 배알고 난 그 아이는 잘 익은 능금 같은 오른쪽 주먹을 입에 대더니, 큼 큼. 조그맣게 두어 번 잔기침을 하였다. 그러고 나서 스르르 눈을 감으며

여보시오 사람덜아 이내말삼 들어보소
천지만물 생긴후에 사람하나 으뜸이라
으뜸으루 생긴사람 귀헌 것이 무엇인가
애븨게 효도허구 임군의게 충성이라
내외유별 헐것이요 으른아이 차례로다
친구의게 미처서는 붕우유신 헐것이요
근본지심 천승효심 사람마다 있건마는
이세상의 사람덜이 보전허기 극난허다

노랫가락 같기도 하고 사설타령 같기도 하며 어떻게 들으면 또 늙은 거풀송락짜리˚가 불러보는 산염불 아니면 회심곡 같기

거풀송락짜리 여승女僧.

314

도 한 소리가 다는목*으로 뽑아져 나오는데, 발발성*이었다. 원체 청구성*이 좋은 아이여서 떨리는 듯 낮게 흘러나오는 그 아이 목소리는 사당패들이 부르는 육자배기목*같이 구슬퍼 듣는 이 간장을 녹이는 듯하였다. 뒤란 장독대 곁 목배롱* 나뭇가지에서 인가. 밤새가 깃을 치는 소리가 나면서 출렁하고 등잔불이 잦아들었다.

슬그머니 몸을 일으킨 얌전집이 바람벽에 걸어놓은 벽걸이 등잔불 심지를 올리었고, 다시 살아난 등잔불빛에 어리는 그 계집아이 낯빛은 야릇하게 도화빛으로 발그레한 것이었다. 화촉이 밝히어진 첫날밤 동방 새각시 같았다.

고요가 깔리었다. 손문장은 연방 용고뚜리질*만 하였고, 얌전집은 무 캐다 들킨 사람같이 삿자리만 문지르는데, 잔뜩 힘을 주어 꼭 오무린 제 주먹 위로 돋아나는 파란 힘줄을 들여다보고 있던 갈꽃이가

철읎넌 아이들아
시절노래 허지마라.

하고 책을 읽듯이 나직한 목소리로 읊조리더니,

다는목 떼지않고 달아붙이며 하는 목소리. **발발성** 발발 떨리며 나오는 목소리. **청구성** 목소리 구성진 맛. 목구성. **육자배기목** 남녘 땅에서 널리 불려지던 잡가 하나. **목배롱** 목백일홍. **용고뚜리질** 줄담배질.

슬프구 가련허다

이내팔자 어이헐꼬

에구에구 서룬지고

실낱같은 이내목숨

흐르나니 눈물이요

터지나니 한숨이라

아까와 같이 다시 육자배기목으로 가락을 넣는 것이었다. 손 문장은 헛기침만 하였고, 끓는 물에 냉수를 부은 것 같은 지게문 밖이었다. 두세두세° 서성거리던 관차들도 조용히 귀를 기울이 는데, 갈꽃이는 살그니 몸을 일으키었다. 지게문을 연 그 아이가

"색차지으르신."

하고 불렀고,

"으응?"

하면서 색차지사내는 화들짝 놀라는 시늉이었다.

"잠깐 드와보셔유."

"으응…… 나 말인감?"

접어 들고 있던 합죽선 끝으로 제 가슴팍을 가리키는데, 갈꽃 이는 말없이 턱 끝만 주억이었다. 색차지가 저도 모르게 황황한

두세두세 조금 동안을 두고 서로 말을 띄엄띄엄 주고받는 소리나 짓.

걸음으로 들어와 앉았고, 그 아이는 꼿꼿한 눈길로 쏘아보았다.

"으르신."

"으응."

"한 가지 약조를 헤주셔야것네유."

"약조라니?"

"소녀는 이제 으르신을 따러 순사또이웅감헌티 즘고받으러 갈 것인디…… 그 전이 확적허니 멩토박어서 약조를 단단히 헤주시라 이런 말씸이구먼유."

"뭔 소린고?"

"시방 이 시각 담버텀은 여기 지신 으른덜헌티 꿈이래두 해꼬지헐 생의를 허지 마시란 말유."

"해꼬지라니?"

"됭학이 됭짜두 입이 올리지 말란 말유. 아시것남유?"

"암만."

"약조헷슈."

"암만."

"장부일언이 중천금인디, 만약 일구이언을 헌달 것 같으먼 워치게 된대유?"

"허, 이부지자*지."

이부지자(二父之子) 두 아비 자식이라는 뜻으로, 맹서치는 다짐말.

"만약 그 약조를 어길 시엔 내 무신 수를 쓰던지 간이 반다시 그 조이를 물을 테니께……뼝렴허셔야 헐 규."

"암만, 암만. 내 약조허구말구."

무슨 까닭으로 등에서 땀이 날 지경이 된 색차지사내가 같은 말만 되풀이하는데, 갈꽃이는 한 손을 들어 나가라는 시늉을 하였다. 지게문이 닫히기를 기다려 그 아이는 손문장 내외 쪽으로 한 무릎 더 다가앉았다.

"소녀 끝내 두 분 으르신을 부모님이루 봉양허지 뭇험은 츤멍인 듯허네유. 저는 이만 스사루 긔안에 들것습니다만, 두 분 으르신네 하해 같은 은공은 한시두 잊지 않을 것이구먼유."

잠시 말을 끊고 눈길을 내리던 그 아이는 조그맣게 말하였다.

"쌀될이헌티두 말씸 점 즌혜주셔유. 부디 꿋꿋허게 맘먹구 살어 장부에 쾌헌 이름을 후세에 냉기게 허라구유."

살그니 몸을 일으킨 그 어린 계집아이는 두어 걸음 뒤로 물러서더니, 납신 절을 하였다.

"부디 옥체 보중허시구…… 오래오래 사셔유."

쌀될이성, 도술 귀경 한번 안 헐라남?

새꼽빠지게 뭔 도수울?

웅. 워떤 과객사람 하나이 리참봉댁 마당서 갖은 재주를 다 부린다더면.

춘동이 말을 듣고 윤초시네 기슭집을 나선 쌀돌이는 리참봉댁으로 갔다. 때는 겨울이라 옥같이 흰 눈이 강산같이 쌓였는데 달빛이 환하다. 쌀돌이가 가만히 그 사람 행색을 살펴보니, 물거미 뒷다리 같은° 사람이 나이는 한 오십 되어보일까. 깡동하게° 행전 친 핫바지 저고리 위로 개잘량등거리를 걸치었고 졸리운 듯 게슴츠레 풀어진 눈에 말씨는 또 아랫녘 사람 그것이었다.

한껏 조빼는 틀거지인 리참봉 내외가 떡 하니 좌정하고 있는 육간대청 양쪽 기둥에 매어단 남포불빛이 찢어지게 밝은데, 백차일 치듯 빽빽하게 둘러선 구경꾼들이 모두 한번 그 이상하고 요상한 재주를 보여달라고 청하는 것이었다. 술객사람이 빙긋 웃더니 턱 끝을 두어 번 주억이었다. 그러고는 핫저고리° 소매 속에 손을 넣어 무엇인가를 꺼내어 드는데, 사철곳씨였다. 그것을 눈 위에 흩뿌리니, 어? 세상 또 어디에 이런 조화속이 있다는 말인가. 눈 위에 떨어진 곳씨에서 금방 싹이 돋아 자라나 곳봉오리가 맺히고 그것이 다시 활짝활짝 벌어지는가 싶더니, 울긋불긋 온갖 백화가 다투어 피어나는 것이었다. 그야말로 눈 깜짝할 사이에 일어난 일이었다.

구경꾼들이 두세두세 놀란 눈빛으로 곳과 술객 얼굴을 바라보는데, 크음. 헛기침 한 번 하고 난 술객이 다시 소매 속에서 부채를

깡동하게 아랫도리가 드러날 만큼 겉옷이 짧다. **핫저고리** 솜을 두어서 만든 저고리.

꺼내어 흔드니, 어? 나비가 내려앉듯 땅에 떨어지는 곳잎 아닌가.

구경꾼들이 한 가지만 더 보여달라고 청하자, 옷소매에서 다시 엽전 한 닢을 꺼내는 술객이었다. 그것을 마당 흙 위에 꽂아두고 두 손가락을 나란히 펴 무슨 요상한 부작을 그리는 시늉을 하니, 조그만 엽전이 점점 커지기 비롯하여 이내 수레바퀴만큼 하여지는 것이었다. 구경꾼들이 마른침을 삼키며 더욱 탄복하는데, 술객이

성련자*가 마침 나를 해상에서 기다리고 있응께, 쪼깨 갔다가 날 아침나절에 다시 올 것이요.

하고는 엽전을 가리키고 웃으면서

이 몬은 복 있는 사람은 복을 누릴 수 있고 복 없는 사람은 앙화를 받을 것잉께, 맥없이 함부로 들여다보덜 마시요이.

하더니 대문 밖으로 나가버리었고, 구경꾼들도 하나둘 흩어져갔다.

쌀돌이 혼자서 서성대다가 밤이 깊어 개 짖는 소리도 끊어질 때까지 손을 부비며 갓방 인두 달 듯 하던 끝에, 마침내 참지 못하고 엽전 앞에 쭈그리고 앉았다. 그리고 숨을 한 번 크게 들여마시었다가 내쉰 다음 엽전 구멍에 눈을 대었는데, 아?

떡 벌어지게 우람한 택저 수백 간이 저잣거리에 우뚝 솟았거

성련자(成連子) 중국 춘추 시대 음악가로 백아伯牙 스승인데, 백아를 바닷속으로 데리고 가 음악 높은 경지인 '이정移情'을 스스로 깨닫게 하였다고 함.

늘— 집치레는 또 얼마나 굉장한지 분벽사창 화려한 누각에 수놓은 문이며 갖은 무늬 창살에 유리병과 산호탑에 주옥 완구 따위 없는 것이 없으니, 화류목 중방 보드라운 기운이 돌고 박달나무 대청에는 향기가 어리누나. 정자 위에서 나비 새들 굽어 보이는데 연못에 누각은 한 폭에 그림인가. 회랑이며 굽은 난간으로 층층 용마루 눈앞에 이어지네. 복도 벽에는 곳무늬요 섬돌 가에는 모란을 새겼구나. 겹겹으로 첩첩으로 대문 담장 높다란데, 들어가보니 어디가 어디인지 어리둥절 별천지에 온 듯싶구나. 이윽고 오수의五銖依 입고 경곡군輕縠裙 끌면서 명당明璫 옥패玉佩를 찬 여러 명 꽃 같은 일색들이 저마다 손에 악기 하나씩을 들고 사뿐사뿐 나오는데, 세간에서 흔히 볼 수 있는 깽깽이 거문고와 피리나 딱딱이 같은 것이 아니었다. 잠시 후에 한 일색이 출반주하여

자운 회악부紫雲廻樂府는 양귀비가 훔쳐간 이후로 오래 타보지 못하였는데, 어찌 한번 타보지들 않으려오?

한마디하고는 좌우를 둘러보니, 모두들 좋다고 하며 홍담요 깔고 앉아 줄을 뜯는 것이었다. 저마다 온갖 재주를 다하여 줄 뜯어 뼈가 녹게 기기묘묘한 소리를 내기가 끝나자, 누군가 말하였다.

아만阿蠻의 교태가 일시를 독보했으니, 다시 절요무折腰舞로 놀아봅시다.

한 일색이 멍청히 서 있자

저 얼간이 계집사람이 백가랑白家郎에게 시달림을 받아 허리가 줄어든 모양일세.

모두들 깔깔대고 웃으니, 그 일색이 낯을 붉히며 마지못하여 소매를 떨쳐 춤을 추는 것이었고, 붉은 비가 내리듯 지는 뜰 아래 복사꽃잎이었다. 쌀돌이가 처음에는 엽전 구멍에 머리만 디밀고 구경하다가 점점 걸음을 옮겨 들어가니 점입가경이라. 저도 모르게 춤추는 일색들 곁으로 다가서 있었다. 이때 아이오 호령 소리가 들려왔으니,

어디서 굴러 들어온 쥐새끼 같은 곁머슴놈이 남의 규문閨門을 엿보난다!

무논에서 개구리떼 울 듯 와글와글 시끌벅적하는 소리와 함께 일시에 모든 것이 사라져버려 누각도 일색도 흔적조차 없었다. 깜짝 놀라 발길을 돌리었는데, 하. 엽전 구멍이 점점 오그라들기 비롯하더니 이윽고 사면이 꽉 막혀버리는 것이었다. 엽전 구멍 속에 몸이 찡기어 나갈래야 나갈 수도 없고 물러설래야 물러설 수도 없게 된 쌀돌이는 미친 듯이 소리를 질렀다.

사람 살려? 사람 좀 살려줘유우?

동네 사람들이 모여들었으나 구하여낼 길이 없었다. 날이 새자 술객이 와서 보고는 크게 꾸짖는 것이었다.

네가 일개 미천한 상사람 몸으로 감히 구중궁궐 아름다움과

궁녀들이 시중드는 것을 엿보아 돈구멍으로 들어갔음이로구나. 네 스사로 지은 죄니 살릴 수 없다.

마을 사람들이 쌀돌이를 대신하여 살려달라고 애걸하니, 오랫동안 감고 있던 눈을 뜨며 술객이 말하였다.

대저 천지간에 예의염치와 주색재기는 제갈공명 팔진도 같아서 청렴은 생문生門이요, 재욕은 사문死門이라. 어리석은 이 아희가 이미 사문으로 들어갔으니, 어찌 또 생문으로 나오기를 바라겠는가?

묵묵히 고개만 떨구고 있는 쌀돌이 두 볼 위로 눈물이 흘러 내리었고, 술객이 말하였다.

다행히 네가 뉘우치는 마음이 있으니 혹 구해줄 수 있을지 모르겠구나.

소매 속에서 큰 붓 한 자루를 꺼내더니 행연* 먹물을 적시어 엽전 구멍에 칠하니, 구멍이 점점 트여서 쌀돌이는 밖으로 나올 수 있었다. 엽전이 다시 줄어들어, 본디 꼴로 돌아가자 술객이 말하였다.

잠깐 붓끝으로 네 목숨을 건져주었다만, 이 뒤부터는 다시 그런 짓 하지 말 것이여이. 다시는 용서를 않을 것잉게, 알것능가?

행연(行硯) 들손 벼루. 들손: 그릇 옆에 달린 손잡이.

개살구가 옆으로 터진다°고 춘삼월 다 지난 오뉴월 염천에 무슨 개꿈을 꾸었는가. 설핏 풋잠이 들었던 쌀돌이는 손등으로 입가를 문질렀다. 입술에 닿는 땀과 거시침이 찝찔하였고, 푸우— 된숨°을 내려쉬고 난 그 아이는 가만가만 소리나지 않게 나뭇가지를 헤치고 목을 길게 늘이어 앞을 바라보았는데, 아. 하마 떠났다는 말인가. 물떠러지°처럼 쏟아져 내리는 유월보름 달빛 아래 조으는 듯 낮게 엎드려 있는 손문장댁 삼간 곱패집에서는 아무런 기척도 없었다.

그새를 못 참어 잠이 들다니, 이런 잠청이° 같은 늠허구는, 내가 말뚝잠° 한소금° 허년 새 가삔졌단 말여?

늦저녁 먹은 식곤증을 이기지 못하여 깜박 풋잠에 빠졌던 것을 스스로 꾸짖으며 앞을 바라보던 쌀돌이는 어깨에다 얼굴을 문질렀다. 골바람° 한 점 없이 찌는 듯한 무더위와 팥죽 같은 땀이 연방 흘러내리는데, 풀모기는 또 발등을 쏘고 자꾸만 얼얼하게 결려오는 어깨였으니, 꿈 탓인가. 꿈에서 엽전 구멍에 몸이 찡기었던 탓.

뒤를 밟아 무엇을 어떻게 하여보겠다는 속종에서 갈꽃이를 안동하여갈 관차들을 기다리는 것은 아니었다. 또 무엇을 어떻게 하여보고 말 수도 없었다. 열일곱 나이보다는 숙성하여 원머슴

된숨 거친 숨. **물떠러지** 쏠. '폭포'는 왜말임. **잠청이** 잠벌레. **말뚝잠** 앉은 채로 자는 잠. 등걸잠. **한소금** 한숨. **골바람** 골짜기를 훑고 오르내리는 바람.

못지않게 온갖 일을 다 추어내는 그 총각이었지만, 몸에 송곳 한 자루 지니지 못한 주제에 무슨 팔랑개비 재주로 범강장달이 같은 사령군노들을 당해낼 수 있다는 말인가. 사령군노들을 쳐서 물리치고 갈꽃이를 빼낸다는 말인가.

이럴 중 알았으면 방포술이래두 익혀둘걸. 방포술이 아니라 우선 지겟작대기 쓰넌 벱이래두.

두 살 밑인 춘동이가 검결이라는 요상한 노래를 부르며 산성 밑 솔수펑에서 지겟작대기 휘두르던 것을 떠올리던 쌀돌이는 다시 어깨에다 얼굴을 문질렀다. 땀이 눈으로 들어갔는지 쓰리고 따가운 것을 슴벅거리며 공중 불끈 쥔 주먹으로 손문장대를 쏘아보는 그 총각이었는데, 하. 저도 모르게 그만 떡심이 풀리는 것이었느니—

방포술을 익히고 갈 쓰는 법을 배워 춘동이 언니 만동이마냥 꼭두군사° 긔십 뭥쯤이야 썩은 짚단 버히듯 닁준히 물리칠 수 있다 한들, 그렇게 될라나? 저 장선전댁 무남둑녀 외동따님이었던 인선애긔씨마냥 갈꽃이 또한 날 따러 앵두장수가 되어줄 것잉가 말여.

지집사람이란 본래 수승이라. 곳잎이 한번 시냇물에 떨어지면 떨어지기가 무섭게 물은 그 곳잎을 싱구 가는 데까지 흘러가지

꼭두군사 재빠름이 없는 힘없는 군사.

않으면 스사로 막지 뭇허넌 것이다 이 말이여.

인물치레 좋고 음전하기로 유명짜하던 읍치 안 북문거리 여편네 하나가 서방질을 하다가 샛서방 따라 난질*을 쳤을 때, 리주부李主簿 리처사가 하던 말이었다. 약주릅* 하는 상사람 박아무개 후취였다. 주인댁 안방지기 심부름으로 몇 차례 그 집을 다녀온 적이 있는 쌀돌이였는데, 갈 때마다 대궁밥 아니면 떡쪼가리에 냉수 한 대접이라도 진실되게 떠다 주던 여자였다.

박아무개 후취짜리두 그가 철석鐵石이 아니요 또 빙옥氷玉이 뭇 되넌 한에는 어찌 써 이십여 세 수승부녀水性婦女루써 그나마 두 추물이 아니요 모란처럼 풍염허며 해당화나 복사꼿 살구꼿 마냥 다감다정허구 사람 넋을 늬여주넌 아리땁구 무르넉은 믜모 교태루써 그 해반주그레헌 낯짝값을 허지 않것너냐 이 말이여. 또 제아무리 스사루 빙옥 같은 몸을 지키려 헌들 블과 나븨 같은 청년 탕아덜이 눈감구 지나쳐버렸으리요.

누구네인가 머슴방에서였다. 어슬렁어슬렁 밤마실을 온 리처사는 어딘지 짜장 아쉽다는 듯 군입맛을 다시던 것이었는데, 고덕古德 구름잇골 사는 농투산이 여식이라고 하였다. 가난한 농사꾼 자식일망정 고명딸*로 곱게 자라난 그 여자는 첫정을 주었던 사내가 있었다고 하였다. 한동네에 살던 머슴 총각이었는데 머

습답지 않게 제법 준수한 용모며 끼끗한* 기상을 지녔다고 하였다. 두 사람 처녀 총각이 하마 일심동체로 맺어지는가 하는데, 애홉다. 빚지시*를 겸하고 있던 약주릅 박서방한테 그만 어늬를 잡혀 늑혼을 당하게 된 것이라고 하였다. 콩 튀듯 팥 튀듯 울며불며 처음에는 횃대*보에 목을 매는 등 발버둥질을 치던 그 여자였으나, 타고난 팔자요 운수소관이라 여겨 나 죽었소 하고 살아갔다고 하였다. 그러다가 다시 그 사내를 만나게 된 것은 장터에서였다고 하였다. 나무흥정을 하러 나간 그 여자와 장작짐을 돈사러 나온 그 사내가 우연히 다시 만나게 된 것이었으니, 또한 전정된 연분이 아니겠느냐며 물레방앗간 참새떼처럼 쩔고 까불어쌓던 아낙네들이었다.

아뉴. 그렇잖유. 기야 워너니 츠녀적버텀 벌때추니루 유명짜 허던 이니께 다 제 질 찾아간 거것지먼…… 백옥 같구 항아님* 같은 우덜 갈꽃이를 왜 거긔다가 갖다 비헌대유. 그럴 순 읎슈. 암, 증녕쿠 진실루 그럴 순 읎다니께유.

수승부녀란 다 그런 거라니께. 제아무리 홍살문 받은 열녀짜리라구 헤두 다 오십보백보다 이 말이여.

아녀, 아니라니께!

힘껏 도머리를 치던 쌀돌이는, 문득 숨을 삼키엇다. 눈앞이 번

끼끗하다 팔팔하고 미끈하다. 빚지시 빚을 주고받는 데 다리 놓는 일. 횃대 옷을 걸 수 있게 두 끈을 묶은 기둥. 항아님 선녀.

하게 불빛이 일렁이면서 두세거리는 소리가 났던 것이다. 박등을 치켜 든 군노 둘이 앞장을 서고 그 뒤를 갈꽃이와 색차지사내가 따라가는데, 몽치를 꼬나쥔 채로 뒤쪽을 살피며 따라가는 것은 사령들이었다.

몇 점이나 되었을까?

아닌밤중에 홍두깨로 불쑥 들이닥친 색차지사내한테 떼밀리어 손문장댁을 나섰을 때는 늦저녁을 먹었다지만 아직 자위도 돌지 않았을 때였으니, 개꿈 없던 등걸잠 한소금을 하였다고 하더라도 아직 초경에 지나지 않는데, 하. 갓방 인두 달 듯 공중 조바심이 나면서 자꾸만 목이 타는 쌀돌이었다.

뒤를 밟아가서 무엇을 어떻게 하여보겠다는 속종이 있어서가 아니라 이게 도대체 어찌 돌아가는 판인지 매개*나 알아보자고 나선 길이지, 물때썰때*를 알아서는 아니었다. 하마 눈에 띄어 동짜로 엮이어서는 안 될 일이라 활 반 바탕 거리만큼 뒤떨어져 관차들 뒤를 쫓아가는 쌀돌이 가슴은 아직도 두근반 세근반 하였는데, 읍. 길섶에 우거진 나뭇가지를 의지하여가며 조심조심 소리나지 않게 걸음을 옮기던 그 총각은 문득 숨을 삼키었다. 뭣인지 푸드득 하는 소리를 내며 날아올랐던 것이다. 출렁 하고 물결

매개 일이 되어가는 셈판. 물때썰때 일몬을 이어주는 다리가 나오고 들어갈 때.

치다가 시나브로˚ 잦아드는 나뭇가지 위에 앉아 이쪽을 쏘아보고 있는 것은, 백설기처럼 하얗고 몸통 큰 흰 올빼미였다.

저도 모르게 얼른 한걸음 뒤로 물러서며 부르쥐었던 주먹으로 이마를 문지르는데, 손등에 묻어나는 것은 송진처럼 끈적끈적한 식은땀이었다. 길섶 좌우로 쑥 들어간 곳에 있는 솔수펑이에서는 부엉이가 울고 사람들 발걸음 소리에 놀라 잠깬 밤새들이 깃을 치며 날아오르는 소리 요란하였고, 쌀돌이는 뒤를 돌아보았다. 관차명색이라야 색차지까지 쳐서 다섯밖에 되지 않으니 그럴 리는 없겠지만 혹시라도 뒤를 쫓는 자들이 있는가 싶어 몇 번이고 자꾸만 뒤를 돌아다보던 쌀돌이는, 다시 한 번 어깨에다 얼굴을 문질렀다.

복달임˚을 하느라 골바람 한 점 없어 연방 흘러내리는 땀으로 멱을 감는 그 총각은 푸우— 하고 뜨거운 숨을 내어뿜다말고 걸음을 멈추었다. 다시 또 공중 후꾸룸한 생각이 들어 뒤를 돌아보았는데, 아스라이 먼 손문장네 과녁배기집에서 흘러나오는 등잔 불빛이 눈물처럼 반짝이고 있었다.

들거라!
예,

─────────────

시나브로 모르는 틈에 조금씩. 복달임 복이 들어 날씨가 달차게 더운 철.

네 사도로써 민심을 어지럽게 하니, 그 죄 가장 중대함을 알겠 난다.

무엇을 가리켜 사도라고 하시는지요?

네 소위 하는 도는 서학이 아니든가.

아니올시다.

아니라니? 어허, 이런 발칙한 자를 보겠나.

제가 하는 바 도는 천도라. 동에서 생하여 동에서 학하니 동학 이라면 오히려 가하려니와, 서학이라 함은 가하지 않소이다.

네 만일 천도라 이를진대, 어찌 써 아조 유래로 반 즈믄*해 동 안 해오던 유도로써 하지 아니하고 천주 두 자로 하난다?

천주 두 자가 비록 서학과 방불하다 하나 그 본디자리 이치인 즉슨 서학과 같지 않소이다.

허. 부도일이기의 夫道一而己矣니, 대저 도라는 것은 오직 하나일 따름이라. 오도지외유하도재 吾道之外有何道哉니, 출천지 대성 공 부자 도 앞에 그 무슨 도가 또 있으리요. 동학이고 서학이고는 막 론하고 오도 줄기 밖에는 모두가 이단이요 사도가 아닌가.

이치가 그렇지 않소이다.

이치고 삼치고 간에, 여봐라!

녜이—

즈믄 천千.

매우 쳐라!

　최수운 선생님이 서헌순徐憲淳이라는 경상감사와 주고받았던 말이라고 하였다. 정귀룡鄭龜龍이라는 선전관한테 태생인 경주 땅에서 잡혀 대구 감영으로 끌려가셨을 때라고 하였다. 그때로 말하면 마침 천주학, 곧 서학을 하던 이들을 마구 잡아죽이던 때였다고 하였다. 수운선생님 또한 그래서 서학으로 몰아 잡아갔던 것이라고 말하며 손문장은 삼칠주를 외웠다.

　슨상님을 잡어 형틀 위에 앉히구설랑 독헌 횡장을 내리넌듸, 허. 별안간 벅력 같은 소리가 슨화당 높은 들보를 진됭시키넌구나.

　얼라아?

　감사또짜리가 놀래 물어 왈, 이 무슨 소리뇨? 나졸덜이 대답헤 왈, 조인*에 다리가 부러지며 울리는 소리나이다. 감사또짜리 오만상을 다 으등그려 붙이며 왈, 그러면 그 조인을 쌔리지 말구 다시 옥에 네려 가둬라.

　햐, 월매나 아프셨을구.

　메칠 지난 담 감사가 다시 슨상님을 올리라 헤가지구설랑 문초를 이어갈 제 부러졌던 다리를 살펴본즉, 햐. 다리 부러졌던 자

조인 '죄인' 충청도 내뽓말.

리가 물루 씻은 것마냥 흔적 하나 읎이 깨깟허게 다 낫었잖것남.

증말루유?

암만.

햐, 그레서유?

아, 깜짝덜 놀랠밖의.

그레서 워치게 되셨너냐니께유?

너머도 무서워진 감사또짜리가 슨상님을 다시 문초헐 생의두 못허구설랑 그냥 한양이루 올려보내드렸지 뭐.

그로부터 삼십 년이 다 된 지금 서학은 벌써부터 그냥 놔두면서 왜 동학만 잡아죽이는가. 서학은 우량하이들이 만든 것이라는데 왜 살려주고 우리나라 사람이 만든 동학만 죽이는가.

청수상 모셔놓고 삼칠주 잡숫던 것이 등시포착되었다면 붉은 오랏줄로 뒷결박 단단히 지워져 등내짜리˚ 앞으로 끌려가는 것이 정한 이치이겠거늘, 아. 힘껏 도머리를 치던 쌀돌이는, 그랬구나. 그렇긔 된 것이로구나. 보암보암˚으로 짐작을 하지 못하였던 것은 아니었으나 새삼스레 물때썰때를 알게 된 그 총각이었는데, 진실일라나. 진실루 참말 갈꽃이가 즤 양부모를 살리려구 대신 기생이 되어 가넌 것일라나. 아녀. 그럴 리는 읎어. 나랑 헌 얘

등내짜리 원. 보암보암 이모저모로 보아서 짐작할 수 있는 겉꼴.

기가 있넌디 갈꽃이와 나누었던 정분이 떠오르면서 다시 콩케팥케*가 되는 그 총각 마음이었다.

  잰걸음을 치었다.
  아슴아슴하여*진 박등빛이었고, 쌀돌이는 그 불빛 뒤를 허위단심 따라갔다. 찢어지게 밝은 보름달이었고 금방이라도 쏟아져 내릴 듯 별빛마저 총총한 밤이었다.
  아랫말 쪽으로 하염없이 뻗어 나간 길을 조심조심 뒤따라가고 있는 쌀돌이 가슴에는 무슨 까닭으로 썰렁한 황소바람* 한 줄기가 스치고 지나가는 것이었으니, 아이오 막대 잃은 장님이 된 심정이었다. 북풍한설 몰아치는 너르나 너른 허양벌지*에 혼자 서 있는 것만 같았다. 이빨도 솟기 전에 부모를 여읜 사고무친 천애고아였으므로 문득문득 가슴 저리게 썰렁한 외로움은 언제나 그 아이 동무였는데, 무슨 까닭으로 새삼스레 처음 느껴보는 듯한 심정이었다.
  쓸쓸하였다. 막막하였다. 견딜 수 없게 쓸쓸하고 막막하여지면서 그리고 문득 죽고 싶었다.
  아아, 이냥 자리개미나 허까.
  음지가 양지 되고 양지가 음지 된다*는 말을 믿고 뼈가 부서지

콩케팥케 사물이 마구 뒤섞여서 뒤죽박죽이 된 것을 가리키는 말. **아슴아슴하다** 또렷하지 않고 흐릿하다. **황소바람** 좁은 구멍으로 세게 들어오는 바람. **허양벌지** 기댈 곳 없이 너른 들판.

는 한이 있더라도 밤을 낮 삼아 열심히 사대육신 팔만사천마디를 놀려 옛말 이르며 한번 살아보리라 남몰래 작심하고 있던 그 곁머슴 총각은 입술을 꼭 옥물었다.

아이그머니나!
곳술에 앉아 있는 나비를 잡으려는 아이처럼 발뒤꿈치를 치켜들고 살금살금 다가가, 에험! 헛기침 섞은 인기척을 내었을 때, 화들짝 놀라며 뽀오얗게 눈을 흘기던 그 계집아이 얼굴은 또 얼마나 어여쁘던지. 탕갯줄이 풀어지듯 온 삭식이 다 녹작지근하여지면서 눈앞이 가물가물하여지던 것이었다.
놀렜남?
짜장 겸연쩍은 낯빛을 하며 곁에 쭈그리고 앉는 쌀돌이였는데
업세.
다시 한 번 살짝 눈을 흘기며 어린아이처럼 배시시 웃는 갈꽃이 두 볼에 발그레한 빛이 어리면서 누가 손가락으로 폭 찌는 듯 쏙 들어가는 조개볼°인 것이었다. 열여섯 난 그 계집아이는 쌍글하게 기침을 하였다.
누구 간떨어지면 그 뒷갈망°은 또 누가헌댜.
내가 하겠노라는 말이 목구멍까지 차오르는 것을 꾹 눌러 막

조개볼 보조개. 뒷갈망 일 뒤끝을 맡아 다루다.

으며 골통대˚에 막담배를 쟁여넣는 쌀돌이 손끝은 저도 모르게 와랑와랑 흔들리고 있었다. 낮곁˚도 훨씬 지나 저 아래 서낭절 쪽에서는 벌써부터 산그늘이 내리는데, 따스한 낮뒤였다. 시든 할미꽃 몇 송이가 고개를 숙이고 있는 어느 이름 모를 묵묏˚가. 저마다 다른 목소리로 우짖는 멧새들이 이 가지에서 저 가지로 저 가지에서 또 이 가지로 재재거리며 날아오르고, 멧토끼는 앞에서 뛰며 오색 깃털을 쫙 펼친 채 뒤쪽에서 날아가는 것은 장끼였다.

우라부지 뫼시구 삼칠주 잡숫넌 중 알었더니 원제버텀 새꼽빠지게 불도랴.

보일 듯 말 듯 얕게 웃으며 말하는 갈꽃이 눈은 저 아래 서낭절 쪽을 바라보고 있었고, 푸. 저도 모르게 다시 목이 타는 쌀돌이였다. 이번만이 아니었다. 단둘이서 호젓이 말을 나누어본 적은 없고 기껏해야 한두 마디 시늉으로 인사치레나 하는 것이 고작이었지만, 얄망궂은 아이였다. 손문장 내외나 이웃 사람들한테도 마찬가지였다. 무슨 말을 하거나 들으면서도 그 계집아이 눈은 언제나 아득한 곳에 던지어져 있는 것이었다. 금방이라도 하마 쏟아질 듯 물기 그렁그렁한 그 계집아이 울음주머니처럼 커다란 두 눈길이 가 있는 곳은 그리고 아무것도 없는 허공이었다.

으응. 그냥 낭구˚ 허러 나왔던 질여. 뵝산 쪽은 워너니 금렝이

골통대 흙·나무로 된 담뱃대. 낮곁 한낮부터 해 질 녘까지를 둘로 나눈 앞 어섯 동안. 묵뫼 오래 묵은 무덤. 낭구 '나무' 충청도 내폿말.

심허니께 이쪽에서 고주백이나 한 짐 헤보까 허구.

그렇게 지망지망* 말하며 골통대를 입에 무는 쌀돌이였는데, 참으로는 높드리 쪽에서 벌써 푸장나무* 한 짐을 쟁여놓은 다음 이었다. 날이 번하기도 전에 먹은 아침밥이 자위도 돌기 전부터 나와 벌써 세 고팽이*째였고, 봄 탓인가. 공중 심란하여 토끼라도 한 마리 잡아볼까 하고 너덜겅*을 올라온 길이었다. 열일곱 난 그 총각은 길게 연기를 내어뿜었다.

거긔는?

쌀돌이가 물었고, 갈꽃이는 말없이 무릎 곁에 놓아둔 바구니를 턱 끝으로 가리키었는데, 딱딱딱딱 딱따그르르…… 딱따구리 소리인가 하였는데, 뉘 집에서 재를 올리는가. 아니면 마지 한 불기에 엽전 몇 닢씩 바치고 올리는 만발공양이나 여섯때*. 그것도 아니라면 제 설움 못 이겨 공중 헛목탁이나 때려보면서 읊조려보는 공염불. 쌀돌이는 공연히 스산하여지는 마음이었는데, 목탁을 내리는 소리가 세 번 들려오더니 광쇠* 소리가 뒤를 이으면서, 들려오는 것은 그리고 염불소리였다. 멧잣 곁 저 아래로 흘러가는 시냇물소리처럼 시리게 맑은 목소리가 아득하였다. 끊어질 듯 끊어질 듯 그러나 끊어지지 않은 채 다시 또 이어져 들려오는 그 염불소리는 그리고 거풀송락 것이었다.

지망지망 대충대충. **푸장나무** 생나무 곁가지. **고팽이** 잡은 거리를 한 번 오가는 것. **너덜겅** 돌이 많이 깔린 비탈. **여섯때** 승려들이 하루를 여섯으로 나누어 염불독경하는 것. **광쇠** 염불할 때 치는 쇠.

아금 청정수

변위 감로다

봉헌 삼보전

원수 애납수

원수 애납수

원수 자비 애납수

쌀될이.

으응?

거긔가 시방 월마랴?

저 아래 염불소리가 들려오는 쪽으로 눈길을 던지고 있던 갈
꽃이가 혼잣말인 듯 중얼거리었고, 쌀돌이는 얼른 골통대를 입
에서 뽑아내었다.

뭐가아?

나이 말여.

으응. 그런디 새꼽빠지게 그건 왜 묻넌다네.

멫이냐니께?

거긔버텀 하나 위니께 열일곱 아니것남. 오뉴월 빙아리는 하
루 삘두 무섭다°구 한 살 차라지면 오라버니라구 불러얄 거구면.
내가 워너니 맘 존 사람이라 그렇지.

……

그런디?

……

그런디이?

그런디 그냥 있어야것남.

뭔 소린지 당최 물르것네.

그냥 그대루 살것냔 말여. 마빡이 도래칭곳을 박어두 진물 한점 안 날 벽쇠* 윤초시네서 절머슴질이나 허먼서 그냥 그대루.

그럼 워척헌다네?

워척허다니?

워척허냔 말여?

장부루 한시상 태났다먼 글 배서 급제허구 활 쏴서 출신헤서 장부에 쾌헌 이름을 후세에 넁겨야 헐 게 아니냔 말여, 내말은,

얼라? 얘 점 봐. 그럴 헹펜두 못 되지먼…… 빨간상늠* 주제에 글은 배먼 뭐하구 활은 쏴서 또 뭐헌댜. 시전 서전을 꺼꾸루 오이구 오시오중 늠어 불질 한 방이 여산대호를 잡을 수 있넌 재주가 있다 헌들 뭔 용뺄넌 수가 있너냐 말여. 그런 거야 다 파란양반* 짜리덜이나 허넌 거지 나 같은 빨간상늠두 못 되넌 절머심짜리가 뭘 워치게 헌다넌 겨. 워치게 하늘을 쓰구 도리질 친다넌 겨.

말도 되지 않는 소리라는 듯 쌀돌이가 얼굴을 붉히는데, 꼿꼿

벽쇠 구두쇠. 벽보. **빨간상놈** 상놈은 옷을 죄 벗은 것 같다는 말. **파란양반** 떨치는 힘이 서릿발 같다는 말.

한 눈길로 바라보는 갈꽃이였다. 그 계집아이 목소리는 착 가라 앉아 있었다.

글 배구 활 쏘년 게 똑 급제 바레구 출신 바레서 허넌 건감.

그럼?

거긔는 시방 답답허지두 않남?

뭐가아?

이냥 이꼴루 사넌 게 답답허지두 않너냔 말여.

그러니 워쩐다네.

산에 가야 범을 잡지°. 호랭이 굴로 가야 호랭이 새끼를 잡넌다° 넌 옛말두 물른댜.

둥굴 자리 보구 씨름이 나간다구, 그레봤자⋯⋯

춘동春同이한테 부탁하여 석규石圭도련님이 다섯 살 적에 떼어 마친 백수문 책을 빌려다 보고 있다는 말을 할까 하다가 차마 낯이 뜨거워 그만둔 쌀돌이가 한숨을 내려쉬는데, 콤. 갈꽃이는 쌍 글하게 밭은기침을 한 번 하였다.

쌀될이.

응.

옛날 삼국시절이 주유넌 열여덟 나이루 수륙군 대도독을 헀넌 디, 주유허구 어깨뒹갑 되넌 거긔는 그레 시방 한숨이나 쉬넌 겨.

삼국시절이라면 삼국지 말인감? 제갈굉멩허구 관우 장비 나 오넌 그 삼국지 말여?

그려.

얼라? 삼국지두 읽어봤남?

쌀돌이가 놀란 눈으로 바라보는데, 아. 부르르 하고 온몸이 다 떨려오는 그 꽃두루*였으니, 조개볼. 어린아이처럼 가볍게 도리질을 하며 고개를 돌리는 그 계집아이 두 볼은 누가 손가락으로 폭 찌른 듯 쏙 들어가는 것이었고, 슴벅슴벅 금방이라도 하마 눈물이 쏟아질 것만 같은 그 계집아이 눈길은 허공중에 던지어져 있었다. 허공중에 높이 떠서 느릿느릿 움직이고 있는 것은 타는 듯 붉은 새틸구름 한 무더기.

지잉— 징. 징— 지잉.

딱딱딱딱 딱따그르르……

옴 미기미기 야야미기 사바하.

새울음 소리에 놀래었는가. 바람도 없는데 출렁 하고 구름이 밀리면서 눈길을 내리는 갈꽃이였고, 쌀돌이는 한숨을 삼키었다. 광쇠소리 목탁소리 염불소리 아득한 저 아래 서낭절 쪽에 던지어져 있는 그 계집아이 귀밑에서 턱으로 흐르는 줄이 무슨 까닭으로 가슴 저린 쌀돌이가 골통대만 힘주어 빨아들이는데, 불

꽃두루 '총각' 본딧말.

340

쌍하게 돌아가신 아버지 생각이 나는가. 포옥하고 뽑아내는 갈꽃이 한숨이었다.

가운이 영체하여 조년에 안맹허니, 낙수청운에 발자취 끊어지구, 금장자수에 굉뎅이 비었으니, 향곡의 곤헌 신세 강근헌 지친 읎구 김하여 안맹허니 누가 대접허랴마는…… 우덜은 어엿헌 반가에 후예니라.

「심청가」첫머리에 나오는 사설 빌린 양반타령과 함께 『백수문』과 『명심보감』이며 『소학』까지 입으로 불러 깨우쳐주던 아버지였는데, 언제나 들려주던 것이 『삼국지』였다. 동곳을 꽂기도 전부터 읽기 비롯하여 무슨 악증인가에 걸려 그만 안맹하기까지 열 번도 더 읽어 숫제 따르르 외우고 있는 『삼국지』라던가.

한펴언― 주유는 증빙과 노숙 이하루 군관덜을 장중이루 불러들여서 뒹남풍이 일어나넌 대루 즉시 군사덜을 분빌허기루 허구, 일믠 손권헌티 고혀서 접응허기를 청혔것다. 이때에 황개는 불지를 화선 스무 척을 준븨혜서 뱃머리에 큰 쇠못을 빽빽허게 박어놓구, 배 안의다가는 갈대와 마른 섶을 가득 차게 신되 두루 생선지름을 뿌리구, 그 위다가 유황과 염초 같은 불 댕길 몬덜을 얹어논 담의 청포와 유지루 그 위를 푹 덮어씌우구설랑, 선두의넌 청룡아긔를 꽂구 선믜의넌 각각 쾌선을 매놓구서 장하에 대중하여 주유 호령이 네리기만 지달렸구나. 또한 감녕과 감택은 채화 채중을 수채 안의다 붙들어 놓구서 매일 하냥 술을 마시머

단 한 명 군사두 육지에 오르지 못허게 허니, 사방이 모두 뙹오 군사라 물 한 방울 새나갈 틈이 읐넌듸……

매일이면 매일같이 듣는 『삼국지』 소리라 진절머리가 난 갈꽃이가 추임새* 넣는 소리 없으면 심학구 뿐*으로

딸아 딸아 이내 딸아. 금을 주구 너를 사랴 옥을 주구 너를 사랴. 어허간간 내 딸이야 장주 같은 내 딸이야 선녀 같은 내 딸이야. 표진강의 숙향이가 네가 되어 환생했나, 은하수 직녀성이 네가 되어 네려왔나, 남전북답 장만헌들 이렇게 좋을손가. 산호진주 은었던들 여긔이다 비헐소냐. 얼씨구 내 딸이야. 청사 바구니 옥등경 댕기 끝이 진주씨, 상추밭이 파랑새, 파랑새 곁이 붉은새, 어허둥둥 내 딸이야.

한참을 어르다 말고 휴우— 한소리 긴 탄식과 함께 퇴침을 끌어당겨 손바닥으로 두드리며 불러보는 것은 「적벽가」였다. 「적벽가」 가운데서도 '새타령'.

산천은 흠준허구 수목은 청집헌듸 만악이 눈쌓이구 천빙이 바람칠제 화초픽실 읐었으니 앵무원앙이 끝쳤난듸 새가 어이 울어야만을 즉빅화전의 죽은군사 원조라는 새가되야 조승상을 원망허여 지지거려 우너니라. 나무나무 곳곳허리 앉어우는 각새소리 도탄의싸인 군사 고향이빌이 몇해런고. 귀쵹도귀쵹도 불여귀

<u>추임새</u> 소리꾼이 아니리를 할 때 고수鼓手가 질러주는 소리. 뻔 뒴뒴이.

라 슬피우넌넌 저초혼조 여산굴양의 쇠진하야 촌븨노락 한때로
구나.

중모리 퇴침장단 맞추어 눅은목*을 뽑아내다가 조조가 웃는
아니리 거쳐 팔척 장창 빗겨 들고 조자룡이 나오는 대목을 엇모
리로 넘어가는데, 아아. 마음속으로 힘껏 도리질을 하는 갈꽃이
였으니, 말벌소리인 듯 언제나 귓가에 달라붙어 닝닝거리는 아
버지 수리성*이었다.

괏고리*가 우넌 것을 보니 밖이는 시방 곳이 픗으렷다.

그럼유.

뭔 곳덜이 픗넌구?

개나리. 참곳. 복사곳. 살구곳. 배롱곳. 철쭉……

어허, 목이 탄다. 목이 타.

잠깐만유. 아부지.

통통통 뒷산 옹달샘으로 줄달음질쳐 올라가 바가지째 냉수를
떠다 입에 대어드릴 때마다 한뉘가 시드러웁다*며 껑하게 돋아
난 목울대를 쥐어 뜯던 아버지.

목이 갈허구나, 갈혀.

냉수를 담았던 바가지를 들고 주막집으로 달음박질쳐 가 사정
사정 동냥술을 얻어다 드리고 나서야 잠이 드시던 아버지. 잠이

눅은목 언제나 하탁성下濁聲으로만 내는 목소리. 수리성 목청이 곰삭아서
조금 쉰 듯하게 나는 목소리. 픗고리 꾀꼬리. 곳고리. 시드러웁다 고달프다.

깨면『삼국지』였고,『삼국지』이야기를 들려주시던 틈틈이 우리 내 딸 고이 길러 예절 먼저 가르치고 침선방적 다 시켜서 요조숙녀 만들겠다며 진서 글을 입으로 불러 깨우쳐주시다가도, 다시 또 목이 탄다며 몸부림을 치시던 아버지.

그렁그렁 맺혀 있는 눈물 방울이 하마 떨어져 내릴까 무서워 숨죽여 빨아들인 담배연기를 가만가만 내어뿜는 쌀돌이였는데, 철썩! 제 허벅지를 한 번 소리나게 내려치고 난 갈꽃이 붓으로 그린 듯 뚜렷하고 주사를 찍은 듯 붉은 입술 사이로 뽑아져 나오는 것은 '새타령'이었다.

숫쩍숫쩍 저숭년새 백만군사를 좋다더니 금일패군이 어인일고. 입빗추입빗추 저빗축새 자칭영웅 간곳없구 백게도생을 꾀로만판다. 괴고리 수리수리루 저괴고리 초평대로를 마다허구 심산총람의 고리각가옥 저가마귀 가련타 주린장졸 냉빙인덜 아니들랴. 빙이 좋다구 쑥쑥국 장요는 활을들구 살이없다 걱정마라 살간다 수루루루 저호반새 반공의 둥둥높이 떠 동남풍을 네 가막어 주랴느냐 너울너울 저 바다매기 우지마러라 노고지리노고지리 저종달새 황개호통 겁을내여 벗은 홍포를 입었네 따옥따옥 저따옥이 화룡도가 불원이라 적벽풍파가 밀려온다……

높이 떠서 흩어지는 갈꽃이 놀량목*에 쌀돌이가 넋을 놓고 있는데, 콤. 쌍글하게 받은기침소리가 나면서 해맑게 웃는 그 계집아이였다.

똑 읽어봐야만 아남.

읽어보지두 않구 워치게 안댜.

거긔두 인저 즉은 나이가 아니니께 맘 한번 다다 크게 먹구 뭐던지 즌심즌력이루 혜보란 말여. 그레서 대장부 소릴 한번 들어봐라 이 말이구먼.

걱정헤주년 건 고맙지먼……

말을 중동무이한 쌀돌이가 골통대 동거리*를 입에 무는데, 대통에서는 연기가 나지 않는다. 탄지를 털어내고 새 남초를 쟁여넣는 쌀돌이를 물끄러미 바라보던 갈꽃이는 댕댕이바구니쪽으로 몸을 돌리었는데, 먼산나물을 나왔다던 것도 핑계였던가. 삿갓 모양으로 넓적한 짚주저리*를 벗기자 대오리로 엮어만든 그릇 몇 개가 드러났다. 여동대* 같이 생긴 그 그릇들에는 옥같이 흰 쌀밥이 고봉으로 담기었고 고비나물과 마늘장아찌며 겉절이에 비웃구이며 돌알*까지 한 개 담기어 있었다. 그것들을 하나하나 쌀돌이 앞에 놓아준 그 계집아이는 질옹두루미* 마개를 따며

놀량목 목청을 떨면서 내는 목소리. **동거리** 물부리 끝에 물린 쇠. **짚주저리** 볏짚으로 우산처럼 만들어 그릇을 덮어 싸던 것. **여동대** 승려가 귀신에게 주기 위하여 공양 전에 떠놓는 조그마한 밥그릇. **돌알** 삶은 달걀. **질옹두루미** 질흙으로 된 조그마한 술병.

조그많게 말하였다.

  츤츤히 먹어. 목 맥히잖게 입 먼저 축이구.

  자고루 수승부녀라더니, 지집사람 맴이란 월마나 또 알 수 읎
넌 것인가.

  천지간에 몸붙여볼 데 없는 신세라는 생각이 새삼 떠오르면
서 견딜 수 없게 외로움이 밀려오는 쌀돌이었다. 밤두억시니 같
은 윤초시네 안방지기짜리 눈을 피하여 틈틈이 나뭇짐이라도
하여다 주며 풀방구리 쥐 나들 듯 손문장댁을 찾았던 것은 전수
이 갈꽃이 때문이었다. 손문장한테 동학을 배우는 것도 좋았지
만 그것은 그러나 평계에 지나지 않았고, 오로지 갈꽃이가 보고
싶은 탓이었다. 나이는 한 살 아래였지만 어쩐지 그 계집아이 품
에 얼굴을 묻고 하염없이 목놓아 울어버리고만 싶어지는 것이었
다. 월궁에서 내려온 항아님인가. 이슬만 받아먹고 산다는 선녀
인가, 꼭 여러 해 손위인 누님만 같았다. 도무지 이뉘*사람 같지
가 않은 그 계집아이인 것이어서 다만 낯만 붉히었을 뿐 말 한마
디 제대로 건네어보지 못하였으나, 왜 이다지도 보고 싶어지는
것인지. 이 밤이 지나고 나면 갈꽃이는 내가 다시 만나 볼 수 없는
딴 세상 사람이 될 테니, 하. 갑자기 박등빛이 아슴아슴하여지면

이뉘 이 세상.

서 눈앞이 뿌옇게 흐려왔고, 그 꽃두루는 힘껏 눈을 감았다 떴다.

아랫말을 벗어난 박등이 출렁이며 접어드는 곳은 향곳말 쪽이었다. 반듯반듯한 기와집들이 즐비한 그곳은 쌀돌이가 열일곱 해 동안 살아온 곳이어서 눈을 감고도 돌아다닐 수 있었다. 두세거리는 발걸음 소리와 일렁이는 불빛에 놀란 개들이 요란하게 짖어대었고, 갑자기 빨라진 관차들 발길이 가 닿는 곳은 리참봉댁이었다.

리참봉댁과 활 반 바탕 거리만큼 떨어진 곳 길가에 우뚝 서 있는 커다란 홰나무 뒤에 몸을 숨긴 쌀돌이는 거푸 된숨을 몰아쉬었다. 이 생각 저 생각에 금방이라도 터져버릴 것만 같은 머리통으로 소리나지 않게 뒤를 밟아오느라 숨이 차기도 하였지만, 그것보다는 더 어떻게 따라가볼 수가 없는 탓이었다. 리참봉댁 윗사랑 담장 밖으로는 손에손에 횃불을 치키어 든 더그레짜리들이 범강장달이같이 버티고 서 잡인들 출입을 금하고 있으니, 감사또짜리와 안전명색이 들어 있을 것이었다. 감사또짜리한테 어떻게 문안이라도 여쭈어야겠는데 빈손으로 갈 수 있느냐며 안방지기짜리와 언성을 높이던 윤초시가 떠오르면서, 쌀돌이는 입술을 꼭 옥물었다.

둥기당동동 당기당 둥둥.

거문고 뜯는 소리 사이로 기생들 지화자 소리 낭자한데 느끼하게 풍기어오는 갖은 음식이며 온갖 기름진 진안주 내음에 저도 모르게 코를 벌름거리던 쌀돌이는, 털푸덕 소리가 나게 섰던 자리에 주저앉았다. 갈꽃이가 마지막으로 들어간 곳이 감사또짜리가 묵는 리참봉댁이라는 것만 알았을 뿐, 더 이만 어떻게 하여 볼 도리가 없었던 것이었다. 아이고땜을 놓고 울어쌓는 어린아이처럼 늙은 홰나무 아래 두 다리를 뻗치고 앉은 그 꽃두루 두 볼 위로는 축축한 것이 흘러내리고 있었다.

"춘됭아"

건건찝찔하게 말라붙은 눈물자국을 손등으로 연방 문지르며 쌀돌이가 찾아간 곳은 윗말에 있는 김사과댁이었다. 외양간 쪽으로 난 샛문 앞에서 불러보았는데, 밤마실꾼덜이 왔나. 기급 단벙거지 꼴로 얼른 뛰어나와 문을 열어주며 반색을 하여야 할 춘동이 대신 안쪽에서 들려오는 것은 두런거리는 사내들 말소리 뿐이었다. 다섯 간 곱패집으로 된 기슭집*이었는데, 몸채*에덜 지시능가. 천서방 내외가 쓰는 방에는 불이 꺼져 있고 삼월이 방 또한 마찬가지. 지난 이월달인가 새로 들인 젊은 머슴과 춘동이가 함께 쓰는 방 뙤창*에 어리는 불빛을 바라보던 쌀돌이는 손등으로 눈께를 문질렀다.

"춘됭아"

기슭집 행랑行廊. **몸채** 여러 채로 된 집 바탕이 되는 채. 안채. **뙤창** 방문 옆이나 뒷벽 쪽에 조그맣게 달아 쉽게 밖을 내다볼 수 있거나 바깥과 말을 건넬 수 있게 만든 창.

다시 한 번 이번에는 조금 더 크게 불러보았으나 뙤창 너머로 흘러 나오는 것은 사내들 웃음소리뿐이었고, 이런 넨장맞을. 까 그매 똥두 열닷냥 허면 물에 깔긴다°더니, 발써 코그루를 박넌 단 말여. 아니면 몸채. 언제 어느 때고 간에 마음만 먹는다면 만 나볼 수 있던 춘동이놈마저 갈꽃이와 마찬가지로 다시는 만나 볼 수 없는 딴 세상 사람이 된 것만 같아지면서, 새삼스럽게 혼자 라는 생각이 드는 쌀돌이였다. 마음 줄 동무 하나 없고 궁가 박가 요°할 사람 하나 없이 너르나 너른 허양벌지에 혼자서만 내팽기 어처져 있다는 외로움. 가운뎃말 지나 윗말로 넘어가는 고갯마 루턱에 있는 서낭당에 잔돌멩이들을 열 개도 넘게 던지면서 가 다듬었던 마음이 다시 흐트러지는 것이었고, 그 곁머슴 총각은 지그시 아랫입술을 깨어물었다.

춘동이는 쌀돌이보다 나이가 두 살 적었지만 여간내기가 아니 었다. 제가 모시는 상전인 석규도령 뽑치게 깎은 밤 같은°아이였 고, 타고나기를 돌미륵같이 성품이 원체 눅진°아이라 드러내어 놓고 말은 안 하지만 어깨너멋글도 제법이어서 통감 초권쯤은 벌써 깨우친 듯하였으며, 무엇보다도 여간 의젓한 아이가 아니 었다. 성미가 진중하고 인정이 많았지만 언제나 무엇인가를 깊 이 생각하는 듯 말수가 적은 그 아이인지라, 비록 바닥상것도 못

눅지다 가라앉다.

되는 비부쟁이와 교전비 사이에 난 종새끼일망정 사람들은 모두 함부로 대하지를 못하였다. 배다른 언니로 앵두장수가 되었을지라도 대흥고을 넘고 홍주목 넘어 공주감영에 이르기까지 호서 테안°을 뜨르르 울리던 아기장수 만동이 아우라는 점에서 더구나 그러하였는데, 두 살 많다는 나이 대접으로 깍듯하게 형을 붙여주며 언제나 진더웁게 대하여 주는 그 아이가 쌀돌이는 좋았다. 지겟작대기를 꼬나들고 검결이라는 이상한 노래를 부르며 또한 요상한 갈춤을 추던 것을 보아서만이 아니라 동학에 대하여서도 많은 것을 알고 있는 듯하였다. 춘동이를 만나서 제 서러운 심사를 털어놓아보고 싶다는 생각 하나로 허위단심 밤길을 쫓아 올라왔던 쌀돌이는 그만 떡심이 다 풀리는 것이었다.

외양간 문을 잡아 흔들며 소리쳐 불러보면 될 것이었지만, 내 븨둬. 새로 들인 머슴 찾아왔을 마실꾼덜허구 뭔 말을 헌단 말여. 매일이면 매일같이 식전아침버텀 밤늦게까장 죽도록 일이나 허구 밥이나 먹구 똥이나 싸면서 용두질°이나 치넌 저것덜허구 뭔 소릴 헌다넌 겨. 낫 놓구 긱자두 물르넌° 것덜이 워치게 이 백옥 같은 내 맘을 알 겨. 그럼 이냥 이대루 내 방이 가서 고크루나 박어. 그레서 꿈속에서락두 갈꽃이를 만나봐. 허나, 또한 뭔 소용일꾸. 아무리 재미진 꿈을 꿔 꿈속이서 만리장성을 싼다구 헤두 용

테안 테두리 안. 용두질 사내 자위행위.

코 읊이* 아침은 또 올 테구. 그러면 또 깨뻗질 꿈 아닌가베. 그러니 워척혀, 워척혜야 좋난말여.

미장이 비비송곳같이* 애를 태우던 쌀돌이는 과글이 몸을 돌리었다. 그리고 천근인 듯 무겁기만한 발길을 옮기던 그는,

푸우—

된숨을 내어쉬며 몸을 돌리었다. 다시 외양간 문 앞으로 가 뙤창에 어리는 불빛을 바라보던 쌀돌이는 아하 하면서 숫을대문 앞으로 갔는데, 어마 뜨거라. 대가리에 아직 쇠똥도 다 벗기어지지 않은 곁머슴놈 주제에 이리 오너라아! 헛기침 섞어 아랫것들을 부를 수도 없는 것이었고, 담장을 따라갔다. 석규도령이 쓰는 아랫사랑채 쪽으로 가는데, 그러면 그렇지. 항것 뫼시구 바돌을 두는감만.

"따악 딱. 딱 따악."

퇴밀이*에 어리는 불빛을 시나브로 흔들리게 하는 것은 바둑돌 놓는 소리였고, 푸우—

아니 두말 말고 나도 가옵시다. 꺽꺽 푸드득 장끼 갈 제 아로롱 가투리 따라가듯 녹수 갈 제 원앙 가고 청두리* 갈 제 씨암탉 따라가고 청개고리 도령 갈 제 실배암 따라 가고 범 가는데 바람 가고 용 가는데 구름 가고 구름 갈 제 비가 가고 바늘 갈 제 실이 가

용코 없다 하릴없다. 어떻게 할 수가 없다. **퇴밀이** 살 양옆과 등을 함께 밀어 동그랗게 한 창살로, '등밀이'보다 훨씬 찬찬한 멋을 나타내는 조선왕조 때 양반댁 사랑채에서 주로 썼던 창문 꼴임. **청두리** 청둥오리.

고 봉 가는데 황이 가고 송별낭군 도련님 갈제 청춘 소첩 나도 가옵시다.

언제였던가 들어보았던 떠돌뱅이 소리꾼 춘향가 한 대목이 떠오르면서, 언제나 한 몸인 듯 석규도령과 붙어다니는 춘동이가 여간 부러워지지 않는 것이었으니, 아. 나는 왜 갈꽃이를 따라가지 못하는가. 바늘 가는 데 실 가듯이°함께 가지 못하는가, 요렇게 맨날 요 모양 요꼴루 살 바엔 숫제 워느 대갓집 종이루나 들어가까. 그레서 썻은 팥알 같은°상전댁 되렌님 뫼시구 댕기면서 흰목 한번 재껴봐.

제 자신 또는 처자 몸을 노비로 팔아 넘기는 일은 예로부터 흔하게 있는 일이었다. 가뭄과 큰물과 역병이 해를 두고 거듭하여 되풀이되는 이즈음 들어서는 더구나 심하여 쌀돌이가 들은 것만 하여도 한두 가지가 아니니—

서른한 살 된 제 몸과 서른세 살 된 처와 일곱 살 난 딸내미를 아울러 돈 쉰냥에 아무개 진사댁에 팔고, 흉황을 당하여 칠십 늙은 아비가 굶어 죽고 얼어 죽을 지경에 이른데다가 온갖 결전이며 장리쌀에 변돈마저 갚을 길 없어 처와 여식을 마흔냥 받고 아무개 선달댁에 팔고, 늙은 어미 장사해자°를 마련할 길 없어 서른 살 난 처와 코흘리개 어린 아들딸을 돈 여덟냥과 벼 한 섬 받고 아

장사해자 장사지내는 데 쓸 돈.

무개 첨지댁에 팔아 넘기었다는 것이야 그래도 돈과 쌀이나마 받았다지만, 돈 한푼 쌀 한 톨 받지 않고 자식을 그냥 있는 집 고 공비로 넘기어주는 경우까지 있으니, 모두가 호구를 할 길이 없 는 탓이었다. 아랫숯뱅이 사는 숯무지*오가吳哥가 서른여섯 살 된 처와 아홉 살 난 딸과 네 살 난 아들을 돈 한푼 받지 않고 홍주 목 조양문朝陽門 밖에 사는 리생원댁에 넘기어주었다는 것은 지 난 봄이었다.

사람이 곧 한울이라구 헸넌디……

유형 왈 사람이요 무형 왈 한울이니, 유형과 무형은 이름은 비 록 다르나 이치는 곧 하나가 아니것너냐. 사람이 곧 한울이라구 허넌 말에 대혜서 혹은 말허되 물두 근원 읎넌 물이 읎구 나무두 또한 뿌리 읎넌 나무가 읎으니 사람 위에 따루 주재허넌 한울이 읎다 험은 깨닫기 어려운 말이라 헌다. 허나, 물이 만일 근원이 있 어 흐르넌 것이라면 그 근원에 물은 첨 워디서버텀 나오넌 것이라 헐 것이며 나무가 만일 뿌리가 있어 나온 것이라면 그 뿌리에 뿌 리는 또 워디서버텀 나왔다 허것능구. 같은 이치루 사람을 이와 같이 츰 한울님이 있어 낳다헐 것 같으면 한울님은 츰 누가 나줬 다 허것능가. 이 시상 천지 사람 가운데 누가 또 부모 읎이 난 사람 이 있을 것인가만, 부모에 부모를 거쳐 또 그 위로 천부모 만부모

숯무지 숯을 구워 파는 사람.

를 찾어 올러가봐두 맨 츰 난 부모는 그 누구라구 헐넌지 알 수가 읎넌 것 아니것너냐. 글허넌 사람덜은 자고루 천황씨까지를 찾어 올러간다구 허지마는 천황씨 위는 또 뭣이라구 말헐넌지 알 수 읎넌 것이다 이 말이여. 이럼으루써 사람에 근본을 찾넌 디는 첨버텀 끝까지 사람이라구 허넌 것이 가장 옳은 것이다 이말이니……

손문장 말을 떠올리며 쌀돌이는 그만 낯이 붉어지었다. 동학만 잘 믿으면, 청수상 받치어놓고 삼칠주만 지극 정성으로 잘 외워 잡숫고 보면, 양반 상놈 따로 없이 모두가 똑같은 사람으로 고르게 살 수 있다고 하였는데……

"따악 딱. 딱 따악."

한 길이나 되게 높이 두른 돌담장 너머 퇴밀이 안에서 들려오는 것은 여전한 바둑돌 소리인데, 니기미. 언 놈은 부모 잘 만나 허구헌 날 옥 같은 쌀밥에 괴깃국만 먹으면서 공자 왈 맹자 왈 바돌이나 두구, 언 놈은 부모 잘못 만나 허구헌 날 보리곱살믜에 짠지쪼가리나 씹으면서 등골이 빠지게 생일만 허며 산단 말인구. 열일곱 살 먹은 그 총각 곁머슴은 아이오 오줌이 마려웠다.

담장 밑을 물러나 저만큼 떨어진 길섶에서 소피를 보던 쌀돌이는, 어? 여남은 간통 떨어진 외양간문 쪽으로 걸어가는 희끗한 것이 눈에 들어왔고, 부르르 진저리를 치면서 서둘러 고잇말기를 올리었다. 밤이라지만 몇 발짝 잰걸음으로 다가가자 둥두렷* 떠 있는 유월보름 달빛 아래 사람 자취가 뚜렷이 들어왔는데,

"얼라, 쌀될이성 아녀?"

주춤주춤 마주 다가서며 반색을 하는 것은, 춘동이였다. 춘동이가 히뭇이 웃었다.

"웬일이랴? 이 밤중이."

"으응, 그냥."

"빌꼴일세. 오뉴월 절불°두 쬐다 나먼 서운허다°넌디 요샌 통 발걸음두 안 허구…… 뭔 존 일이 있넌개벼."

"넌 워디 갔다오넌 겨? 이 밤중이."

"나야 되렌님 심부름 댕겨오넌 질이지먼…… 성이야말루 웬일이랴? 손문장댁 문돌쩌귀에 불난다넌 소문은 들었지먼 말여."

반가움을 꾹 눌러 참으며 춘동이가 시쁘다는 빛으로 말하는데, 쌀돌이는 턱 끝으로 아랫사랑채 쪽을 가리키었다.

"되렌님 심부름 갔다 오넌 질이먼…… 저 방이서 바둘 두넌 소리는 뭐라네?"

"복국."

"뭔 국?"

"되렌님 혼자서 옛날이 뒀던 바둑을 다시 놔보시는 거란 말여."

"빌꼴일세. 혼자서 워치게 바돌을 둔댜."

"그러니께 국수지. 아, 우리 되렌님이 호서국수짜릴 일패도지

둥두렷 온달처럼 환하게. **겻불** 겨를 태운 불.

시킨 게 원젠디…… 성은 그것두 물르나베."

춘동이가 뽐내는 어조로 말하는데, 쌀돌이는 오른쪽 짚신발 끝으로 땅바닥을 문질렀다.

"물러. 알구 싶지두 않구. 소내기는 오려 허구 똥은 매렵구 괴타리˚는 옹치구˚ 꼴짐은 넘어지구 소는 또 뛰쳐나갔넌디˚…… 그런 건 알어서 뭐헌다네."

"얼라? 증말루 뭔 일이 있넌 모냥일세."

깜짝 놀란 춘동이가 쌀돌이 손을 잡아 끌었다.

"엄니, 엄니이."

마음이 급하여진 춘동이는 숫제 샛문을 잡고 흔들었는데, 문을 따주는 것은 밤마실 왔다가 마침 소피를 보러 나왔던 리개노미李介老味였다. 향곳말 홍주서洪住書댁 머슴인 그 늙은 총각은 쌀돌이를 보고 너스레를 떨었다.

"요샌 통 낮짝 보기 어렵더라."

"뭘유."

"윗다가 꿀단질 파묻어뒀남?"

"공중 맨날 그렇지유 뭐."

"그 나이에 벌써버텀 보리 볶어 먹으러 댕기˚넌 건 아닐 테구……"
하는데,

괴타리 고의袴衣 허리를 매어 접어 여민 사이인 '고의춤' 내폿말. **옹치다** 옭히다.

"개갈 안 나넌 소리 그만두구 싸게 들어가기나 헤유."

지청구* 한마디로 말을 무지르고 난 춘동이는 마실꾼들 곁방으로 들어갔다. 벽걸이 등잔에 불을 붙이자마자 털푸덕 소리가 나게 굽도리*에 등짝을 붙이며 주저앉는 쌀돌이였다. 반팔등거리 앞고름을 풀어헤치며 골통대에 막담배를 다져넣는데 손길이 와랑와랑 흔들리고 있었다.

"뭔 일인디 그런댜?"

춘동이가 걱정스럽게 바라보는데, 등잔불에 담뱃불을 붙여문 쌀돌이는 길게 연기를 내어뿜었다.

"춘됭아."

"응?"

"탁배기 한잔 있으면 마시게 헤줄 쳐?"

"증말루 뭔 들 죤 일이 있었나벼."

하면서 한 무릎 더 다가앉는 춘동이가 눈을 동그랗게 뜨고 바라보는데, 쌀돌이 입술이 야릇하게 일그러지는가 싶더니, 비죽비죽 울음이 터져 나오는 것이었다.

"얼라, 얼라……"

코를 길게 들여마시고 난 그 총각은 코맹맹이* 소리를 내었다.

"읆남?"

지청구 까닭 없이 남을 탓하고 미워하는 것. **굽도리** 방안 벽 쪽 아랫도리. **코맹맹이** 코가 막히어 소리를 제대로 내지 못하는 사람. 코맹녕이.

쇠새˚같이 톡 솟구쳐 일어나 방을 나간 춘동이가 중문 너머 몸채 부엌 곁에 붙어 있는 찬광으로 몰래 들어가 귀때병˚에 담아온 것은 용수뒤˚였고, 병째 입에 대고 꿀꺽꿀꺽 서너 모금을 언청이 굴회 마시듯 들이붓고 난 쌀돌이는 골통대를 입에 물었다. 길게 연기를 내어뿜고 난 쌀돌이가 다시 귀때병을 집어 올리는데,

"얼라."

하면서 왼손으로 쌀돌이 병 잡은 손을 잡은 춘동이가

"또 소내기술˚ 헐 모냥일세"

걱정스러운 눈길로 바라보며 활줌통 내미듯° 오른팔을 뻗치어 내어미는 것은, 한 움큼 매화산자˚였다. 제가 마시고 먹자는 것은 아닐지라도 어머니가 알면 어마 뜨거라 그런 야단이 없을 판이라 소경 머루 먹듯° 급하게 퍼담고 집어온 것이었는데, 아이구. 과잘˚이라니. 깨엿 콩엿 호박엿 후추엿 흰엿 댓자박에 밥풀강정 쌀강정 콩강정 홍강정이며 대추초 멍덕꿀˚에 중배기 과줄 같은 갖은 주전부리 가운데서도 더구나 큰사랑나으리께서 속이 끔끔하실˚ 때면 입에 넣어보시는 것이 과잘 아닌가. 깜짝 놀라 저도

쇠새 물총새. **귀때병** 주전자 부리처럼 물몬을 담는 그릇에 따로 내밀어 그 구멍으로 따르게 된 부리가 달린 병. **용수뒤** 익은 술독에 용수를 박아 맑은 술을 떠낸 뒤 찌끼술. 밑술. **소나기술** 여느 때는 먹지 아니하다가도 입에 대면 끝없이 먹는 술. **매화산자**(梅花饊子) 찹쌀가루를 꿀에 반죽하여, 얇고 네모지게 만들어서 기름에 띄워 지진 것에, 찰벼를 불에 튀겨 매화 비슷하게 된 것을 앞뒤에 묻히어 만든 산자. 매화강정, 매화과잘. **과잘** 과줄. 약과. 정과. 다식을 말함. **멍덕꿀** 멍덕 안에 박힌 가장 좋은 흰 꿀. 멍청이. **끔끔하다** 무엇이 모자란 듯 입맛이 다셔진다.

모르게 얼른 손을 놓았던 춘동이는, 에라 물르것다. 워짜피 죽 떠
먹은 자릴° 테니, 군불이 밥짓기° 허넌 거지 뭐. 떡 삶은 물이 풀
허구 떡 삶은 물이 중의 데치기° 헌다구 이럴 때 아니면 원제 이
런 것 맛본댜. 냠냠이탐°을 할 나이는 벌써 지났으나 웬일로 갑자
기 거위침이 흘러 나오는 춘동이였다. 본 놈이 도둑질한다°고 이
상하게 달착지근하면서 고소한 내음으로 군침이 돌게 하는 매화
산자를 영 먹고 싶었던 그 아이는 얼른 한 점을 제 입에 넣으면서,
킥. 복불복°이라더니, 쌀될이성 수지맞었네.

"누가 쫓어오넌 것두 아닐 테구, 이것 점 맛봐가머 츤츤히 마셔."

그제서야 소경 북자루 쥐듯° 하고 있던 귀때병을 놓으며, 푸
우— 된숨을 내어쉰 쌀돌이는 손등으로 눈께를 문질렀다. 골통
대를 입에 문 그 총각이 다시 한 번 길게 연기를 내어뿜고 나서

"거시기 말여."

막 입을 여는데, 벌컥 창문이 열리며 발을 들여놓는 것은 아까
외양간 문을 따주던 리개노미였고, 두세두세 뒤를 따라 들어오
는 마실꾼들이었으니— 몽득이, 복개, 신창쇠, 밤쇠, 명동이, 맹
출이. 모두들 저마다 방귀깨나 뀐다는 양반댁 종이 아니면 밥술
이나 먹는 집 머슴으로 네 해 전 여름 앵두장수가 된 만동이 불알
동무°들이었고, 맨 뒤에 들어와 문간을 등지고 앉는 것은 김사과

<hr>

냠냠이탐 주전부리를 찾는 것. **복불복**(福不福) 사람이 잘살고 못살고 하는
것은 다 그 타고난 복과 불복에 말미암음이니, 억지로는 안 된다는 말. **불알
동무** 발가벗고 함께 놀던 사이.

댁 젊은 머슴인 금칠갑琴七甲이었다. 춘동이한테서 귀동냥한 것이 있는지 모두들 걱정스러운 낯빛으로 쌀돌이를 바라보는데, 출반주하고 나서는 것은 리개노미였다.

"뭔 일인디 사내자식이 찔찔 짜구 그런다네. 밤뙤시니 같은 늬 댁 안방지기짜리헌티 또 앰헌 소릴*들었남?"

"그게 아니구유우……"

눈을 슴벅거려가며 느릿느릿 말하는 쌀돌이 자초지종을 듣고 난 장정들이

"허 왼갖 핑퓍이루 해자를 뜯어가더니 괘씸타구 인저 사람까장 잡어가니…… 이런 쥑일 늠덜이 있나."

"갈꾳이가 아무리 막대 잃은 장님 신세라지면 썩어두 준치라구 그레두 어엿헌 반짜 돌림*인듸…… 즈대짜리가 다 뭔 말이여. 그것두 순 억지루다 말여."

"아, 상둣술에 낯내기*아니것남. 감사또짜리헌티 살수청 들게 허구서 그 탯가루다 안전짜리가 한목 잡어보것다넌 수작 아니것어."

"저런 난장박살탕국이 으혈밥 말어 멕여두 션찮을 가이색긔덜 같으니라구. 아, 대밍률인지 소밍률인진 됐다가 뭣 줏어먹자넌 겨."

앰한 소리 애꿎은 소리. **반짜 돌림** 양반 집안.

"벙거지조각에 콩가루 묻혀 먹을 늠°덜헌티 율은 무슨 느믜 율여. 그 잘난 율 읊이두 살 손문장을 월마나 윽박질렀으면 두 눈 뻔히 뜨구 당헀을 겨."

"허, 매 위 장사 있다나°. 달구 치넌디 아니 맞넌 장사가 있더냐° 이 말이여."

받고차기로 씩둑깍둑 저마다 한마디씩 하며 한숨들만 내어 쉬는데, 큼. 헛기침소리가 났다. 직수긋이 앉어 잇던 이 댁 젊은 머슴 금칠갑이였다. 그 장정이 다부져보이는 윗몸을 똑바로 세우며

"이러다가 날밤덜 새것네. 개갈 안 나넌 소리 그만덜 허구 인저 뭔 방책을 세워봐얄 게 아니것남."

하는데,

"입이 여럿이면 금두 녹인다°니 헐말은 우선 허구 봐야지."

그때까지 입을 함봉한 채 짜른대만 빨다가 시틋하다는 듯 한마디하고 나서는 것은 몽득이였고,

"암만. 천인이 찢으면 천금이 녹구 만인이 찢으면 만금이 녹넌다°잖던가베."

몽득이와 풋고추 절이김치°인 복개가 뒤를 받는데, 금칠갑이가 꼿꼿한 눈길로 그들을 바라보았다.

"말 단 집에 장 단 법 읎으니께° 허넌 말 아녀. 밤뒥시니 같은 공

풋고추 절이김치 절이 김치에는 풋고추가 가장 알맞다는 데서, 사이가 매우 친하여 언제나 잘 어울려 다니는 사람을 놀리는 말.

다리쳇것덜 보구 가이색긔라구 밤낮 욕만 헤봐야 사또 걸어 등
영고다 이 말이여."

한쪽 궁둥이를 들썩하며 도적방귀* 한자루를 뀌고 난 몽득이
는 묵묵히 짜른대만 빨았고, 몽득이 쪽을 슬쩍 바라보던 복개가
헛웃음을 날리었다.

"사또님 말씀이야 다 올습지˚."

"원 사람덜두⋯⋯"

피식 웃으며 눈에서 힘을 빼는 금칠갑이는 감영이 있는 공주
땅에서 왔다고 하였다. 태생인 공주만이 아니라 병영이 있는 청
주며 아랫녘 완영에 더하여 한양물까지 먹었노라 흰목을 잦혀쌓
는 그 사내는 손티 있는 낯에 어중간한 키요 또한 어중간한 몸피
였으나 눈매가 매롱매롱하니˚ 여간 매서운 게 아니었고 앙카바
틈하게 벌어진 어깨며 짧은목이어서 한눈에도 여간 다부져보이
지 않았다.

너무도 엄청난 말이어서 몽득이와 복개를 비롯하여 합덕 방죽
에 줄남생이 늘어앉듯 방안에 앉아 있는 장정들 모두가 반신반
의하고 있는 것이기는 하지만, 지난해 시월 만여 명 호우 쪽 백성
들이 금영까지 몰려가 수운선생 원통한 일을 풀어달라며 금백한
테 종주먹을 대었을 때, 목대잡이를 섰었다고 하였다. 머슴과 종

도적방귀 소리 없는 방귀. 매롱매롱하다 눈이나 정신이 또렷또렷한 꼴.

들이 모여서 마을에 새로 흘러 들어온 떠돌뱅이를 다는 자리에
서도 여간 다기차고* 뻑세며 그리고 또 의젓하게 나오던 것이 아
니었다. 끌끔하게* 나오는 말투며 행동거조가 여느 멧부엉이들
과는 달라보였다. 반드시 동짜여서가 아니라 이 한 많고 설움 많
은 세상에 인두겁을 쓰고 태어난 만큼은 양반 상놈 따로 없이 모
두가 똑같은 사람으로 똑 고르게 살 수 있는 세상을 만들 수 있으
며 또 그래야만 비로소 사람이 사람일 수 있다는 수운선생 가르
치심이 좋아 그랬었다는 그 말이 희떠운* 수작 같아보이지만은
않았다.

꼭 만동이를 보는 듯하였다. 만동이 따라서 장선전한테 활 쏘
고 창갈 쓰고 불질하고 말 타고 추격붙이고* 태껸서껀 몽둥이질
하는 법까지 배웠다고 하지만, 불뚝심*이나 조금씩 있달 뿐 온전
한 무예 한 가지 제대로 익히지 못한 그들이었다. 만동이가 있을
적에는 그래도 든든하게 믿는 구석이 있어 헛심*들이 뻗치었으
나, 만동이가 앵두장수 된 다음부터는 숫제 막대 잃은 장님이 된
그들이었다.

그래도 길고 짧은 것은 대어보아야 안다*며 힘으로 한번 겨루
어볼 틈을 노리고 있던 판이었는데, 웬걸. 작아도 고추알*이라고

다기차다 매우 당차고 야무지다. **끌끔하다** 마음이나 솜씨가 끌끌하고 미끈
하다. **희떱다** 1. 알속은 없어도 마음이 넓고 손이 크다. 2. 속은 비었어도 겉
으로는 번지르르하다. 3. 짓이나 말을 거드럭거리며 배때벗다. **추격(追擊)
붙이다** 습진襲陣하도록 시키다. **불뚝심** 갑자기 내는 힘. **헛심** 쓸데없는 힘.
보람 없이 써지는 힘.

근력마저 여간내기가 아니라는 것을 보여준 것은 지난 오월 단오날이었다.

해마다 단오와 한가위며 노록딸깃날°이면 그러하듯이 읍치 밖 오리정 지나 아귀할미다리 아래 모래마당에서 씨름판이 벌어졌는데, 결판까지는 오르지 못하였으나 연달아 세 사람 엄장 큰 장정들을 메다꽂고 담박 비게°에 올랐던 것이었다. 보기보다 힘이 센 것과 마찬가지로 꺽짓손° 세고 횟손° 좋으며 붙임성 또한 좋은데 더하여 속정마저 깊어 여간 습습한° 사람이 아니었으니, 가재는 게 편이요 초록은 한 빛으로 유유상종 너나들이로 지내는 자리에서 도꼭지가 되는 것은 당연한 일이었다.

"베주머니에 의송 들구 떨어진 주먼지에 어패 들었다구……
존 의론덜을 내보라 이 말이여."

금칠갑이가 사람들을 휘둘러보는데, 모두들 꿀 먹은 벙어리요 침 먹은 지네였다. 그 사내가 춘동이를 바라보며 히뭇이 웃었다.

"엄닌 워디 지시냐?"

"물류."

노록딸깃날 2월 초하루 종날. 정월 열사흗날부터 보름날까지 담과 지붕에 꽂아둔 가짜무명·낱가릿대 따위를 모두 헐어서 불때어 콩도 볶고 떡도 만들며, 낱가릿대 속 곡식으로 만든 송편을 노비들에게 골고루 나누어 주어서 그 나잇수대로 먹게 하였던, 하리아드랫날. **비게** 씨름판에서 애벌뽑기를 거친 장사. **꺽짓손** 억세어서 호락호락 넘어가지 않는 솜씨. **횟손** 사람 또는 일을 잘 휘어잡고 부리거나 갈망하는 솜씨. **습습하다** 사내답게 거쿨지다.

"아부지넌?"

"으응."

"광이 가서 탁배기나 점 더 가져올 수 읎것남?"

"엄니나 아부지 아시면 혼날 텐디……"

"그러니께 부탁허넌 거잖남. 워치게 점 안 되까?"

"혼날 텐디……"

"춘됭아."

"……"

"싸릿가지나 좀 꺾어두넌 겨."

"새꼽빠지게 뭔 싸릿가지래유?"

"삼월이 발 질이 맞춰 긔냥 헤두란 말여."

"얼라아?"

"갸두 인저 이륙*이 넘었으니 청목댕이* 한번 신어 봐야잖것남."

"증말유?"

"암만. 장부일언이 중천금인디 일구이언이먼 이부지자지."

"싸게 댕겨올 테니께 잠깐만덜 지달리슈."

아까와 마찬가지로 다시 한 번 쇠새같이 톡 솟구쳐 일어나 방을 나간 춘됭이가 중문 넘어 막 몸채 쪽으로 잰걸음 치는데, 어마뜨거라.

이륙(二六) 열두 살. **청목댕이** 기름에 결은 가죽신 한가지. 흰 바탕이나 붉은 바탕에 푸른 무늬를 놓았음. 양반댁 여자나 아이들이 신었음.

"기급 단 벙거지 꼴루 워디 간다네."

하며 다가오는 것은 아버지였다.

"엄니는 워디 지시대유?"

둘러대기로 얼른 되묻는 그 아이 이마에 땀이 돋는데, 저녁을 먹고 나서 부엌 뒤란 쪽 수챗구멍 막힌 것을 손보는 길에 안뒤꼍 쪽 디새죽담*이 빠진 것까지 손질한 다음 집안 곳곳을 짯짯이 둘러보고 오는 길이던 천서방은 헛기침을 하였다.

"뉘는?"

"자내 뷰."

"에믜는 바느질허너라구 아직 점 있어얄 테니 싸게 가자."

"예."

할 수 없이 아버지 뒤를 좇아 다시 중문을 되넘는 춘동이 가슴은 두근반 세근반. 술방구리 들고 오기를 눈이 빠지게 기다리고 있을 장정들 얼굴이 떠오르면서, 눈앞에 어른거리는 것은 그리고 신이었다. 짚신이야 이제 스스로도 삼아 신을 수 있지만 누이 삼월이가 그렇게도 부러워하는 청목댕이만은 어떻게 하여볼 도리가 없는 것이었다. 상전댁 남매가 나들이 때면 신는 청목댕이 홍목댕이*였는데, 언제나 준정아기씨가 신는 청목댕이 쪽에 던지어져 있는 그 어린 계집아이 눈에 어리던 것은, 하마 굴러떨어

디새죽담 못 쓸 기와조각을 흙에 박아 쌓은 죽담. **홍목댕이** 푸른바탕에 붉은 눈을 수놓은 가죽신 한가지. 양반댁 젊은 남자나 아이들이 신었음.

질 듯 그렁그렁한 눈물 방울이었다. 나무라도 몇 고팽이 해다 팔아서 사다 주면 될 것이었지만, 아아. 파란양반은 그만두고 빨간 바닥상것도 못 되는 까만 새끼종년 주제에 언감생심 어찌 청목댕이를 신어볼 수 있다는 말인가. 그것을 모르지 않을 금칠갑이가 청목댕이를 사다 준다는 것은 무슨 뜻인가. 상전댁은 그만두고 우선 어머니 아버지가 알면 난리가 날 일이니, 제 방에 감추어 두고 몰래 가만히 들여다보기라도 하라는 뜻 아닌가. 그것두 물르면서 아부지는 공중…… 아랫입술을 꼭 옥무는데,

"누가 또 왔네?"

"밤낮 오넌 이덜이쥬 뭐."

"젊은것덜이 낫자루 하나락두 깎을 생각은 안 허구 밤낮 귀둥대둥* 잔달은* 얘기덜이나 뇌서 허구 있으니……"

두런거리는 춘동이 방 쪽을 바라보며 혀를 차던 천서방은 방문 앞으로 가며 연달아 헛기침을 하였다.

"밤이 짚었으니 그만덜 가 자소."

천서방 발걸음 소리가 멀어지기를 기다리던 금칠갑이가 장정들을 죽 둘러보았다.

"내 말대루덜 허넌 겨. 알것남?"

"알어들었구먼."

귀둥대둥 된 짓 안 된 짓을 함부로 저지르거나 된 소리 안 된 소리를 함부로 주책없이 지껄이는 것. **잔달다** 하는 짓이 잘고 다랍다.

몽득이가 고개를 주억이는데,

"한번 들었다 놔야지 등장 가지구 되것남."

딴죽치고* 나오는 것은 신창쇠였다. 금칠갑이 눈썹 사이가 조금 바투어지는 것 같더니, 픽 하고 웃었다.

"등장 가지구 안 되면?"

"사또밍색을 담어내얄 거 아니것어. 산골물이 쏟다넌 걸 한번 뵈줘얄 거 아니것난 말여."

"삼태미*루? 아니면 일곱목한카래?"

"워쨌거나 뜨건 맛을 한번 뵈주자 이 말이여."

"누가아? 뭔 글력이루?"

"이래뵈두 우덜은 장슨전나리헌티 습련을 받은 사람덜이다 이 말이여. 비록 만뎡이는 읎지만서두……"

하는데

"스읍."

혀끝을 말아 올리는 소리가 나면서

"귀꿈스런* 소린 그만두구 내가 이른 대루만덜 혀."

당조짐을 두고 난 금칠갑이는 몽득이를 바라보았다.

"날 식전아침 일찍 존위댁을 찾어가넌 겨. 알것지?"

[『國手』5권 제17장으로 이어짐]

딴죽치다 한뜻이었던 것을 어기다. **삼태미** 대오리·싸리·짚·새끼로 엮어 만들어 쓰레기·흙·거름을 담아 나르는 그릇. 삼태기. **귀꿈스럽다** 외딸아서 흔하지 아니하다.

부록

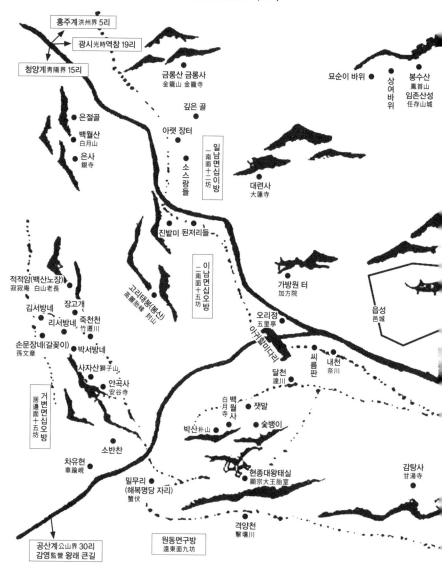

| 『國手』주요무대(충청우도忠淸右道 대흥부大興部) 지도 |

홍주계洪州界 5리

광시光時역참 19리

청양계靑陽界 15리

금롱산 금롱사
金籠山 金籠寺

묘순이 바위

상여바위

봉수산
鳳首山
임존산성
任存山城

은절골

백월산
白月山

은사
銀寺

깊은 골

아랫 장터

소스랑들

일남면십이방
一南面十二坊

대련사
大蓮寺

진밭미 된저리들

이남면십오방
二南面十五坊

고리태동(봉산)
高麗胎洞 鳳山

가방원 터
加方院

읍성
邑城

적적암(백산노장)
寂寂庵 白山老長

장고개

김서방네

리서방네

죽천천
竹遷川

손문장네(갈꽃이)
孫文章

박서방네

사자산獅子山

안곡사
安谷寺

거변면십오방
居邊面十五坊

오리정
五里亭

아구랴미(다리)

씨름판

내천
奈川

달천
達川

백월사
白月寺

잿말

박산朴山

숯뱅이

소반찬

차유현
車踰峴

밀무리
(해복명당 자리)
蟹伏

현종대왕태실
顯宗大王胎室

감탕사
甘湯寺

격양천
擊壤川

원동면구방
遠東面九坊

공산계公山界 30리
감영監營 왕래 큰길

370

기우단
祈雨壇

홍주계 洪州界 4리

골말

뒷들

선학동
仙鶴洞

여단
厲壇

몽
득
이
네
夢
得

덕
금
이
네
德
金

장선전댁
張宣傳

비티
납죽어미
향월이 주막
向月

범동꼴

김사과댁(석규)
金司果 石圭

윗말

가운뎃말

리처사 댁 은수
李處士 銀秀

닭재

중뜸

외북면육방
外北面六坊

기생집
妓生

원옥圓獄
(옥담거리)

아랫말

사직단
社稷壇

아
가
물
들

갈울

읍내면사방
邑內面四坊

객사
客舍

큰뜸

견사정
見思亭

향교밑

향교
鄕校

구렛들

큰말

내북면오방
內北面五坊

팔봉산
八峰山

쌀돌이

경결천
京結川

섶무시

큰뜸

송안말
윤동지
尹同知

송지못
宋之淵

허담선생댁
虛譚

한양漢陽 가는 길
3백23리

예산계禮山界
20리

송림사松林寺
(도선국사부도)
道詵國師

근동면십사방
近東面十四坊

부록 371

| 조선시대 말 충청우도忠清右道 지역 지도 |

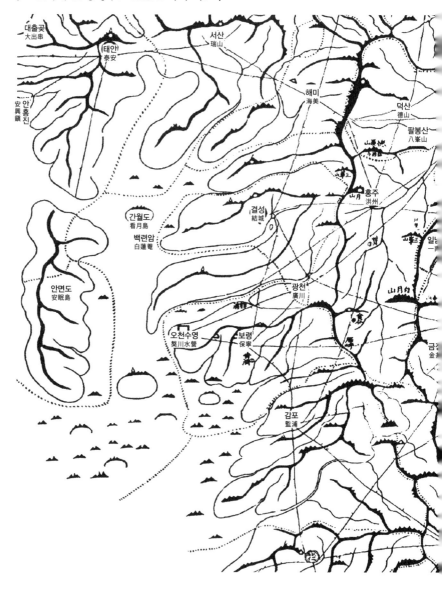

대출곶
大出串

서산
瑞山

태안
泰安

해미
海美

덕산
德山

팔봉산
八峯山

안흥진
安興鎭

흥주
洪州

결성
結城

간월도
看月島

백련암
白蓮菴

광천
廣川

안면도
安眠島

오천수영
鰲川水營

보령
保寧

감포
監浦

금정
金井

일(러)
一

372

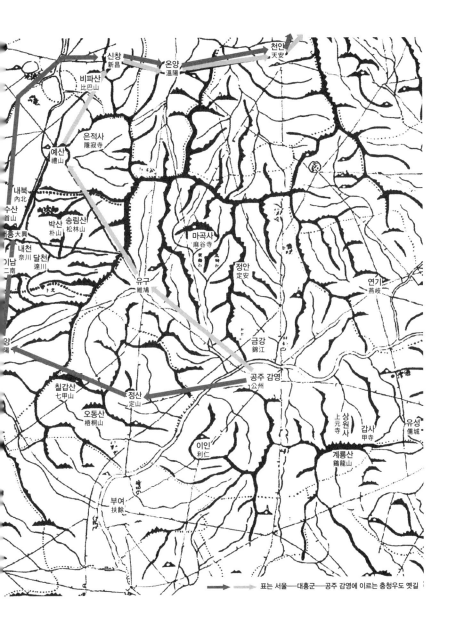

신창
新昌

온양
溫陽

천안
天安

비파산
比巴山

은적사
隱寂寺

예산
禮山

내북
內北

수산
首山

흥大興

박산
朴山

송림산
松林山

마곡사
麻谷寺

정안
定安

내천
奈川

달천
達川

유구
維鳩

금강
錦江

연기
燕岐

이남
二南

양陽

칠갑산
七甲山

정산
定山

공주 감영
公州

오동산
梧桐山

상원사
上元寺

갑사
甲寺

유성
儒城

이인
利仁

계룡산
鷄龍山

부여
扶餘

표는 서울──대흥군──공주 감영에 이르는 충청우도 옛길

김사과댁金司果宅—1890년대 충청도 대홍지방 양반네 전형적 가옥구조

엿두·지두·복숭아
감나무·밤나무숲

채마밭

장독대

우물

감흥천

사당祠堂

사당가는
숲길

374

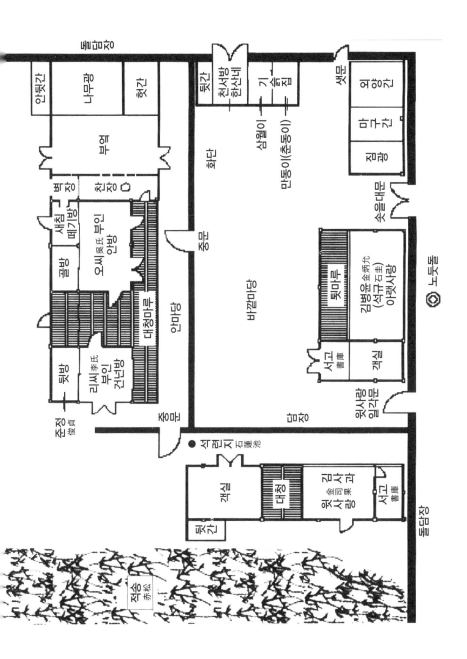

| 갑신정변甲申政變(1884) 직전 서울 사대문四大門 안 |

①홍현(紅峴) 김옥균 집: 옛 경기고등학교 자리 뒤쪽 화동으로, 옛이름 화개동花開洞 ②운현궁(雲峴宮): 흥선대원군興宣大院君 리하응 집 ③진골 박영효 집: 이제 운니동雲泥洞 ④육조(六曹)거리: 이제 교보문고에서 광화문까지 길 좌우에 있던 조선왕조 시대 정부청사 ⑤종루(鐘樓): 새벽 3시에 인정과 저녁에 파루를 알리는 큰 종을 쳐 도성 8문을 애닫게 하던 곳으로 이제 종각 ⑥운종가(雲從街): 조선왕조 때 서울 거리 이름으로 이제 종각에서 종로4가까지 한바닥이었음. ⑦전옥(典獄): 갑오왜란 때까지 있었던 그때 감옥 ⑧남별궁(南別宮) 터: 1897년 10월 대한제국을 선포한 고종高宗이 황제 즉위식을 한 곳으로 이제 소공동 87-1번지 ⑨청국 상권: 임오군변 뒤 원세개袁世凱 위세로 자리잡았던 청국 상인 거주지 ⑩숭례문: 서울 관문이었던 남대문 ⑪청파역참: 공무를 보러 서울로 오거나 떠나는 관인이 역말을 타거나 매어두던 곳 ⑫진고개: 이제 충무로 일대에 자리잡았던 일본인 거주지 ⑬구리개: 조선 상인들이 주로 살았던 이제 을지로 1가와 2가 사이 ⑭하도감(下都監): 이제 동대문역사문화공원 자리로 그때 군인들을 선발 훈련하던 훈련도감이 있던 곳(임오군변이 비롯된 곳) ⑮김옥균 별업(別業): 동대문 밖에 있던 김옥균 별장 ⑯새절: 개화당이 자주 모였던 이제 신촌 봉원사奉元寺 ⑰칠패·배우개·야주개: 그때 민간시장

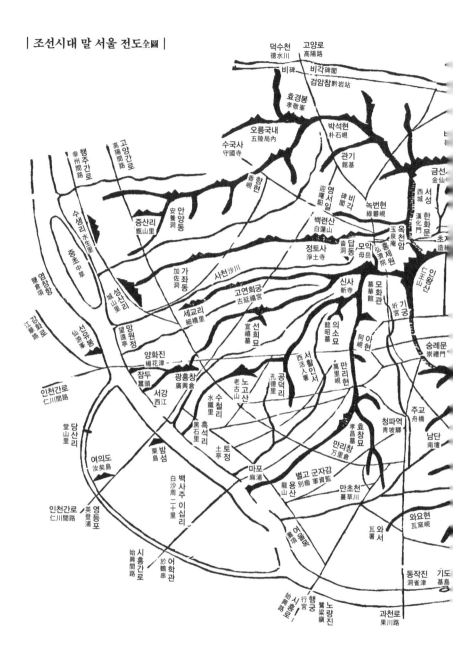

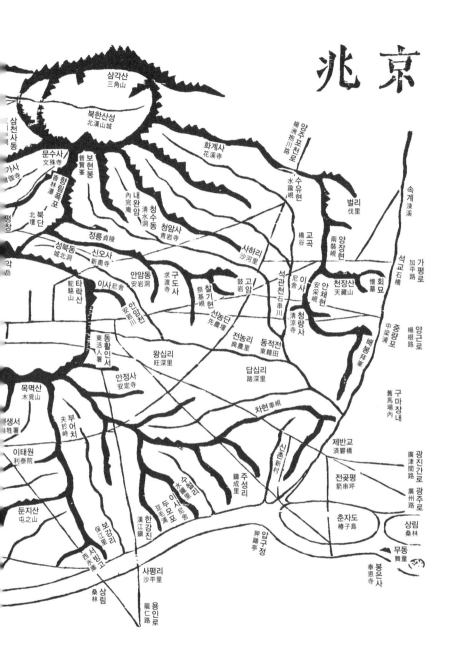

兆京

| 『國手』 등장인물 |

김석규 金石圭
김사과댁 맞손자로 해맑은 얼굴에 슬기로운 도령임. 일찍이 아버지를
여의고 할아버지 김사과 곰살궂으면서도 호된 가르침 아래 경사자집
經史子集을 익혀가는데, 바둑에 남다른 솜씨를 보임.

갈꽃이
손문장孫文章 양딸로 뛰어나게 아름다운 얼굴과 소리에 솜씨를 보이는
데, 손문장이 동학을 한다는 것을 무섭게 을러대어 관아에서 억지로
기안妓案에 들게 함.

금칠갑 琴七甲
산적 출신이었으나 만동이 동뜬 힘과 의기義氣에 놀라 복심이 된 젊은
이로, 만동이 부탁을 받고 김사과댁에 머슴으로 들어가 집안을 보살
피다가 괘서掛書를 붙이며 고을 농군들 봉기를 부채질함.

김병윤 金炳允
석규 아버지로 비렴급제飛簾及第하여 아산현감牙山縣監에 특명제수되
었으나 아전 잔꾀에 말려 관직을 버리고 29세로 요사夭死하기까지 술
을 벗하며 살던 꼿꼿한 선비였음.

김사과 金司果
몇 군데 고을살이에서 물러나 서책을 벗하며 맞손자 석규 가르침에 오
로지하는 판박이 시골 선비임. 벗인 허담과 함께 대흥大興고을 정신적
버팀목임.

김재풍 金在豐
공주감영 병방비장으로 육십 근짜리 철퇴를 공깃돌 놀리듯 하는 장사
면서 법수 갖춰 익힌 무예 또한 놀라운 무골이나, 충청감사가 올려 보

380

내는 봉물짐 어거하여 가다가 끝향이가 쓴 닭똥소주에 녹아 쓰러지
게 됨.

끝향이
홍주관아 외대머리로 리 립이 입담에 끌려들어가 만동이를 만나게 되
면서 사내로서 좋아하게 되어, 리 립이가 꾸며대는 여러 가지 사달에
서 많은 공을 세우는 정이 많은 여인임.

노삭불 盧朔弗
홍주고을 부잣집 외거노비로 있으며 리진사 복심되어 움직이는 고지
식하나 꾀 많은 배알티사내로, 끝향이를 좋아함.

덕금 德金
면천免賤한 상민 딸로 태어나 만동이를 좋아하였으나 뜻을 이루지 못
하고, 만동이가 장선전 부녀와 앵두장수 된 다음부터 반실성을 한 꼴
로 다시어미인 향월이가 차린 비티 밑 주막에 붙어 꿈이 없는 나날을
보냄.

리 립 李立
옛사라비 전배인 홍경래를 우러러 모시는 평안도 정주定州 출신 가진
사假進士로 만동이를 홍경래 대받은 평호대원수로 모시고 새 세상을
열어보고자 밤을 낮 삼는 꾀주머니임.

리생원 李生員
대흥고을 책방冊房으로 딱한 나날을 보내는데, 음률에 뛰어나고 서화
에 밝은 재사才士로 은수 소리선생이 됨.

리씨李氏부인
석규 어머니. 젊은 홀어미가 되어 석규 오뉘에게 모든 앞날을 걸고 꼿
꼿하게 살아가는 판박이 조선 사대부가 부인임.

리참봉 李參奉
역관 출신 가짜 양반으로 최이방에게 뒤꼭지를 잡혀 갖은 시달림을
당하던 끝에 발피潑皮를 돈 주고 사 최이방을 혼내주고 대흥고을을
떠남.

리평진 李平眞
은수 아버지로 김병윤과 동문수학한 사이나 글에는 뜻이 없고 산천유

람이나 다니며 잡기에만 골몰하는 조금 부황한 몰락양반임.

만동 萬同

김사과댁 씨종인 비부婢夫쟁이 천千서방 전실 자식으로 남다른 힘씀과 무예를 지녀 '아기장수'로 불림. 장선전 외동따님인 인선아기씨를 그리워하나 넘을 수 없는 신분 벽으로 괴로워하던 중 윤동지와 아전배 잔꾀에 걸려 옥에 갇힌 장선전을 파옥시켜 함께 자취를 감춤. 온갖 어려움 끝에 인선이와 내외간 연줄을 맺게 된 그는 장선전을 군사軍師로 하는 평호대원수平湖大元帥 꿈을 키우다가 명화적明火賊으로 충청감사 봉물짐을 털게 됨.

모세몽치 牟世夢致

백토 한 뼘 없이 조동모서朝東暮西하는 부보상으로, 일제 조선침탈 앞 장꾼으로 들어와 내륙 물화를 훑어가는 왜상倭商을 때려죽이게 됨.

박성칠 朴性七

창옷짜리 진사와 성균관 급수비 사이에 태어나 탄탄한 유가교양과 뛰어난 무예를 갖췄으나, 신분벽에 막혀 농세상을 하다가 대흥고을 인민봉기를 채잡는 사점士點백이임.

백산노장 白山老長

백두산에서 참선을 하였다는 노선객老禪客으로 석규에게 바둑돌을 통하여 도道에 이를 수 있는 길을 일러주며, '흑백미분黑白未分 난위피차難爲彼此 현황지후玄黃之後 방위자타方位自他'라는 비기秘記를 주어, 석규로 하여금 평생 화두話頭가 되게 함.

변 협 邊協

대흥고을 포도부장으로 본국검本國劍 달인達人임. 뼈대 있는 무인이었으나 향월이 색에 녹아, 봉물짐을 털던 명화적 만동이와 겨룸에서 크게 다치게 됨.

삼월 三月

춘동이 누이로 세상에서도 뛰어난 소리꾼이 되려는 꿈을 지니고 있는 되바라진 꽃두레임.

서장옥 徐璋玉

황하일黃河一과 함께 장선전을 찾아와 동학에 들 것을 넌지시 구슬리고,

만동이를 눈여겨보며 무슨 비기 같은 말을 남기고 떠나는 처음 동학남
접東學南接 우두머리임.

쌀돌이
갈꽃이를 좋아하는 고아 출신 겯머슴으로 갈꽃이가 기생이 되어 감영
으로 간 다음 꿈을 잃은 나날을 보내다가 동학봉기에 들게 됨.

안익선 安益善
양반 신분이나 스스로 광대로 나선 비가비임. 국창 정춘풍鄭春風 제자
로 마침내 중고제中高制라는 내포內浦 바닥 남다른 소리제를 이룩하는
데, 여난女難에 시달리는 감궂은 팔자임.

오씨吳氏부인
석규 할머니. 잡도리 호된 몸과 마음가짐으로 무너져가는 가문을 지
켜가는 판박이 반가 노부인임.

온호방 溫戶房
가리假吏 출신 고을 호방으로 윤동지를 쑤석거려 장선전을 사지死地에
떨어뜨린 사납고 모진 아전배임.

운산 雲山
철산화상 상좌로 백산노스님 시봉을 하면서 많은 가르침을 받아 조선
선불교를 다시 일으키려는 큰 뜻을 품고 정진하는 눈 맑은 수도승임.

윤경재 尹敬才
윤동지 둘째아들로 사포대士砲隊를 이끌며 행짜가 매우 호된 가한량假
閑良. 죄 없는 양민들을 화적으로 몰아 관가에 넘기다가 만동이 들이침
을 받고 황포수黃砲手 불질에 보름보기가 됨.

윤동지 尹同知
홍주목洪州牧 퇴리退吏 출신으로 대흥고을에서 첫째가는 거부巨富임.
군수도 마음에 들지 않으면 갈아치울 만큼 거센 힘이 대단한 고을 세
도가로 인선이를 첩으로 들여앉히려다 비꾸러짐.

은수 銀秀
리평진 외동따님으로 거문고와 소리에 뛰어난 너름새를 보임. 리책방
을 스승으로 모시며 소매를 걷어부치고 갈닦음을 하는데, 두 살 밑인
석규도령이 보내오는 마음에 늘 가슴 졸여함.

인선 仁善

오십궁무五十窮武인 장선전 외동따님으로 아름다운 얼굴과 슬기롭고
도 숭굴숭굴한 인품이며 만동이와 내외가 됨. 명화적 여편네로 주저
앉게 된 제 팔자를 안타까워하며 만동이한테 늘 높은 뜻을 가질 것을
일깨우는 스승 같은 여인임.

일매홍 一梅紅

김옥균金玉均 정인情人으로 상궁 출신 일패기생임. 갑신거의甲申擧義가
무너진 다음 한양 다방골에서 자취를 감추었다가, 청주 병영淸州兵營에
관비官婢로 박혀 있다는 김옥균 부인을 찾아왔던 길에 김병윤 생각을
하며 대홍고을을 지나가게 됨.

장선전 張宣傳

미관말직인 권관權管을 지낸 타고난 무인으로 때를 못 만난 나날을 보
내다가 만동이를 따라 산으로 들어감. 홍경래洪景來 군사軍師였던 우군
칙禹君則처럼 만동이를 도와 큰 뜻을 펴보려는 꿈을 지니고 있음.

준정 俊貞

석규 누나. 곱고 여린 참마음 지닌 이로서 양반 퇴물로 백수건달인 박
서방에게 시집가 평생 눈물로 지냄으로써 석규에게 한평생 마음에 생
채기가 되는 여인.

철산화상 鐵山和尙

백산 상좌로 행공行功과 무예에 뛰어난 미륵패임. 동학봉기 때 미륵세
상을 꿈꾸는 불교 비밀결사체인 '당취黨聚'를 이끌고 들어가나, 서장
옥과 함께 무너지게 됨.

최유년 崔有年

충청감사 앞방석으로 충청도 쉰세고을을 쥐고 흔드는 칼자루 쥔 사람
인데, 끝향이가 쓴 패에 떨어져 만동이네 화적패한테 봉물짐을 털리
고 도망치다 죽이려던 노삭불이한테 됩세 맞아 죽게 됨.

최이방 崔吏房

감영 이방과 길카리가 된다는 것으로 온갖 자세藉勢를 부리며 군수를
용춤추이는 대홍관아 칼자루 쥔 사람인데, 은수를 며느리로 데려와보
고자 갖은 간사위를 다 부림.

춘동 春同

만동이 배다른 아우로 자치동갑인 상전 석규 손발 노릇을 하는데, 언니와는 다르게 가냘프고 무른 몸바탕이나 끼끗한 기상에 슬기롭고 날쌘 꽃두루임.

큰개

임술민란에 부모를 잃고 떠돌다가 훈련도감에 들어가 임오군변과 갑신거의 때 기운차게 움직인 남다른 힘씀과 무예를 지닌 피끓는 사내임. 만동이를 좋아하였으나 그가 명화적이 된 것에 크게 꿈이 깨졌고, 동학봉기 때 서장옥 복심으로 눈부시게 뛰게 됨.

향월 向月

감영기생 출신 술어미로 만수받이나 색을 밝혀 온호방·변부장과 속살 이음고리를 맺었다가 만동이한테 혼찌검을 당함.

허담 虛潭

김사과 하나뿐인 벗으로 평생 벼슬길에 나아가지 않고 애옥한 살림 속에서도 오로지 경학經學 궁구에만 골똘하는 도학자道學者인데, 무섭게 바뀌는 문물 앞에서 허겁지겁 어리둥절함.

國手 4

1판 1쇄 발행	2018년 8월 1일
1판 7쇄 발행	2018년 8월 15일

지은이	김성동
펴낸이	임양묵
펴낸곳	솔출판사

기획	임정림 김경수
책임편집	임우기
교정·교열	남인복
편집	조소연 신주식 이신아
디자인	오주희 박민지
경영 및 마케팅	김형열 이예지
재무관리	이혜미 김용렬

주소	서울시 마포구 와우산로29가길 80(서교동)
전화	02-332-1526
팩스	02-332-1529
홈페이지	www.solbook.co.kr
이메일	solbook@solbook.co.kr
출판등록	1990년 9월 15일 제10-420호

ISBN	979-11-6020-051-5 (04810)
	979-11-6020-047-8 (세트)